Diabolischer Engel

Nichts in diesem Leben
packte jemals so tief
ließ mein Denken erbeben
die Mitte befehden
bis ich nicht mehr schlief

Diesen Durst zu löschen
kein Schoß vermag
dein Licht musst' ich brechen
die Hoffnung durchstechen
damit unheilige Lust erstarb

Petra K. Gungl

Diabolischer Engel

SPANNUNGSROMAN

Für Fenna

LEINPFAD VERLAG

Die Handlung des Romans ist fiktiv und in keiner Weise an reale Begebenheiten, Personen oder Unternehmen angelehnt. Jegliche Ähnlichkeiten mit realen Ereignissen, Personen und Unternehmen sind zufällig. Zur einzigen historischen Figur, Nathaniel Freiherr von Rothschild, sei angemerkt, dass die Umstände für die Schenkung von Schloss Hinterleiten nach vorliegenden Rechercheergebnissen nicht restlos geklärt sind und dieser Umstand Raum für Fiktion lässt.

Umschlag: Ursula S. Kosa, Ingelheim; Foto: Petra K. Gungl
Layout: Ursula S. Kosa, Ingelheim
Foto S. 372: Markus Schiller
Druck: TZ Verlags & Print GmbH, Roßdorf

Leinpfad Verlag, Leinpfad 5, D-55218 Ingelheim,
Tel. 0049 6132/8369
E-Mail: info@leinpfadverlag.de
www.leinpfadverlag.com

ISBN 978-3-945782-80-4

Inhalt

Prolog

Imbolc, 1. Februar, ein Jahr zuvor
Im Auge des Engels

Ich bin ihr gefolgt, um Gewissheit zu erhalten und sehe mit eigenen Augen den Frevel.

Bäume stöhnen in der Finsternis der Nacht unter ihrer Eislast, Martha steht umgeben von weißgewandeten Frauen und hebt die Arme gegen den Himmel, ruft Dämonen an. Die Dampfwolken ihres Atems umhüllen sie, die Flammen in der Feuerschale vor ihr werfen Licht und Schatten, lassen Marthas Gesicht erstrahlen, einer Heiligen gleich.

Was sie nicht ist.

In der Pfarrkanzlei gibt sie sich unterwürfig, die Männer übersehen sie. Trägt stets das Haar in einem Knoten, ihr Gesicht rein, keine Spur von Schminke. Die Brüste sittsam bedeckt, den Körper niemals aufreizend zur Schau gestellt.

Wie sehr ich ihre Demut bewundert habe.

Jeden ihrer Wege habe ich beschattet, gab ihr Schutz ohne Dank zu fordern, sah sie sich auskleiden durch die Fenster ihrer kleinen Wohnung, wusste, sie liest in ihrem Bett bis die Lider schwer werden. Keine Männer, keine Unzucht. So habe ich sie erwählt. Wann immer ich das Wort an sie richtete, schenkte sie mir ein keusches Lächeln. Abends stand sie nun umso mehr unter meinen Schutz – wann keimte der Verdacht in mir?

Die Frauentreffen hielt ich für Gymnastikstunden, bis eines der langhaarigen Weiber die Tasche fallen ließ und Kräuterbüschel samt einem schwarzen Buch auf das Trottoir fielen. In den Einband war ein Stern geprägt – ein Pentagramm. Martha gemeinsam mit Hexen? Sie, die ich als gottesfürchtig und dem wahren Glauben dienend angesehen und erwählt hatte?

Von da an war ich wachsam, suchte nach Hinweisen. In ihre Wohnung einzudringen war ein Leichtes, und ich wurde fündig: Bücher über Bücher, allesamt zu Okkultismus, Pangismus, Schamanismus und ähnlichem Teufelswerk, eine Sammlung von Fetischen, Amuletten sowie diverser Öle und Kräuter. Eine Hexe hatte sich in den inneren Kreis der Kirche eingeschlichen. Eine Frau, die Kontakt zu Dämonen und Teufel suchte, das Böse an unseren geweihten Ort einschleusen wollte. In meiner Brust tobte an jenem Tag ein Schmerz, wie ich ihn noch nie verspürt hatte. Mit aller Gewalt musste ich meine Gefühle revidieren, sind doch die Anweisungen der Bibel eindeutig.

Eine Hexe sollst du nicht am Leben lassen. Ex 22,17

In meiner Kehle brennt es sauer. Ich schlucke gegen den Brechreiz an, darf meine Anwesenheit nicht verraten. Die Frauen wiegen sich, stimmen einen Gesang an. Mit geschlossenen Augen geben sie sich ihrem Wahn hin, verlorene Seelen allesamt. Martha ruft nach einer Göttin, wirft etwas, das Salz oder Sand sein kann, in die Luft. Jetzt singen sie wieder.

Die Dämmerung bricht an. Sie gehen aufeinander zu und umarmen sich. Die Spitze meines Eckzahns bohrt sich in meine Lippe. Metallgeschmack macht sich breit. Einer zutiefst widernatürlichen Gemeinschaft wohne ich hier bei, werde beschmutzt durch bloßes Zusehen. Das Tragen des Bußgürtels allein wird mich nicht reinigen. Wie kommt es, dass gerade jetzt der Griff meines Messers gegen den Schenkel drückt? Es muss ein Zeichen sein.

Will man sich nicht bekehren, so hat er sein Schwert gewetzt und seinen Bogen gespannt. Ps 7, 12-14

Gott hat mich nicht ohne Grund hierhergeführt – ich höre seine Stimme deutlich in meinem Kopf. Ich werde gehorchen und mich würdig erweisen vor dem Herrn.

Endlich ziehen sich die Hexen zurück. Holz knackt unter ihren Schritten, Laub raschelt; sie schweigen still. Ich folge ihnen über die Lichtung, trete auf etwas Weiches. Ich greife danach, eine Wollhaube. Sie riecht nach Martha. Ich ziehe ihren Duft in mich ein, gebe für eine Sekunde der Sehnsucht nach. Sei stark, sagt der Herr. Entschlossen schiebe ich die Haube unter meine Jacke.

Am Parkplatz umarmen sie einander erneut und steigen in ihre Fahrzeuge. Martha nicht. Sie tastet über ihr Haar und geht den Weg langsam zurück, den Blick auf die Erde gerichtet. Ein Baumstamm bietet mir Sichtschutz, die Borke drückt hart gegen meine Wange. Meine Atmung geht viel zu schnell, der Boden schwankt unter meinen Füßen. Zweifel erfasst mich – tue ich das Richtige? Das Messer liegt schwer in meiner Hand und Angst kriecht einer Giftspinne gleich meine Wirbelsäule hoch.

Diese Unentschlossenheit! Gott, gib mir ein Zeichen!

In der Ferne starten Motoren, die Autos wenden und verlassen den Parkplatz. Nur Martha kommt immer näher. Allein. Gott will ihre Seele retten, denn er führt sie mir zu. Das ist sein Zeichen und ich verstehe.

So will ich sein Werkzeug sein und vollbringen, was er mir aufträgt.

Das Wochenende vor Pfingsten, ein Jahr später

Der Wind fauchte um das Haus, rüttelte an den Holzrahmen der Fenster und fand hier und da eine Ritze, durch die er in das Schlafzimmer eindringen konnte. Überraschend wenige Ritzen, wenn Agnes es recht bedachte, angesichts der Baufälligkeit ihre Villa Kunterbunt. Sorgfältig schob sie eine

Decke zwischen Fensterbank und Fensterrahmen. Einem geerbten Gaul soll man unbedingt ins Maul schauen, lästerte sie in Gedanken. Das brachte ihr den aktuellen Kontostand in Erinnerung, der sich schon seit langem nach einer schwarzen Null sehnte. Neue Fenster waren da definitiv nicht in Sicht, ja nicht mal für eine Mausefalle gab es ein Budget.

»Was für ein aufwühlender Frühling«, sagte sie laut und löste den Blick von den draußen im Sturm zappelnden Pfingstrosen. Mit Hilfe eines Bleistifts steckte sie ihre dunklen Haare zu einem Knoten fest. »Ash, möchtest du raus?« Das feine Tappen von Katzenpfoten antwortete ihr. Kater Ashley sprang vom Kasten auf den Sekretär und von dort auf den Boden, gleich neben das Messingbett. Sein Schattenfell glänzte, der breite Kopf hob sich ihr entgegen. Zusammen mit einer kleinen Bewegung des Unterkiefers ertönte ein kurzes, vorwurfsvolles ›Mau‹.

»Mein Süßer, verzeih die dumme Frage.« Agnes bückte sich zu ihm herunter und kraulte sein Ohr. Bald lag sein ganzer Kopf in ihrer Handfläche, gegen die Ashley auffordernd stieß. »Wie kann ein so großer Kater derart verschmust sein?« Sie blinzelte ihn an, ein Katzenlächeln, das Ashley erwiderte. »Jetzt aber raus, die Mäuse warten auf dich.« Kaum stand sie wieder aufrecht, strich er einmal um ihre Beine und lief voraus. Im Flur an der Haustür wartete er mit hocherhobenem Schwanz – die Spitze zuckte erwartungsvoll hin und her. Sein neuerliches Maunzen ließ Agnes lächeln.

»Mach's gut, mein Süßer – und bring nichts mit. Keine Ratte, keinen Maulwurf und auf gar keinen Fall eine Amsel. Ich habe meine vegetarischen Tage.« Die Tür öffnete sich für den Kater und süßer Pfingstrosenduft wehte herein. Ash stolzierte hinaus, ganz König des Bergs. Ein scharfes Hupen schreckte sie beide auf – Ash schlug einen Haken und stürmte davon. Flink schlüpfte Agnes in die Gummistiefel gleich neben der Eingangstür. Hier im Wienerwald, keine fünfzehn Minuten von der Wiener Stadtgrenze entfernt, hörte man ohnehin jedes ankommende Auto, nur Städter glaubten, sie müssten sich besonders bemerkbar machen.

Agnes lief über den Steinpfad zum überwucherten Gartentor und sah ihre Freundin aus dem SUV steigen. Thereses Babybauch zeichnete sich unter der Strickjacke ab und ihr Gesicht strahlte. Sie winkte Agnes freudig zu, dann jedoch raffte sie sogleich die Jacke vor der Brust zusammen. Agnes kam ihr mit ausgebreiteten Armen entgegen.

»Theres – wie geht es euch beiden?« Sachte umarmten sich die Freundinnen. Agnes spürte die Wölbung des Babybauchs gegen den eigenen Leib drücken. Wundervoll war das.

»Uns geht's prima«, erwiderte Theres und streichelte dabei über den Leib. Ihre blonden Stirnfransen flatterten im Wind, als wollte in Kürze der ganze Bob abheben und davonfliegen. »Dein Kräutertee hat mir geholfen – endlich bin ich zur Ruhe gekommen.«

»Gibt keinen Grund zur Panik«, sagte Agnes mit einem aufmunternden Nicken. »Diesmal wird alles gut laufen.« Der Wind zerrte unaufhörlich an ihnen, was die Frauen Arm in Arm ins Haus trieb.

In der Küche erwarteten Theres ein prasselndes Herdfeuer und auf dem uralten Eichentisch eine Kanne Tee samt Gugelhupf. Agnes goss die Tassen ein, während es sich ihre Freundin auf der Sitzbank gemütlich machte. Eine Weile war lediglich das Knarzen der Möbel und das Feuer zu hören. Theres hielt die Nase über die aufsteigenden Aromen des Assams und ließ dabei ihren Blick über die Lavendelbüschel schweifen, die an den Haken des Geschirrbords neben dem

Tisch hingen. In der wohligen Wärme schien sie sich zu entspannen. Schon nahm sie ein Stück vom Gugelhupf, während Agnes die Milch zum Tee goss und den Deckel von der Zuckerdose anhob.

»Hier hat sich nichts verändert seit dem Tod deiner Mutter«, stellte Theres mit vollen Backen fest. Sie nickte angesichts des Löffels voll braunen Zuckers, den Agnes über ihre Tasse hielt.

»Für große Veränderungen fehlt mir das Geld. Omis Küche wird noch einige Zeit genügen müssen«, erwiderte Agnes und ließ den Zucker in den Tee rieseln. »Aber das Bad ist renoviert, ich Glückskind. Paps hat sich eine Gedenk-Fliese für seine Unterstützung verdient.«

Theres lachte. »Es lebe Ludwig Feder! Das Bad war mindestens aus dem Fin de Siècle.«

Das Klirren ihrer Löffel in den Teetassen hatte einen eigenen Rhythmus, erinnerte Agnes an ein Windspiel. Sie betrachtete Theres eingehend. Die Steilfalte zwischen den Augenbrauen gehörte da absolut nicht hin. »Wie geht es dir? Erzähl mal.«

»Der Ischias-Nerv revoltiert.« Theres seufzte und leckte sich die Finger ab, an denen Kuchenkrümel klebten. »Dabei habe ich nur wenig zugenommen.«

»Vielleicht brauchst du mehr Unterstützung. Der Ischias-Nerv ist ein Klassiker bei Schwangeren. ›Angst vor dem nächsten Schritt‹ nennt das die Psychosomatik.« Theres wollte protestieren, doch Agnes legte beschwichtigend die Hand auf ihren Arm. »Das ist ganz normal, ein Kind bringt eine große Veränderung mit sich. Ich werde dir nachher mit Rosenöl die Schultern massieren und gebe dir noch mehr von der Kräutermischung meiner Großmutter mit. Sie hatte elf Kinder. Omi wusste Bescheid.«

»Woher kannst du das alles?« Theres sah Agnes so dankbar an, dass diese verlegen wurde.

»Claudio, der Physiotherapeut in dem Sanatorium, in dem ich arbeite, bringt mir immer wieder ein paar Kniffe bei. Aber das Kräuterwissen ist von meiner Oma. Ich habe auf dem Dachboden ein paar Notizbücher von ihr gefunden.«

Theres schob ihre Hand über den Tisch und drückte den Arm der Freundin. In ihren Augenwinkeln konnte Agnes Tränen schimmern sehen. »Nach all den Fehlgeburten machen sich meine Befürchtungen selbstständig. Danke, dass du für mich da bist.«

Agnes streichelte über Theres' Hand. »Hast du schon eine Hebamme gefunden?«

»Ich treffe sie kommende Woche.« Theres seufzte und nahm sich mit der freien Hand ein weiteres Stück Kuchen. »Sag mal, was hast du da reingetan? Ich kann gar nicht aufhören zu essen.«

»Pures Obers und Koriander.«

»Du meine Güte, hätte ich bloß nicht gefragt! Kein Mensch würde auf die Idee kommen, dass du Juristin bist – eher eine Kräuterhexe.«

Agnes prustete los, Brösel fielen auf ihren Teller. »Meiner Großmutter hätte das gefallen.«

»Kommendes Wochenende hüte ich also dein Hexenhaus und den Kater.« Theres sah sich um. »Das wird ein schöner Kurzurlaub für mich.«

»Ich habe dir alles aufgeschrieben, worauf du achten musst.« Agnes zog einen Schreibblock aus der Tischlade und schob ihn ihrer Freundin hin. »Du kannst mich jederzeit in Reichenau an der Rax erreichen. Ist nur eine Stunde mit dem Auto, Theres. Falls du mich brauchst, komme ich …«

»Wenn etwas ist, rufe ich Tom an. Nur weil ich ein paar

Tage für mich sein möchte, ist er immer noch mein Schatz. Mach dir keine Sorgen und genieße dein Meditationsseminar. Falls das möglich ist.«

Agnes lehnte sich zurück und spürte der bitteren Süße ihres Tees nach. Stark wie Kaffee, aber viel feinsinniger. Entspannt pickte sie die letzten Kuchenkrümel vom Teller, steckte sie in den Mund und wischte sich an der Serviette die Finger ab.

»Lästere nicht ständig über Meditation – das ist kein Esoterikkäse, sondern längst von der Wissenschaft bestätigt als hochwirksames Mittel gegen Depressionen, Schlafstörungen, chronische Schmerzen, Bluthochdruck und noch viel mehr.« Agnes erhob sich von der Bank, um nach dem Herdfeuer zu sehen. »Mir hat das Meditieren unendlich geholfen mit meiner posttraumatischen Belastungsstörung. Die Panikattacken überrollen mich nicht mehr, ich bin wieder die Herrin in meinem Körper. Derzeit brauche ich bloß noch abends ein Medikament zum Einschlafen. Die positive Nebenwirkung dabei – ich habe keine Alpträume mehr.«

Theres beobachtete sie mit einem Anflug von Skepsis. »Das war eine harte Zeit für dich, nach diesen Mordfällen in England.« Das Mitleid in Theres' Stimme ärgerte Agnes. »Du bist noch keine 30 und hast so schlimme Sachen erlebt.«

Ein Holzscheit in der Hand, zog Agnes die Klappe zum Herdfeuer auf. »Ist anscheinend mein Schicksal.« Das Feuer loderte auf und einige Funken landeten knisternd auf den Fliesen vor dem Herd. Agnes stocherte mit dem Schürhaken in der Holzglut, bis ihr Ärger verrauchte und schloss die Öffnung. Sie drehte sich zu Theres und zeigte mit dem Schürhaken auf sie. »Gib dem Meditieren eine Chance, wenigstens zehn Minuten täglich, fürs Baby.«

»Ich glaube, das hast du mir schon mal gesagt.« Theres

grinste gutmütig. »Vielleicht. dir zuliebe. Oder wegen des Schürhakens.«

Agnes warf das Werkzeug in die Holzkiste und richtete sie sich wieder auf. »Sollte ich noch ein weiteres Stück Gugelhupf esse, muss ich mir ab morgen Umstandskleider von dir borgen.«

Begleitet von Theres' Lachen ging Agnes ins Bad und wusch sich die Hände. Theres folgte ihr durch den Flur, zweigte jedoch ins Schlafzimmer ab. Als Agnes sich zu ihr gesellte, stand Theres am Sekretär und betrachtete die dort im Silberrahmen befindliche Fotografie.

»Immer noch Siebert – nach zwei Jahren?« fragte sie leise. In Agnes' Brust wurde es bei der Erwähnung seines Namens eng.

»Was sind schon zwei Jahre.« Agnes mied Theres' Blick. Sie griff nach einer der Flaschen auf der Kommode und tropfte Rosenöl auf ihre Handflächen. Aus den Augenwinkeln sah sie, wie ihre Freundin das Bild zurechtrückte und sich gleich danach die Bluse auszog. Agnes schob für sie den Stuhl zurecht, der bei ihrem kleinen Sekretär stand. Theres nahm rücklings Platz, zog die BH-Träger herunter und lehnte die Stirn gegen die hohe Rücklehne. Die unausgesprochene Frage war ein störender Dritter im Raum.

»Du hast nie mehr etwas von ihm gehört?«, fragte Theres, als die Spannung nicht mehr auszuhalten war. Agnes rieb heftiger als notwendig die Hände aneinander und legte sie gleich darauf auf Theres' verhärtete Schultermuskulatur. Theres seufzte tief und Agnes konnte sehen, wie die Schultern ein gutes Stückchen tiefer sackten.

»Es war ein klarer Schnitt.« Sie bemühte sich um eine feste Stimme. »So ist es am besten.«

»Bestimmt«, erwiderte Theres eilig. »Zwei Juristen – das

kann nicht gut gehen. Egal wie heiß der Typ war. Juristen drehen sich doch gegenseitig ständig die Worte im Mund herum. Oder?«

Entschlossen, die aufsteigende Wehmut in jene Ecke ihres Herzens zurückzuverbannen, in der sie die vergangenen Jahre eingemauert verbracht hatte, begann Agnes die Muskulatur ihrer Freundin mit sanftem Druck zu lockern. Siebert war Vergangenheit. Warum hätte er ihr nachlaufen sollen – sie war es schließlich gewesen, die gegangen war.

Pfingstwochenende – Freitag, Anreisetag, Reichenau an der Rax

1. Es scheint ein ...

... physikalisches Gesetz zu sein, ähnlich dem Magnetismus, dass ab dem Moment, an dem man von Männern nichts mehr wissen will, dieselben einen in Scharen belagern.

Agnes schaltete eben den Rechner aus, als die Tür zu ihrem Büro aufging. Ein schmaler Mann mit wirren rotblonden Locken, die unangenehm in den Augen kratzen mussten, stand breitbeinig da. Die riesige Reisetasche neben ihm besaß Rollen und quer über den Schultern hing eine weitere Tasche. Gemessen an seiner Kleidung, wollte er den Himalaya besteigen.

»Bin ich zu früh, Schneewittchen?«

»Komm rein, Claudio.« Agnes verdrehte die Augen – von wegen Schneewittchen. »Hatte noch die Unterlagen für die Mitarbeiterschulung vorzubereiten – die brauch ich nächste Woche, gleich am ersten Arbeitstag.« Sie klappte die Mappe zu und schob sie in ein Regal direkt neben dem Tisch. »Wir können sofort los.« Rasch trat sie an den Spiegel, bürstete die langen Haarsträhnen glatt, wickelte sie zu einem Knoten und steckte ihn mit einem emailverzierten Essstäbchen fest. Aus dem Spiegel blickte ihr ein ausgeruhtes, ebenmäßiges Gesicht entgegen, die dunklen Augen nach langer Zeit wieder frei von Schatten, die Wangen längst nicht mehr so hohl wie noch vor einem Jahr. Es geht mir gut, sagte sie sich in Gedanken und griff nach der Regenjacke. Den Koffer schob sie mit dem Fuß hinter dem Schreibtisch vor.

»Hast du die ›Padres‹ anständig durchgeknetet?« Der Versuch, Claudio aufzuheitern, misslang. Sein Gesicht verzog sich säuerlich.

»Ich hatte heute zwei Shiatsu-Behandlungen und vier klassische Massagen, plus fünf Patienten zur Heilgymnastik. Das ist kein Spaziergang, liebe Agnes. Die alten Herren sind anspruchsvoll.«

»Mit Humor geht alles leichter, mein Lieber.« Die Hoffnung die Kurve zu kriegen, befand sich im mikroskopischen Bereich. Vier gemeinsame Seminartage mit Mister Mimose, wenn das kein Spaß würde! Zum hundertsten Mal bereute Agnes, für Claudio den Kursplatz klargemacht zu haben. Immerhin hatte Carla ihr für den Neuzugang die Kursgebühr erlassen. Also gute Miene machen zu Claudio, dem pitzeligsten Mann der Welt, der noch dazu auf sie stand. Ein Schokoriegel war ihr derzeit allerdings lieber als alle Verehrer der Welt.

»Wenn ich bedenke, wieviel unsere Ärzte hier im Sanatorium verdienen, werde ich angesichts meiner mickrigen Bezahlung megasauer«, fuhr er fort und ließ sich von Agnes auf den Gang hinaus bugsieren. »Und die Klienten fast ausschließlich greise Pfarrer. Ich freue mich auf den Tag, an dem ich mich selbstständig machen kann.«

Agnes sperrte die Tür ab und zog den Koffer zum Lift. »Nachdem das Sanatorium von einem katholischen Orden geführt wird, kannst du dir keine Topmodels erwarten.«

Claudio lief mit trippelnden Schritten hinter ihr her. »Ich habe sechs Zusatzausbildungen – das sollte denen mehr wert sein.«

»Es genügt, eine einzelne Sache richtig gut zu machen.« Agnes bereute augenblicklich ihre Worte.

»War das Kritik, weil ich viel kann?«

»Nein, so habe ich das nicht …« Agnes wurde vom Öffnen der Lifttür unterbrochen.

»Ich bin vielseitig: Physiotherapie, klassische Massage, Shiatsu, Triggerpunkt, Aromatherapie, Edelsteintherapie, Auraklärung …« Claudio stieg ohne innezuhalten nach Agnes in die Liftkabine. »Die Menschen wollen einen Wunderguru und ich liefere.«

»Hey, du bist großartig.« Beschwichtigend klopfte sie ihm auf die Schulter. »Aber den greisen Pfarrern ist das egal.«

»Das hat meine Mutter immer zu mir gesagt.« Claudio sah eine Spur wehmütig drein.

Bitte kein Selbstmitleid, dachte Agnes und unterdrückte vergeblich ihren inneren Schalk.

»Dass du greisen Pfarrern egal bist?«

Claudios Augen wurden eng. »Soll das witzig sein?«

So viel zum Thema Humor. Agnes musste dringend das Thema wechseln. »Waren deine Eltern eigentlich Italiener?«

»Wieso?«

»Der Name?«

Bei Claudio fiel wohl endlich der Groschen. »Meine Mutter war Südtirolerin. Mein Vater … weiß ich nicht. Nur dass er Pfarrer ist oder war. Wir hatten nie Kontakt.«

»Oh.« Was sagte man zu jemanden, dessen Vater Geistlicher war und ganz klar gegen das Keuschheitsgelübde verstoßen hatte? »Tut mir leid für dich.«

»Ich bin drüber weg. Eine Zeitlang wollte ich für meine Mutter Priester werden.«

»Bist du aber nicht, oder?«

»Sie starb, als ich ins Priesterseminar eintrat. Kurz darauf brach ich die Ausbildung ab.«

»Verzeih mir, ich wollte nicht indiskret sein.« Agnes wurde schmerzlich bewusst, dass sie eigentlich niemals so viel über Claudio hatte erfahren wollen. War die Liftkabine vorhin bereits ebenso eng gewesen? Und seit wann stank Claudios Deo dermaßen nach Moschus? Himmel, fuhr dieser Lift langsam!

»Ich bin gespannt, wie dir das Seminar gefallen wird«, wechselte sie erneut das Thema. »Für deine Freundin war es okay, dass du über Pfingsten weg bist?«

»Ach, die.«

Herrje, das hätte sie doch wissen müssen: In Sachen Beziehungen stand es bei Claudio meistens schlecht.

»Ihr seid doch grad mal ein paar Wochen zusammen.«

Er verdrehte die Augen. »Sie ist unglaublich oberflächlich.«

»Ihr müsst euch erst richtig kennenlernen.«

»Es ist vorbei.«

Die Lifttür schob sich auf und die Eingangshalle lag vor ihnen. Nur ein Pfleger war zu sehen und die Dame am Empfang. Agnes gab die Richtung vor. »Das Auto steht im Hinterhof. Oberarzt Pöltl hat mir seinen Parkplatz heute überlassen. Echt nett, was?«

»Wenn man eine scharfe Braut ist – mir hat der Pöltl noch nie seinen Parkplatz angeboten.«

»Du hast kein Auto, Claudio.«

»Typisch Juristin – die finden immer eine Ausrede.« Wenigstens grinste er und hatte die schlechte Laune abgelegt – für den Augenblick jedenfalls.

Sie nahmen einen Seitengang und verließen das Gebäude durch den Hinterausgang. Ein Stahlhimmel und schneidender Wind erwarteten sie. Agnes' Wagen stand in mattem Rot unter BMWs, Audis und Porsches. Ein Esel im Rennstall. Rasch verfrachteten sie das Gepäck im Kofferraum und warf mit aller Kraft die Klappe zu. Trotz lautem Krachen verriegelte das Schloss nicht und Agnes brauchte mehrere Anläufe, bis der Kofferraum verschlossen war. Der Blick, mit dem Claudio ihr Fahrzeug betrachtete, ließ einiges an Vertrauen wünschen, letztendlich stieg er aber ein.

»Danke fürs Mitnehmen«, murmelte er. »Jetzt kann ich dich ausgiebig über Carla Draschy ausfragen. Sie soll eine geniale Therapeutin sein. Ich möchte unbedingt alles über sie wissen.«

»Hast du dir nicht ihre Homepage angeschaut?«

»Klar – sie war Krankenschwester und hat nebenher Psychologie studiert. Drei Bandscheibenvorfälle später wurde sie in Rente geschickt.«

»Dann weißt du ja alles.« Agnes versuchte den Motor zu starten. Der Anlasser leierte genauso mutlos vor sich hin, wie sie sich angesichts der Aussicht auf die einstündige Fahrt mit Claudio fühlte.

»Ich bin total auf ihre Vorgehensweise gespannt«, begann Claudio erneut. »Wie sie seelische Auslöser für Krankheiten aufspürt und sie auflöst.«

»Mir hat sie jedenfalls sehr bei meiner Migräne geholfen«, erwiderte Agnes zurückhaltend, weil Claudio weder ihre Panikattacken noch die posttraumatische Belastungsstörung etwas angingen, und juchzte auf, als der Wagen endlich ansprang. »Und die Meditationsgruppe ist nett.«

»Neben Carlas Qualifikationen interessiert mich ganz besonders der Mensch dahinter.«

»Frag sie das alles persönlich.« Für kurze Zeit war es still und Agnes reihte das Auto in den fließenden Verkehr ein.

»Aber wie kommt sie auf die richtigen Fragen?«

Agnes atmete tief durch. Das würde eine lange, lange Fahrt werden.

2. Die Scheibenwischer wedelten …

… mit monotonem Quietschen auf höchster Stufe über die Windschutzscheibe, schoben Wassermassen zur Seite, die seit fast einer Stunde auf den Wagen niedergingen. Claudio war mittlerweile verstummt, vermutlich weil er keine Antworten mehr bekam. Die Straßen glänzten nass, tiefe Lachen breiteten sich darauf zu Seen aus. Immer wieder drohte Aquaplaning das Fahrzeug ins Schleudern zu bringen und Agnes' Handknöchel am Lenkrad hoben sich weiß vom Handrücken ab. Nervös warf sie einen Blick auf die Tachometernadel und ging vom Gas. Bei diesen Straßenverhältnissen brauchte sie wenigstens keine Ausreden für ihr Schweigen. Endlich fuhren sie die Bundesstraße nach Reichenau entlang, doch rote Bremslichter leuchteten auf, kündigten einen Stau aus PKWs und LKWs an. Agnes bremste und kuppelte aus. Feuerwehr und Polizei überholten die Kolonne mit eingeschaltetem Blaulicht, dass sich in den Pfützen spiegelte. Agnes blickte aus dem Seitenfenster hinaus auf die Schwarza, die sich ob der heftigen Regenfälle der letzten Tage in einen reißenden Fluss verwandelt hatte. Nur wenig Raum blieb noch zwischen Brücke und Wasser, in dem Äste und Baumstämme verkeilt hingen. »Das sieht nicht gut aus«, murmelte Agnes.

»Hm.«

War Claudio beleidigt? Die Bremslichter vor ihr gingen aus und Agnes legte den ersten Gang ein. »Es ist nicht mehr weit«, sagte sie. »Nach dem Supermarkt den Berg hinauf.« Soll er schmollen, dachte sie und betätigte den Blinker. Herrenhäuser aus Urgroßvaters Zeiten zogen an ihnen vorbei, umgeben von großzügigen Gärten, repräsentativ, abweisend. »Da vorne ist das ehemalige Schloss von Nathaniel Rothschild, ein märchenhaftes Gebäude.« Sie hielt den Wagen an der Einfahrt zum Park an und stellte den Motor ab. Die sofort eintretende Ruhe fühlte sich erlösend an, lediglich das Prasseln des Regens war zu hören. Eine Mauer aus Granit, Ziegeln und Sandstein, durchbrochen von einem herrschaftlichen Schmiedeeisentor, trennte die Anlage von der Straße. Über der Durchfahrt prangte ein ebenfalls schmiedeeisernes, geschwungenes Schild mit der Aufschrift: ›Rothschild'sche Stiftung für k. und k. Officiere‹. Dahinter befand sich ein Pförtnerhaus und das üppige Grün alter Bäume. Es musste ein herrlicher Park um das Schloss angelegt worden sein.

Claudio las das Schild laut vor und schüttelte den Kopf. »Wie kommt das Militär an ein Schloss? Dabei heißt es ständig, das Heer hat kein Geld.«

Claudios Entrüstung löste bei Agnes Heiterkeit aus. »Zuerst hatte der alte Rothschild das Gebäude den ›Brustkranken‹ geschenkt, was die hiesige Bevölkerung allerdings auf die Barrikaden brachte.«

»Brustkrebs? War das damals ein Tabu?« Claudio sah sie verdattert an.

»Tuberkulose.«

»Ach so.«

»Letztendlich überließ Nathaniel Rothschild das Schloss dem k. und k. Kriegsministerium für invalide Offiziere. Muss noch vor 1900 gewesen sein.« Sie beugte sich näher zur Windschutzscheibe, um besser sehe zu können. Am liebsten wäre sie auf der Stelle ausgestiegen und in den Park spaziert, hätte es nicht derart gegossen. »Vielleicht gibt es Privatführungen?«

Ihr Sitznachbar teilte die Schwärmereien mitnichten. Er schnaubte verächtlich. »Ich spüre definitiv eine negative Schwingung. Das liegt mit Sicherheit an der militärischen Nutzung. Fahren wir weiter.«

Vom Berg oben würden es eine gute Sicht auf das Schloss geben, war sich Agnes sicher und lenkte das Auto zurück auf die Straße. Nach ein paar Kurven tauchte das Seminarhotel aus dem Wald auf, umgeben von Obstwiesen, Weiden und noch mehr Wald. Drei Hochlandrinder mit rotem Zottelfell grasten gemächlich, Schafe drängten sich unter einem Scheunendach zusammen, Gänse schnatterten, Zwergschweine liefen weiter oben am Berg einem Traktor hinterher. Auf der Koppel suchten zwei Haflingerpferde Schutz im Unterstand. Von der Rax war bloß ein Schatten zu erahnen, Wolken hatten den 2007 Meter hohen Gipfel verschlungen.

Es duftete nach Laub und Rinde. Das Grün der Wiesen und Wälder lockte Agnes. Hoffentlich verzog sich die Wetterfront bald, damit sie die Wanderung vom Preiner Gscheid hinauf auf die Rax zum Waxriegelhaus mache konnte. Wenn genug Zeit bliebe, könnte sie den Schlangenweg entlang bis zum Karl-Ludwig-Haus weitergehen. Die Aussicht sollte überwältigend sein.

Sie beeilte sich, ins Haus zu kommen. Mit Claudio im Schlepptau, ging sie zur Rezeption und erledigte die Formalitäten. Die beiden zuvorkommenden Rezeptionistinnen stellten sich als Co-Chefinnen des Hauses, sowie Töchter des berühmten Flackl-Wirtes vor und hießen Agnes herzlichst willkommen. Kaum hatte man Agnes einen nostalgischen Zimmerschlüssel ausgehändigt, überließ sie Claudio den geduldigen Hotelbetreiberinnen und eilte zum Lift. »Claudio-Pause!« Sie betrachtete ihr müdes Spiegelbild in der Liftkabine und musste grinsen.

3. Ramona reinigte die …

… Schuhe vor dem Hotelportal und zog die Glastür auf. Der Polterabend ihrer Arbeitskollegin war zwar erst morgen, aber hey, es war kein Nachteil, schon vorher die Gegend und das Hotel erkundet zu haben, um auf alles vorbereitet zu sein. Wer wusste schon, was sich die Trauzeugin und ihre Freundinnen an verrückten Spielen ausgedacht hatten. Sie war absolut nicht der Party-Typ, sondern gehörte in die Kategorie ›nerdige Besserwisserin‹. Das sagten jedenfalls die anderen über sie. Weil es keiner aushält, wenn eine gut gepolsterte junge Frau mit einer Vorliebe für rosa Haarbänder klüger ist als alle anderen. Im Regen allein spazieren zu gehen fand Ramona herrlich. Die Wiesen und der Wald dampften geradezu Entspannung aus – in diesem Erde-Pilz-Nadelbaum-Duftgemisch konnte unmöglich jemand etwas anderes empfinden. Nach den letzten stressigen Monaten tat ihr die Ruhe gut. Was sie vor den Mädels niemals zugeben würde. Sie war die einzige Polizeijuristin in der Runde, die Braut war Kriminalinspektorin und die übrigen kannte sie kaum.

Ramona betrat die Lobby und ging hinüber zum Lift. Da vorne an der Rezeption standen neue Gäste. Eine dunkelhaarige junge Frau unterhielt sich mit den beiden Töchtern des

Flackl-Wirts, die das Haus vor ein paar Jahren übernommen hatten. Ramona informierte sich stets genauestens über das Umfeld, in dem sie sich aufhielt. Toller Familienzusammenhalt und äußerst freundliches Personal. Maximale Begeisterung löste bei Ramona das hiesige Essen aus: Zu jeder Mahlzeit bog sich das Buffet unter den regionalen Köstlichkeiten. An der Rezeption sprach wieder diese fremde Frau – die Stimme kam Ramona bekannt vor. Zwischen der Frau und dem Mann mit den rotblonden Locken standen ein Koffer, darauf eine Tasche und daneben eine Reisetasche. Offenbar gehörte der Mann, der ebenfalls einchecken wollte, zu ihr.

Die Lifttür ging auf und im selben Moment wandte die Frau den Kopf, sodass Ramona ihr Profil sehen konnte – das durfte nicht wahr sein – Agnes Feder! Ramona sprang in den Lift und drückte auf den Schalter. Was für ein Mist! Sie saß über Pfingsten mit Agnes fest! Von allen Frauen, die sie nicht leiden konnte, die Schlimmste.

4. Agnes' Zimmer befand …

… sich im hinteren Teil des Hauses, mit Blick den Berg hinunter, auf das Rothschild-Schloss. Der Anblick ließ sie lächeln und ohne Zögern öffnete sie die Balkontür. Das Rauschen des Regens drang in den gemütlichen Raum. Das helle Holz der Möbel harmonierte mit dem lindgrünen Anstrich der Wand hinter dem Betthaupt. Ein kleiner Schreibtisch, davor ein Stuhl mit Armlehnen. Agnes hievte den Koffer auf das kleine Sofa gegenüber dem Bett, räumte ihn nach und nach aus, brachte das Necessaire ins Bad, stellte die Zahnbürste ins Glas, Gesichtscreme und Reinigungslotion daneben. Ihre Finger tasteten im Beutel nach dem Täschchen mit den Medikamenten für Migräneattacken und zum Schlafen.

Nichts.

Das konnte nicht sein! Sie kippte den Inhalt ins Waschbecken nur um festzustellen, dass der Beutel fehlte. Vielleicht im Koffer? Sie ging zurück, schüttelte den Koffer über dem Bett aus, griff in Seitenfächer – nichts. Kleider, Notizbuch, Teetasse, Federschachtel, Teesäckchen lagen verstreut auf der Decke, bloß die Medikamente fehlten. Ein Zittern ergriff ihre Beine, setzte sich über die Wirbelsäule fort bis in Brust und Arme. Unmöglich. Sie hatte das Täschchen daheim auf den Sekretär gelegt – und dann? Vielleicht in der Handtasche? Hastig griff sie nach der Tasche und der Inhalt ergoss sich über die Kleider auf dem Bett. Das ersehnte Rosenmuster des Beutels tauchte nicht auf. Er lag wohl immer noch auf dem Sekretär. Zu Hause.

Agnes rieb sich die Stirn, lief auf und ab. Blieb am Fenster stehen, atmete tief durch – wenn sich nur diese Enge in der Brust lösen wollte! Ohne ihre Medizin konnte sie nicht einschlafen. Ohne diese Tabletten würden die Träume zurückkommen. Ihre Hand legte sich um die Kehle, ein Finger ertastete die blassen Narbe seitlich davon. Den ganzen Weg zurück nach Wien bei diesem Wetter – bloß nicht. Die Apotheke im Ort würde ihr ohne fachärztliche Verschreibung das Medikament keinesfalls verkaufen. Natürlich – Theres! Agnes wühlte in dem Durcheinander auf ihrem Bett nach dem Handy und tippte die Kurzwahl ein. Theres nahm den Anruf nicht an, doch dafür konnte Agnes auf ihren Anrufbeantworter sprechen. »Theres, bitte sei so gut und schicke mir den Beutel, der auf dem Sekretär liegt, so schnell wie möglich – meine Medikamente befinden sich darin. Nimm einen Botendienst, ich bezahle alles. Danke, Liebes!« Okay, das war ein guter Plan. Sollte sie noch Paps anrufen, damit er bei Theres nachfragte? Ihre Finger tippten bereits ins Handy und der Name ›Ludwig Feder‹ erschien am Display – doch dann löschte sie ihre Eingabe wieder. Sie wollte ihren alten Paps nicht aufregen. Konzentriere dich auf etwas Positives, mahnte sie sich und sah zum Balkon hinaus. Blätter glänzten im Nieselregen. Rastlosigkeit erfasste sie, zwang sie, die Regenjacke überzuziehen, in feste Schuhe zu steigen und hinaus in den Wald zu laufen. Nur weg von den Gedanken an eine Nacht ohne Schlafmittel!

5. So ähnlich musste …

… sich Goldmarie gefühlt haben, als sie durch den Brunnen gefallen war und auf einer Wiese erwacht, in einer jenseitigen Welt, dem Reich von Frau Holle.

Der Wald dampfte. Junges Grün schimmerte schwach durch den Nebel, der den Widerhall jeglicher Geräusche verschluckte; ihr Keuchen vom steilen Aufstieg genauso wie das Knacksen unter ihren Schuhen und das Krächzen unsichtbarer Raben. Aus der Erde stieg der Geruch nach Moos, Pilzen und verrottetem Laub. Der Regen hatte aufgehört, dafür benetzten Nebeltröpfchen Agnes' Haare, Haut und Kleidung.

Vom Laufen erschöpft, stützte sie sich auf den Oberschenkeln ab. Das Gute daran war, dass alle Grübeleien verschwanden, das Schlechte – nun ja, dass sie eine gute Kondition brauchte, um das Tempo durchzuhalten. Immerhin ebbte ihre Panik ab. Die Ängste, die sie zuvor angetrieben hatten, wichen dem Frieden des Waldes. Die Stille dröhnte in ihren Ohren, gemeinsam mit dem Herzschlag, der im steten Rhythmus spürbar in der Halsschlagader klopfte. Sie konnte bis zu den nächsten Bäumen sehen, je weiter ihr Blick schweifte, desto verschwommener wurden die Linien der Stämme. Nebelschwaden verschluckten den Himmel, die Wipfel, das Erdreich. Zwielicht fiel ein, erschwerte zunehmend die Wahrnehmung. Immer enger wurde es zwischen den Bäumen. Außen wurde zum Innen und das Innen zum Außen. Sie hob den Kopf und wünschte sich hinauf in die Wipfel.

Ein Schrei, dissonant und rau, ließ sie zusammenzucken.

Schwingen kämmten durch den Nebel, ein Ton breitete sich aus, der wie das Wusch-Wusch eines Riesenfächers klang – der Windhauch berührte ihre Wangen, doch der Vogel selbst blieb unsichtbar.

Da war etwas – oder jemand?

Bedacht, möglichst kein Geräusch zu verursachen, setze sie Schritt auf Schritt, wollte das Unbehagen in Zaum halten, nahm eine Abkürzung abseits des Weges. Die Richtung war klar, einfach bergab, nördlich halten. Ihre Sinne achteten auf jeden noch so schwachen Windhauch, auf jedes Rascheln und Zwitschern. Der Regen setzte erneut ein, prasselte monoton auf ihre Kapuze. Es roch so intensiv nach Steinpilzen, dass sie vorsichtshalber auf die Erde unter ihren Schuhen achtete. Ein riesiger Fels tauchte vor ihr aus dem Nebel auf. Sie strebte die flachste Kante an, um darüber zu klettern. Ihre Hand griff ins Moos, weich und nachgiebig unter ihren Fingerspitzen. Auf der anderen Seite bohrten sich Steinkanten in die Handfläche. Agnes kletterte hinüber, hörte sich keuchen. Blätter rutschten unter ihrem Fuß weg. Sie glitt ein Stück weit, fing sich gerade noch an einer umgestürzten Fichte, um nicht zu Boden zu gehen.

»Verdammt.« Sie rieb sich die Stelle am Gesäß, wo sie gegen den Felsen geprallt war. Ein Knacken. Sie erstarrte. Als hätte sich der Wald bewegt. Die Härchen auf ihren Armen sträubten sich. Da vorne, direkt vor ihr – Zweige brachen, ein Grollen hallte über den Hang. Blitzschnell wandte sie sich dem Dornengestrüpp links von ihr zu. Das Herz trommelte gegen das Brustbein. Hinter den Nebelfetzen schimmerte eine dunkle Silhouette. Mannshoch, regungslos. Es fühlte sich an, als würde das Wesen sie anstarren. Ein Windstoß blies die Schwaden weiter und verhüllte die Erscheinung erneut.

Sie konnte keinen Finger rühren, stand stocksteif da, vergaß zu atmen. Das Gestrüpp bewegte sich wieder – was war das? Ein Mensch hätte ihr etwas zugerufen, oder? War es ein Tier? In dieser Größe konnte das nur ein Bär sein! Ihre Gedanken überschlugen sich. Aber weglaufen war ganz verkehrt, oder doch nicht? Wie war das in diesem Kinofilm gewesen, mit Leonardo Di Caprio – Himmel, der Bär hatte ihn zu Hollywoodbrei verarbeitet! Eine Lichtreflexion blitzte dort auf, wo sie die Gestalt zuletzt gesehen hatte. In ihren Ohren pochte Blut, die Bäume rückten noch näher. Ein neuerlicher Laut – war das eben ein Schnauben gewesen?

Lass es kein Bär sein, murmelte sie lautlos. Sie konnte unmöglich weiter hier stehen bleiben und in den Nebel starren. Ein mächtiges Blitzen erhellte für den Bruchteil einer Sekunde den Wald – da war sie wieder, die Bärengestalt! Und dann, im nächsten Augenblick war sie hinter Nebelfetzen verschwunden. Gehetzt blickte sie nach allen Seiten, lauschte. Einen Atemzug lang stand Agnes noch da, sammelte alle Kraft, dann rannte sie los, immer den Berg hinunter.

6. Endlich tauchte Agnes …

… aus dem Wald auf, wie aus einem ihrer bösen Träume. Ihre Lungen brannten. Erleichtert sah sie die Lichter des Hotels ein Stück des Weges vor sich. An den Waden klebten feucht die Hosenbeine. Umso verlockender erschien ihr der beleuchtete Wintergarten, ein sicherer Hafen, den sie dringend nötig hatte. Kaum hatte Agnes die Glastür aufgedrückt, umgaben sie Wärme und Essensgerüche. Die Gäste an den Tischen unterhielten sich entspannt, niemand beachtete sie. Agnes schlüpfte aus der Jacke und schüttelte die Haare aus.

Jemand rief ihren Namen. Die Frau, die ihr zuwinkte, erhob sich und kam auf sie zu. »Wie schön, dass du bereits heute anreisen konntest.« In ihrem rotgoldenen Zopf glänzten weiße Strähnen, doch ihre Bewegungen waren jugendlich.

»Carla, wie schön dich zu sehen!« Agnes schloss ihre Therapeutin in die Arme. In dieser Geste lag so viel mehr aus als nur einen Gruß; Carla war im vergangenen Jahr zu ihrer Vertrauten geworden. Nach wenigen Sekunden lösten die Frauen die Umarmung und Carla machte einen Schritt zurück.

»Wie geht es dir?«, fragte sie und musterte Agnes durchdringend. »Du bist – anders.«

»Mir ist eben ein Bär über den Weg gelaufen.« Agnes blinzelte.

»Ein – was?« Carla blickte sie ungläubig an und unterdrückte ein Husten. Gemeinsam gingen sie zu Carlas Tisch hinüber.

»Möglicherweise habe ich einen Bären gesehen.« Hier unter Menschen kamen Agnes allmählich Zweifel.

»In den Alpen gibt es keine Bären«, wandte Carla ein. Sie setzte sich an den Tisch und nippte am Rotweinglas.

»Wer weiß.« Im Hinsetzen griff Agnes nach dem Silberring an ihrem kleinen Finger. Ein 600 Jahre alter Ring, den sie in England dank einem ihrer Träume gefunden hatte. »Wegen der schlechten Sicht kann es womöglich eine optische Täuschung gewesen sein.«

Ehe Carla etwas erwidern konnte, stapfte ein stattlicher Mann Ende sechzig auf sie beide zu, dessen wettergegerbtes Gesicht Beweis seine Naturverbundenheit war.

»Ah, da sind'S ja, Frau Draschy. Wollt fragen, ob alles in Ordnung ist.«

Carla nickte erfreut. »Agnes, das ist unser Wirt, der Herr Flackl«, stellte Carla den Mann vor und blickte zu ihm auf. »Den Seminarraum haben Sie uns perfekt vorbereitet – vielen Dank! Die Heizung werden wir eine Spur höher einstellen, sonst frieren wir während der Meditation. Und bitte Obst für die Pausen.«

»Ist alles schon veranlasst.«

Bewundernswert diese Kraft, die er in seinem Alter ausstrahlte, dachte Agnes, während sie ihm zuhörte. »Es gibt sogar ein Grander-Wasser. Die Leut' mögen das.«

»Das klingt großartig«, erwiderte Carla begeistert, und begann in den Taschen ihrer Strickjacke zu kramen, hustete, und zog ein Hustenbonbon hervor. »Eine ganz andere Frage: Gibt es in diesem Gebiet Bären?« Sie steckte das Bonbon in den Mund.

»Scho' lang nicht mehr. Die vom WWF haben mal versucht, welche auszuwildern, aber die halten si'ned.« Flackl stemmte die Arme in die Seiten. »Die Bauern sind sowieso keine Fans von Bären. Nur den Alois, unseren Jäger, täten's freuen.« Der Flackl-Wirt lachte amüsiert auf. »Keine Sorge, die Damen, die Bären sind schon alle abg'schossen.«

»Schlimm.« Carla wirkte betroffen. »Bären waren früher mal heilige Tiere.«

»Die reiß'n Lämmer.« Der Flackl-Wirt zuckte mit den Schultern.

Agnes jedoch wollte die Ehre der Bären retten. »Bären sind überwiegend Vegetarier und waren bis vor 140 Jahren noch in den Alpen heimisch. Da gab's doch einen Bären, der aus Slowenien nach Österreich gekommen ist. Und dann hat man Weibchen ausgesetzt. Die haben sich tatsächlich vermehrt.«

»Der Ötscher-Bär, richtig. Der hat eine Menge Bärchen gezeugt. Da sind leider keine mehr übrig.«

»Ich erinnere mich«, mischte sich Carla ein. »War in der Zeitung – bei einem Jäger im Keller hat man einen ausgestopften Jungbären gefunden. Das ganze Projekt ist gescheitert, weil der Genpool zu klein geworden ist.«

»Ich habe möglicherweise einen Bären im Wald gesehen«, sagte Agnes an den Wirt gewandt. »Lebt wirklich keiner in ihrer Gegend?«

»Nein, den hätt' der Alois scho' erwischt.« Der Wirt runzelt die Stirn. »Ich bin täglich im Wald und hab nie einen g'sehen.« Jetzt fiel ihm wohl etwas ein, denn in seinen Augen blitzte es schelmisch. »Einen Bären hätten wir scho' ...« Erwartungsvoll blickte Agnes zu ihm auf. »Am Parcours – also Bogenschießen, draußen im Wald. Der Bär is' lebensgroß, aber aus Styropor.« Er genoss sichtlich die Wirkung seiner Worte und lachte vergnügt. »I muaß weiter. Habt'S an schönen Abend, griaß' Eich.«

Carla erwiderte seinen Gruß und Agnes sah ihm nach. Flackl ging zum Tresen zurück und kümmerte sich um andere Gäste. Mit einem schweren Seufzen ließ Agnes sich auf einen Stuhl sinken und streckte die Beine aus.

»War's der Bär aus Holz?« Carla blickte sie mit einem unverblümten Schmunzeln an.

»Gut möglich.«

»Der Nebel kann böse Streiche spielen.«

»Sicher.« Agnes hatte keine Lust weiter von ihrem Erlebnis im Wald zu sprechen. Der Gedanke an ihr Notizbuch festigte den Wunsch, das Erlebnis festzuhalten, egal ob der Bär echt oder aus Holz gewesen war. Ehe Agnes sich verabschieden konnte, betrat Claudio den Wintergarten und steuerte zielstrebig ihren Tisch an. Sein Focus lag ausschließlich auf Carla. »Da kommt Claudio«, raunte Agnes. Kurz darauf stand er auch schon vor ihnen.

»Mein Name ist Claudio Nuretti.« Er streckte Carla die Hand entgegen.

»Hallo, Claudio.« Carla erwiderte sein Lächeln. »Ich freue mich, dich kennenzulernen. Beim Seminar sind wir alle per Du, wenn das für dich in Ordnung ist.«

»Na klar. Darf ich mich zu euch setzen?« Im nächsten Moment stand sein Rotweinglas neben Carlas und er nahm Platz. Fast zeitgleich erhob sich Agnes und wies auf ihre nassen Hosenbeine.

»Entschuldigt mich. Ich bin völlig durchweicht von meinem Waldspaziergang. Muss dringend unter die Dusche. Schätze danach bin ich zu müde, um nochmals runterzukommen.« Ihr Blick streifte Claudios Schuhe – ebenfalls erdverschmiert und durchnässt. War er das da draußen gewesen? Hatte er sie verfolgt und absichtlich erschreckt? Sofort verscheuchte sie diese absurden Gedanken.

»Bitte tu das, sonst holst du dir eine Erkältung wie ich«, sagte Carla. »In der Früh um sieben halten wir eine Meditation ab. Im Seminarraum ist Morgensonne – sollte sie es durch die Wolken schaffen.«

»Ich werde kommen. Gute Nacht, ihr beide.« Agnes küsste die Wangen ihrer Freundin.

»Was ist mit mir?« Claudio hielt ihr seine Wange erwartungsvoll entgegen. Sie schaute ihn überrascht an und zwang sich zu einem Lächeln, machte allerdings einen Schritt von ihm weg.

»Du gehst leer aus.«

»Kann ich nachher noch bei dir anklopfen?«

»Nein. Wozu?«

Claudio grinste vielsagend und zuckte mit den Schultern, ganz ›unschuldiger Chorknabe‹, der er nicht war. »Ich kann so schlecht einschlafen in fremden Betten.«

Allmählich wurde Agnes ärgerlich. »Dabei werde ich dir nicht helfen.« Sein Grinsen zerbröselte augenblicklich und Agnes erschrak vor dem Ausdruck in seinen Augen. Die Emotionen, die auf sie übersprangen, schnitten in ihre Brust. Ihre verdammte Empathie war im Begriff aufzuwachen und das Einzige, was dagegen half, lag daheim auf dem Sekretär. Ohne ein weiteres Wort drehte sie sich um und verließ den Wintergarten. Im Zimmer angekommen kontrollierte sie ihr Handy auf Nachrichten und fand tatsächlich eine von Theres. Sie wollte morgen die Tabletten schicken. Erleichtert legte Agnes das Handy auf den Nachttisch und schlüpfte aus der klammen Hose. Jetzt rasch duschen und sich unter der Decke verstecken. Vielleicht blieb sie heute noch traumlos.

7. Alphons – 7. Juni 1889

Ringsum Wald, vor ihr eine Lichtung im Dämmerlicht. Sie saß in einem Hochstand. Die beste Zeit, um Rotwild anzutreffen. Die Wiese lag tief im Forst, auf einer Anhöhe, welche nur von wenigen Jägern angestiegen wurde. Die Holzbank knarrte unter ihrem Gewicht, dennoch war es ihr liebster

Platz, das fühlte Agnes ganz deutlich. Die Feuchtigkeit der Dämmerstunde kroch durch die Kleidung. Sie fröstelte. Neben ihr saß ein älterer Mann, der aus der Brusttasche einen silbernen Flachmann zog und ihr reichte.

»Hier, Alphons, nimm einen Schluck.«

Agnes bemerkte erst jetzt, dass sie ein Mann war, fand das aber in der Traumwelt ganz in Ordnung. Sie griff nach der Flasche und trank. Beim Absetzten keuchte sie auf. »Vogelbeerbrand.« Sie fühlte der Wärme in der Kehle nach. »Nur das Beste kommt bei dir in die Flasche, Nathaniel, das muss man dir lassen.«

Sie war Alphons, ein vermögender Adeliger – sah sich selbst im Traum, wusste, dass es wieder geschah, und konnte dennoch nichts dagegen tun.

»Alsdann, er spricht wieder.« Der wohlgenährte Sitznachbar strich sich durch den ergrauten Bart, zwirbelte das eine Ende des Schnauzers zu einer Spitze zusammen. »Nimm noch einen Schluck, sonst wird mir fad.«

Alphons lächelte, obwohl er keine Fröhlichkeit in sich fühlte. Sein väterlicher Freund ahnte stets, wenn jemand sorgengeplagt war und alleine diese Gewissheit erwärmte Alphons' Herz. Gehorsam nahm er einen weiteren Zug aus dem Flachmann und gab ihn Nathaniel zurück. Gedankenverloren strich er über den Gewehrkolben, der kühl und glatt auf seinem Schoß lag.

»Warum hast du nie geheiratet, Nathaniel?«

Der Freund schmunzelte und neigte ihm den Kopf zu.

»Damit ich genauso griesgrämig im Wald sitze wie du?«, antwortete er mit einer ansehnlichen Portion Zynismus. »Oder bist du gar glücklich?«

»Glück? Was soll das sein?« Alphons seufzte bitter. »Und was hat das mit dem Heiraten zu tun?«

Nathaniel lachte tonlos in seinen Bart.

»Glücklich ist, wer sich in einem idealen Zustand befindet, dem nichts hinzuzufügen ist, in dem es keine Wünsche und kein Streben mehr gibt. Es ist eine Art angekommen sein. Heißt es jedenfalls.«

»Du verzeihst, aber das klingt ein bisschen nach unserem Herrn Pfarrer, Nathaniel, oder Rabbi in deinem Fall.« Alphons verzog den Mund zu einem säuerlichen Grinsen. »Diesen Zustand erhoffe ich mir vom Jenseits, in meinem irdischen Leben wird sich das nicht mehr ergeben. Außerdem, wer heiratet, um glücklich zu sein?«

»Es soll vorkommen«, brummte Nathaniel. »Aber du hast doch die Margarethe nicht wegen des Geldes allein geheiratet. Da war doch mehr.«

»Sicher doch – die Villa hier in Reichenau zum Beispiel und die guten Beziehungen ihres Papas. Damals war sie auch ein ganz passables Mädchen, hat noch nicht so viel geredet wie heute und dazu eine manierliche Figur. Ich muss zugeben, es war recht viel sportlicher Ehrgeiz dabei, das Rennen um ihre Hand zu gewinnen. Ha, was für ein Triumph das war.« Alphons nahm seinem Freund den Flachmann aus der Hand. Scharf rann der Schnaps die Kehle hinunter und löste seine Zunge, die sonst eher einsilbig blieb. »Jeden Sieg muss man bezahlen. Bist ein g'scheiter Mann, Nathaniel, bleibst ledig. G'scheiter als ich war.« Nachdenklich wiegte sein Freund den Kopf hin und her und schürzte dabei die Lippen, sodass sich die Barthaare rings um den Mund aufstellten. Unweigerlich dachte Alphons an ein Stachelschwein.

»Ihr habt so viele Kinder, acht zuletzt? Da sollte man meinen, dass bei deiner Ehe ein bisserl Liebe und Spaß auch dabei sind.«

Alphons schnaubte und schüttelte den Kopf.

»Sieben, das achte ist unterwegs. Man merkt, du hast keine Ahnung von der Ehe. Erstens kriegt mir die Margarethe immer nur Mädchen und zweitens muss ich sie schwängern, damit ich eine Ruh' von dem Weib hab. So rennt sie mir nicht bei jeder Abendgesellschaft mit und tagsüber beschäftigen sie die Kinder in einem Ausmaß, dass ich von ihr nur behelligt werde, wenn es besondere Ausgaben für weitere Kindermädchen oder Erzieherinnen gibt.«

»Ach, so macht man das. Verstehe.« Nathaniel brummte etwas Unverständliches. »Und da fragst du mich, warum ich nie geheiratet habe.«

»Du hast Recht, ich ziehe meine Frage mit dem Ausdruck des Bedauerns zurück.« Plötzlich legte Nathaniel unvermittelt die Hand auf Alphons' Mund.

»Scht – schau, dort …«, flüsterte er aufgeregt.

Aus dem Unterholz löste sich die Silhouette eines Zwölfenders. Alphons keuchte auf. Majestätisch schritt der Hirsch auf die Lichtung, die Witterung prüfend, die Ohren steil aufgerichtet. Noch traute er dem Frieden der Umgebung nicht und seine Sinne waren aufs Äußerste angespannt. Angesichts solcher Vollkommenheit erschauderte Alphons. Ihm wurde in demselben Augenblick gewahr, welch Frevel es war, diesem Geschöpf das Leben zu nehmen, welches Gott in seiner unendlichen Weisheit erschaffen hatte. Dieses wilde Wesen – es war gesegnet und beneidenswert frei. Ganz anders als er selbst. Nathaniels Gewehr lag längst im Anschlag, bereit abzudrücken, da legte Alphons seine Hand auf den Arm des Freundes.

»Lassen wir dem hier das Leben – und die Freiheit dorthin zu gehen, wohin er möchte.« Schon krümmte sich Nathaniels Zeigefinger um den Abzug, um die Trophäe zu schießen – doch der feste Griff des Freundes hielt ihn ab. Er wandte den Kopf, verpasse den günstigen Moment und blickte stattdessen in Alphons' Augen – im Widerglanz sah Alphons sich selbst, und er war nichts weiter als eine ausgestopfte Trophäe über dem Kamin seiner Gemahlin, denn wer Jäger und wer das Wild war, erwies sich oftmals erst im Laufe der Zeit.

Samstag, erster Seminartag

1. Kirchturmglocken? Agnes' Hand …

… tastete quer über die Matratze bis zum Nachtkästchen hinüber nach dem Handy und stellte den Weckruf ab. Mit geschlossenen Augen fühlte sie der Traumgeschichte nach. Wieder eine frühere Existenz, Fin de Siècle, wenn sie sich nicht täuschte. Dass die Träume so unmittelbar auf das Absetzen des Medikaments einsetzten, machte ihr Sorge. Andererseits war es Ewigkeiten her, dass sich der Morgen leicht und heiter angefühlt hatte. Träume hatten eben eine wichtige Funktion für die geistige Gesundheit, sie zu unterdrücken musste Nebenwirkungen haben.

Und überhaupt – sie war ein Mann gewesen! Was für ein Spaß – eigenartig hatte es sich angefühlt, dem anderen Geschlecht anzugehören. Noch dazu ein Mistkerl, jedenfalls aus Sicht seiner Ehefrau betrachtet – gleichwohl hatte sie seine Einsamkeit gespürt, die beinahe etwas von einer ausgewachsenen Depression hatte. Diese Art von Träumen faszinierten sie trotz des ganzen Horrors, der vor zwei Jahren darauf gefolgt war. Während ihres Englandaufenthaltes hatten sich ihre Träume noch um ihr Leben als kräuterkundige Frau im Mittelalter gedreht – nun war sie im 19. Jahrhundert angelangt. Agnes streckte sich und gähnte herzhaft. Herrlich wach fühlte sie sich, frei von dem üblichen Chemienebel.

»Das kann unmöglich ich gewesen sein«, sagte sie laut und schob die Beine über die Bettkante. Bad. WC. Ab zur Meditation. Hopp. Hopp.

Das schwarze Outfit war schnell übergezogen: lose flatternde Seidenjacke im chinesischen Stil mit Stehkragen, Knotenknöpfen und weiten Hosen. Agnes warf ein Pashminatuch über die Schultern, klemmte ihr Sitzkissen unter den Arm und machte sich auf die Suche nach dem Seminarraum.

Den Gang entlang, die Stiegen hinunter ins Untergeschoss, bis zu einer Tür an der Carlas Namen angeschrieben war. Einige Schuhpaare standen bereits fein säuberlich aufgereiht davor. Agnes stellte die ihren in die Reihe dazu, symmetrisch ausgerichtet, denn die Achtsamkeit begann bereits vor dem Eintreten. Im Meditationsraum begrüßte sie keine Morgensonne, vielmehr peitschten heftige Regenschauer gegen die Fensterfront und Windböen tobten um das Haus. Der Wald draußen gab ein verschwommenes Bild ab, die Berge allesamt von Wolkenmassen verschlungen. Im Kontrast dazu bot das Innere des Seminarraums wohlige Geborgenheit, duftete nach Weihrauch und Sandelholz und lud zum Weiterdösen ein – nicht gerade die besten Voraussetzungen, eine Meditation durchzustehen.

Carla befand sich auf dem Podest am oberen Ende des Raumes. In einiger Entfernung vor ihr saßen Rücken an Rücken Claudio und Ursula, beide etwa gleich groß und jeder das Gesicht zu seiner Wandseite gewendet. Ursula zu sehen, freute Agnes besonders. Die dunkelblonde Krankenschwester war einige Jahre älter als Agnes, hatte stets gute Laune und war eine Frau, die nicht viel redete, sondern anpackte. Genauso praktisch waren ihr Haarschnitt – im Nacken kurz, an den Seiten umspielten Naturlöckchen ihr ungeschminktes

Gesicht. Lediglich der Hang zu quietschbunten selbstgefärbten Tüchern machte auf sie aufmerksam.

Die Reihe setzte sich mit Karin fort, der Buchhalterin der Gruppe. Auch jetzt machte sie in energischer Handschrift die letzten Häkchen auf ihrer Liste. Die tizianroten Naturwellen der kinnlangen Dreißigerjahre-Frisur rahmten ihr rundes Gesicht ein. Bei der hohen Luftfeuchtigkeit gestaltete sich das Glattföhnen bestimmt zur Sisyphusarbeit. Sie war etwa gleich alt wie Agnes und in der Tat ursprünglich Buchhalterin gewesen. Vielleicht trug sie deshalb mit Vorliebe den braven Dreißigerjahre-Stil? Ihr Make-up war dezent und anstelle von Bubi-Kragen trug sie einen blutroten Qi Gong-Anzug. Neben Claudio saß bloß noch Josef. Die übrigen Seminarteilnehmer reisen wohl erst heute an, vermerkte Agnes in Gedanken, trat in den Raum und legte die Hände aneinander zum ›Namasté‹, dem üblichen Gruß unter Meditierenden. Stumm verneigte sie sich, ging auf Socken zur nächstgelegenen Sitzreihe und legte ihr Sitzkissen neben Josef ab. Die Spreu darin raschelte, doch er regte sich nicht. Er hielt den Rücken steif aufgerichtet, die Schultern etwas hochgezogen. Das an den Schläfen ergraute Haar war wie üblich akkurat geschnitten und an den Schläfen drückten sich die Bügel des Brillengestells in die Haut. Was Agnes völlig vergessen hatte – Josef verweigerte den Gebrauch von Rasierwasser und Deo, was ihr gleich beim nächsten Atemzug wieder einfiel. Eine Geruchswolke aus muffiger Kleidung vermischt mit Schweiß und Patschuli stieg ihr in die Nase – und blieb dort.

Schon bereute sie ihre Platzwahl und war sich sicher, während der gesamten Meditation über Deo-Verweigerer sinnieren zu müssen.

Als hätte er ihre Gedanken gehört, drehte sich Josef zu

ihr. Die Augen hinter den Brillengläsern penetrierten ihre gute Laune, die sich einem Luftballon gleich in sich zusammenzog. Agnes nickte ihm trotzdem zu, und er erwiderte den Gruß mit unbewegter Miene. Eigentlich sah er gut aus, musste um die 40 sein, hatte hohe Wangenknochen und den Körper eines Asketen. Sie wusste von ihm lediglich, dass er wegen Sprachproblemen bei Carla gelandet war und keiner Arbeit nachging. Irgendjemand hatte mal erzählt, er habe das Vermögen seines Vaters, des legendären Malers und Lebemanns Valentin Vantak, geerbt und hatte seither ausgesorgt. Dass man dabei nicht eine Spur fröhlicher wirkte, wunderte sie. Selbst hatte sie lediglich ein renovierungsbedürftiges Gartenhäuschen samt ausgedehntem Dschungel geerbt – ein paar Münzen mehr hätten ihr Leben deutlich vereinfacht. Aber nein, sie wollte nicht mit ihm tauschen, dafür liebte sie ihre Villa Kunterbunt viel zu sehr.

Das Regenprasseln wurde stärker und durch die Terrassentür drang Zugluft. Agnes schlang das Kaschmirtuch enger um Hals und Schultern. Das Unbehagen wollte nicht weichen. Es hatte sich am Ende ihrer Wirbelsäule eingenistet und sandte Mikropfeile in alle Richtungen aus. Immer wieder verlagerte sie ihr Gewicht, kämpfte um eine bessere Sitzposition und innere Ruhe. Fehlte ihr das Medikament? Lag es an Josefs Ausdünstungen?

Carla läutete ein Glöckchen.

»Guten Morgen, Freunde«, begann sie, die Stimme wohltuend ruhig. Alle erhoben sich mit ihr gemeinsam. »Willkommen in unserer Runde, Claudio. Wir beginnen unsere Meditation wie gewohnt beim dritten Gong.«

Die Anwesenden verneigten sich voreinander und Carla schlug die Klangschale an. Ein warmer, satter Klang erfüllte den Raum. Sie nahmen Platz und erneut ertönte der Gong.

Jeder richtete sich auf dem Sitzkissen ein, als Carla noch mal das Wort ergriff. »Claudio, wir halten in der Meditation das ›kosmische Mudra‹ – lege einfach die Daumenspitzen aneinander sowie die restlichen Finger ineinander, als würdest du in deinen Händen einen Apfel halten.« Sie beobachtete Claudio, dessen Hände das Mudra formten. »Vor dem ›Qi Hai‹ am Unterbauch halten. Ganz genau.« Carla schlug den dritten Gong und die Meditation begann – das Zählen der Ausatmung, von eins bis zehn. Sobald sich Gedanken einstellten, musste wieder bei Eins begonnen werden. Als wäre dies nicht genug an Herausforderung, fühlte Agnes die ganze Zeit über jemandes Aufmerksamkeit auf sich ruhen, eine klebrige Energie, die sich über sie legte und nicht auszublenden war. Kein Zweifel, ihr sechster Sinn war aufgewacht.

2. Am Frühstücksbuffet tummelten …

… sich die Teilnehmer von mindestens drei weiteren Seminaren. Mit einem Teller voll Rührei und Käse setzte sich Agnes an den Tisch neben Karin, wo auch Claudio, Josef, Ursula und Carla saßen.

»Beginnen wir das Seminar mit – «, begann sie an Carla gewandt, wurde aber von Karin unterbrochen, die direkt neben der Leiterin saß.

»Entschuldige, aber eben fällt mir ein, dass wir noch nicht die Liste mit den Zahlungseingängen durchgegangen sind. Das müssen wir unbedingt vor Eintreffen der Leute machen, Carla.«

Carla schob sich eine Kirsche in den Mund und blickte dabei zu ihrer Tischnachbarin.

»Wir sind eine kleine Gruppe und ich kenne alle. Außerdem vertraue ich darauf, dass Menschen auf der Suche nach ihrem inneren Gleichgewicht ehrlich genug sind, ihren Seminarbeitrag einzuzahlen.«

»Du bist ein guter Mensch«, erwiderte Karin und presste die Lippen zusammen. Um ihre Gedanken zu erraten, brauchte Agnes keinen Funken ihrer Empathie-Begabung.

»Naiv meinst du«, sprach Carla das Offensichtliche gelassen aus. »Trotzdem danke ich dir für dein Engagement.«

»Gern.« Karin strich sich eine Locke von der Wange und ein Strahlen huschte über ihr Gesicht. »Ich habe mit dem Wirten gesprochen – nicht, dass er uns runzlige Äpfel für die Pause herstellt.«

Carlas Gelassenheit wich einem schärferen Tonfall.

»Ich möchte wegen solcher Lappalien keinen Unfrieden – überlass diese Dinge mir.«

»Ich wollte nur helfen.«

»Und ich bitte dich abzuwarten, bis ich wirklich Hilfe benötige.«

Ohne weitere Antwort biss Karin in ihr Vollkornbrot. Carla wandte sich Agnes zu.

»Zu deiner Frage: Ich stelle euch heute meinem verehrten Zen-Meister vor. Bei ihm habe ich viele Jahre Zen-Meditation und Qi Gong studiert. Wei Xu hat seine Schüler mitgebracht und wir werden gemeinsam meditieren und Qi Gong üben. Zum Abschluss hat er uns einen Feuerlauf versprochen.«

»Ein Feuerlauf?« Claudio wirkte verwirrt. »Ich weiß nicht.«

»Keiner wird gezwungen, mitzumachen«, beruhigte Carla.

»Ich bin dabei«, sagte Agnes und staunte über die Erregung, die sie bei dem Gedanken erfasste. Über das Feuer schreiten, alles in den Flammen lassen, was zur Last geworden war. Oh ja, genau das brauchte sie. Ursula neben ihr zeigte sich ebenfalls begeistert.

»Was für eine tolle Gelegenheit! Aber können ganz normale Menschen wie wir über glühende Kohlen gehen?«, fragte sie.

Carola lachte. »Natürlich! Ich bin doch selbst schon über den Glutteppich gelaufen.«

»Du bist immerhin Meditationsmeisterin und spirituell«, warf Karin ein. »Nachdem ich selbst gut tausend Stunden meditiert habe und angesichts meiner übrigen Ausbildungen, zweifele ich nicht an meiner Befähigung – aber bei Ursula und dir ...« Damit nickte sie Agnes zu und kniff die Augen zusammen, als tupfte sie bereits Salbe auf deren unvermeidlichen Brandblasen. »Ob ein Jahr Meditation ausreicht – ich wäre vorsichtig.«

»Wenn Carla sagt, es funktioniert, glaube ich ihr.« Agnes, ließ sich den aufsteigenden Ärger nicht anmerken. Ständig focht Karin dieses Konkurrenzding mit ihr aus! »Was soll der Feuerlauf überhaupt mit deinen unzähligen Energetik-Ausbildungen zu tun haben?«

Karins Brille beschlug über dem Dampf der Kaffeetasse und sie schob sie zurück in ihren Bubikopf. Die Nasenflügel weiteten sich. »Als ob ...«, begann sie, wurde jedoch von Claudio unterbrochen.

»Jetzt fängst du schon wieder damit an.« Er blickte Agnes herausfordernd an. »Offensichtlich hast du ein Problem mit Menschen, die ein breiteres Wissen aufweisen als du.«

»Was?« Die Attacke traf Agnes völlig unerwartet. Warum war Claudio derart feindselig – doch nicht etwa wegen der gestrigen Abfuhr!

»Moment, Claudio, ich spüre da negative Energien in deinen Worten. Wir werden es Agnes liebevoll erklären«, säuselte Karin über Agnes' Kopf hinweg, ein verklärtes Lächeln auf den Lippen. »Sieh es doch mal aus dem Blickwinkel des Universums«, dabei reckte sie eine Hand himmelwärts, »die Erde ist ein kleiner runder Ball. Wir sind alle eine Familie, bloß sind manche von uns spirituell bereits viel tiefer in die Wahrheit der Existenz vorgedrungen. Du stehst am Anfang. Das ist nichts Schlechtes.«

Agnes Geduld war mittlerweile dünner als Seidenpapier und ließ ihren Ärger über Karins Geschwurbel durchscheinen. »Kommt mal runter von eurem hohen Ross. Das ist kein Wettbewerb. Mich haben Meditation und Qi Gong gerettet. Ich mache das nicht, um irgendjemanden zu beeindrucken oder auszustechen.«

»Gerettet?«, fragte Claudio irritiert nach.

Agnes biss sich auf die Lippe. Verplappert – ein Fehler, wenn Claudio dabei war. »Eine lange Geschichte.« Die sie weder Karin noch Claudio erzählen würde. »Meinem seelischen Gleichgewicht hat es jedenfalls gutgetan. Sich auf eine Sache konzentrieren, das hilft.«

Anscheinend bot sie kein attraktives Ziel mehr, denn Karin widmete sich nun ganz ihrem Unterstützer. »Ich habe von einer brandneuen Energiebehandlung gehört. Einem amerikanischen Chiropraktiker ist diese einzigartige Energie vom Kosmos geschenkt worden und er gibt sie an Schüler weiter. Er hat richtige Wunderheilungen damit bewirkt. Wahnsinnig spannend. Er macht in der Schweiz Seminare – da will ich unbedingt hin.«

»Wirklich?« Claudio sprang sofort auf das Thema auf. »Kannst du mir den Link schicken? Hier, meine Handy-Nummer …«

Da bildet sich eindeutig eine neue Energie-Achse, notierte Agnes im Geiste und war erleichtert, nicht länger mit den beiden diskutieren zu müssen.

»Wie viele verschiedene Energien gibt es denn noch?«, murmelte Ursula, ohne dass einer der beiden von ihren Smartphones aufsah.

Auch Carla brach ihr Schweigen. »Komm der Schulmedizin nicht ins Gehege, Karin, sonst hast du schneller eine Klage am Hals, als du ›Hare Krishna‹ sagen kannst. Wir arbeiten komplementär, nicht alternativ. In erster Linie behandeln Ärzte. Darauf musst du achten.«

Jetzt allerdings reagierte Karin. »Aber wir haben oft genau dort Erfolg, wo die Schulmedizin versagt.«

»Dieses ›Ich heile dich‹ ist ein verlockender Egoprozess, in den man schnell hineinkippt. Wir geben nur Anleitung zur Selbstheilung, verstanden? Am Ende der Ausbildung sollte gerade dieser Punkt klar sein.« Schwer verdauliche Kost für Karin, das konnte Agnes in deren Gesicht deutlich lesen, denn Karin sah sich schon lange nicht mehr in der Rolle der Schülerin.

»Ich weiß deinen Hinweis zu schätzen. Immerhin habe ich ebenfalls eine Zen-Ausbildung gemacht. Ich kenne mich mit dem Ego aus.«

Carla hob amüsiert eine Augenbraue.

»Eine Zen-›Ausbildung‹ – so, so.«

»Ja, Ausbildung«, wiederholte Karin und schob ihr Kinn vor. »In Deutschland. Ich habe gut tausend Stunden meditiert.«

Carlas Lachen platzte heraus und füllte den Wintergarten. Viele Gesichter drehten sich jetzt zu ihnen. Karins Mund klappte auf.

»Dann viel Spaß bei den nächsten 1000 Stunden«, sagte Carla und hielt dem Blick ihrer Schülerin herausfordernd stand, währenddessen Karins Wangen purpurrot anliefen. Claudio räusperte sich und versteckte sein Gesicht in der

Kaffeetasse. Ursula hatte die Augen zum Plafond verdreht und scheiterte daran, ein Grinsen zu unterdrücken. Allein Agnes blickte neugierig zwischen den beiden Kontrahentinnen hin und her. Während Carla völlig entspannt wirkten, zuckte es verdächtig in Karins Gesicht. Nach einigen Schrecksekunden fing sie sich und die gewohnte Maske der Abgeklärtheit erschien.

»Du bist ja heute angriffslustig«, sagte Karin bemüht freundlich.

»Meister Tetsuo Kiichi Nagaya-Roshi sagte einst, er schäme sich, wenn er sich mit seinen Schülern zur Meditation setzt.« Carla sprach mit leiser Stimme, dennoch hörten ihr alle am Tisch zu. »Weil er, genau wie sie, in jede neue Meditation als Anfänger hineingehe.«

»Oh, ich sitze neben einer Erleuchteten«, spöttelte Karin.

»Also ich offenbar nicht«, sagte Agnes und stand auf. Sie hatte genug von diesen Sticheleien. »Ich hole mir Obst.« Morgen frühstücke ich im Wald, sinnierte sie auf dem Weg zum Buffet. Ein Mann mit zwei Tellern in der Hand streifte sie im Vorübergehen an der Schulter, eine Frau rief direkt neben ihrem Ohr nach mehr Orangensaft. An den meisten Töpfen standen Gäste an. Zwischen all den hungrigen Leuten hindurch spähte sie nach der Schüssel mit Obstsalat, die irgendwo am kleinen Buffet stehen musste – wenn sie nicht bereits leergegessen war. In ihr Vorhaben vertieft, traf sie der vertraute Duft völlig unvermittelt. Sandelholz und Leder.

Rêve Noir.

Sie erstarrte, ein Schauer lief über ihren Rücken, das Herz ließ einen Schlag aus. Mit einem tiefen Atemzug versuchte sie das Zittern loszuwerden, das aus heiterem Himmel über sie hereingebrochen war. Verdammter Mist, es war doch nur Sieberts Rasierwasser! Sie blickte sich um. Derjenige, der den Parfümduft verströmt hatte, war anscheinend längst verschwunden. Empörung ergriff sie – wie konnte ein Hauch seines Duftes solche körperlichen Reaktionen auslösen. Mit zitternden Händen goss sie sich Orangensaft ein, der Appetit nach Obst war vergangen.

Siebert ist in London, ich bin in Reichenau, wiederholte sie in Gedanken wie ein Mantra und verließ den Speisesaal.

3. Die Neuankömmlinge standen …

… plaudernd vor dem Seminarraum. Ein Mann in schwarzem Biker-Outfit und mit stahlgrauem Haar kam mit ausgebreiteten Armen auf Agnes zu.

»Super dich zu sehen!«

Agnes erwiderte seinen Gruß und entzog sich mit einer geschickten Drehung einer Umarmung. »Sag bloß, du bist mit dem Motorrad gekommen.« Obwohl Uwe über ein einnehmendes Wesen verfügte, wahrte sie eine gewisse Distanz. Ein Lächeln bekam er dennoch. »Du hättest gern besseres Wetter mitbringen können – wir wollen auf der Wiese Qi Gong üben; der Feuerlauf fällt womöglich ins Wasser.«

»Ein Feuerlauf steht am Programm? Krass!« Uwes Augen blitzten vor Begeisterung. Für seine fünfzig Jahre sah er richtig gut aus, besonders in der Lederkluft, bemerkte Agnes. Außerdem war seine Laune meist heiter, was sie angesichts seines sorgenfreien Lebens als Immobilienbesitzer nicht weiter verwunderte.

»Es ist arschkalt draußen«, verkündete Uwe voller Freude und bewies diese Tatsache mit Frostfingern an ihren Wangen.

Konnten Männer ihre Pfoten nicht für sich behalten? Agnes wich einen Schritt zurück.

»Verwechsle mich nicht mit dem Heizkörper.«

»Mit einem Heizkörper würde ich nicht kuscheln wollen.« Uwe lachte, wurde aber im selben Moment von einem anderen Mann zur Seite gedrängt.

»A-agnes, wir haben dich vermisst.« Josef musste ihr aus dem Speisesaal gefolgt sein.

»Wo sind Carla und ihr Schatten?« Uwe ignorierte Josef und stützte seine Arme so in die Hüften, dass er ihn teilweise verdeckte. Agnes konnte sich ein Schmunzeln nicht verkneifen.

»Beim Frühstück. Ursula ist auch schon da.« Sie schaute sich um und nickte einigen Neuankömmlingen freundlich zu.

Uwe rieb sich über die Brust. »Ich hole mir dieses besondere Wasser – mal sehen, ob man einen Unterschied schmeckt. Kommst du mit?«

Bereitwillig folgte Agnes ihm die Stiegen hinauf ins Erdgeschoss, Josef schloss sich ihnen schweigend an.

»Wie war deine Fahrt?«

»Nass.« Er schüttelte den Kopf, als müsste er die letzten Regentropfen loswerden.

»Bist ein wilder Hund, Uwe.«

Er lachte amüsiert auf, wurde aber rasch ernst. »Die Brücken sind schon unter Wasser und die Feuerwehr kämpft mit dem Schwemmholz. Das Schwarzatal wird bald gesperrt, das sag ich dir.«

Sie betraten eben die Lobby, als ein ohrenbetäubendes Krachen seinen Bericht unterbrach. Unwillkürlich schauten sie alle gleichzeitig zur Glasfront hinaus ins Freie.

»G-großer Gott!«, hörte Agnes Josef hinter sich heiser rufen und bekam selbst eine Gänsehaut.

»Was war das denn?« Sogar Uwe wirkte verunsichert.

»Da muss in der Nähe der Blitz eingeschlagen haben.« Agnes' Vermutung erntete zustimmendes Nicken.

»Ah, da ist sie!«, rief eine vertraute Frauenstimme.

Agnes wandte sich dem Schankraumdurchgang zu und erblickte Carla in Gesellschaft von Karin, Claudio, einer großen Blondine und einem etwa siebzigjährigen Mann im Qigong-Anzug aus schwarzer Rohseide, mit Stehkragen und chinesischen Knotenknöpfen. Uwe hob freudig beide Arme.

»Carla, meine Leib-Schamanin!« Er eilte auf sie zu und begrüßte sie überschwänglich. Agnes folgte langsamer hinterher, die Augen forschend auf den alten Mann geheftet. Ohne Zweifel, das musste Meister Wei Xu sein. Seine Bewegungen wirkten agil, sein Haar glich einem üppigen Meer aus grauen Wellen. Vor allem aber war er eines nicht: ein Chinese. Davon zeugten allein schon seine himmelblauen Augen. Die junge Frau neben ihm schien seine Lieblingsschülerin zu sein, eine zweite Karin. Ihre steife Kopfhaltung und aristokratischen Bewegungen sagten der Welt: Ich bin etwas Besonderes.

»Wei Xu, Ruth – das sind Uwe, Agnes und Josef«, stellte Carla die Gruppen einander vor. Agnes entdeckte Josef hinter sich. »Alle sind begeistert vom geplanten Feuerlauf. Wirst du ein Feuer zustande bringen, bei diesen Wassermassen?«

Wei Xu stimmte ein grollendes Lachen an und Agnes zuckte zusammen. War der Mann Opernsänger? Sein gesamter Leib diente ihm als Resonanzraum.

»Versprechen kann ich nichts.« Wei Xus Bass hallte durch den Raum. »Feuer hat keine Chance gegen Wasser. Das nachgiebigste Element ist zugleich das Stärkste. Ist das nicht wunderbar?« Seine Augen blitzen auf, wie Agnes es bei keinem Erwachsenen jemals gesehen hatte.

»Überlassen wir es der Fügung«, antwortete Carla. »Genau wie das gemeinsame Üben im Freien.« Ein Räuspern unterbrach sie.

»Carla, die Gruppe wartet im Seminarraum.« Karin deutete die Treppe hinunter Richtung Seminarraum. »Wir sollten anfangen.« Die Anwesenheitsliste in ihren Händen wies eine durchgehende Reihe von Häkchen auf.

»Wir müssen ebenfalls los«, sagte Ruth mit Blick auf die Uhr.

»Wenn unsere Organisatorinnen zur Pflicht rufen, dann ist es Zeit«, brummte der Meister. »Bei der nächsten Regenpause treffen wir uns auf der Wiese. Zieht Skiunterwäsche an!« Bei seinen letzten Worten ertönte wieder sein Lachen.

Agnes sah dem Alten durch die Hotellobby nach, während Carla samt Gefolge die Treppe ins Untergeschoß nahm.

»D-der ist kein Chinese«, murmelte Josef neben Agnes.

Sie runzelte die Stirn. »Muss er das sein?«

»W-wei Xu ist chinesisch.« Josefs Stottern verschlimmerte sich.

»Den buddhistischen Namen verleiht einem der Meister.«

»Ach.« Er zögerte. »H-hat Carla einen solchen Namen?«

»Denke schon.« Sie bemühte sich, Josef freundlich anzusehen in der Hoffnung, seine Sprachprobleme würden dadurch gelindert. Hinter den Brillengläsern senkten sich die Lider und sie fühlte seine Verlegenheit. Der arme Kerl. »Gehen wir zu den anderen.«

Im Untergeschoss angelangt, stand die Tür des Seminarraums noch offen. Drinnen begann Carla eben mit der Begrüßung.

»Wir wollen mit Meditation und Qi Gong zur Ruhe kommen – das ist alles. Mit der Ruhe kommt die Achtsamkeit und ihr könnt euch besser konzentrieren. Durch Magnetresonanz-Messungen weiß man, das Gehirn reagiert auf Meditation mit neuen Vernetzungen, die Stirn- und Schläfenlappen werden beeinflusst. Das Gehirn kann dadurch anders auf Reize reagieren, beispielsweise verbessern sich Angststörungen. Außerdem erzähle ich euch mehr über die Ausbildung zur Kinesiologin.« Carlas Gesicht, übersät mit Sommersprossen und vom naturroten Haar umrahmt, leuchtete. So war es immer, wenn sie über ihre Arbeit sprach und das war der Grund, warum Agnes diese Frau bewunderte. Sie war genau an jenem Platz im Leben, der für sie vorgesehen war. Etwas, das Agnes nach wie vor suchte.

4. Endlich Mittagspause. Die …

… meditative Kinesiologie anzuwenden, war deutlich besser als darüber zu reden. Herzhaftes Gähnen und Hunger überfielen Agnes. Ohne Schlaftabletten dauerte das Einschlafen Ewigkeiten, hatte sie feststellen müssen. Die Beine steif vom langen Sitzen, krabbelte sie vom Meditationskissen hoch und rieb sich den Rücken. Einige Wissenshungrige umlagerten Carla, stellten Frage um Frage. Ursula fing Agnes' Blick auf und nickte Richtung Tür. Gemeinsam verließen sie als erste den Raum.

»Blöd, wenn man das alles schon einmal gehört hat«, sagte Ursula draußen am Flur. Beide schlüpften sie in ihre Schuhe und gingen zur Treppe. Agnes' Magen rumorte und erwies sich als Wesen mit ausgeprägtem Mitteilungsbedürfnis. »Hast du einen Bären verschluckt?«, hänselte sie Ursula.

»Den könnte ich mühelos verputzen«, erwiderte Agnes lachend und nahm die ersten Stufen. »Wie geht's deinen Kindern?«

»Meine Große pubertiert so heftig, dass ich richtig froh bin, ein Wochenende ohne Familie zu verbringen.« Ursula stieg hinter ihr langsamer die Treppe hoch. »Dafür ist mein Florian so was von altklug: ›Chill Mama, in dem Alter sind Mädchen einfach hormongesteuert.‹ – Das sagt der Kleine mit seinen gerademal neun Jahren!«

Sie erreichten lachend das Erdgeschoss und gingen schnurstracks zum Speisesaal. Am Salatbuffet war am wenigsten los.

»Was hältst du von Carlas Meister?«, fragte Ursula und ergriff mit der Zange Ruculablätter.

»Imposant.« Agnes hielt ihr beide Teller entgegen. »Bin auf sein Qi Gong gespannt. Hast du seine ›Karin‹ gesehen?«

»Die gibt es wohl in jeder Gruppe.« Ursula schmunzelte und häufte Krautsalat mit Speckwürfeln auf ihren Teller. »Vor lauter Listen und Zahlen verliert sie den Focus für ihre eigene Entwicklung.«

»Deswegen betreibt sie doch diesen Aktionismus.« Agnes bediente sich bei den Schwarzwurzeln. »Dann braucht sie nicht hinschauen, was bei ihr los ist.«

Ursula legte die Salatzange weg. »Wozu macht sie dann die Ausbildung bei Carla?«

Agnes zuckte mit den Schultern. »Sie sammelt Ausbildungen.«

Mit den Salattellern in Händen durchquerten sie den Saal bis zum Wintergarten, besetzten einen Tisch und pilgerten erneut zum Buffet, wo sich ihre Wege trennten – Ursula nahm die Hauptspeisen ins Visier, Agnes strebte die Suppenecke an. Kaum hatte sie die Schöpfkelle in den Suppenkessel getaucht, drang neuerlich jener verflixte Duft in ihre Nase: *Rêve Noir*. Ihr gesamter Körper reagierte mit irrationaler Intensität, vom stockenden Atem angefangen, bis zum Trommelwirbel in ihrer Brust, aus der das dumme Herz auszubrechen versuchte. Es ist nur Parfüm, sagte sie sich. Wie konnte ihr Körper bloß so dämlich sein? Es war höchste Zeit über diese Geschichte hinwegzukommen.

»Agnes.« Die Stimme raunte viel zu nahe an ihrem Ohr. Das war nicht möglich! Nur eine Halluzination, sagte sie sich, das liegt an meiner Müdigkeit. Die Schöpfkelle lag immer noch schwer in ihrer Hand, aber bei allen guten Geistern – sie konnte sich nicht bewegen.

»Gnädigste, sind'S dann so weit?«, maulte ein Pensionist im Trainingsanzug direkt neben ihr. »Ich hätt' auch gern was.« Entgeistert schaute sie den grauhaarigen Mann an. Wenigstens war das nicht Siebert. Nur ein Pensionist. Die Stimme war ein Tagtraum gewesen, nichts weiter. »Nicht einschlafen, junge Dame.« Der Alte hob aufmunternd die Augenbrauen. Ein paar Lidschläge brauchte sie, dann löste sich die Anspannung. Schon wollte sie lächeln und etwas erwidern, da ertöne neuerlich ihre Halluzination.

»Ich mach das schon.« Das war seine Stimme. Was zum Teufel – sie musste mangels Pillen verrückt geworden sein! Aber die schlanke Männerhand, die sich über ihre legte und dafür sorgte, dass sie den Schöpfer über der Tasse ausgoss und ihn zurück in den Kessel legte, kannte sie. Ein Blitzschlag konnte nicht elektrisierender sein als diese Berührung.

»Siebert.« Sie drehte den Kopf. Sah sein Gesicht. Und in ihrem verrückten Herzen stand alles wieder auf Anfang. So, als hätte es ihre gemeinsame Englanderfahrung vor zwei Jahren, mit all den Morden und dazu die Konfrontation mit ihrer übersinnlichen Begabung, niemals gegeben. Jede Pore seines scharfkantigen Gesichts löste Sehnsucht aus. Die braunen Augen mit den grünen Einsprengseln, die sie an den Wald erinnerten, das dunkle Haar, das er nun länger trug, die drei Fältchen in der Mitte seiner Unterlippe.

»Agnes.«

Konnte man vom Klang einer Stimme betrunken werden? Sie hasste ihren verräterischen Körper, der einem Schwamm gleich versuchte, Sieberts Stimme bis zur letzten Vibration aufzusaugen.

»Du bist hier«, antwortete sie unter Aufbringung aller Willenskraft und hoffte inständig, dass ihre Stimme für ihn weniger zittrig klang, als es ihr selbst vorkam.

»Lauter Ausgeflippte«, murrte der Pensionist, drängte sich an ihnen vorbei, um an die Schöpfkelle zu kommen. Siebert streckte seinen Arm aus und zog sie beiseite. Darauf war sie nicht vorbereitet – wie sollte sie sich verhalten?

»Geht es dir gut?« Siebert stand viel zu dicht vor ihr, raubte ihr den Atem und viel schlimmer noch, den Verstand.

Was sollte sie dem Mann antworten, den sie in jedem ihrer Leben gesuchte hatte, sofern sie ihren Träumen Glauben schenken konnte? Ein ganzer Schwall widersprüchlicher Gefühle wollte sie hier und jetzt überwältigen, mitten in einem Speisesaal voller Fremder. Auf keinen Fall machst du schlapp, meldete sich ihr Verstand aus weiter Ferne.

»Geht so.« Ihre Stimme hatte Ähnlichkeit mit der eines Raben.

»Ich habe dich vermisst.« Sieberts Augen ruhten auf ihrem Gesicht, als wollte sein Blick sie liebkosen. »Entschuldige. Das wollte ich eigentlich nicht sagen.« Jetzt klang seine Stimme härter. Gegen die aufkeimende Sehnsucht kam Agnes dennoch nicht an. Konnte er das in ihren Augen erkennen? Wieso sonst breitete sich in seinem Gesicht dieses Lächeln aus – wie sehr sie es liebte, seine Zähne aufblitzen zu sehen, die Grübchen in den Wangen und all die Wärme, die in seinen Augen lag.

Ihr beide habt eine Vergangenheit, keine Zukunft – vergiss das nicht, mahnte die Stimme der Vernunft.

»Setz dich zu mir.« Er deutete zu einem Tisch, nicht weit von da, wo sie standen. »Bitte.« Unsicherheit lag in seiner Stimme. Es genügte seinen Duft zu atmen und alle Schutzmauern schmolzen in der Sonne seines Lächelns: Ikarus' Flügel lösten sich auf – sie würde fallen, tiefer als zuvor. Siebert hielt sie für verrückt, genau das hatte er in England gesagt. Daran würde sich nichts ändern. Seine Hand berührte sachte ihr Schulterblatt, um sie zum Tisch zu führen. Sie ging mit, wie an Marionettenfäden.

»Ich mache den Feuerlauf bei Meister Wei Xu.« Siebert setzte ihr gegenüber. »Wer hätte gedacht, dass wir uns in Reichenau wiedersehen.«

Die Suppenschüssel stand dampfend zwischen ihnen, doch an Essen war nicht zu denken. Nervös drehte Agnes den Silberring am kleinen Finger. Seine Augen registrierten offensichtlich ihre Bewegung und er blinzelte. Das bedeutete wohl, dass er ihn wiedererkannte. Diesen Ring hatte sie vor zwei Jahren gefunden, angeleitet von einem ihrer Träume aus einem vergangenen Leben. 600 Jahre hatte der Ring, in der Ziegelnische eines englischen Herrenhauses versteckt, auf sie gewartet. Trotzdem hatte Siebert ihr damals nicht geglaubt.

»Warum hast du dich nie mehr bei mir gemeldet?«, fragte er unvermittelt und lehnte sich zurück, als wollte er Abstand gewinnen. Kein Smalltalk also.

»Weil es aus war.« Agnes hielt seinem Blick stand. »Du wolltest in London bleiben, ich nicht.«

»Das war nicht der Grund.« Wie feindselig er auf einmal klang. Schmerz lag in jedem Wort. Agnes' Finger krümmten sich ineinander, während er weitersprach. »Du hast mich einfach sitzen lassen.«

Ihre Brust wurde eng und sie sah sich nach einer Fluchtmöglichkeit um. Das alles wollte sie nicht hören und noch weniger darüber reden. Doch Sieberts Blick blieb auf sie gerichtet, dazu hatte er jedes Recht.

»Das war alles zu viel für mich«, begann sie heiser und betrachtete ihre Finger. »Die Morde, das Messer an meinem Hals … mir wäre fast die Kehle aufgeschlitzt worden.« Selbst mit gesenktem Kopf konnte sie Sieberts Emotionen fühlen, seinen inneren Aufruhr und Protest, noch bevor er ihr widersprach.

»Er hat es zum Glück nicht getan.« Sieberts brüchige Stimme tat ihr weh. »Ich wollte für dich da sein.«

Wie gequält sein Gesicht aussah. Ihre Hände zuckten, wollten die Sorgenfalten wegwischen. Wenn sie seine Haut berührte, würden seine Emotionen durch sie hindurchfließen und mit ihnen Erinnerungen an ihre gemeinsame Zeit in England. Dann kämen die Panikattacken zurück. Nein. Selbst wenn er eine Erklärung verdient hätte, eine Aussprache war unmöglich.

»Es ist kompliziert.« Sie legte die Hände auf die Tischplatte. *Sie* war zu kompliziert. *Sie* war nicht die Richtige für ihn.

Wo war die Vernunft, wenn man sie brauchte? Ihre Empathie-Gabe war zurück. Die Empfindungen anderer Menschen übertrugen sich bereits durch einen tiefen Blick. Noch schlimmer war es bei Hautkontakt – da übertrugen sich zusätzlich Bilder aus der Erinnerung des anderen. Und nachts kamen die Träume von vergangenen Existenzen. Agnes‘ ganze Konzentration richtete sich darauf, Haltung zu bewahren und so entging ihr Sieberts Bewegung, mit der er ihre Hände umfasste. Haut auf Haut. Keine Schutzwälle, kein Medikament, das sie vor ihrer Gabe bewahrte. Die Sturzflut an Gefühlen setzte unmittelbar ein, überschwemmte sie: sein Schmerz, seine Kraft, seine Liebe und sein Verlangen – Siebert erfüllte sie in weniger als einem Fingerschnippen. Überwältigt schnappte sie nach Luft. Die Verbindung entstand so spielend leicht, als hätte sie niemals aufgehört mit diesem Empathie-Mist, der alles kaputt gemacht hatte. Bilder aus seiner Erinnerung stiegen in ihr auf. Sie sah sich selbst mit ihm zwischen Laken, sah ihre Gestalt davoneilen, im Auto verschwinden, sah langweilige Dinner mit Rechtsanwälten und Klienten, sah seine einsamen Nächte, fühlte seinen Schmerz, und schließlich tauchte Katrin auf, seine Chefin, die in seinen Armen lag.

»Verdammt.« Sie riss ihre Hände fort. Kein Mann konnte einer solchen Versuchung widerstehen. Wieso hätte er auch zölibatär leben sollen? Wut über ihre Unvorsichtigkeit legte sich über die Enttäuschung. Sie hatte diese Fähigkeit nie mehr nutzen wollen!

Sieberts Augen wurden schmal. »Du kannst das immer noch – Gedankenlesen und Sachen aus vergangenen Leben träumen.« Sein Tonfall schnitt tief durch das Narbengewebe ihrer Seele. Welcher Teil von ihr hatte gehofft, er könnte sie akzeptieren, wie sie war? Idiotin!

»Und du hast immer noch Angst vor meiner Gabe.« Genau deswegen hatten sie sich getrennt. Siebert starrte sie an, gab keine Antwort. Sie legte den Kopf in den Nacken, um die aufsteigenden Tränen im Zaum zu halten. Sei realistisch, sagte sie sich, schließ die Sache ab. Als sie den Blick wieder auf ihn richtete, sah sie ihn erstmals richtig an, ohne den Filter der Gefühle. Er war weit mehr als nur zwei Jahre gealtert.

»Du isst nicht gut, schläfst zu wenig. Was ist los?«

Siebert holte hörbar Luft. »Was los ist?« Zuerst breitete sich Empörung in seinem Gesicht aus, dann mischte sich Wut hinzu. »Was denkst du? Du bist von einer Minute auf die andere aus meinem Leben verschwunden. Also habe ich mich in die Arbeit gestürzt. Ist kein Vorwurf, verstehe mich richtig.« Er hob abwehrend die Hände und rubbelte dann über seine Stirn. »Das habe ich allein zu verantworten. Irgendwann kam der Burnout.«

Eine Pause entstand, in der sie einander bloß anstarrten. Bis Agnes den Druck nicht länger aushielt.

»Deshalb der Feuerlauf?«

Wie auf Befehl breitete sich simultan ein Grinsen in ihren beiden Gesichtern aus. Immerhin einte sie noch der gleiche Humor. Siebert nickte und lehnte sich zurück.

»Habe in London alles hingeschmissen. Gekündigt. Jetzt gönne ich mir erst mal ein paar Monate Pause. Vielleicht fange ich was ganz Neues an. Der Feuerlauf ist mein ›Kick Off‹.«

Agnes schenkte ihm ein zaghaftes Lächeln. Schuldbewusst. »Tut mir leid.« Er zuckte bloß mit den Schultern. »Wo lebst du jetzt?«

»Habe wieder mein Zimmer bei Kurt und trainiere jeden Tag Kung Fu. So habe ich auch Wei Xu kennengelernt.« Er hielt inne und sah ihr tief in die Augen. Wie damals, als sie einander das erste Mal begegnet waren. Brunnen, in denen sie die Melodie ihres Lebens erkannt hatte: seit Ewigkeiten verbunden, untrennbar vereint. Das klang für andere bestimmt entsetzlich kitschig, aber vielleicht nur deshalb, weil sie es selbst noch nie erlebt hatten.

»Du …«, begann er erneut und lehnte sich näher zu ihr. Das Blut schoss in ihre Wangen. Nein, nein, nein. Bloß nicht anfassen! Sie brauchte Abstand. Mit lautem Quietschen schob sie ihren Stuhl zurück und setzte sich auf ihre Hände.

»Also Kampfsport?«

Seine Lippen formten eine Antwort, die sie nicht hörte.

Ihr verdammtes Herz blutete aus allen Rissen. Ihre Medikamente hätten sie hervorragend betäuben können – aber so … Wie hatte sie Siebert jemals verlassen können? Alles in ihr verzehrte sich nach diesem Mann. Schreien wäre gut. Sich auf ihn stürzen noch besser. Du Dummkopf, meldete sich ihr Verstand inmitten dieses Chaos zurück, denk an die Qualen, die hinter dir liegen – soll das von vorne losgehen? Du bist versponnen und beschädigt, er wird das niemals akzeptieren können. Beende es.

»Ich mache das Seminar bei Carla.« Sprechen war die beste Flucht aus dem Gedankenkarussel. »Unsere beiden Gruppen üben heute Nachmittag gemeinsam Qi Gong, da sehen wir uns dann wohl oder übel.« Damit stand sie auf und wandte sich zum Ausgang.

»Warte doch!« Siebert machte Anstalten, ihr zu folgen. Sie hob abwehrend die Hände und lief ohne Jacke hinaus aus dem Hotel, weiter über die nasse Wiese am Pavillon und dem kleinen Teich vorbei, steil bergauf, auf den Wald zu.

Die Welt um sie herum glitzerte – Milliarden Regentropfen, die dank einer Lücke in der Wolkendecke von einer Sekunde auf die andere zu funkeln begannen. *Er ist zurück* – unentwegt musste sie diesen Satz denken. Sein Duft hing in ihrer Nase, wirkte euphorisierend und trieb sie gleichzeitig in den Wahnsinn. Wütend schrie sie auf. Den Weg unter ihren Füßen nahm sie kaum wahr, trat von einer Pfütze in die nächste, stolperte über Steine. Ihre Sneakers waren längst durchnässt und die Füße eisig. Keuchend stützte sie, am Waldrand angekommen, die Hand gegen eine Kiefer und ruhte für einen Moment aus.

Wieso war er wieder aufgetaucht? Die Welt war groß genug, da musste man sich nicht ausgerechnet in Reichenau an der Rax über den Weg laufen! Agnes stöhnte gequält auf und hasste die aufkeimende Hoffnung in ihrem Herzen. Weiter. Egal wie oft sie im Matsch ausrutschte. Das Funkeln verschwand, Regen setzte ein, prasselte lautstark auf das Blätterdach des Waldes. Die Lunge konnte kaum genug Sauerstoff heranschaffen und ihre Zunge klebte am Gaumen fest. Vornübergebeugt hielt sie inne, blickte hoch, sah Eichenblätter im Wind zappeln unter einem Himmel aus Stahl. Alles drehte sich, wirbelte um sie herum, bis die Seitenränder ihres Blickfeldes dunkel wurden. Den Eichenstamm im Rücken, ließ Agnes sich dagegen sinken. Tief atmen, dann geht es vorbei. Kein Mensch wird dich hier finden, war ihr letzter Gedanke, ehe die Welt verschwand.

5. Alphons – 8. Juni 1889

Alphons streifte allein durch den Forst, die Sonne lediglich eine Ahnung am Horizont des jungen Morgens. Sein Gewehr hing am Riemen über der Schulter und mit den Händen bog er Äste und Zweige aus dem Weg.

Oft suchte er in den letzten Wochen die Stille und Einsamkeit des Forsts auf. In der Natur fühlte er sich selbst nahe – näher als in seinem Alltagsleben, das ihm immer suspekter wurde, je deutlicher ihm die Leere seines Daseins wurde. Da war nichts, was er vollbracht hatte – jene sieben Töchter, die seinen Lenden entsprungen waren, erschienen ihm wie Fremde. Was in gleicher Weise auf seine Gemahlin zutraf. Intrigen und Gerüchte waren ihre einzigen Interessen. Die Abende am häuslichen Herd gestalteten sich zu einer Qual, der er sich so oft es ging, entzog. Gleichermaßen wurde bei den Abendgesellschaften geredet, ohne etwas zu sagen, den Freunden aus Offizierskreisen verdankte er lediglich feuchtfröhliche Amüsements, die meist im vornehmsten Bordell der Stadt endeten. Selbst Erzherzöge verkehrten in diesem Haus, man befand sich also in bester Gesellschaft, was die Angelegenheit nicht weniger schäbig machte. Gleich einem Stachel, war da ein Schmerz in seiner Brust, der nicht auszutreiben war. Ärzte hatten ihn untersucht, die ihm immerhin die Angst einer möglichen Syphilisinfektion nahmen, jedoch keinen Hinweis geben konnten, was sein Gemüt so beschwerte.

Hier im Wald war es gut. Niemals erlegte er ein Tier, nahm die Waffe bloß als Alibi mit auf die Wanderung, um niemanden eine Rechenschaft geben zu müssen. In den Stunden am Hochsitz tauchten von Zeit zu Zeit Gedichte auf, die seine Schwermut in Worte fassten. Dann fertigte er Notizen an, steckte das ledergebundene Büchlein zurück in die Brusttasche und vergaß sie.

Vorsichtig erklomm Alphons die morsche Leiter des Hochsitzes. Das Holz knarrte so laut unter seinem Tritt, dass er sich fragte, ob es standzuhalten vermochte. Shakespeares ›Sommernachtstraum‹ kam ihn in den Sinn, eine bezaubernde Aufführung, die er kürzlich erst genossen hatte. Vielleicht war es die Unbeschwertheit der Natur, die sein Denken hin zu den alten Waldmythen entführte. Immer noch lächelnd durchstieg er die Öffnung zum Hochsitz – und erstarrte.

Vor ihm saß eine junge Frau, in einem grünen Umhang gehüllt, die sie ihn mit schreckensweiten Aquamarinaugen anstarrte. Das dunkle Haar floss seidig über ihre Schultern und ihr Gesicht war das einer Elfe. Doch alle äußere Schönheit kam nicht gegen die Tiefe ihres Blickes an. Es war dieser Moment, in dem Alphons zeitlebens in seiner Seele berührt wurde. Das orangerote Licht der aufgehenden Sonne ließ die Wangen der Frau schimmern und die Strahlen umhüllten ihre schmale Gestalt geradeso, als umarmte eine Mutter ihr Kind. Alphons wurde schlagartig bewusst, wie schockierend sein Auftauchen auf die Dame wirken musste und beeilte sich, ihr diese Angst zu nehmen.

»Gnädigste, verzeiht, dass ich Euch erschreckt habe«, sagte er so sanft es nur ging, »zu sagen, die Begegnung täte mir leid, wäre eine Lüge, denn niemals zuvor haben meine Augen größere Vollkommenheit erblickt. Mein Name ist Graf Alphons von Frowald, zu Euren Diensten.«

Die Frau nickte voller Anmut, die Augen starr auf seine Erscheinung gerichtet. Er konnte ihre Aufregung fühlen, wusste instinktiv, dass ihr Herz bis zum Hals schlug, wo sie sich mit einem Mal allein und schutzlos einem Mann ausgeliefert sah. Sie hielt den Umhang fest um den Leib geschlungen, richtete sich aber stolz auf. Offenbar trug sie unter dem Mantel keine adäquaten Damenkleider – belustigt blickte er auf das Bein, das, in Männerhosen und Stiefel steckend, unter dem Umhang hervorlugte. Nun war er wenigstens sicher, dass es kein Sommernachtstraum war, der ihm hier widerfuhr, sondern er einer realen Frau aus Fleisch und Blut gegenüberstand. Insgeheim hatte er gehofft, sie würde ihrerseits das Wort ergreifen und ihren Namen nennen, doch sie blickte ihn bloß stumm an. So blieb ihm nichts weiter übrig, als nach einer artigen Verbeugung die Leiter hinabzusteigen. Dies verlangte Alphons eine unmenschliche Überwindung ab, ein Handeln, entgegen allen Instinkten. Allein die eiserne Disziplin seiner Erziehung konnten seine Beine dazu bringen, die Entfernung zwischen ihm und der bezaubernden Fremden zu vergrößern.

6. Ein Kitzeln an ...

... der Wange. Agnes blinzelte. Die dünnen Beine des Weberknechts huschten über ihr Gesicht, fort zum Baumstamm. Die Orientierung wiederzufinden, dauerte ein paar Sekunden. Der Nacken schmerzte bei der ersten Bewegung. Sie ächzte, während sie sich langsam aufrichtete. Die Luft war feucht, was das Atmen schwer machte. Wenigstens hatte der Regen aufgehört. Wie viel Zeit wohl vergangen war, seit sie in diesen tranceartigen Zustand gefallen war? Ihr Magen knurrte die eindeutige Antwort: zu viel.

Der Weg hatte sich teilweise in ein breites Bachbett verwandelt. Agnes rutschte seitlich des Weges über Steinbrocken und stolperte den Berg hinunter, während sie in Gedanken gebratene Hühnchen und Apfelstrudel vor sich sah. Vor dem Hotel putzte sie so gut es ging den Matsch von den Schuhen. Als sie schließlich den Speisesaal betrat, waren kaum noch Gäste da, geschweige denn gebratene Hühnchen. Am Buffet fehlte der Großteil der Essensbehälter. Hastig steuerte Agnes den letzten Kessel an, in dem ein einsamer Knödel neben einer winzigen Bratenscheibe in dunkler Sauce darbte.

»Nicht wegtragen!«, rief sie der jungen Küchengehilfin zu, die sich eben anschickte, den Behälter anzuheben.

»Scho gut, nehmen'S nur.« Das Mädchen lachte und machte Agnes Platz. Gemeinsam mit dem letzten Häuflein Apfelstrudel, trug sie die Beute in den Wintergarten. Die Tische standen verlassen, die Stühle zurückgeschoben, dazwischen die Pflanzenkübel mit Palmwedeln und Blätterwerk.

»Setz dich zu mir.«

Agnes fuhr herum. Carla saß in der hinteren Ecke. Erfreut über die unverhoffte Gesellschaft, stellte sie ihre Teller auf Carlas Tisch ab und orderte ein Glas Apfelsaft.

»Warst du auf Bärensuche?«, fragte Carla und zog ein

Zweiglein aus Agnes‘ Haar, während diese sich aus der feuchten Jacke schälte. Unverzüglich stopfte sich Agnes ein Stück Knödel in den Mund. Was für ein Genuss! Die Kellnerin kam zum Tisch und stellte den Apfelsaft vor ihr ab, verschwand wortlos und Agnes tauchte das nächste Knödelstück in den Bratensaft. Tat das gut, etwas in den Magen zu bekommen! Carla beobachtet sie. Nun gut, ihre Freundin war als Therapeutin darauf getrimmt, andere zu analysieren.

»Deine Begegnung mit dem Bären«, begann Carla schließlich, kaum dass der Knödel restlos in Agnes verschwunden war, »ich habe darüber nachgedacht. Ein Schamane würde behaupten, dass sich dir der Bärengeist gezeigt hat.« Unwillkürlich tastete Anges nach ihrem Silberring.

»Ich bin weder eine Schamanin noch irgendwas Besonderes.«

»Meinst du?« Carla schürzte die Lippen und hielt den Kopf schräg. »Muss alles einen Namen haben, einer bestimmten Kategorie zugeordnet sein, um etwas zu sein? Ein Zertifikat über so-und-soviel Stunden Schamanismus?«

Agnes erwiderte Carlas Blick nicht. Sie hatte um die Visionen, Träume und Empathie nicht gebeten, die ihr nichts als Verzweiflung gebracht hatten. Ein normales Leben, mit normalen Freunden, einer normalen Familie, das hätte ihr gereicht. »Du verbringst viel Zeit in der Natur, suchst Kräuter, braust Salben und Tees wie deine Mutter und Großmutter zuvor, übst Qi Gong und träumst von früheren Leben. Begonnen hat alles, als du in das Haus deiner weiblichen Vorfahren gezogen bist.« Carla hob vielsagend die Augenbrauen. »Interessant, oder? Die Begegnung mit dem Bären ist ein Zeichen. Der Bärengeist erscheint nur auserwählten Menschen.« Carlas Worte verursachten Agnes ein unangenehmes Kribbeln an der Wirbelsäule. Einen Bärengeist brauchte sie etwa genauso dringend wie eine Zahnwurzelbehandlung.

»Er hat mich jedenfalls nicht davor bewahrt, Siebert hier zu treffen.«

»Sag bloß, Siebert ist da?«, rief Carla, die aus den Therapiesitzungen genau wusste, welche Rolle er in Agnes' Leben spielte. »So groß ist die Welt, aber ihr lauft euch in Reichenau an der Rax über den Weg – wenn das nicht interessant ist.«

»Genau das habe ich mir auch gedacht.« Agnes verdrehte die Augen zur Glasdecke, nicht zuletzt, weil Carla zu kichern begann. Eigentlich war es wundervoll, Carlas fröhliches Gesicht zu betrachten. Gerade eben jedoch ärgerte sie diese Heiterkeit. »Es tut verdammt weh. Darauf kann ich verzichten.«

»Du weißt genau, dass ich dich nicht auslache. Schau dich doch mal an – du bist aufgeregt, hast rote Bäckchen bekommen, denkst die ganze Zeit an ihn, richtig? Das brauche ich dir nicht sagen, dass die Sache zwischen euch noch längst nicht vorbei ist. Hey – war das eben ein Lächeln?«

Agnes biss sich auf die Lippen. »Also was soll das mit dem Bärengeist sein?«

»Der Bär«, begann Carla, »ist Symbol dafür, im Augenblick instinktiv das Richtige zu tun, er steht für Stärke und Unmittelbarkeit, er ist in vollkommenen Einklang mit Mutter Natur; er erwacht mit ihr im Frühling, hält im Sommer Hochzeit, futtert sich im Herbst ein Fettpolster an, um die Wintermonate tief in der Höhle, im Schoß der Mutter, zu schlafen. Die Bärin gebiert in dieser Zeit ihre Jungen; die Hoffnung auf Neubeginn und Fortbestand, die sich im folgenden Frühling zeigt. Das entspricht dem christlichen Weihnachtsfest, das sich auf den alten Glauben draufgesetzt hat. Jetzt frage ich, warum ist er dir erschienen?«

Wenn Carla bloß Ruhe gäbe. Trotzig verschränkte Agnes

die Arme vor der Brust. »Siebert hat meine Fähigkeiten nicht akzeptieren können.«

»Wer ist das, der sich für die Trennung rechtfertigen will?« Das Grün in Carlas Augen leuchtete auf, hypnotisierte Agnes. »Diejenige musst du dir anschauen.«

Etwas dämmerte Agnes: Siebert hatte durch all die Ereignisse keine Chance gehabt, sich auf ihre speziellen Fähigkeiten einzustellen. Schritte näherten sich und unterbrachen ihren Gedankenfluss.

»Entschuldige, Carla, aber funktioniert dein Handy?«, hörte Agnes Karins Stimme hinter sich. »Anscheinend sind alle Netzbetreiber ausgefallen. Da muss ein Blitz in einen Funkmast eingeschlagen haben. Übrigens macht der Regen endlich Pause – alle warten auf der unteren Wiese.«

»Danke Karin. Ich esse den Nachtisch zu Ende und …« Mitten im Satz begann Carla zu husten und fischte ein Hustenbonbon aus der Jackentasche. Karin wartete. »Komme in fünf Minuten«, krächzte Carla und schob das Bonbon in den Mund.

»Bevor es neuerlich zu regnen beginnt.« Karin zupfte ungeduldig an ihrer Jacke und vollführte eine abrupte 45° Drehung, »Und du, Josef, kannst mir beim Tragen der Matten helfen.« Jetzt erst bemerkte Agnes, dass in der Nachbarnische hinter dem Pflanzenarrangement Josef saß.

»N-natürlich.« Hastig steckte er den letzten Kuchenkrümel in den Mund und sprang auf die Beine.

Während Agnes die beiden davoneilen sah, seufzte Carla und ließ den Rücken gegen die Stuhllehne sinken. »Seine Sprachprobleme haben sich unglaublich verbessert, seit er mit uns meditiert und die Atemübungen macht. Ist es dir aufgefallen?«

»Natürlich.« Agnes empfand aufrichtige Freude für Josefs

Erfolg. »Vor ein paar Wochen hat er noch gar nichts gesagt.«

»Ich kann dir nur einen Tipp geben«, sagte Carla und fixierte die Wolken über dem Dach des Wintergartens, »Mach es wie der Bär: Tu, was der Augenblick verlangt.«

7. Der alte Meister …

… stand mit erhobenen Armen auf der Wiese, über ihm der bleischwere Himmel. »Der Bär stützt den Himmel. Relax. Nochmals den Himmel stützen, beim dritten Mal die Wolken teilen …« Als die Handflächen im Herabgleiten einen Kreis zeichneten, rührte das die Regenwolken kein bisschen. Wei Xus Stimme erreichte ohne Anstrengung sogar die letzte Reihe der Übenden. Flankiert von Ruth und einem weiteren Seminarteilnehmer mit rabenschwarzem Haar, der zwar jünger als der Meister war, jedoch von ähnlicher Leibesfülle, beugte Wei Xu nun die Knie.

»Umarmt den Tiger im Tal, hebt ihn auf den Berg und lasst den Lotus aufblühen …« Die Übenden gingen simultan mit gekreuzten Armen in die Knie, erhoben sich wieder langsam und streckten die Arme langsam zum Himmel empor. Dann öffnete sich die Überkreuzung und die Arme glitten zurück in die Ausgangsposition. Die Qi Gong-Jacken flatterten im Wind. Agnes war heilfroh, sich vor der Outdoor-Einheit trockene Sachen angezogen zu haben. Wei Xu legte beide Hände knapp unter dem Nabel mit nach innen gekehrten Blick übereinander und verharrte so. Die übrigen warfen sich fragende Blicke zu.

»Wei Xu, wo bist du?«, rief der Füllige an Wei Xues Seite. Agnes erinnerte sich dunkel an eine Zen-Geschichte, in der ein Schüler auf diese Weise von seinem Meister darauf aufmerksam gemacht wurde, dass er gedankenverloren war, anstatt sich auf das Hier und Jetzt zu konzentrieren. Mutig, dachte sie, mit Wei Xu wollte ich mich nicht anlegen. Zen-Meister hin oder her, der Mann kam ihr nicht wie jemand vor, der sich von seinem Schüler vorführen ließ.

Noch brummte Wei Xu wohlig. »Kann dein Ego die Stille nicht ertragen, Serge?«, sagte Wei Xu und klang mehr nach altem Gott als greisem Mann.

»Du warst in Gedanken.« Serges Verteidigung klang gelassen. Lediglich seine roten Ohrspitzen verrieten den inneren Aufruhr.

»Sagt derjenige, der über seinen Meister nachgedacht hat, anstatt in sich selbst zu ruhen?«

Wei Xu klang zwar nicht wütend, aber für Agnes‘ Ohren streng. In Serges Gesicht spiegelte sich Enttäuschung. Er wäre so gern gelobt worden, dachte Agnes, doch der Meister forderte bereits wieder ihre Aufmerksamkeit. »Gibt es weitere Beobachtungen?«

Keiner aus Carlas Gruppe ergriff das Wort – es war ein Schüler Wei Xus, der das Eis brach. »Ich komme bei der Übung mit dem Atmen nicht mit. Beim Absenken sollen wir ausatmen und beim Himmelstützen einatmen – aber das klappt so nicht, ihr bewegt euch in Zeitlupe! Ich musste zwischendurch nach Luft schnappen, sonst wär ich ohnmächtig umgefallen.«

Alle lachten, auch Wei Xu. Agnes hingegen zog die Brauen zusammen. Diese Stimme kannte sie – nasal, dass man an einen Aristokraten dachte, dennoch ansteckend lustig. Agnes suchte die hintere Reihe ab und wurde fündig: Da stand in all seiner Pracht Kurt Thesch, der stämmige und beste Freund Sieberts. Das schwarze Markensport-Outfit trug er selbstbewusst wie sonst seine Maßanzüge, das üppige dunkelblonde

Haar bändigte ein perfekter Haarschnitt. Mit Unschuldsmiene blickte Kurt zum Meister und konnte den Schalk in seinen Augen nicht verbergen.

»Atme natürlich«, wies ihn Wei Xu an. »Du hast heute erst mit Qi Gong begonnen, geh die Übungen entspannt an.« Nach Kurts hochgereckten Daumen zu schließen, fand er diesen Vorschlag akzeptabel. Vor ihm meldete sich eine resolute Frau zu Wort.

»Das Qi ist deutlich spürbar durch mich hindurchgeflossen.« Die Frau mit den blondierten Pixi-Haaren gehörte zu Wei Xus Gruppe, reichte Kurt gerade mal bis zum Kinn und besaß eine füllige Statur. Agnes schätzte sie auf höchstens Anfang 40 Jahre. »Ein richtiges Strömen. Ich war ganz in der Übung, total meditativ.«

»Das warst du nicht, Almut«, widersprach Wei Xu. »Ich habe deinen Blick bemerkt.«

»Wie kannst *du* das wissen?« Almuts Stimme hallte über die Wiese. Anscheinend war sie gewohnt vor einer größeren Gruppe von Menschen zu sprechen. »Du kannst schließlich nicht fühlen, was ich fühle.«

Wei Xu hob die buschigen Augenbrauen. »Ich bin der Meister, du die Schülerin. Verlass dich drauf, ich sehe was vorgeht. Gerade du als Volksschuldirektorin musst das kennen.« Almuts schmallippiges Schweigen legte sich beklemmend über die Gruppe. Agnes spürte die Verunsicherung unter den Schülern, meinte ihre Gedanken zu hören.

Schrecklich autoritär.

In Agnes sammelten sich die Emotionen der ringsum stehenden Menschen an – sie war ein Sieb, in dem sich der ganze Mist fing. Die Haut begann zu spannen, als würden die fremden Gefühle sie überdehnen. Wei Xu hob neuerlich die Stimme.

»Es kommt Wind auf, das ist nicht gut für unser Qi. Eine letzte Übung noch, ehe die Meditationseinheit beginnt. Der Bär als Paarübung. Erfahrene üben gemeinsam mit Anfänger.«

Im Durcheinander des Herausfindens, wer fortgeschritten und wer Anfänger war, bemerkte Agnes aus den Augenwinkeln, wie sich Ruth zielsicher Siebert als Partner schnappte. Bevor der Stich in ihrem Herzen interpretiert werden konnte, trat Kurt zu ihr.

»Wenn das nicht ›Agnes, die kann es‹ ist! Ein Vögelchen hat mir schon die gute Nachricht gezwitschert. Madam, geben Sie mir die Ehre zum Bärentanz?«

Egal was dieser fröhliche Kerl von sich gab, augenblicklich stieg Agnes' Stimmung. »Du bist der Letzte, den ich in einem Meditationsseminar vermutet hätte«, erwiderte sie mit breitem Grinsen.

»Gut erkannt.« Kurt stellte sich breitbeinig vor sie. »Freiwillig hätte mich bloß ein Erschießungskommando hierhergebracht.« Lachfalten ließen sein Gesicht erstrahlen und er lehnte sich ihr vertraulich entgegen. »Das Ärgste wird das Meditieren, ich fürcht mich zu Tod. Der Wei Xu ist ja ein cooler Typ, aber wie soll *ich* zwanzig Minuten stillsitzen – und kein Wort reden? Nicht mal denken darf man, das ist ein Wahnsinn.« Kurt raufte sich den Haarschopf und überzeugte sie restlos von dem bevorstehenden Fiasko. »Das tu ich nur für den Bertl, das kannst du mir glauben.«

»Hat Siebert dich etwa gezwungen mitzufahren?«

»Gewissermaßen. Der Ärmste ist ein bisserl durch den Wind seit er aus London zurück ist. Macht mir Sorgen.« Er räusperte sich, warf einen verstohlenen Blick über die Schulter zu der Stelle, wo Siebert und Ruth einander gegenüberstanden.

»Wie lange ist er zurück?«

»Kein Jahr.« Kurt sah nochmals über die Schulter und hob abwehrend die Hände. »Ich mische mich bei euch nicht ein. In erster Linie hat mein Mauserl gemeint, was Beruhigendes täte mir gut, und ich vermute, ihr noch viel mehr, wenn ich mal weg bin. Alsdann bin ich jetzt unter die Esoteriker gegangen.«

Agnes lachte auf. Die Ernsthaftigkeit, mit der er sein schelmisches Glitzern in den Augen konterkarierte, war zu komisch. Nachdem sich bereits einige scheele Blicke auf sie beide richteten, nahm Agnes Haltung an.

»Grundposition – es geht los«, sagte sie und bedeutete ihm zu beginnen.

»Das klingt vielversprechend …«, raunte er und zwinkerte ihr zu.

»Bring mich nicht zum Lachen, verstanden?«, Sie kämpfte das aufkeimende Kichern nieder. »Ab jetzt nur absichtsloses Lächeln.« Ihr Blick wanderte vorbei an Kurt zu Siebert, der ausgerechnet in ihrem Blickfeld stand. Und das genügte, damit in ihrem Bauch tausend kleine Schmetterlinge aus ihrem Kokon schlüpften und wild zu flattern begannen.

8. Schmetterlinge sind auch …

… nur eine Insektenplage, stellte Agnes fest und flüchtete nach der Frischlufteinheit in ihr Zimmer. Mit der Teetasse in den eiskalten Händen, warf sie sich aufs Bett, bekam jedoch Sieberts Anblick nicht aus dem Kopf. Frustriert trank sie die Tasse bis zum letzten Tropfen leer. Die Stille im Raum war nicht auszuhalten. Sie stand auf und öffnete die Balkontür. Das Rauschen der Blätter beruhigte sie etwas. Was sie nun erwartete, fiel unter Masochismus. Über sich selbst den Kopf schüttelnd, klatschte sie in die Hände. »Dann los zur Meditation.«

Vor dem Seminarraum standen die Schuhe der Übenden in Reih und Glied. Agnes stellte ihr Paar dazu und drückte die Klinke herunter. Bemüht, jegliches Geräusch zu vermeiden, schob sie sich durch die Tür. Mehr als zwanzig Leute saßen unbewegt auf Sitzkissen in zwei voneinander abgewandten Reihen, Rücken an Rücken, und starrten die Holzdielen des Fußbodens vor sich an. Bei jedem Knarzen des Parketts unter Agnes' Füßen zuckte sie zusammen. Umstürzende Bäume konnten nicht lauter klingen. Die Meditierenden ärgerten sich mit Sicherheit über ihr verspätetes Eintreten. Einfach hinsetzen und unsichtbar machen, befahl ihr Verstand und Agnes' Blick suchte nach dem Sitzkissen. Ein Platz war frei, und zwar genau – beim größten und muskulösesten Rücken der Gruppe. Siebert. Ihr Sitzkissen lag ausgerechnet hinter ihm.

Für Sekunden stand Agnes reglos im Raum. Ihr Herz meinte, es hätte einen Hundertmetersprint hinter sich, so verzweifelt schlug es gegen die Rippen. Wie sollte sie unter diesen Umständen eine Meditation zuwege bringen? Das ginge auf einem Ameisenhaufen einfacher! Dieser fantastische Mistkerl roch wie flüssige Schokolade und Sandelholz, getoppt mit einem Hauch Leder – und er fühlte sich genauso gut an, wie ihr Körpergedächtnis nicht müde wurde, sie zu erinnern. Schluss, kein Wegrennen mehr, schließlich besitze ich noch sowas wie Willenskraft, wies sie sich zurecht. Ohne weiteres Zögern steuerte sie ihren Platz an, rückte das Sitzkissen zwischen den Waden zurecht und ließ das Gesäß darauf sinken.

Ausatmen. Eins. Die Technik der Zen-Meditation.

Ausatmen. Zwei.

Einfach bis zehn zählen und dann wieder bei eins anfangen.

Drei. Bei Gedankenfluss sofort zurück zur eins.

Vier. Ich fühle seine Wärme an meinem Rücken.

Fünf. Sind tatsächlich nur wenige Zentimeter zwischen uns?

Shit, Gedankenfluss.

Eins. Himmel, wie meine Haut prickelt. Zählen, zählen …

Zwei. Wie soll ich das eine Stunde lang durchstehen?

Drei.

Agnes verschob ihre Sitzhöcker und die Spreu des Sitzkissens gab knirschend nach. Jemand räusperte sich. Weiter vorne in der Reihe knarrten Dielen. Unruhe übertrug sich in Lichtgeschwindigkeit.

Vier. Die Trennung war meine Schuld.

Fünf. Spürt er meine Gegenwart genauso?

Sechs. Oh. Mein. Gott.

Eins. Das Seminar dauert vier Tage.

Zwei. Vier Tage mit Siebert im Rücken. Ich werde sterben.

Drei. Gott, lass mich sterben.

Vier. Warum lebe ich immer noch?

Fünf. Es gibt keinen Gott.

Sechs. Ich will Siebert.

Sieben. Vorbei ist vorbei.

Eins.

9. Sie standen im …

… Wintergarten beisammen, stärkten sich mit Kaffee und Tee. Die Meditation wirkte nach, der Geräuschpegel im Raum war deutlich niedriger als sonst. Agnes beobachtete Kurt, der mit ganzem Körpereinsatz eine Seminarteilnehmerin umgarnte, währenddessen Siebert dem Garten zugewandt danebenstand. Pfingstrosen blühten in üppigen Büschen von Weiß bis Purpur; ihre zerzausten Blütenköpfe schwankten im Wind. Als fühlte Siebert ihren Blick auf sich, drehte er sich um. Das Aufleuchten in seinen Augen versetzte sie gleichermaßen in einen Glücksrausch wie in Panik. Wie soll sie das vier Tage durchstehen? Angestrengt konzentrierte sich Agnes auf den Tee in ihren Händen.

»A-agnes?« Josef tippte ihren Unterarm an. Sie hätte ihn vor Dankbarkeit für die Ablenkung umarmen können. »V-verrate mir, was an deinem Tee besser ist.« Seine Unterlippe zitterte kaum merklich und er blinzelte mehrmals unsicher hinter den Brillengläsern.

»Im Sanatorium trinkt sie auch nur ihren eigenen Tee«, meckerte Claudio mit einem dämlichen Grinsen im Gesicht. »Der aus der Kantine ist nicht gut genug.«

Agnes bedachte Claudio mit einem missbilligenden Blick und wandte sich Josef zu. »Ich liebe Assam Thypoo. Er hat ein intensives Aroma und wirkt wie ein Streicheln von innen. Du kannst gerne einen probieren und selbst den Unterschied herausfinden.«

»K-kaffee ist mir lieber.«

»Ich mag Agnes Tee-Fetisch – yammy, mit Milch und Zucker einfach der Hammer.« Ursula hob ihre Tasse und prostete Agnes zu. »Danke für die Spende.«

Josef räusperte sich. »S-sie hat keinen Fetisch. A-agnes ist anständig.«

Ursula kicherte und stieß Uwe neben sich an, der seine eigene Erheiterung keineswegs unterdrückte.

»Wie kommst du darauf?« Agnes betrachtete Josefs zuckende Augenlider. Lag da so etwas wie Verehrung in seinem Gesicht?

Verlegen nahm Josef einen Schluck Kaffee und steckte sich das letzte Stück Zimtschnecke in den Mund. »W-war ein Scherz«, nuschelte er und bekam rosa Flecken am Hals.

Uwe schob seine Nase über Agnes' Tasse und schnupperte daran. »Streicheln von innen? Also doch ein bisschen Sex, Jungfrau Agnes.«

Agnes verpasste ihm einen Klaps gegen die Schulter. In das Lachen der Umstehenden trat die junge Chefin des Hauses und hielt Agnes eine Broschüre entgegen. »Der Leiter vom Schloss war bei uns zum Essen. Ich habe für Sie nachgefragt, Frau Feder. Wenn Sie sich beeilen, lässt man Sie noch für eine kleine Besichtigung von Schloss Hinterleiten ein.«

Dankend nahm Agnes die Broschüre entgegen. Das verwunschene Märchenschloss strahlte ihr entgegen.

»Das ist total nett von der Hotelleitung – gehst du runter?« Ursula sah über Agnes' Schulter auf die Broschüre.

»Unbedingt.« Agnes und bemerkte aus den Augenwinkeln Claudios eigentümlichen Blick. »Carla macht ohnehin die kommende Stunde Kinesiologie-Theorie, die ich kenne.« Im selben Moment sah sie Siebert auf sich zukommen und ihr Körper wechselte in den Fluchtmodus. »Ich lauf' gleich los. Bin bald zurück.« Sie fühlte die Blicke von Ursula, Uwe und Josef im Rücken. Bestimmt beobachtete auch Siebert ihren Sprint aus dem Wintergarten. Es war ihr gleich. Nur weg hier.

10. In die unerlässliche …

… Regenjacke gehüllt, trottete Agnes die Straße hinunter zur Parkeinfahrt. Der Asphalt glänzte nass, der Wald dampfte, ein Bach schoss neben dem Weg hinunter ins Tal. Immer wieder musste sie Nacktschnecken ausweichen. Da, ein Rumoren – es breitete sich aus. Kam es aus der Erde? Vom Himmel? Jenes Grollen hallte von den Berghängen wider, und gleich darauf bebte der Boden unter Agnes Füßen. Ein Erdbeben? Angstkribbeln breitete sich auf dem Rücken aus. Sie blickte zu den Bäumen hoch, erwartete deren Sturz. Die darauffolgende Stille, die nun folgte, schien alle Vögel und alles Getier verschlungen zu haben. Sie selbst war eine Ameise angesichts der mächtigen Hänge und Baumriesen ringsum. Nun setzte auch noch Regen ein, prasselte auf die Kapuze, tropfte von ihrer Nasenspitze. Die Regentropfen verbanden sich zu unzähligen Schnüren, machten den Raum eng, verwandelten den Weg in ein flirrendes Gefängnis. Agnes meinte beim Atmen zu ertrinken. Der Wald wurde zu einem lebendigen Wesen – es drängte von allen Seiten an Agnes heran, als wollte er sie davon abhalten weiterzugehen. Die Panik war zurück.

»Das passiert alles nur in meinem Kopf.« Sie sagte es laut, rieb sich die eiskalten Finger. Die eigene Stimme zu hören, brach den Bann. Schritt für Schritt, einfach weitergehen – sie steckte die Hände in die Taschen und folgte der Straße, bis sich der Blick auf die Einfriedung des Schlossareals eröffnete. Maurergeschick und Kunstschmiedekönnen wiesen die Besucher auf die Größe des Landsitzes hin. Dahinter befanden sich weitläufige Wiesen, gewundene Wege und Bäume, die schon seit hundert Jahren diese Erde bewachten. Agnes durchschritt die Pforte mit dem hartnäckigen Gefühl, etwas Verbotenes zu tun. Immerhin befand sie sich auf Militärgelände. Die werden mich nicht gleich erschießen, sprach sie sich Mut zu, blickte gleichwohl misstrauisch nach allen Seiten. Doch was für ein Moment, das Schloss in seiner ganzen Pracht zu sehen!

Château Courances und Schloss Neuschwanstein hatten offenbar eine Affäre mit Folgen gehabt und dies war ihr Kind: Rosa, grau und weiß waren die Farben der Fassade aus Natur- und Backstein, das Dach mit bunten Dachziegeln in Schuppenoptik gedeckt. Pittoresk anmutende Türmchen mit Kupferdächern, verzierte Schornsteine, Giebel, dazu Fachwerkelemente für den Bediensteten-Trakt. Was auch immer man von dem Stilmix halten wollte, teuer war der Spaß allemal gewesen. Wer ließ solch einen Prunkbau errichten und verschenkte ihn fast unmittelbar nach der Fertigstellung?

Fasziniert näherte sie sich über die breite, geschwungene Treppe und sah das Licht eines Kronleuchters durch die Scheibenflächen strahlen. War da ein Fest im Gange? Da drüben, eine Tür – ein Nebeneingang? Sie drückte die Klinke herunter und zog die Tür auf. Der dahinterliegende Raum wies Tische und Stühle auf, wenn auch keine Menschenseele zu sehen war. Weit entfernte hallten Stimmen. Agnes durchquerte den Vorraum und stieß nach einem weiteren Durchgang auf einen düsteren Gang. Mit mulmigem Gefühl im Bauch blickte sie zu beiden Seiten. Schritte kamen näher. Agnes wappnete sich für eine Rechtfertigung. Wie ein Einbrecher kam sie sich vor. Eine schlanke Frau um die vierzig im Hosenanzug und mit einem Aktenorder im Arm bog um die Ecke und bemerkte sie mit überraschter Miene.

»Kann ich helfen?« Sie klang trotz der Skepsis freundlich. Ihr dunkelgefärbtes Haar trug sie in einem Knoten im Nacken und das Gesicht dominierten breite Backenknochen. Agnes bemühte sich um einen guten Eindruck.

»Die Geschäftsführein vom Flackl-Wirt, Frau Hörl, hat für mich angefragt – es hieß, ich dürfte kurz das Schloss besichtigen.«

Die Frau musterte sie kurz und sah auf ihre Armbanduhr.

»In einer halben Stunde sperren wir, aber solange können Sie sich umsehen. In die Privatzimmer dürfen Sie nicht hinein. Den Festsaal können Sie gern anschauen.«

»Danke«, erwiderte Agnes erfreut. »Der Festsaal ist diese Richtung?« Agnes deutete mit ihrer Hand nach rechts.

»Den Gang hinunter, die große Tür.« Die Frau nickte ihr noch zu und verschwand hinter der nächsten Biegung.

Zum Festsaal also. Eine Viermeter-Flügeltür galt es aufzuziehen, um den Prachtraum zu betreten. Agnes vernahm Geräusche, konnte jedoch niemanden entdecken. Ungestört sah sie sich um. Marmorsäulen, funkelndes Kristall, großzügige Fensterbögen und Nischen vereinten sich zu einem königlichen Ambiente. Der hellerleuchtete Saal wirkte wie eine Theaterkulisse. Aufregung perlte in Agnes wie der Champagner, der in diesem Saal einst in Strömen geflossen war. Etwas geschah mit ihr – die Fäden der Zeit strichen über ihre Lider, umspielten ihre Gedanken – Agnes meinte Gläser klirren zu hören, Klavierakkorde, die diskrete Unterhaltung distinguierter Menschen. Der Duft von Lavendel und Schweiß umgab sie mit einem Mal und die Bäume draußen im Park wirkten jünger.

»Suchen Sie jemanden?«, fragte eine Männerstimme.

Die Klaviertöne verebbten, die Gerüche waren mit einem Mal weggeblasen. Die Gestalt am anderen Ende des Saals hielt eine Stuhllehne umklammert. Agnes blinzelte. War er real? So weit war es mit ihr gekommen, dass die ihren eigenen Augen nicht mehr trauen konnte. Das Haar des Mannes war grau und der Rücken gebeugt.

»Ich schaue mich nur um – hoffentlich störe ich nicht.«

»Kein Problem«, erwiderte der Mann, hob den Stuhl an und verschwand mit schleppenden Schritten hinter einer Tapetentür. Die Stille, die er zurückließ, lag irritierend schwer auf Agnes. Sie lief aus dem Saal und folgte dem düsteren Gang weiter ins Innere des Schlosses. Gespenstisch vertraut fühlte sich die Umgebung an. Schemenhaft überlagerten sich Bilder der Gegenwart mit denen der Vergangenheit. So verliert man also den Verstand, dachte sie und rieb sich über die Augen. Der Gang, den sie entlangging, endete unvermittelt, bot die Möglichkeit nach rechts in einen weiteren Gang zu biegen oder eine steile Wendeltreppe zu nehmen, die sich in einen der Türme hochschraubte. Vom Turm fühlte sie sich magisch angezogen, bewunderte die wohlgeformten strahlendweißen Stützsäulen und rankende Pflanzen, die das Zentrum der steinernen Wendeltreppe füllten. Während sie die Stufen erklomm, lugte sie durch die schmalen Turmfenster. Die Aussicht auf den Park war atemberaubend. Er versank im Nebel, nur da und dort ragten Äste hervor oder leuchteten Farbkleckse einer Blumenrabatte aus dem trüben Grau. Die Stufen der Wendeltreppe hinauf zum oberen Stockwerk waren abgenutzt. Auch roch es hier ganz anders als im übrigen Gebäude. War das Lavendel und Rizinusöl? Agnes Fuß berührte etwas Weiches, verlor den Halt und dann spürte sie bloß noch den Aufprall am Hinterkopf, ehe es um sie herum dunkel wurde.

11. Alphons – 9. Juni 1889

Nathaniel stand mit breiter Brust in seinem Frack vor den jüngst eingetroffenen Gästen. Seiner Gastgeberpflicht, die bunte Schar einander vorzustellen, kam er eloquent und mit viel Vergnügen nach. »Meine liebe Thessa, darf ich Ihnen den Grafen Alphons von Frowald und seinen Freund Graf Theodor von Hartesch vorstellen?« Nathaniels Schmunzeln wurde von dem Bartgestrüpp um seine Lippen gut kaschiert. Verstohlen zwinkerte er Alphons zu, dem er den Besuch jener jungen Witwe tags zuvor angekündigt hatte. »Dies, lieber Alphons, ist meine verehrte Freundin, Baronin Thessa von Helig. Sie ist die Rose in einem Meer von Gänseblümchen.«

Alphons wähnte sich in einem Traum – diese elegante Erscheinung, die Nathaniel so überschwänglich pries, war niemand geringerer als seine Waldelfe! Schon wollte er ihr seine Wiedersehensfreude bekunden, da bemerkte er die Verlegenheit, in der sich die Angebetete befand. Artig beugte er sich über ihre Hand und verriet mit keiner Geste oder Bemerkung das ungewöhnliche Zusammentreffen im Forst.

»Baronin, ich bin entzückt.« Für einen Moment genoss er die Wärme, die durch die himmelblaue Seide des Handschuhs auf ihn einwirkte, sog das Blumenbouquet ihres Parfums ein. Pfingstrose und Lavendel? Letztlich musste er sich zwingen, von ihrer Hand abzulassen. »Es wundert mich, Ihnen nicht schon früher begegnet zu sein.«

Die Baronin erwiderte seinen Gruß mit einem scheuen Lächeln. »Mein Gemahl bevorzugte das Londoner und Pariser Gesellschaftsleben. Erst nach seinem Ableben ließ ich mich in Wien nieder.« Ihre Stimme erzeugte in Alphons wonnige Sensationen, entgegen der tragischen Geschichte, die sie erzählte. Der Anstand verlangte Beileidsbekundungen, ihm jedoch kostete es seine gesamte Willenskraft, gebührlichen Abstand zu wahren. Alphons' Sprachlosigkeit rief den Freund auf den Plan. Theodor von Hartesch verneigte sich vor der Baronin. »Mein Beileid, Baronin.«

Sie senkte den Blick und nickte. Alphons konnte nicht erkennen, ob der Schmerz gespielt oder wahrhaftig war.

»Thessa ist wie ihr verblichener Gemahl eine großzügige Kunstmäzenin, und mir somit eine verwandte Seele«, wechselte Nathaniel geistesgegenwärtig das Thema. Alphons Blick hing an den Proportionen seiner Waldelfe – die Wölbung ihrer Brust, die Taille eines Mädchens, Augen, die ihm den Himmel verhießen. Sein Herz pulsierte voll Hoffnung, sie beim Tanz im Arm halten zu dürfen. Nathaniels Geschwafel floss ungehört durch ihn hindurch.

»Was können wir beide mit Goethe philosophieren und über Oscar Wilde und Nestroy lachen!« Nathaniel war in Höchstform. »Das erinnert mich, Teuerste, wir haben noch Schnitzlers neuestes Werk zu besprechen.« Er unterbrach sich und lauschte hinüber in den großen Ballsaal. »Entschuldigt mich für eine Minute, ich muss Gaya Utstein zujubeln.« Verschwörerisch wandte er sich Alphons zu, raunte ihm ins Ohr. »Bleib in ihre Gesellschaft, dann wird dir niemals langweilig. Thessa ist eine der klügsten Damen unseres Kreises.« Damit überließ er die kleine Runde sich selbst. Weder Alphons noch die Baronin fanden die rechten Worte, die Konversation am Laufen zu halten. Immer wieder kreuzten sich ihre Blicke, was Alphons' Herz zu bedrohlichen Synkopen veranlasste.

Theodor sprang neuerlich ein. »Baronin, offenbar sind Sie nicht nur Goethe, sondern auch modernen Dichtern zugetan. Was halten Sie von Oscar Wilde? Der Kerl trägt eine Offenheit vor sich her, die zu ertragen man erst lernen muss.«

»Dafür sollte ihm jedermann dankbar sein«, erwiderte Thessa, und legte ihren Kopf dabei leicht schräg, »vor allem für den Spiegel, den er uns vorhält.«

»In erster Linie möchte er amüsant sein, denke ich, und das gelingt ihm famos«, sagte Theodor und zwinkerte vergnügt.

»Vordergründig, ja – da mag ich Ihnen zustimmen. Doch das Maß an Selbsterkenntnis dahinter lässt mich erschaudern«, erwiderte sie und ihr Blick bohrte sich tief in Alphons' Innerstes. Sie musste ihn für einen Schwachkopf halten! Alphons' militärische Disziplin gewann Oberhand und rang ihm eine vernünftige Antwort ab.

»Für das Verbrechen der Gesellschaftskritik droht Künstlern seit jeher der Kerker – oder Schlimmeres«, warf er ein. Es galt Theodor auszustechen – sein Freund mochte glücklich verheiratet sein, doch er sah mit seinem goldenen Haarschopf und der stämmigen Figur viel zu gut aus, als dass Alphons ihn in der Nähe seiner Angebeteten sehen wollte. Thessa musterte ihn mit Neugierde. Fand sie Gefallen an seiner hochgewachsenen Figur? Mochte sie haselnussbraune Augen und dunkle Locken an Männern? Für gewöhnlich lockten seine ebenmäßigen Züge Frauen an, doch diese war weltgewandt, intelligent und über die Maßen schön. Bei ihr versagte sein Selbstvertrauen.

»Wollen wir hoffen, dass Sie über keine prophetischen Gaben verfügen, Graf. Ich würde Oscar Wilde schmerzlich vermissen.« Ihr Blick brannte auf seinem Gesicht. Das Aquamarinblau ihrer Iris entzog der restlichen Welt alle Leuchtkraft. Wer war ihr dieser Oscar Wilde – war er ihr Geliebter? Wieso um Himmels Willen verspürte er eine derart unangemessene Eifersucht? Eines wurde ihm klar – er wollte diese Frau besitzen, sie lieben und niemals wieder aus den Händen lassen. Ganz offensichtlich verlor er den Verstand.

Wieder räusperte sich Theodor und blickte über Thessas Kopf hinweg zu einer anderen Gruppe von Gästen. Mit einem knappen: »Verzeiht, ich sehe, man verlangt nach mir«, ging er davon.

Abgesehen von Miss Arden gehörte Thessa nun endlich Alphons allein – in einem Raum voller Menschen, deren Lebensinhalt einzig aus Klatsch und Tratsch bestand. Er musste sich im Zaum halten. »Baronin …«

»Graf, bemühen Sie sich nicht«, unterbrach sie ihn. »Ich sehe und fühle was vor sich geht, das versichere ich Ihnen. Wir sind Fremde und doch scheinen wir einander bereits gut zu kennen.«

Alphons schluckte. Ohne Umschweif sprach sie an, was ihn bewegte – was für eine Frau, wie extraordinär!

»Thessa, verzeihen Sie, Baronin, – seit unserer Begegnung im Wald …« Sein Gestammel war ihm peinlich und doch wollten die rechten Worte nicht über seine Lippen kommen.

»Lassen Sie uns nicht darüber sprechen«, fiel sie ihm ins Wort. »Diese Ausflüge sind die einzige Freiheit, die ich um keinen Preis missen möchte. Niemand soll davon erfahren.«

Nun verstand er etwas besser, was in ihr vorging, ja, er erkannte sich in ihr wieder. »Darin sind wir verwandte Seelen. Ich werde schweigen.« Ihr dankbarer Blick, das Heben und Senken ihres Busens – Alphons wähnte sich auf Wolken.

»Alphons, da bist du ja.« Eine nasale Frauenstimme durchbrach den Bann. »Wo habe ich dich nicht überall gesucht – Gaya Utstein hat eine Wagner-Arie angestimmt, es ist zum Davonlaufen.« Die voluminöse Frau drängte sich an Alphons' Seite, die Federn in ihrem aufgetürmten blonden Haar zuckten mit jeder Kopfdrehung und kitzelten seine Wangen. »Du bist in charmanter Gesellschaft«, stellte sie fest. Ihr Fächer flatterte einem Kolibri gleich auf und ab. »Stell uns einander vor.«

Für eine Sekunde hielt Alphons die Augen geschlossen, ehe er ihrem Befehl entsprach. »Margarethe, dies ist Baronin Thessa von Helig. Baronin, meine Gemahlin Margarethe von Frowald.« Höflich nickte Thessa, doch er meinte zu bemerken, wie ihre Lippen blasser wurden. »Und dies ist Miss Arden.«

»Sehr erfreut, Ihre Bekanntschaft zu machen.« Thessa sprach mit fester Stimme und nickte freundlich.

»Und wie erfreut ich erst bin, meine Teuerste!« Margarethe ignorierte Miss Arden vollkommen.

»Die liebe Gaya hat mir so viel Gutes von Ihnen berichtet, dass ich mich ungeachtet meines prekären Zustandes der Beschwer dieser Abendveranstaltung ausgesetzt habe, nur um Ihnen zu begegnen.«

Verwundert blickte Alphons auf sein geschwätziges Weib. Wie kam es, dass sie von einer wunderschönen Frau begeistert war, wo sie doch sonst nur Neid und Missgunst kannte?

»Welch reizendes Kompliment, Gräfin«, erwiderte Thessa mit sanftem Lächeln. »Ich hoffe Sie nicht zu enttäuschen.«

»Keineswegs!« Margarethe und schwang ihren Fächer voller Übermut, ihre Augen leuchteten vor Neugierde. »Es sei denn, Sie verweigern mir die Antwort auf meine brennendste Frage: Ist es tatsächlich wahr, dass Sie der legendären Madame Lenormand begegnet sind?«

Der Blick, mit dem Thessa ihn bedachte, traf ihn wie ein Keulenschlag. Was musste sie aufgrund seiner Partnerwahl von ihm halten? Gott hatte ihn für seinen Frevel am Ehegelübde hart bestraft – Margarethe war die schlimmste Peinigung, die er sich nur vorstellen konnte. Und diese bizarre Unterhaltung, in der er sich befand, beförderte ihn endgültig in die Hölle.

»Tut mir leid, Madame Lenormand ist seit bald sechzig Jahren tot. Ich kann jedoch mit Stolz behaupten, mit ihrer einzigen Schülerin befreundet gewesen zu sein.«

»Dann war es diese Freundin, die Ihnen das Kartenlegen beibrachte?« Margarethes Anspannung schien am Höhepunkt angelangt. Der Fächer entglitt ihrer Hand und fiel zu Boden.

»Was?«, entfuhr es Alphons.

»Das ist richtig.« Thessa ignorierte Alphons' Schreckensmiene.

Um Zeit zu gewinnen, bückte er sich, hob den Fächer seiner Frau auf und hielt ihn ihr entgegen. »Sollte man diese Dinge nicht dem fahrenden Volk überlassen?«

»Was redest du da?« Margarethe funkelte ihn mit empörter Miene an. »Die Baronin hat die wunderbare Gabe in die Zukunft zu sehen, das ist ein Geschenk des Himmels. Warum sollte solch ein Segen dem niedrigen Stand vorbehalten bleiben? Schließlich möchte unsereiner auch einen Blick in die Zukunft werfen, ohne sich mit Gesindel abgeben zu müssen.«

»Es liegt mir fern, die Gefühle der Damen zu verletzen, dennoch will ich nicht verhehlen, dass ich auf derlei Scharlatanerie nichts gebe.« Alphons vermochte kaum seine Abneigung zu verhehlen und senkte die Stimme. »Dies ist gegen jede Vernunft und beleidigt meinen Verstand.«

Margarethe versetzte ihm einen Schlag mit dem Fächer. »Ach, du und dein Verstand! Baronin, hören Sie ihm einfach nicht zu. Mein Gemahl glaubt an nichts, geht nur Weihnachten in die Kirche und beschäftigt sich mit Philosophen wie Kant.«

Nun schmunzelte Thessa und blickte forschend zu Alphons. »Ich halte es für wichtig, den Verstand zu schulen und stimme in manchem Punkt mit Kant überein.«

»Sie beschäftigen sich mit Kant?«, fragte Alphons verblüfft nach.

»Gegenwärtig fasziniert mich ein junger Philosoph.« Thessa plauderte mit einer Gelassenheit, als ginge es um den neuesten Gesellschaftsklatsch. »Rudolf Steiner. Er ist Herausgeber der naturwissenschaftlichen Schriften Johann Wolfgang von Goethe und hat eine interessante Abhandlung verfasst ›Erkenntnistheorie der Goetheschen Weltanschauung‹ – das könnte Sie interessieren.«

Ehe Alphons sich auf das Thema einlassen konnte, fuhr Margarethe dazwischen. »Baronin, ich bitte Sie inbrünstig mir die Karten zu legen. Ich brauche Gewissheit, ob das Kind unter meinem Herzen ein Junge ist. Unsere Ehe wurde bislang mit sieben Töchtern gesegnet – verstehen Sie meinen Kummer?«

Thessa von Helig verwandelte sich vor Alphons' Augen zu einer Wachsfigur. Natürlich musste es sie abschrecken, dass er Vater von bald acht Kindern war. Ihre Erstarrung währte gerade so lange, um Alphons' Hoffnungen niederzuschmettern. Unverwandt hob sie die Mundwinkel an und antwortete Margarethe betont herzlich. »Ich verstehe Ihre Ungeduld sehr gut.«

»Sie haben Kinder, Baronin?«

Schamesröte erschien auf Thessas Wangen. »Leider war meine Ehe in dieser Hinsicht nicht gesegnet.«

»Wer weiß, meine Liebe«, meinte Margarethe und legte vertraulich eine Hand auf Thessas Arm. »Gottes Wege sind unergründlich. Diese ›Angelegenheit‹ kostet uns Frauen sehr viel Substanz. Mir kommt vor, jedes meiner Kinder hat mir wenigstens ein Lebensjahr geraubt. Dieses unter meinem Herzen sollte wahrlich das Letzte sein, vorausgesetzt, es ist ein Junge.«

Beschwichtigend tätschelte Thessa die Hand der Gräfin. »In der Tat habe ich zufällig meine Karten dabei.« Margarethe juchzte und Thessa wandte sich Alphons zu. »Es ist Ihnen doch recht?«

Alphons seufzte geschlagen. »Wenn es meine Gemahlin beruhigt, werde ich diesem Unterfangen nicht entgegenstehen. Wer bin ich, sie dieser Gelegenheit zu berauben.«

»Da seid ihr ja«, rief Nathaniel, der sich zu ihnen gesellte. »Kommt in den Festsaal, wir stoßen auf Gaya Utsteins Engagement an der Pariser Oper an!« Wenn Nathaniel Freiherr von Rothschild in diesem Ton sprach, hieß es schleunigst seinem Befehl zu entsprechen. Also setzten sie sich sogleich in Bewegung und trafen die Opernsängerin im letzten Takt ihrer Arie vor. Gaya Utstein stand mit erhobenen Armen, den Mund im Nachklang des letzten Tons weit geöffnet. Ein Bildhauer hätte die Pose der üppigen Frau in Marmor meißeln wollen, nach Alphons' Dafürhalten wäre dazu auch ausreichend Zeit gewesen, gemessen an der Dauer ihrer theatralischen Versteinerung. Fliederfarbener Musselin umschmeichelte die Schultern und betonte ihre zartrosa Haut. Das kastanienbraune Haar stapelte sich in kunstvollen Wellen, geschmückt mit allerlei Federn und Juwelen, auf ihrem Haupt. Endlich verhallte der letzte Klavierakkord und tosender Applaus setzte ein. Alphons bemerkte, wie sich weitere Gäste zu ihrer Gruppe gesellten, allesamt aus Thessas Gefolge. Eloquent stellte sie ihre Angehörigen vor: Da war zum einem Thessas verwitwete Schwägerin, Philomena von Effenberg, eine hagere Dame ganz in taubengraue Seide gehüllt, desweiteren ragte Thessas unverheirateter Schwager Alfred von Helig neben ihm auf, ein spindeldürrer Geselle mit Bernsteinaugen im bleichen Gesicht, aus dem eine Adlernase ragte. Ganz offensichtlich hegte er Gefühle für Thessa und berührte mit Vorliebe ihren Arm. Alphons dachte grollend daran, ihn zum Duell zu fordern, da erschien ein noch größeres Ärgernis in Gestalt von Thessas Verehrer, Ewald von Bertelsheim. Der schwächliche Junge mit Goldlocken und räudigem Schnurrbart, der unter allen möglichen Vorwänden versuchte, die Aufmerksamkeit seiner Angebeteten zu gewinnen, war wenigstens kein ernstzunehmender Konkurrent. Der pompöse Siegelring an seiner Hand sollte wohl seine edle Herkunft unterstreichen.

»Champagner!«, rief Nathaniel direkt neben Alphons' Ohr, das sogleich zu summen begann. »Wir trinken auf die grandiose Künstlerin!« Gaya Utstein drückte die gefalteten Hände an den Busen und nahm die Huldigungen des Publikums entgegen. Erst Nathaniel konnte sie dazu bewegen, das Podest zu verlassen. Eine Gasse bildete sich, durch die Nathaniel die Sängerin bis zu Alphons Gruppe führte. Überall im Saal liefen Lakaien mit Silbertabletts umher.

Alphons winkte einen von ihnen herbei und nahm sogleich zwei Gläser für Thessa und Margarethe. Ewald hatte desgleichen zwei Gläser genommen und hielt eines davon mitsamt einer galanter Verbeugung Thessa entgegen.

»Ich danke Ihnen, Ewald, doch sehen Sie selbst – der gute Graf Frowald hat bereits für mich gesorgt.« Sie hielt mit einem unbekümmerten Lächeln ihr Glas hoch. Alfred, der sich ebenfalls anschickte, Thessa sein Glas zu überlassen, verzog missbilligend den Mund. Entschieden drängte er sich zwischen sie beide. »Der Graf ist schnell«, stellte er fest und drückte mit schmalen Lippen der Gesellschafterin Miss Arden den verschmähten Champagner in die Hand. Ewald hingegen gelang es weniger gut, seine Enttäuschung zu verbergen. Die pochende Ader an seiner Schläfe verriet seinen Ärger.

Gaya Utstein lachte hell auf. Nathaniel hatte sie bereits mit Champagner versorgt. Mit dem Glas in der Hand wedelte sie in Ewalds Richtung. »Wie schaut Er denn!«, rief sie amüsiert aus. In einem Zug leerte sie die Sektflöte und drückte sie einem vorübergehenden Diener vor die Brust. »Hach, das Singen macht so durstig! Heißa, ich brauche mehr Champagner! Ewald, Sie guter Mensch, sofern dieses Glas Champagner nicht gerade dem Apfel der Aphrodite entsprechen sollte, dann reichen Sie es entweder mir oder der armen Philomena. Die Herren scheinen sie ganz vergessen zu haben.«

Philomenas Wangen wurden bei dieser Bemerkung noch bleicher. Hinter ihren stoischen Gesichtszügen aber tobte ein Sturm, der sich in ihren Augen widerspiegelte. Alphons Neugier erwachte angesichts dieser Metamorphose, welche die Kränkung in der sonst so kühlen Frau auslöste.

»Ich muss schon sehr bitten«, setzte sie an, wurde jedoch von den Umstehenden weitgehend ignoriert.

»Als könnte Ewald wie Paris wählen!« Thessa schien Ewalds verletzte Miene nicht zu bemerken, gab sich dann allerdings versöhnlich. »Mein Lieber, seien Sie froh, einer solchen Wahl nicht ausgesetzt zu sein.«

»Zumal es bitter enden kann, wenn man sich mit Göttinnen einlässt«, gab Nathaniel zu bedenken.

»Wir werden die Mythologie modifizieren.« Gaya griff erfreut das Spiel auf. »Zur Belohnung darf Graf Bertelsheim ein Duett mit mir singen.« Alphons konnte Ewald schlucken sehen. Der übergroße Adamsapfel hüpfte unter der Haut auf und nieder, als fürchtete er eine Schlinge um den Hals.

»Meine Damen«, stöhnte Ewald mit erhobenen Händen, »Ich bitte ergebenst um Gnade!«

»Wir sind alleinstehende Frauen, von uns dürfen Sie keinerlei Gnade erwarten«, erwiderte Gaya, »Denken Sie nur an Brünhilde!« Sie stimmte eine Melodie aus Wagners Walküre an. »*Nur Todgeweihten taugt mein Anblick; wer mich erschaut, der scheidet vom Lebenslicht*«, schmetterte sie los.

Alphons sann fieberhaft nach einem Bonmot, welches

Gaya den Gesang vergessen lassen könnte. Das Schicksal meinte es gut mit ihm – ein weiterer Lakai beladen mit einem Tablett Gläsern, kam vorbei und bot es mit diskreter Verbeugung dar. Ewald übergab Philomena hastig das Glas und nahm zwei weitere – eines für sich, eines reichte er dem Baron Rothschild weiter. Alphons versorgte sich selbst mit einem Glas. Er hatte Alkohol wahrlich nötig! Gaya trat singend und mit ausladender Geste einen Schritt zurück, direkt in den Diener hinein. Sie strauchelte und wischte mit einem Handstreich das Tablett leer. Der Gesang endete abrupt in einem Schreckensschrei, während sich zeitgleich der Champagner in hohem Bogen über dem Boden ergoss. Das Klirren zerbrochenen Kristalls ließ den Saal verstummen. Alle Umstehenden richteten ihre Aufmerksamkeit auf Gaya, die mit ausgebreiteten Armen auf die glitzernden Scherben am Boden gaffte.

»Sieben Jahre Glück!«, rief Nathaniel aus, und die Schrecksekunde wurde von Gelächter und Stimmengewirr abgelöst. Philomena drückte Alphons ihr Glas in die Hand und eilte Gaya zu Hilfe. Bloß einige wenige Tropfen auf ihrem Rock zeugten von dem Malheur. Thessa reichte dem nächstbesten Herrn ihr Glas und tupfte mit einem Spitzentaschentuch über ihren Seidenrock.

»So ein ungeschickter Lackel! Was schleicht Er hinter mir herum wie eine Katze«, schimpfte Gaya den Diener aus.

»Bringe Er umgehend diese Wirtschaft wieder in Ordnung«, grollte Nathaniel. Sein Gesicht verriet nichts Gutes und der Diener huschte mit eingezogenem Kopf davon.

»Guter Gott – was bin ich erschrocken!« Ewald wirkte ernsthaft besorgt.

»Ein Schluck für die Nerven, Verehrteste!« Nathaniel bot der Sängerin sein Glas an. »Meine Herrschaften – trinken wir auf die große Künstlerin – Gaya Utstein – möge ihr ganz Paris zu Füßen liegen.«

Alle Gläser erhoben sich, man skandierte: »Hoch, Gaya!« und weitere Glücksbekundungen folgten.

»Ich danke Ihnen, Baron.« Gaya strahlte Nataniel an. »Meine Freunde! ›Chacun à son goût‹ aus der ›Fledermaus‹ soll auf unserem Fest nicht fehlen. Stimmt mir Johann Strauß an!« Sie trank das Glas in einem Zug aus und warf es zu Boden. Die Scherben glitzerten in der Weinlache, die Gäste lachten ausgelassen. Jene berühmte Melodie tönte vom Klavier herüber und eine Bewegung ging durch die Gäste. Alphons und Thessa wurden aneinandergedrückt; von der verstohlenen Berührung überwältigt, standen sie regungslos. Der Geruch von Schweiß und Alkohol, vermischt mit den unterschiedlichsten Parfüms, stieg Alphons in die Nase, aber vor allem Thessas einzigartiger Duft. All die Erregung und Berauschung im Raum griffen auf ihn über.

Gaya stimmte die ersten Töne an, breitete die Arme aus und blinzelte kokett. Da veränderte sich ihr Gesichtsausdruck abrupt. Der Gesang brach ab und die Sängerin sackte in die Knie. Aus ihrer Kehle kam ein Krächzen, das Gesicht puterrot, die Augen quollen aus den Höhlen. Gaya griff sich an den Hals und zog scharf Luft ein. Der Pianist verfehlte schockiert die rechten Tasten seines Instruments und gleichsam vom Misston des Klaviers gefällt, sank Gaya tot zu Boden.

12. Agnes rieb sich …

… den Hinterkopf. Eine Beule wölbte sich ihrer Handfläche entgegen. Wieder eine Vision … bizarr, in Männerhaut zu stecken. Erregten sich Männer tatsächlich ständig an Schultern, Brüsten und Hinterteilen? Verdammt anstrengend war das. Kopfschüttelnd suchte sie ihren Körper nach weiteren Blessuren ab. Es würde ein paar blauen Flecken geben, aber ihre Knochen waren heil geblieben. Sie zog sich am Treppengeländer hoch und atmete gegen das Schwindelgefühl an. In den Beinen kribbelten tausend Ameisen. Ein Traum oder eine Vision – was auch immer das eben gewesen war, jemand war darin gestorben. Und was auf solche Träume folgte, wusste jede Faser ihres Körpers.

Vorsichtig stieg sie die Wendeltreppe hinunter, verließ das Schloss wie sie gekommen war. Im Freien peitschten ihr Windböen ins Gesicht. War das kalt! Besser sie blieb in Bewegung. Die Blätter an den Bäumen und Sträuchern zappelten im Wind. Pfingstrosen neigten sich unter der Wasserlast fast bis zum Gras, verströmten ihr betörendes Parfüm. Der Duft beschwor das Bild von Thessa herauf, mitsamt den Gefühlen, die Agnes im Traum für diese Frau empfunden hatte. Wer war Thessa heute? Es gab nur eine Möglichkeit dahinterzukommen. Im Laufschritt trabte Agnes den Berg hinauf zum Hotel.

An der Rezeption fragte sie nach, ob nicht ein Päckchen für sie eingelangt sei und wurde herb enttäuscht. »Leider haben wir heute überhaupt keine Post erhalten, auch kein Bote hat es heraufgeschafft.« Die Hotelchefin schüttelte bedauernd den Kopf. Agnes' Mut sank. Sie musste das gesamte Seminar über ohne ihre Medikamente und damit ohne Schutz vor Visionen und Träumen klarkommen.

Vom Lift her kam Uwe mit ausgebreiteten Armen auf sie zu. »Ich habe dich bei den Paarübungen vermisst!«

»Quatsch.« Geschickt wich sie seiner Umarmung aus. »Bestimmt hast du dich auf Carla gestürzt, wie sonst auch.«

»Und habe wie üblich einen Korb bekommen.« Für einen Moment wirkte er zutiefst gekränkt, doch schon im nächsten Augenblick setzte er wieder sein Strahlemanngesicht auf. »Ist mit Carla alles in Ordnung? Sie wirkt angeschlagen.«

»Ist nur eine Erkältung.« Mittlerweile waren sie im Speisesaal angekommen, wo das Abendessen in vollem Gange war. Eine Duftwolke unterschiedlichster Speisen erweckte ihren Magen zum Leben.

»Das habe ich mir anders vorgestellt«, murmelte Uwe und schnappte sich einen Suppenteller. »Ist nicht okay, falsche Signale auszusenden.«

Ohne ihn weiter zu beachten, visierte Agnes die Riesenpfanne Kaiserschmarrn an. Zucker war genau das richtige nach ihrem ›Nachmittag des Schreckens‹. Am Nachspeisenbuffet hatte sich niemand angestellt. Agnes schaufelte eine große Portion auf den Teller und stellte das Schälchen Zwetschgenröster dazu. Noch bevor sie hinsah, roch sie Josefs Patschuli getränkten Pulli.

»A-auch Lust auf Süßes?«

Agnes nickte. Josef sah sie so treuherzig an, dass sie es nicht übers Herz brachte, ihn einfach stehenzulassen.

»Ich bin vorhin gestürzt und etwas unterzuckert.«

»B-bist du verletzt?« Josefs Blick glitt über ihren Körper. »B-brauchst du ein K-kältepad oder Aspirin?«

Agnes fiel ein, dass sie keinerlei Medikamente dabeihatte und es in ihrem Kopf tatsächlich zu hämmern begonnen hatte. »Ein Aspirin wäre gut. Danke, das ist wirklich nett von dir.«

Er winkte ab und seine bleichen Wangen bekamen rosa Flecken. »I-ich bringe dir die Tabletten nachher vorbei. M-mein Zimmer ist neben deinem. M-muss mir das Zimmer mit Claudio teilen. A-alles ausgebucht.«

Seite an Seite gingen sie Richtung Wintergarten durch den Speisesaal.

»Schatzerl!«, rief jemand vom Tisch, an dem sie eben vorbeigingen. Agnes drehte sich um und blickte in Kurts freudestrahlendes Gesicht. »Gehst einfach an deinem alten Freund vorbei. Setz dich her, komm.« Dabei klopfte er mit der Hand auf den leeren Stuhl neben sich. »Dein Freund soll sich auch zu uns setzten.« Kaum hatte er Josef einen Platz zugewiesen, zog er Agnes an seine Seite, ohne seinen Wortschwall zu unterbrechen. »Unsere Gruppen sind offiziell zu einer verschmolzen, da sollten wir unbedingt gemeinsam essen. Eine Runde Meditation habe ich schon hinter mir – Gott, ich dachte, ich muss sterben! Beim Zählen der Ausatmung wäre ich fast wahnsinnig geworden. Ständig dachte ich: Ist das jetzt ein Gedanke gewesen oder nicht? Muss ich wegen dem echt von vorne anfangen? War bloß ein kleines Hirnfurzerl! Ist eigentlich schon jemand beim Meditieren übergeschnappt?« Kurt sprudelte über vor aufgestauter Energie und zog die Aufmerksamkeit der Tischrunde nonchalant auf sich. »Mir gegenüber sitzt Renata, die Schönste aller Meditierenden. Ich nenne sie frei nach Ornella Muti, ›die schöne Muti‹. Daneben ihr Freund Robert, ein Turnograph – äh, ich meinte ›Lehrer für Turnen und Geografie‹ – schön, wenn man im Job einen auf meditativ machen kann – nur ein Scherz, Robert! Steht dir voll zu, bei dem unflexiblen Urlaubsanspruch – nie Vorsaison buchen können, ist echt scheiße.« Dabei lachte Kurt so herzhaft, dass alle mitlachen mussten, sogar Robert selbst. Keiner konnte sich Kurts Charme entziehen.

»Zu meiner Rechten ›Serge, der Percht‹: Multiple erleuchtet, nicht wundern, gell, wenn er dir verschwommen erscheint. Renata hat gemeint, das ist seine positive Aura.

Model wird er keines werden, gut dass er dieses Aura-Zeugs ausstrahlt.« Kurt gluckste vor Vergnügen, währenddessen das Zielobjekt mit säuerlicher Miene die Augenbraue hochzog. Tatsächlich war Serges Gesicht erstaunlich asymmetrisch, fiel Agnes auf. »Bist mir nicht böse, Serge«, sagte Kurt mit Dackelmiene, »aus mir spricht der pure Neid. Hast ja bei der Meditation gesehen, wie ich mich plage – diese Angst dabei, wenn ich zu sehr in mich gehe, dass ich hinten wieder rauskomme …« Egal welche Scherze Kurt sich erlaubte, alle lachten mit. Sogar der ernsthafte Serge verzog sein Gesicht zu einem mitleidigen Lächeln.

»B-bist du Kabarettist, oder was?« In Josefs Stimme lag ein Hauch von Ärger.

»So ähnlich. Für mein täglich Brot unterhalte ich Richter, Richterinnen, Staatsanwälte, Staatsanwältinnen und Gerichtsschreiberinnen. Man nennt diese Tätigkeit auch Anwalt.« Wieder heiteres Lachen. Serge räusperte sich.

»Kurt, du darfst punkto Meditation nicht so streng mit dir ins Gericht gehen.« Wieder brandete Gelächter auf, diesmal wegen Serges unbeabsichtigten Wortspiels. Serge schien erfreut und setzte noch einen Tick salbungsvoller fort. »Auch wenn es deiner Profession entspricht. Halte durch, dann wirst du die Wohltaten der Meditation bald an Leib, Geist und Seele verspüren.«

»Ach, du liebes bisschen!« Kurts Augen glänzten feucht. Agnes konnte sehen, wie der Schalk in ihnen die Oberhand gewann. »Serge, das bedeutet mir viel, dass gerade du das sagst. Immerhin bist du der Reservemeister dieser Gruppe.« Agnes wusste nicht mehr, wie sie ihren Lachdrang länger unterdrücken sollte. Das schien auch Kurt zu spüren. »Weißt, Agnes, der Serge lebt seit Jahren keusch, hat er mir erzählt. Ist das nicht unglaublich? Also ich bin geneigt, mir den Serge als Vorbild zu nehmen, was das Meditieren angeht, aber das mit der Keuschheit …« Er unterbrach sich mit einem Schütteln und hielt seine Hände vor sich, die Daumen gegeneinandergedrückt, die restlichen Finger aufeinander, als würden sie einen unsichtbaren Apfel halten. »Nein, damit brauch ich gar nicht erst anfangen, unmöglich. Kannst du dir vorstellen, was dann bei mir während der Meditation abgeht?« Sein Blick ruhte auf seinen Unterleib und den Händen, die er davorhielt. »Das kosmische Mudra penetriert – das versaut vollends mein Karma.«

Jetzt konnte sich keiner mehr halten. Alle kringelten sich vor Lachen und wischten sich die Tränen aus den Augenwinkeln. Nur Serge, ein mitfühlendes Lächeln auf den Lippen, blieb seiner Mission treu. »Keuschheit ist keine Voraussetzung für die Meditation. Wenn du dich jedoch einmal auf den Weg gemacht hast, das Dao zu ergründen, ist Sexualität – und das werden dir buddhistische und christliche Mönche bestätigen – ein Hindernis. Die Triebe lenken vom Weg der Erleuchtung ab.«

Kurt hing andächtig an Serges Lippen, als verkündeten sie das gelobte Land. »Tatsächlich?«, erwiderte er und kniff die Augen zusammen. »Hat Wei Xu nicht mal was vom ›sexuellen Kung Fu‹ erzählt? Und ich dachte mir noch: Hier bist du richtig, Kurtl.«

»Sag bloß, du hast noch nie ›Tantra Yoga‹ ausprobiert«, rief Agnes mit gespieltem Erstaunen. Ihre Wangen glühten mittlerweile vor Vergnügen.

»Aber Agnes«, murmelte Josef.

»Was denn, Josef?« Kurt schien die Unsicherheit des schüchternen Mannes zu reizen und er lehnte sich näher zu ihm. »Das solltest du auch mal probieren. Gut für die Beweglichkeit – sagt man.« Breites, zweideutiges Grinsen. Josef zuckte bloß mit den Schultern und schaufelte weiter Kaiserschmarren in seinen Mund.

»Machst du beim Feuerlauf mit, Agnes?« Renatas Frage zog Agnes' Aufmerksamkeit auf sich, und sie wandte sich der ›schönen Muti‹ zu.

»Unbedingt!« Noch während Agnes sprach, fühlte sie ein klein wenig Zweifel. »Sofern mich nicht der Mut verlässt.«

»Ruth ist nicht sonderlich begeistert von der Gruppenzusammenlegung«, warf Robert ein. Unter seinem Shirt zeichnete sich die Schultermuskulatur deutlich ab. Aufgrund seiner Statur und Gesichtshaut schloss Agnes auf eine Leidenschaft fürs Rennradfahren. »Ich glaube, sie will euch was dafür berechnen.«

»Unsere Ruth ›tut nicht gut, aber kommt leicht in Wut‹ schaut eben aufs Geld.« Kurt erntete neue Lachsalven. »Ah, da kommt sie mit dem Bertl!«

Agnes wandte den Kopf. Ihre Heiterkeit versickerte rascher als Wasser in der Wüste Gobi.

»Grade haben wir von dir geredet. Du weißt ja, ich liebe deine Ecken und Kanten.«

»Kann es mir vorstellen.« Ruths Blick konnte schockgefrieren – doch Kurt erwies sich immun.

»Ruth, meine Liebe, das sind Agnes und Josef. Bertl – die Agnes kennst ja, da brauch ich nicht extra was erzählen.« Kurt zwinkerte spitzbübisch und schien Ruths Reaktion darauf zu genießen – als ob er es gerade darauf angelegt hatte, die Steilfalte zwischen ihren Augenbrauen auf Knopfdruck hervorzaubern zu können. Ganz Fisch in seinem Element. »Ruth, wie ist das, können alle von Carlas Gruppe beim Feuerlauf mitmachen, oder müssen sie dir vorher was bezahlen?«

»Wieso mir? Das müssen sie mit dem Meister klären.« Kurt zerrte sichtlich an ihren Nerven.

»Na hör mal – du bist hier die graue Eminenz und flüsterst dem Meister alles ein! Sorry Serge. Das sind die aktuellen Machtverhältnisse. Du bist dafür der amtierende Reserve-Buddha. Wenn Ruth Moneten sehen will, hilft's nichts.«

»Der Scheiterhaufen kostet eine Stange Geld!« Ruth verlor zunehmend an Distanziertheit. »Außerdem ist es eine Heidenarbeit, ihn aufzustapeln und später die Glut auseinanderzuziehen. Ein finanzieller Ausgleich ist da allemal angebracht – wir zahlen schließlich auch dafür.«

»Na, das hab' ich doch gerade gefragt.« Kurt sprach so sanft, als wäre Ruth ein tollwütiger Hund.

»Dauernd verdreht der alles.« Ruth wandte sich an Siebert. »Wie hältst du den Typen aus?«

»Wir nennen es wohlwollend ›Humor‹ und lieben ihn trotzdem«, erwiderte Siebert lachend und klopfte seinen Freund auf den Rücken. Der Blick, den er sich dafür von Ruth einfing, könnte Trauben zu Rosinen schrumpfen lassen.

»Selbstverständlich zahle ich etwas dazu«, sagte Agnes in der Absicht, die Situation zu entschärfen.

Ruth und richtete sich zu voller Größe auf. »Wie es aussieht, fällt der Feuerlauf sowieso aus – der Regen wird die nächsten Tage anhalten, meint der Flackl-Wirt. Außerdem sind wir mittlerweile von der Außenwelt abgeschnitten.« Die darauffolgende Aufregung befriedigte Ruth sichtlich. Sie nahm am Kopfende der Tafel Platz und lehnte sich zurück. Jetzt war es ihre Show und nicht länger Kurts. Fragen prasselten auf Ruth ein, bis sie eine Hand hob, um allen Einhalt zu gebieten. »Der Wirt hat mir von einem Hangrutsch berichtet«, begann sie, als es am Tisch still geworden war. »Die Straße in den Ort ist verschüttet. Auch die Telefonleitung ist defekt und die Funkverbindungen der Mobiltelefone sind allesamt unterbrochen. Blitzschlag vermutlich.«

»Die Techniker werden bei diesem Wetter in nächster Zeit nicht an den Funkmast herankommen«, meinte Siebert und rieb sich über den Dreitagesbart. Agnes verfolgte seine Bewegungen mit steigender Anspannung. Er sah so verdammt gut aus, auf eine verwegene, männliche Art. Nichts schien ihn aus der Ruhe zu bringen. Agnes' dummes Herz wollte aus dem Brustkorb springen. Rasch wandte sie sich ab und spielte mit den letzten Krümeln auf ihrem Teller.

»Cool, dann komme ich beim Meditieren weiterhin nicht über 1 hinaus, weil ich die ganze Zeit darüber nachdenken werde, ob ich es am Dienstag rechtzeitig in der Kanzlei schaffe.« Kurt stöhnte, klang nun allerdings ernsthaft gereizt. »Hab um 9.30 Uhr eine Gerichtsverhandlung. Zwei verfeindete Kleingartenbesitzerinnen – muss ich euch bei Gelegenheit erzählen. Die haben sich gegenseitig die Radieschen und Gartenzwerge vergiftet. Ich schwöre euch, die sind schlimmer als jeder Mafioso, kennen keine Gnade. Wenn ich nicht pünktlich auftauche, bin ich der Nächste, der dran glauben muss – die haben Rattengift gebunkert, das glaubt ihr nicht. Oh Mann, ich wünschte, ich wäre daheim geblieben.«

Während Kurt sich die Schläfen massierte, räusperte sich Serge und hob beschwichtigend die Hände. »Kinder, es besteht kein Grund zur Aufregung.« In aufreizender Gelassenheit blickte er in die Runde. »Es gibt keine Begrenzungen, kein abgeschnitten sein, das sind alles nur Illusionen. Dies ist die perfekte Gelegenheit, die Buddha-Natur zu erfahren.«

Verständnislos starrte Kurt ihn an. »Mensch, Serge, wenn das so ist, dann setzte ich mich am Dienstag auf deinen Rücken und du bringst mich ins Tal hinunter, direkt zum Bahnhof. Denn es sind meine Familienjuwelen, an denen mich Frau Pospisil aufhängen wird, wenn ich sie nicht gegen ihre gemeingefährliche Nachbarin verteidige.«

»Du bist vollkommen in deinem Alltag verstrickt«, meinte Serge salbungsvoll, »sei im Hier und Jetzt – das ist eine einmalige Chance.«

»Alter, wir sind abgeschnitten. Hier und jetzt.« Kurt hatte rote Wangen bekommen und hustete, weil wohl Speichel in die falsche Kehle gekommen war.

»Dein Fehler ist zu glauben, die Welt sei real – aber sie ist nur eine Illusion. Befreie dich davon.«

»Ach, leck mich doch am großen Zeh«, erwiderte Kurt mit resignierter Geste. Nach zwei tiefen Atemzügen konnte er aber auch schon wieder mit unbeschwerter Stimme weitersprechen. »Ich hole jetzt einen illusionären Kaiserschmarrn mit viel Zucker und Zwetschkenröster in der Erwartung, dass mir daraus ein Sixpack wachsen wird. Wehe, das funktioniert nicht.« Damit erhob er sich und verschwand in Richtung Buffet.

»Er wird es schon noch lernen, wenn er bei Meister Wei Xu bleibt.« Serge blickte Kurt mitleidig nach. »Der Meister ist erleuchtet und hat die Gabe, sein Licht weiterzugeben. So wie ich ...«

»Wei Xu hat noch nie in dieser Weise von sich gesprochen«, fiel Ruth ihm ins Wort. »Typisch, dass gerade du dich brüstest.«

»Nun, ich kenne einige Meister und habe das Tao tief durchdrungen.«

»Das Tao durchdrungen?« Renata wirkte verwirrt und sah von Serge zu Ruth.

»Du kennst das ›Tao Te King‹ von Laotse nicht?«, ereiferte sich Serge. »Das Tao ist Fülle und Leere, Sein und Nicht-Sein. Die Kraft, die allem innewohnt. Das Unaussprechliche.«

»Aha.« Das Unaussprechliche machte wenig Eindruck auf

Renata, was Serge zu verletzen schien. »Jedenfalls hat mich ein Meister in Deutschland bestätigt.«

»Aber Wei Xu hat dich nicht bestätigt«, stichelte Ruth und konnte ihre Genugtuung kaum verhehlen. Serges Wangen verfärbten sich pink. Den Affront ignorierend, wandte er seine Aufmerksamkeit erstaunlich sichtbar auf sein Drittes Auge – die Augenbrauen zogen sich zusammen und die Lider flatterten.

»Ist dieses Dào das Licht, welches du gern von Wei Xu hättest?« Renatas entzückender Akzent verursachte bei Agnes Sehnsucht nach Italien, Meer und Strand. Dieses mediterrane Licht wäre ihr gerade sehr viel lieber.

»Ich bin jenes Licht.« Serge sprach mit flackernden Augenlidern. »Ein Meister in Deutschland …«

»… hat dich bestätigt«, vervollständigten Ruth und Robert im Chor. Selbst Ruth musste daraufhin lachen.

Agnes fühlte Josefs Blick auf sich, der sie wie das Wunder von Lourdes anstarrt – währenddessen Siebert überall hinsah, nur nicht zu ihr. Es war höchste Zeit, zu verschwinden. »Ich gehe zum Buffet«, murmelte sie und schob den Stuhl zurück.

Siebert zuckte zusammen und drehte sich in ihre Richtung. »Wollte ich auch gerade.«

Verdammt. Das Kapitel Siebert war abgehakt. Meditation stand auf dem Plan – keine amourösen Verstrickungen, Herrschaftszeiten noch einmal! Jetzt saßen sie noch dazu in diesem Hotel fest, ohne Kontakt zur Außenwelt. Selbst wenn sie wollte, konnte sie Siebert nicht entfliehen. Kaninchen in der Falle.

Ich bin kein Kaninchen, sagte sie sich und stolzierte davon.

13. Im Auge des Engels

»Namasté. Ich grüße das Licht in euch.« Diese Möchtegern-Priesterin Carla spricht derart salbungsvoll, als wäre sie eine Heilige. Sie faltet die Hände vor der Brust, verbeugt sich fast bis zum Boden. Ich habe diese Scheinheiligkeit so satt. Überall stehen Buddhas und Teelichter herum. Ich muss mich ebenfalls mit den anderen verneigen. Für einige Sekunden recken sich zwei Dutzend Gesäße zur Decke, während durchgedrückte Rücken versuchen dem Boden näherzukommen. Keiner bemerkt meinen beobachtenden Blick, keiner beachtet mich. Im Gleichklang mit den anderen klemme ich das Sitzkissen zwischen die Waden und nehme eine halbwegs erträgliche Sitzposition ein. Carla spricht weiter. Gefällt sich in ihrer Rolle, das kann ich sehen.

»Leider kann Meister Wei Xu nicht mit uns meditieren. Er lässt sich bei euch entschuldigen, die Mayonnaise im Kartoffelsalat ist ihm nicht bekommen.«

Meine Hände schwitzen. Eine Schweißperle folgt der Kontur meiner Schläfe – ich möchte sie wegwischen, den Juckreiz stillen und halte doch an mich. Ich kann es nicht mehr stoppen. Nichts darf die Aufmerksamkeit auf mich lenken. Die Entscheidung ist gefallen, Gott hat in seiner unendlichen Weisheit alles gefügt, wie es sein soll. Ich bin sein Werkzeug und werde nicht zaudern.

»Lasst unser Zusammenkommen mit einem ›Mondo‹ beginnen.«

Ihre Ankündigung schreckt mich auf. Was in Gottes Namen bedeutet das? Da gab es doch mal einen Supermarkt mit diesem Namen …

»Der Weg von Frage und Antwort«, beantwortet Carla meine Frage, als hätte sie meine Gedanken gehört. Verstehe. Die Schäfchen müssen indoktriniert werden. Wie wunderschön sie aussieht, unter den Zweigen der Birkenfeige, umfangen von einer Art Laube, das niedere Tischchen zur Rechten, auf dem ein Teelicht steht, eine Buddha-Statue aus Holz und eine Schale Reis für das Räucherwerk.

Das Knirschen des Dinkelspreu in den Kissen verstummt. Ein Respektabstand von gut drei Meter liegt wie ein Burggraben zwischen uns und ihr. Keiner spricht, jeder wartet geduldig auf eine Ermunterung. Doch Carla hat keine Eile. Alles Taktik, sie lässt uns zappeln, damit zeigt sie ihre Überlegenheit. Räucherstäbchen liegen auf dem Tischchen bereit; sie greift danach. Ein Lächeln will sich auf meinem Gesicht ausbreiten. Ich presse die Lippen aufeinander und ziehe die Mundwinkel hinunter. Keiner darf hinter meine Maske blicken. Aus den Augenwinkeln sehe ich die starren Blicke der Schüler. Gut so. Lasst sie nicht aus den Augen.

»Gibt es Fragen?« Die Macht ihrer Stimme ärgert mich. Nichts und niemand rührt sich. Einfältige Kinder allesamt. »So gebe ich euch das Koan für dieses Seminar – mögt ihr lange an der paradoxen Geschichte knabbern und euer Verstand daran verzweifeln. Erst wenn der Verstand aufgibt, werdet ihr die Lösung finden. Vielleicht sogar Erleuchtung. Aber das ist nicht wichtig.«

Gott im Himmel, die hält ihre Schäfchen raffiniert am Gängelband. Den Verstand ausschalten, das hätte sie gern. Mit mir nicht. Ein paar von ihnen lächeln, tun als wüssten er, wovon Carla spricht.

»Hört: Einst schlüpfte ein kleines Entenküken in eine Flasche. Gute Körner befanden sich darin und das Entlein fraß und fraß. Bald wurde es dick und konnte nicht mehr durch den Flaschenhals hinaus. Nichts wünschte sich das Entlein mehr, als der Flasche zu entkommen, doch es gelang ihm nicht.«

Wieder so eine blöde Zen-Geschichte. Absurd und sinnlos.

»Was sagt ihr dem Entlein, um es zu erlösen?«

Na bitte, wer sagt's denn: Enten erlösen. Komplett gaga.

Stille ist die einzige Antwort. Carla blickt von Gesicht zu Gesicht, mehr prüfend als fragend, schmunzelt und erhebt erneut die Stimme.

»Nun, es ist nicht leicht. Hat keiner eine Idee?«

»Das Entlein soll abnehmen!«, ruft Renata. Die anderen lachen, doch Carla läutet die Glocke zum Zeichen, dass die Antwort falsch ist; so viel habe ich mittlerweile kapiert.

»Es soll die Flasche zerschlagen.«

Wieder tönt die Glocke durch den Raum. Pech gehabt, Robert. Jetzt werden die Schäflein warm und rufen ihre Antworten hinaus.

»Es könnte mit dem Schnabel gegen die dünnste Stelle im Glas picken, bis es zerspringt.«

Die Glocke läutet.

»Wenn das Entlein in der Flasche läuft, beginnt die zu rollen.« Jetzt doziert diese Volkschuldirektorin, Almut heißt sie. »So könnte es zu einer Stufe kommen, hinunterstürzen und wenn das Glas zerbricht, entkommen.«

Carla läutet die Glocke zwei Mal hintereinander.

»Dieses Koan wird euch lange begleiten. Lasst uns mit der Meditation beginnen.«

Ich fühle den Puls in meinen Ohren hämmern. Atmen, Ruhe bewahren. Ich sage in Gedanken das ›Vater Unser‹ auf. Erlöse uns von dem Bösen, denke ich und –

»Triffst du Buddha unterwegs, töte ihn«, kommt über meine Lippen noch ehe ich klar denken kann. Großer Gott, was habe ich getan! Das hätte nicht geschehen dürfen. Nur weil mich das Weib provoziert, darf ich nicht die Deckung sinken lassen. Nicht jetzt. Mein Eckzahn bohrt sich in meine Zunge. Ich schmecke Blut und werde ruhiger. Mein Jähzorn hat mich schon einiges gekostet.

Gott, der Herr, hat mich berufen, Gott gib' mir die Kraft zu warten.

Ich wiederhole mein Gebet in Gedanken. Das Buddha-Zitat schwingt im Raum nach, lässt sich nicht zurücknehmen.

»Die Richtung stimmt«, sagt Carla. Wenn die wüsste.

Glücklicherweise sitze ich ganz hinten, nahe dem Ausgang. Keiner hat sich zu mir umgedreht. Langsam lasse ich den angehaltenen Atem aus den Lungen entweichen. Diese Irren töten Buddha, es ist kaum zu glauben. Sie töten ihren eigenen Gott. Es war kein Zufall, dass letzthin davon in meiner Gegenwart gesprochen wurde. Der wahre Gott wird siegen.

Aufstehen, verbeugen. Die Gongs ertönen. Alle blicken zur Wand.

Aus den Augenwinkeln beobachte ich Carla. Sie ergreift drei Räucherstäbchen, hält sie über die Flamme der Kerze. Die Spitzen beginnen zu glosen und kleine Flammen verzehren das Räucherwerk. Wie gewohnt fächelt Carla mit den Stäbchen vor ihrem Gesicht, genauso wie es ihr der Meister beigebracht hat. Ich schließe meine Augen.

Das Licht der Gerechten brennt fröhlich, aber die Leuchte der Gottlosen wird ausgelöscht … der Herr prüft den Gerechten, seine Seele hasst den Gottlosen und die gerne freveln …

Schweiß prickelt auf meinen Rücken, ich schaffe es kaum einzuatmen. Alles wird eng, vor meinen Augen tanzen Lichtpunkte. Engel auf dem Weiß der Wand. Carla hustet – hustet immer stärker. Ich sehe nicht hin. Die Engel freuen sich über mich.

Dein Wille geschehe.

Die ersten werden nervös. Jemand läuft um Wasser. Agnes stürzt zu Carla. Ursula ebenso. Auch ich beteilige mich an der Rettungsaktion. Öffne das Fenster. In dem Durcheinander nehme ich die Räucherstäbchen und ersticke sie im Reis. Keiner beachtet mich, alle sorgen sich um Carla. Ich lasse die Gruppe nicht aus den Augen. Das Glas Wasser ist eingetroffen, zittert vor dem Gesicht der Frevlerin.

Ohne Gott seid ihr nichts, verlorene Seelen, verdammt zu sterben.

Nur einige wenige Atemzüge sind Carla noch beschieden. Mit einem lauten Ausruf der Erheiterung blickt sie zu mir. Mir stockt der Atem. Dieser Blick –

Weiß sie es?

Mein Herz krampft sich zusammen. *Vater unser im Himmel, geheiligt werden dein Name* … Meine Muskeln zittern, es muss die Gegenwart des Todesengels sein. In meinem Adern kristallisiert das Blut.

Rette mich, oh Herr.

Jetzt endlich bricht der Blick dieser Hexe, richtet sich nach innen – das Licht erlischt.

Es ist vollbracht.

Amen.

14. Der erste Gong …

… ertönte. Es folgte die Verbeugung der Meditierenden voreinander. Beim zweiten Schlag gegen die Klangschale bemühte sich jeder im Raum um eine entspannte Sitzposition und schob die Sitzknochen auf dem Kissen hin und her.

In Agnes' Kopf brummte ein Hummelschwarm. Wäre sie bloß mit zwei Aspirin zu Bett gegangen. Aber was, außer einem weiteren Traum aus ihrem vergangenen Leben hätte sie da erwartet – etwas, das sie aktuell noch weniger ertrug als die feuchte Schwüle im Raum. Der Geruch nach Kerzenwachs, Räucherwerk und Schweiß hing in der Luft. Sieberts Rücken wenige Zentimeter hinter ihrem. Viel zu nah. Ein Muskel an ihrem Augenlid zuckte, der Nacken ein einziger gordischer Knoten. All das musste sie eine Stunde lang ertragen. Schweigend. Reglos. Dabei konnte sie gar nicht aufhören darüber nachzudenken, was diese Vision im Turm von Schloss xxx bedeuten sollte. Irgendetwas bahnte sich an, davon war sie überzeugt – Gaya war zweifellos vergiftet worden. Und jedes Mal, wenn sie bislang einen solchen Traum gehabt hatte, war kurz darauf jemand in ihrem Umfeld gestorben. Konnte sie es diesmal verhindern? Sie musste wachsam sein.

Wo blieb der dritte Gong? Agnes wagte einen Blick zum Podest und sah Carla, die eben drei Räucherstäbchen an der Kerze neben sich anzündete. Der Buddha am Tischchen lächelte. Alles gut.

Du bist neurotisch, dir fehlen die Medikamente, sagte sie sich. Carlas Räucherritual beruhigte sie, ihre Art, die grauen Rauchfäden vor dem Gesicht zu beobachtete, den Duft von Sandelholz zu genießen, das zeugte von völliger Hingabe an den Augenblick. Ein paar Mal fächelte Carla mit den Stäbchen vor der Nase, dann beugte sie sich zu der Reisschale und steckte das Räucherwerk hinein. Nun würde endlich der dritte Gong folgen. Agnes konzentrierte sich auf die eigene Sitzhaltung, das kosmische Mudra vor dem Unterbauch und wusste, dass Carla jetzt nach dem Holzschlägel greifen würde. Die Sinne sehnten den satten Ton der Klangschale herbei. Doch anstelle des Gongs ertönte Husten und zerriss ihre Erwartungen. Nicht nur Agnes, alle Meditierenden wandten sich alarmiert dem Podium zu. Carla saß vornübergebeugt, das Gesicht puterrot und rang nach Luft. Wie in Agnes‘ Traum. Das konnte nicht – das durfte nicht sein!

Agnes sprang auf die Beine, eilte zu Carla, legte die Hand auf deren Rücken. »Hast du dich verschluckt?« Agnes dachte an die Hustenbonbons, die sich Carla ständig in den Mund schob. Wie wandte man den Heimlich-Griff richtig an? Carla brachte kein Wort hervor, lediglich ein Kopfschütteln ließ vermuten, dass Agnes‘ Theorie nicht zutraf.

Karin drängte sich neben sie und hielt Carla ein Glas Wasser hin. »Trink‘ einen Schluck.« Ein weiterer Hustenkrampf erschütterte Carla, aus der Kehle drang ein Röcheln.

Ursula stellte sich vor sie. »Was ist mit ihr los?« Alle Hoffnung richtete sich auf die Krankenschwester, doch auch sie blickte ratlos, stützte die Freundin.

»Macht die Fenster auf!«, hörte sich Agnes rufen, ohne den Blick von dem verzerrten Gesicht zu nehmen. Hautkontakt – vielleicht konnte sie mit ihrer Gabe herausfinden, was mit Carla los war. Agnes legte die Hand in Carlas Nacken. Die Haut fühlte sich klamm an. Augenblicklich weiteten sich ihre Innenräume, wie Scheunentore strömten die fremden Empfindungen in sie.

Luft – mehr Luft – die Lunge, ein Stein – die Dunkelheit, so eng …

Carlas Augen bohrten sich in Agnes. Ein Ausdruck des Erstaunens, der Verwunderung – ein allerletzter Gedanke übertrug sich … *Das Leben träumt mich nicht länger …*

Der Blick löste sich, ging an Agnes vorbei. Ein fast heiterer Laut entrang sich Carlas Kehle und im nächsten Moment wich jegliche Körperspannung aus ihrem Körper.

»Wir brauchen einen Arzt!«, schrie Karin. »Holt einen Arzt!«

»Lass mich ran!« Ursula drängte Karin beiseite, beugte sich über die zusammengesunkene Gestalt in Agnes‘ Armen, überprüfte Puls und Atmung. »Verdammt. Ich mache Herzmassage. Agnes, du überstreckst den Kopf und fixierst ihn.« Agnes reagierte unverzüglich, legte Carla auf den Rücken und blickte hilfesuchend zu Ursula. »Überstrecke den Hals, zieh' am Kinn, ja, genau.« Ursula und legte die Hände auf Carlas Brustbein. Rhythmische Bewegungen folgten, denen Agnes gebannt folgt. Nach einigen Minuten wechselten sie sich ab. Wieder und wieder. Sie verloren sich in der Rettungsaktion, weil nur so Carla lebendig blieb. Gaben sie auf, war die Freundin verloren. Agnes fühlte ihre Verzweiflung mit jedem Stoß gegen Carlas Brustkorb größer werden. Nur Carla selbst fühlte sie nicht mehr. Da war kein Gedanke, kein Schmerz, nur Dunkelheit. Agnes setzte sich auf die Fersen, beobachtete, wie Ursula nach dem Puls am Handgelenk tastete und den Kopf schüttelte.

Nein, nein, nein. So durfte es nicht enden. »Wir geben nicht auf.« Agnes' Worte waren wahrscheinlich kaum zu verstehen, dennoch nickte Ursula.

Siebert und Kurt stiegen aufs Podest. »Ihr seid erschöpft, lasst uns übernehmen.« Siebert nahm Agnes an der Schulter und schob sie sanft beiseite. Kurt nahm Ursulas Platz ein und nun gaben die beiden Männer ihr Bestes. Ein Kreis besorgter Gesichter umschloss das Podest, sie starrten auf das verzweifelte Ringen.

Ursula hielt Carlas Handgelenk und schüttelte den Kopf. Alle Blicke wanderten zu ihr. »»Es ist vorbei. Eine halbe Stunde. Sie ist gegangen.«

Im Raum gab es keinerlei Bewegung, kein Geräusch. Der Tod hatte sich genommen was er begehrte, und niemand konnte etwas dagegen tun. Die eigene Machtlosigkeit drohte Agnes zu ersticken. Ursula rückte näher zu ihr und gegenseitig hielten sie sich im Arm. Der Stein auf Agnes‘ Brust fühlte sich eine Spur weniger schwer an.

Siebert und Kurt sanken auf die Fersen, die Arme schlaff neben dem Körper. Schweiß glänzte auf ihrer Stirn. »Scheiße, Mann. Was ist das für eine Scheiße?«, brach es aus Kurt hervor. Er fuhr sich mit der Hand durchs Haar und rieb sich das Gesicht. Sieberts Atmung ging stoßweise, sein Gesicht eisgrau.

»Sie kann nicht tot sein – ich meine – warum?«, stammelte Karin mit tränenerstickter Stimme. Sie kniete neben dem Podest, war kaum von der kalkweißen Wand in ihrem Rücken zu unterscheiden.

Vor ihnen allen lag ein Körper, der vor wenigen Minuten noch ihre Freundin gewesen war.

Es wollte nicht enden. Träume und Tod. Gequält blickte Agnes auf und verfing sich in Sieberts Blick. Eine unmerkliche Bewegung seines Kopfes stellte ihr die eine Frage. *Hast du es geträumt?* Das Zucken ihrer Augenlider war ihm wohl Antwort genug. Sie bemerkte, wie er tief durchatmete und die Lippen zusammenpresste.

»Ein Hustenanfall ist doch nichts, woran man stirbt.« Renatas Flüstern galt ihrem Freund. Robert zuckte bloß mit den Schultern. Lautes Klappern ließ alle im Raum zusammenzucken. Die Tür sprang auf und Uwe stürzte herein.

»Nicht mal ein verdammter Medizinstudent ist aufzutreiben.« Er stockte und blickte in die betretenen Gesichter ringsum. »Was ist los? Carla?« Noch während er sprach, bewegte er sich auf das Podest zu. Erstarrte angesichts der aufgerissenen Augen der Toten. »Das ist nicht wahr …«

Ruth, die Arme um sich selbst geschlungen, rubbelte nervös über ihre Oberarme. »Ich gehe zu Wei Xu. Er weiß, was zu tun ist.«

»Der kann sein Zimmer nicht verlassen, weil er Durchfall hat«, wandte Serge ein, der direkt neben ihr stand. »Aber mach nur.«

Siebert rappelte sich auf, nach ihm kam Kurt auf die Beine. »Wir suchen den Flackl-Wirt, vielleicht kann er jemanden verständigen. Polizei, Rettung, was geht.«

»Wieso Polizei?« Claudios Stimme wirkte genauso kraftlos wie seine Haare, das ihm in die Stirn hingen. Die Locken hatten sich in flache, müde Wellen verwandelt. Er hielt das Sitzkissen gegen die Brust gedrückt und blickte verwirrt zu Siebert auf. »Ich meine, sie braucht einen Arzt.«

»Der Zug ist abgefahren.« Kurt begann auf und abzugehen.

»Aber Polizei!« Karins kreischender Ausruf schmerzte Agnes. Alles an Karin zeugte von ihrer Verzweiflung – Hektikflecken auf den bleichen Wangen, Tränen in den Augen, zitternde Hände, die wieder und wieder über die nassen Wangen wischten.

»Jemand fällt plötzlich tot vom Sitzkissen.« Siebert klang nachdenklich und zugleich entschlossen. »Das muss untersucht werden.«

Ein Raunen ging durch die Gruppe. Die Emotionen verdichteten sich, durchdrangen Agnes‘ Schutzschilde. Angst, Entsetzen, Ungläubigkeit – die emotionale Hölle entleerte sich über ihr. Ihr Blick fiel auf Carlas Gesicht, das bereits etwas von einer Wachspuppe hatte. Carla, wo bist du? – dachte Agnes und spürte Tränen über ihre Wangen laufen.

»Agnes, du kommst mit.« Sieberts Stimme war ein Weckruf, das Seil, an dem sie sich aus dem Albtraum ziehen konnte. Bereitwillig nahm sie seine Hand und stand auf. »Du kannst Angaben zu ihrer Person machen«, fügte er hinzu, als wollte er seine Absicht rechtfertigen, »sofern wir mit der Polizei Kontakt aufnehmen können.« Seine Hand hielt die ihre fest umschlossen, auch jetzt noch, nachdem sie neben ihm stand.

»Ich habe Carla viel besser gekannt!« Karin sprang auf und machte Anstalten sich Kurt, Siebert, Ruth und Agnes anzuschließen. »Ich habe schließlich alles für sie erledigt.«

»Dann willst du bestimmt bei ihr bleiben und ihre Augen schließen wollen«, meinte Kurt sanft. »Sie schaut uns immer noch an.«

Bevor Karin auf diesen Vorschlag reagieren konnte, hob Ursula ihre Hand und strich über die Augen der Verstorbenen. »Vielleicht deckt sie jemand zu?«

Serge kam mit einer Decke zum Podest und legte sie sachte über die Tote. Bevor er das Gesicht bedeckte, flüsterte er: »Es tut mir leid.«

Karin schluchzte auf. Claudio trat neben sie und legte behutsam seinen Arm um sie.

»Wir müssen überlegen, wo wir sie hinschaffen. Wenn kein Leichenwagen zu uns auf den Berg fahren kann, dann werden wir sie einige Zeit kühlhalten müssen«, gab Ursula zu bedenken.

Karin schrie auf. »Um Himmelswillen! Wie kannst du nur so reden!«

Andere murmelten ebenfalls aufgebracht und schenkten Ursula missbilligende Blicke. Siebert, Agnes und Kurt verließen den Raum..

»Wartet!« Ruth holte die drei ein, griff energisch nach Sieberts Hand, drängte dabei Agnes beiseite. »Das war heldenhaft, wie ihr um Carlas Leben gekämpft habt. Hätte ein Arzt sie retten können?«

»Das wissen wir vielleicht nach einer Obduktion.« Siebert gab sich sichtlich Mühe, Ruth zu beruhigen und strich ihr über die Schulter.

»Sah aus, als wäre sie erstickt.« Kurt sah zu Agnes. »Hatte Carla Asthma?«

»Sie war bloß erkältet. Ich dachte, sie hätte sich am Hustenbonbon verschluckt.«

Ruth schnaubte. »Meditation und Hustenbonbons?«

Agnes ignorierte den Tonfall und schlüpfte in ihre Sneakers. Ohne Ruth weiter zu beachten, stieg sie die Stufen hinter Kurt hinauf. Ohne Siebert. Der stand nach wie vor bei Ruth und hielt ihre Hand.

»Sprich mit Wei Xu. Wir sehen uns dann später.« Sieberts Worte hallten Agnes hinterher, stachen ein Tattoo in ihr Herz. Eifersucht, stand da in großen Lettern.

Kurt hatte den Schankraum erreicht und sie beeilte sich, ihn einzuholen. Es herrschte reger Gästeandrang. Tabletts, mal mit vollen, mal mit leeren Gläsern, wurden von Kellnerinnen hin und hergetragen. Am Ausschank stand der Seniorchef höchstpersönlich, befüllte Biergläser, polierte die frisch gespülten Gläser und lachte mit seinen Gästen. Kurt stellte sich dazu.

Der Flackl-Wirt stutzte, als er ihn bemerkte. »Is was passiert?«

»Ein ziemliches Problem.« Kurt sprach in einer Lautstärke, dass Flackl ihn gerade noch verstehen konnte.

Der Seniorchef trat näher und grüßte Agnes mit einem Nicken. »Ich hab vorhin jemanden nach einem Arzt fragen hören.«

Agnes wurde das Ausmaß bewusst, in dem sie dem Mann seinen Abend und die nächsten Tage vermiesen würden. Hinter sich spürte sie nun Sieberts Gegenwart und auch Flackl reagierte mit einem Nicken auf dessen Erscheinen.

»Es ist schlimmer.« In Agnes' Hals verknoteten sich die Stimmbänder. Der Wirt hielt im Polieren der Gläser inne.

Siebert räusperte sich, entschlossen, Überbringer der schlechten Nachricht zu werden. »Carla Draschy ist tot. Sie hat gehustet, keine Luft gekriegt und ... Wir haben versucht, sie zu reanimieren.«

»Des gibt's net!« Der Wirt fuhr sich mit der Hand über die hohe Stirn, wich dabei zurück und stieß gegen das Glasregal hinter sich. Für Sekunden stand er reglos da. Schließlich drehte er sich um, holte vier Schnapsgläser aus dem Regal, griff sich eine Flasche auf deren Etikett diverse Früchte abgebildet waren und schenkte die Gläser randvoll. Den ersten Obstler kippte er in einem Zug herunter, goss nach, und erst danach schob er den anderen die ihnen zugedachten Gläser über den Tresen. »Die Carla Draschy war keine vierzig. Ihr verarscht's mich.« Mit fragendem Blick verfolgte er, wie Siebert und Kurt die Schnapsgläser an die Lippen hoben und mit einem Ruck den Obstler die Kehle herunterspülten. Vorsichtig probierte Agnes einen Schluck und meinte, die Kehle stünde in Flammen.

»Wir müssen die Polizei verständigen.« Siebert Feststellung verdeutlichte offenbar Flackl den Ernst der Lage. »Geht das Telefon?«

Der Wirt stemmte die Hände in die Seiten. »Wir sind von der Außenwelt abgeschnitten. Es wird eine Weile dauern, bis jemand auf den Berg heraufkommt.«

»Verdammt.« Kurt schnaubte und trat auf der Stelle. Panik sprangen von ihm auf Agnes über. Mit einem Ruck kippte sie den Schnaps herunter und keuchte auf. Aber wenigstens lenkte sie das Brennen in Kehle und Magen von allem anderen ab. Flackl füllte die Gläser wieder auf und schüttelte gedankenverloren den Kopf.

»Wo soll die Leiche von Carla so lange bleiben?«, fragte Siebert nach. Pragmatiker. Agnes erschauderte. Vor einer Stunde noch hatten sie gelacht und Pläne für den nächsten

Tag gemacht, und mit einem Schlag – nichts als Leere. »Wir können sie nicht in einem geheizten Zimmer liegen lassen, Sie verstehen?«, fügte Siebert hinzu. Übelkeit stieg in Agnes auf, ihr Bauch gefror zu einem Eisblock. Reflexartig griff sie nach dem Schnaps und trank.

»So eine Scheiße.« Flackl warf einen Blick durch den Gastraum. Auf seiner Stirn las Agnes die Sorge. »Das darf auf keinen Fall die Runde machen. Sonst werden die alle narrisch.« Seine breite Hand fasste neuerlich nach der Schnapsflasche. »Trinkt's aus. Des wird heute noch schlimm. Da wollt's net nüchern sein.«

Agnes legte die Hand über ihr Glas. Der Schankraum drehte sich bereits. Auf keinen Fall durfte sie die Kontrolle verlieren – sonst kehrten die Erinnerungen zurück, die Panikattacken und die Angst. Flackl stürzte den Schnaps herunter. »Ich komm mit euch runter.«

Magensäure stieg in Agnes' Kehle. Wenn sie nicht flugs ins nächste Bad kam, würde sie allen vor die Füße kotzen.

»Du bist kreidebleich«, bemerkte Siebert. »Ich bringe dich auf dein Zimmer. Kurt, du gehst mit dem Chef.« Damit legte er, ohne eine Erwiderung abzuwarten, seinen Arm um ihre Taille und geleitete sie zum Lift. Der Boden hatte sich in Treibsand verwandelt, selbst die Wände wollten nicht stillstehen. Agnes' Hand krallte sich in Sieberts Jacke. »Hast du deinen Tee mit?«, fragte er und drückte den Liftknopf.

»*Meinen* Tee?« Unwillkürlich formten sich ihre Lippen zu einem kleinen Lächeln, allem Horror zum Trotz. Er kannte sie so gut.

»Es würde mich sehr wundern, wenn du ohne Wasserkocher und Teevorrat auf einen Wochenendtrip fährst.« Seine Hand an ihrer Hüfte sandte wohliges Kribbeln in ihren Körper – eine vertraute Geste, beinahe, als hätte ihre Zweisamkeit nie geendet. In Wahrheit erwarteten sie ein Einzelzimmer, Panikattacken und Albträume. Die Konturen des Ganges flimmerten, der Treibsand griff nach ihr.

»Es beginnt wieder.« Ihre Stimme klang nach sterbender Krähe.

Siebert berührte ihre Wange mit sanften Fingern, strich eine Haarsträhne zurück. Sie konnte seinen Duft einatmen, genoss die beruhigende Wirkung.

»Du hast davon geträumt.« Keine Frage, eine Feststellung. Anstatt zu antworten, nickte sie nur stumm. »Ein anderes Leben?«

Sie nickte neuerlich, drehte an ihrem Ring. *Das Leben träumt mich nicht länger*, kam Agnes in den Sinn, das hat Carla kurz vor ihren Tod gedacht. War das ihr letzter Gedanke gewesen oder Agnes' eigenes Hirngespinst?

»Nutzlose Träume.«

»Du hättest es nicht verhindern können. Mach dir keinen Vorwurf.«

»Wozu träume ich diese schrecklichen Dinge, wenn ich niemanden retten kann?« Trauer schnürte ihr die Kehle zu.

»Es ist nicht deine Aufgabe, das Schicksal zu ändern. Du bist nur Teil vom Ganzen.« Er schloss sie in die Arme und hielt sie fest, so als hätte er niemals aufgehört, für sie da zu sein.

Vielleicht würde sie irgendwann dahinterkommen, wofür ihre Gabe gut war.

15. Wei Xu kniete …

… neben Carlas Körper, legte seine Hand über die ihre, gleich einem Vater, der sein Kind zu Bett bringt. Daneben kauerte

Karin, die keine Sekunde von Carlas Seite gewichen war.

»Du hast deinen Körper früh verlassen, mein Täubchen.« Zärtlich strich er über ihre Hand. »Was ist bloß passiert?«

Sein Blick glitt forschend über das fahle Gesicht. Nichts als die Endgültigkeit des Todes war darin zu finden. Agnes wurde die Grenze ihrer empathischen Fähigkeit schmerzlich bewusst. Nur das Leben brachte Emotion hervor.

»Wie soll es weitergehen?«, flüsterte Karin.

In der Zwischenzeit hatten sich die meisten in den hinteren Teil des Raums zurückgezogen. Manche hielten einander in den Armen, andere starrten nach wie vor zum Podest. Auch Agnes war nach einer Tasse Kräutertee der Enge ihres Zimmers entflohen und in den Seminarraum zurückgekehrt.

»Der Flackl-Wirt sucht nach einer Möglichkeit Carla – äh – unterzubringen«, sagte Siebert, die Stimme gedämpft. Neben ihm stand Kurt, fuhr sich durch den Haarschopf. »Der Schnaps hat echt geholfen. Dem Flackl ist bestimmt noch nie ein Gast gestorben.«

Der Gast ist Carla, nicht irgendjemand, wollte Agnes rufen, doch ihre Lippen blieben verschlossen.

»Wir haben alle einen Schock.« Siebert hob seinen Arm, als wollte er ihn um Agnes legen. Er ließ ihn sinken. Weil Ruth zusah? Für Agnes wurde der Raum zu einem Glasbehälter, aus dem kontinuierlich Luft abgesaugt wurde. Sie musste auf der Stelle etwas tun. Irgendetwas. Ihr Blick fiel auf Karin, ihre rotgeränderten Augen, die fahrigen Bewegungen. Entschlossen kniete sie sich neben sie. »Ruh dich ein wenig aus, ich begleite dich aufs Zimmer, wenn du magst.« Sanft berührte sie Karins Schulter. Die Geste kam nicht besonders gut an. Karin schüttelte die Hand ab. Ihre Augen hatten den Glanz eines Raubtiers, die gesamte Körperhaltung brachte etwas Lauerndes zum Ausdruck. Instinktiv zog sich Agnes zurück, überrascht von der Ablehnung, die ihr entgegenschlug.

»Ich bleibe.« Die Veränderung in Karins Haltung verblüffte Agnes.

Meister Wei Xu zog die Decke wieder über Carlas Gesicht. Sein Seufzen ging ans Herz, aus dem Geräusch hörte Agnes mehr als nur Traurigkeit heraus – schöne Erinnerungen schwangen mit und die Fassungslosigkeit darüber, dass keine weiteren hinzukommen würden. Wei Xu stand auf, faltete die Hände vor der Brust und verneigte sich bis zum Boden. Für den Moment hielten alle im Raum inne, blicken verunsichert ringsum, nahmen Aufstellung und verneigten sich in derselben Weise wie der alte Meister vor seiner liebsten Schülerin. Agnes richtete sich mit den anderen gleichzeitig auf. Der Toten Respekt zu zollen, gab ihr das Gefühl, das Richtige zu tun, dieser Lähmung zu entkommen, die wie ein Fluch auf ihr und den anderen lag.

Wei Xu richtete Carlas Sitzkissen aus und ließ sich darauf nieder. Deutlich hörbar schnappte Karin nach Luft. Im ersten Moment verschlug es auch Agnes den Atem. Wei Xu wollte Carlas Platz nahtlos einnehmen – die Königin ist tot, es lebe der König?

Die Haltung des Alte war streng aufrecht und erweckte den Eindruck eines mächtigen Felsens. Vielleicht war das der Grund, dass sich alle nun zögerlich um das Podest versammelte. Einer nach dem anderen nahm auf seinem Sitzkissen Platz, still und bedürftig nach Trost. Agnes spürte sie alle. Karin richtete sich auf, versuchte aufzustehen. Ihre Beine waren wohl vom langen Sitzen eingeschlafen und trugen sie nicht. Schnaubend massierte sie die Waden, sandte dabei giftige Blicke zum Meister. Zeitgleich mit Wei Xus nächsten Worten, setzte sich Agnes auf ihr Sitzkissen.

»Was geschehen ist, ist geschehen.« Seine Stimme erinnerte an Donnergrollen. Der dunkle Bass hallte von den Wänden wider und erschütterte alle. Unruhig schob Agnes ihr Kissen hin und her. Der Damm durfte nicht brechen, nicht hier, ohne Medikamente, ohne Fluchtmöglichkeit. »Carlas Tod ist ein Geschenk an uns, sofern wir es annehmen. Dann war er nicht vergebens.«

Um Agnes herum erklang empörtes Keuchen und auch ihr Blutdruck schnellte hoch.

»Was?« Karins Aufschrei spiegelte die Emotionen der anderen.

Ein Geschenk? In Agnes' Kopf überschlugen sich die Gedanken. Auf dem Podest lag Carlas erkaltender Körper, lediglich von einer Decke verhüllt – was konnte daran Gutes sein? Den Meister kümmerte die Verwirrung der Gruppe kein bisschen, es kam Agnes fast vor, als genieße er die verstörten Gesichter ringsum.

»Das Rad des Lebens dreht sich in einem fort«, sprach Wei Xu mit monotoner Stimme. »Oh Shariputra, alle Dinge sind durch Leere charakterisiert. Sie werden nicht erzeugt, sie werden nicht vernichtet; sie sind nicht unrein, sie sind nicht rein; sie wachsen nicht, sie nehmen nicht ab.« Was auch immer Wei Xu vorhatte, die beruhigende Tonlage legte sich Balsam gleich über das innere Zittern, die Kälte und Hoffnungslosigkeit. »Deshalb gibt es in der Leere keine Form, keine Sinneswahrnehmung, keine Gedanken, keine Vorstellungen, kein Bewusstsein, keine Augen, kein Ohr, keine Nase, keine Zunge, keinen Körper, keinen Geist ...«

Plötzlich erkannte Agnes die Worte.

»Das Herz-Sutra.« Sie hatte leise gesprochen. Neben ihr nickte Ursula und im Raum wurde es zumindest für Agnes eine Nuance heller.

»In der Leere gibt es kein Wissen, kein Nicht-Wissen. Es gibt kein Alter und keinen Tod sowie kein Auslöschen von Alter und Tod. Es gibt kein Leiden, keine Ursache von Leiden, keine Vernichtung von Leiden, keinen Weg zur Vernichtung von Leiden. In der Leere gibt es keine Erkenntnis und kein Erreichen, da es nichts zu erreichen gibt.«

Diese jahrtausendealte Weisheit berührte sie. Noch nie zuvor hatte sie die Bedeutung der Worte fühlen können wie gerade eben. Carlas letzter Gedanken kam ihr in den Sinn – und was danach gekommen war – das Nicht-Sein. Sie versank im Strom des Herz-Sutras, ließ sich einlullen.

»*Gate, gate paragate parasamgate bodhi svaha!* – Hinüber, hinüber, zum anderen Ufer hinübergegangen, am anderen Ufer angekommen. Höchste Weisheit. Svaha.« Wei Xus Augenlider senkten sich und neuerlich breitete sich Stille aus, diesmal friedvoll.

Ich werde es überstehen, sagte sie sich.

»So geht nun schlafen.« Der Meister hob die Hände. »Morgen um sieben Uhr finden wir uns in diesem Raum zur Morgenmeditation ein.«

Die Menschen im Raum zögerten eine Weile, ehe sie sich erhoben und mit einer letzten Verbeugung aufbrachen. Renata machte ein paar Schritte zum Podest und sah zu Wei Xu auf. »Wird sie noch da sein?« Unsicher betrachtete sie Carlas Silhouette. Wei Xus sturmgraue Augen richteten sich auf Renata und danach auf die Umstehenden – Agnes, Ursula, Karin, Ruth, Serge, Siebert, Kurt, Robert und Claudio.

»Wovor fürchtet ihr euch? Vor Carlas Körper? Vor wenigen Stunden habt ihr gemeinsam mit ihr gegessen, gelacht. Nun ist ihre Seele vom Fleisch befreit und ihr habt Angst – wovor? Vor einem Haufen Knochen, Haut und Muskeln? Oder fürchtet ihr die Unabwendbarkeit *eures* Todes – und

das ist es eigentlich, was ihr nicht sehen wollt.« Der Meister ließ seinen Blick auf jedem einzelnen ruhen. »Hört her, ihr Traumtänzer: Mit der Geburt sind wir verurteilt zu sterben. Leben und Tod gehören zusammen. Es hilft nicht, Krankheit und Tod hinter Krankenhaus- und Friedhofsmauern zu verstecken. Wer geboren wird, muss sterben. Nur ›Das Ungeborene‹ ist ewig. Das Leben zwingt euch heute, diese Wahrheit zu erkennen oder daran zu verzweifeln.« Allen blieb der Mund offen stehen, sogar Karin blieb stumm, glühende Wangen zeugten vom inneren Aufruhr. »Freut euch an eurem Leben, Kinder – und geht schlafen.«
Keine Widerworte. Stattdessen ergriff Robert die Hand seiner Verlobten und zog sie aus dem Saal. Claudio trat zu Karin, sprach beruhigend auf sie ein. Dabei legte er seinen Arm um sie und schob sie förmlich hinaus. Agnes mied Sieberts Blick, bemerkte aber, dass Ruth sie ansah. Für ein weiteres Drama hatte sie nicht genug Nerven übrig – sie eilte zur Tür und stieß prompt mit dem Flackl-Wirt zusammen. Er entschuldigte sich, schob sie beiseite und hielt Ausschau nach jemand bestimmtes.

»Wo sind die beiden Anwälte?« Flackl erspähte Siebert nahe bei Kurt und ging zu ihnen. »Alles geklärt. Wir bringen Carla in den Vorratskeller. Obst und Kartoffeln habe ich schon weggeschafft. Davon darf keiner wissen. Sonst habe ich die Gesundheitspolizei am Hals.« Das Gesicht des Wirts glühte. Doch was er eben gesagt hatte, traf Agnes hart.

»In den Vorratskeller?«, rief sie von der Tür aus in den Raum. Sie sah bereits Carla zwischen Kartoffelsäcken und Obststeigen aufgebahrt liegen und kämpfte gegen den Brechreiz an.

Der Flackl-Wirt drehte sich mit bedauernder Miene zu ihr

herum. »In meiner Skibox. Wenn alles still ist, trage ich sie runter.«

»Wir helfen Ihnen.« Siebert sah auffordernd zu Kurt, der mit einer kurzen Daumen-nach-oben-Geste seine Zustimmung bekundete.

Wei Xu kletterte vom Podest und gesellte sich zu den Männern. »Sorgen wir dafür, dass Carlas Körper pietätvoll behandelt wird.«

In Agnes' Kopf drehten sich die Worte ›Skibox – Vorratskeller – Pietät‹ im Kreis. Ganz von allein bewegten sich ihre Beine zur Treppe, fort vom Tod. Eine lange Nacht lag vor ihr, in der sie ihren Träumen ausgeliefert sein würde.

16. Alphons – 10. Juni 1889

Der Diener öffnete die Tür zum Salon und deutete eine Verneigung an. »Exzellenz, Graf Alphons von Frowald ist soeben eingetroffen.«

»Schon gut, Johann. Lassen Sie ihn herein«, erwiderte Nathaniel ungeduldig. Er saß Thessa gegenüber, ein Bein bandagiert auf dem Schemel und den Spazierstock neben sich. Zu Thessa gewandt sagte er etwas freundlicher: »Wird es in Anwesenheit von zwei ungläubigen Männern funktionieren?«

Mit einer weiteren Verneigung trat Johann beiseite und ließ Alphons passieren. Der Parkettboden knarzte laut unter seinen Reitstiefeln. Er hielt inne, um das liebliche Antlitz seiner Angebeteten in sich aufzunehmen. Sie saß am opulenten Kamin in einem bequemen Polstersessel, der einem Thron gleichkam. Obgleich Thessa heute etwas bleich wirkte, erschien sie Alphons wunderschön – liebend gern hätte er sich augenblicklich mit ihr an einen abgeschiedenen Ort gezaubert. Stattdessen neigte er sich über ihre Hand und murmelte artige Begrüßungsworte.

»Graf Alphons wird nicht erfreut sein«, sagte sie mit diskretem Schmunzeln. Offenbar ein Versuch, die bevorstehende Offenbarung abzuschwächen.

Seufzend klopfte Nathaniel mit dem Stock auf den Stuhl neben sich. »Danke, dass du gekommen bist, Alphons.«

»Was könnte mich jetzt noch vertreiben, wo ich doch in den Genuss von Thessas Gesellschaft gekommen bin?« Alphons verbeugte sich galant vor Thessa.

»Der Tod Gayas raubt mir die Ruh', lieber Freund.« Nathaniel kam ohne Umschweifen zum Grund seiner Einladung. »Meine liebe Thessa ist bereit, ihre Talente für mich einzusetzen.«

»Von welcher Art ›Einsatz‹ reden wir?« Alphons schwante Schlimmes und ohne es zu wollen, trat er einen Schritt zurück. Nathaniel packte ihn am Ärmel.

»Bleib, mein Freund! Lasse dir die Sache erklären und entscheide danach, ob du es vorziehst, das Weite zu suchen. Immerhin sind wir bösen Geistern auf der Spur.« Der Versuch, die Angelegenheit ins Heitere zu ziehen, misslang gründlich. Alphons wollte kein Lächeln entschlüpfen, dennoch setzte er sich auf den zugewiesenen Stuhl.

»Ich bin heute die Treppe hinabgestürzt und habe mir beinahe das Genick gebrochen«, fuhr Nathaniel fort. »Gestern erst starb Gaya auf dem Fest. In diesem verdammten Schloss stimmt etwas nicht und Thessa wird die Geister befragen.« Nun war es ausgesprochen. Alphons Finger griffen ineinander, drückten fest zu – wie sollte er reagieren? Er wusste um Thessas Passion, wohingegen er selbst derlei Hokuspokus verachtete. Andererseits konnte er die Angebetete unmöglich brüskieren und damit für immer von sich stoßen – die Ratlosigkeit musste ihm ins Gesicht geschrieben stehen, denn Thessa lachte hell auf.

»Liebster Graf, ich weiß, wie es um Sie steht in derlei Dingen. Fühlen Sie sich nicht gezwungen, gute Miene zum bösen Spiel zu machen, nicht einmal mir zuliebe.« Die Leichtigkeit ihrer Worte nahm Alphons allen Zweifel. Keinesfalls wollte er als engstirnig erscheinen.

»Ich glaube an Euch, Baronin.« Er atmete noch einmal tief durch. »Bereits Goethe wusste um die Vielschichtigkeit des Seins. Es ist an der Zeit mich dieser Herausforderung zu stellen.«

Thessas Antlitz blühte auf und er war sich gewiss, die Prüfung bestanden zu haben. In der Tat neigte sie sich näher zu ihm.

»In diesem Leben ist es an mir, dich an deine Bestimmung zu erinnern.« Hatte sie ihm diese Worte eben zugeflüstert oder ertönte ihre liebliche Stimme nur in seinem Kopf? Nathaniel jedenfalls schien nichts vernommen zu haben. Er erhob sich überaus umständlich und vollführte auf den Stock gestützt einige unbeholfene Schritte.

»So wollen wir gleich beginnen?« Nathaniels Aufregung wirkte ansteckend. Thessa warf einen Blick durch das Fenster, hinaus in den Park. Die Dämmerung setzte ein und sie nickte ihrer Gesellschafterin zu.

»Gladys, Teuerste, würdest du uns Zunderschwamm, Weihrauch, Kerzen, Papier und Stift vorbereiten?«

»Sehr gern«, erwiderte diese, legte ihre Stickerei beiseite und eilte aus dem Zimmer.

Nathaniel läutete nach dem Diener, der sogleich erschien und den Wunsch seines Herrn nach Cognac entgegennahm. Gerade recht, nachdem sich die Männer gestärkt hatten, kehrte Gladys mit allerlei Utensilien zurück und bereitete sogleich den Kartentisch für die Séance vor. Alphons machte noch Thessas vorherige Unterweisung in die Praktiken der Geisterbeschwörung zu schaffen, da wurde er auch schon an den Kartentisch gerufen. Thessa hielt ein Streichholz an sieben Kerzen und platzierte sie in einem Kreis im Zentrum des Tisches. Der Lichtschein ließ ihren Teint erstrahlen und Alphons konnte seine Augen kaum von ihr wenden. Diese Frau war ein Versprechen des Himmels an ihn und er musste sie besitzen, um jeden Preis. Dafür wollte er sogar eine Séance, Geister und Dämonen in Kauf nehmen.

Am Kamin brachte indes Gladys den Zunderschwamm zum Glosen. Ihre Bewegungen waren sparsam, so wie sie selbst ohne jeglichen Aufputz und Tand auskam. Vorsichtig stellte sie die Tonschale vor Thessa am Tisch ab und nahm ihr gegenüber Platz. Thessa streute Weihrauch auf die Glut und sogleich erhoben sich Rauchkringel. Ein süßer Duft von Heiligkeit verbreitete sich im Salon. Mit einer Möwenfeder fächelte Thessa die Rauchschwaden in alle Himmelsrichtungen. Dabei schien sie ein Gebet zu murmeln, jedenfalls klangen die Worte beruhigend und Alphons begann die anfängliche Nervosität abzulegen. Gespannt starrten sie in den aufsteigenden Rauch. Thessa ergriff die Hände der Männer zu ihren beiden Seiten und Gladys tat es ihr gleich. Die Frauen schlossen die Augen, während die Männer sich verunsichert ansahen. Keiner von ihnen wagte einen Laut von sich zu geben, selbst ein Niesen wegen des Rauches wusste Nathaniel bestmöglich zu unterdrückt. Unbewegt saßen sie in absoluter Stille, sofern man vom Knacken der Holzscheiter im Kamin absah.

Ein Weihrauchklümpchen zischte. Der Geruch drang narkotisch in die Nase. Alphons‘ Blick verlor sich in der Kerzenflamme.

»Ihr Engel und lichte Helfer um mich herum, darf ich zu Euch sprechen?« Thessas leise Worte schlüpften unter Alphons' Haut. Zwiesprache mit der Anderswelt – er musste schlucken. Da hob Thessa den Kopf, als hätte sich jemand ihrer bemächtigt.

»*Sei willkommen, Tochter*«, sprach Thessa nun mit veränderter Stimme, tiefer und voller, wie aus einem anderen Universum.

»Ich danke Euch, meine lichten Helfer. Ein Unglück ist in diesen Mauern geschehen und wir fragen uns, ob dies alles bloßer Zufall war.« Ein sanftes Wiegen erfasste Thessas Oberkörper.

»Fliehe diesen Ort. Dies ist kein Platz für die Lebenden.«

Alphons standen die Haare an Armen und Beinen zu Berge. Das konnte doch nur eine Scharade sein, andernfalls müsste er demnächst eine Nervenheilanstalt aufsuchen – wieso tat sie ihm das an?

»Ich werde Eurem Rat folgen, doch bitte verratet mir, was hier geschah. Habt Ihr eine Botschaft für uns?« Thessa wiegte sich mit geschlossenen Augen, als hielt ein Engel sie im Arm. Als sich ihre Lippen bewegten, sprach sie neuerlich mit dieser fremden Stimme:

»Einst stürzte ein Mensch in Bedrängnis und verfluchte den Herrn, sein Geist ist nicht gnädig, will weder Ruh' noch Verständnis. Er spukt in den Köpfen, macht sie zu Wölfen. Verzicht allein kann retten, was Gier hat zertreten.«

Alphons erschauderte. Um ein Haar hätte er Thessas Hand losgelassen, wäre da nicht Gladys gestrenger Blick gewesen. Die Gesellschafterin wiederholte Thessas Worte, die flachsblonden Augenbrauen eng zusammengezogen und den Blick nach innen gekehrt.

»Ich danke Euch, meine lichten Helfer, schenkt uns euren Segen.« Thessa schlug die Augen auf und blinzelte. Mit einem tiefen Atemzug nickte sie Gladys zu. Sogleich entzog diese Alphons ihre Hand und begann unverzüglich die Botschaft niederzuschreiben.

»Alles in Ordnung?« Alphons wurde seiner Besorgnis kaum Herr.

»Die Gegenwart der Engel derart intensiv zu spüren, ist wunderbar.« Während Thessa sprach, leuchtete sie selbst engelsgleich in Alphons' Augen. »Es braucht eine Weile, bis ich wieder ganz bei euch bin.«

Nathaniel erhob sich mit einem Ächzen. Auf den Gehstock gestützt, humpelte er zu den Lampen und erhellte den Raum. »Ich will keine Dienerschaft hier. Die zerreißen sich sowieso schon genug das Maul.«

Gladys, die den Stift nun beiseitegelegt hatte, ging ihm bereitwillig zur Hand. Am Rückweg zum Tisch nahm sie die Weinkaraffe, stellte Gläser bereit und goss jedem Portwein ein.

»Einst stürzte ein Mensch in Bedrängnis …«, las Alphons Gladys Notiz vor. Noch war er unschlüssig, wie er das Erlebte einordnen sollte, ob Thessa gesegnet oder verrückt war. »Was soll das bedeuten?« Da kam ihm der Portwein gerade recht.

»A votre santé«, brummte Nathaniel, der ganz offensichtlich dasselbe dachte und den gesamten Inhalt hinunterkippte. Er schmatze, um das Aroma des Ports besser aufnehmen zu können. Im vertrauten Abendritual gewann er an Sicherheit. »Thessa, Liebes, erkläre uns, was du erfahren hast. Ich verstehe Bahnhof.«

Thessa hielt die Botschaft in Händen und nickte gedankenverloren. »Es muss einen Zusammenhang mit diesem Gemäuer hergestellt werden. Nathaniel, weiß du über irgendwelche Zwischenfälle während der Bauarbeiten?«

»Nun.« Er wirkte zögerlich und Alphons kam nicht umhin, die große Abneigung seines Freundes diesem Thema gegenüber zu bemerken. »Die Bauarbeiten gingen nicht ganz reibungslos vonstatten. Ich habe auf einer möglichst kurzen Bauzeit bestanden und den Architekten und Bauleiter dahingehend ordentlich Druck gemacht.« Nathaniel wandte sich nonchalante Alphons zu. »Du weißt, einerseits galt es den Kronprinzen zu ärgern, der mit seinem biederen Wartholz-Schlösschen zu prahlen pflegte, andererseits hatte ich eine kleine Wette laufen, die Bauzeit betreffend. Jedenfalls habe ich die Wette gewonnen und dem Kronprinzen eine ordentliche Schmach verpasst.«

»Was genau ist geschehen?«, bohrte Thessa nach.

»Ach, es hat immer wieder mal Unfälle gegeben, das ist nichts Ungewöhnliches auf Baustellen.« Nathaniels ausweichende Antwort ließ in der Tat das Schlimmste vermuten.

»Gab es einen Todesfall?« Thessas Augen blitzten, als wüsste sie bereits, was geschehen war. Die Spannung im Raum war mit einem Male unerträglich und alle Augen richteten sich auf Nathaniel. Entgegen der gebotenen Höflichkeit gegenüber Damen langte dieser zu dem Holzkästchen am Beistelltisch und nestelte eine Zigarre heraus. Ohne die anderen anzusehen, drehte und drückte er die Tabakblätter, schnitt die Spitze ab, entzündete einen Span und paffte dicke Rauchwolken in die Luft. Sein gesundes Bein über das andere gekreuzt, vibrierte das Knie wiederholt gegen die Tischplatte, bis es ihm selbst zu dumm wurde und er aufstand. Langsam humpelte er zum Fenster, öffnete es weit und starrte in die Finsternis des Parks.

»Nathaniel?«, insistierte Alphons, der dem Treiben nicht länger zusehen mochte. »Wir warten.«

»Um diese Dinge hat sich der Baumeister gekümmert, ich hatte keine Schuld. Ein Dachdecker ist abgestürzt. Er war noch ein paar Stunden am Leben, ist aber vor Ort gestorben.« Er machte eine Handbewegung, als wollte er jeglichen Vorwurf vertreiben. »Ich habe die Angelegenheit nicht weiterverfolgt. Zu jener Zeit war ich auf Reisen.«

»Er ist auf der Baustelle gestorben«, fasste Thessa zusammen.

Nathaniel drehte sich vom Fenster weg. Sein Gesicht sah älter aus als Sekunden davor, Schatten lagen um seine Augen. »Du denkst, es gibt einen Zusammenhang?«

»Es würde passen: *Einst stürzte ein Mensch in Bedrängnis* – die Bedrängnis entstand durch den knappen Zeitplan und der Mensch könnte der Dachdecker gewesen sein; *verfluchte den Herrn* – damit könntest du gemeint sein, als Bauherr, vielleicht aber Gott – oder beides?« Thessa zuckte mit den Schultern. »*Sein Geist ist nicht gnädig, will weder Ruh' noch Verständnis* – der Mann hat den Besitzer des Schlosses verflucht, vielleicht jeden, der sich in diesem Haus aufhält, vielleicht ist sein Geist und sein Hass in diesen Mauern gefangen.« Sie hielt inne und sah sich fragend im Raum um.

»Entschuldige, Liebste, willst du mir damit sagen, ein ›Geist‹ habe mich die Treppe hinabgeworfen und Gaya vergiftet?« Er zerdrückte die Zigarre mit einer heftigen Geste im Aschenbecher.

»Du wurdest gestoßen?« Thessa drehte sich überrascht zu ihm.

»Natürlich nicht!« Er seufzte und rieb sich den Bart, bis Schuppen herabrieselten. »Einige Messingstangen, die den Teppich an den Stufen halten, waren gelockert.«

»Und Gaya wurde tatsächlich vergiftet?« Alphons konnte seine Bestürzung nicht länger an sich halten.

Nathaniel humpelte zum Kamin. »Nun, es scheint so. Doktor Löwenzahn machte eine Andeutung in diese Richtung und es hat mich eine Menge gekostet, dass er seinen Verdacht vorerst für sich behält. Aber was soll ich tun? Könnt ihr euch den Skandal ausmalen, wenn es polizeiliche Ermittlungen geben würde? In unserer Gesellschaft ein Giftmord? Es steht schlecht genug um die Monarchie und unsere Klasse. Nach der Tragödie von Mayerling brauchen wir keine weiteren Skandale. Deutschnationale, Marxisten, Anarchisten – die warten doch nur auf solch eine Gelegenheit.«

»Ach was! Pfeif‘ auf den Skandal.« Alphons‘ Ungeduld wurde übermächtig, unversehens schlug er auf den Tisch. Die Damen zuckten zusammen. »Wir dürfen keinen Mörder decken, das geht nicht an, Nathaniel!«

»So denk‘ doch weiter! Unsere Namen in allen Gazetten, die Ehre für immer besudelt – du weißt, wie die Leute reden: Ohne Rauch kein Feuer. Von der Familie Vetscherer wird man noch in hundert Jahren sagen, dass das Töchterl, die Marie Alexandrine, die Mätresse des Kronprinzen gewesen ist, bis er ihr das Leben genommen hat. Eine kleine Schlampe. Genau so wird man sich an diese Familie erinnern. Ein solcher Makel klebt für alle Zeiten am Familiennamen.« Er räusperte sich. »Ich jedenfalls bin dem meinen verpflichtet. Und du solltest dieselbe Entscheidung für dich treffen.«

Alphons erhob sich, ging aufgebracht zwischen Kamin und Fensterfront auf und ab. »Aber einen Mord vertuschen?« Das Parkett knarrte gespenstisch unter seinen Stiefeln. »Es ist unrecht. Der Mörder muss bestraft werden.«

»Ich hoffte auf einen Hinweis, wer es getan hat«, brauste Nathaniel auf. »Aber ein Gespenst? Das ist lächerlich!«

»Zieh keine voreiligen Schlüsse.« Thessa richtete sich

zu voller Größe auf. »Ich bin keine Närrin! Hör zu Ende, was ich zu sagen habe.« Beschwichtigend hob Nathaniel die Hände. »Verzeih' meine Nervosität, Liebste. Sprich – welche Conclusio ist deines Erachtens zu treffen?«

Thessas Lippen kräuselten sich, doch mehr an Emotionen ließ sie sich nicht anmerken. »Die Botschaft geht noch weiter: *Er spukt in den Köpfen, macht sie zu Wölfen. Verzicht allein kann retten, was Gier hat zertreten.*« Sie hielt inne und blickte herausfordernd zu Nathaniel. »Es wäre denkbar, dass die negative Energie des Verstorbenen – um das Wort ›Geist‹ zu vermeiden – die Bereitschaft eines potenziellen Übeltäters verstärkt, ihm die letzten Hemmnisse nimmt. Mit dieser Information können wir zwar nicht den Mörder entlarven, aber es erklärt die Vorgänge in diesen Gemäuern. Ich empfehle dir dringend, die Familie des Verstorbenen angemessen zu entschädigen, für seine Kinder zu sorgen.«

»Der letzte Satz!« Alphons blieb mit dem Ausdruck der Verblüffung im Gesicht vor Thessa stehen. »Die Sache mit dem Verzicht.«

»Genau das meine ich.« Thessa sah an ihm vorbei zu Nathaniel.

»Du meinst, das funktioniert?« Nathaniel wirkte wenig überzeugt.

»An deiner Stelle wollte ich nicht länger dieses Anwesen besitzen.« Thessa lehnte sich nachdenklich zurück. »Gayas Tod ist damit zwar nicht geklärt, aber plausibel. Ich frage mich, wer könnte ihr nach dem Leben getrachtet haben? Hatte sie Feinde? Gab es unter den Gästen jemanden, der ihr etwas nachzutragen hatte?«

Nathaniels Kehlkopf bewegte sich in Schluckbewegungen und ließ den steifen Kragen auf und absteigen. Die Lippen presste er so fest zusammen, dass sie weiß leuchteten, schließlich wandte er sich ab und sah zum Fenster hinaus. »Gaya war eine begnadete Künstlerin. Wenn ich jemals geheiratet hätte, dann sie. Gut, sie war eine eigenwillige Frau, unabhängig. Aber ermorden? Nein, tut mir leid, es fehlt mir für derartige Gedankenexperimente an Phantasie.«

Die Atmosphäre des Raumes wog schwer unter Gayas Andenken. Alphons meinte sie lachen zu hören, dazu ihren Gesang und das Rauschen der Robe.

»Und wenn Gaya gar nicht das Ziel des Anschlages war?« Gladys Worte platzen mit einer Unerbittlichkeit in die Reminiszenzen, die in ihrer Treffgenauigkeit alle Schleier fortriss.

Pfingstsonntag, zweiter Seminartag

1. Dämmerlicht drang bereits …

… zwischen den Vorhängen hindurch, nochmals einschlafen würde nicht funktionieren. Barfuß tappte Agnes zur Balkontür, schob die Gardinen zur Seite und entriegelte den Griff. Feuchte Luft strömte ihr durch den Spalt entgegen, schwer von Erde und Regen. Einige tiefe Atemzüge brachten sie zurück in die Gegenwart. Umgehend musste der Traum notiert werden. Tagebuch, Füllfeder und ein Samtbeutel befanden sich in ihrer Tasche und waren rasch zur Hand. Fröstelnd schlüpfte sie zurück unter die warme Decke, zog die Kappe von der Füllfeder und setzte die Spitze auf die aufgeschlagene Seite. Zuerst die Botschaft der ›lichten Helfer‹. Das Buch ruhte auf ihren angezogenen Beinen und nahm Zeile für Zeile eine weitere Episode von Alphons‘ Geschichte auf. Als das letzte Wort geschrieben war, streckte sie die Beine aus.

Warnungen. Für sie selbst? Für Carla? Agnes starrte in das Notizbuch, doch die Erkenntnis blieb aus.

Träume sind energetische Verdichtungen von Eindrücken, die sich über das Unterbewusstsein entladen, überlegte sie. Dieser Ort hat all das ausgelöst. Die Personen und ihre Reinkarnation müssen meine Orientierungspunkte sein. Die Rollen können sich durch die Zeit verändern. Also muss ich die Situationen vergleichen. Noch während sie darüber nachdachte, hatte ihre Hand schon nach dem Samtbeutel auf dem Nachttisch gegriffen. Sie holte ihr Pendel hervor und machte zuallererst den Ja-Nein-Test. Dafür dachte sie intensiv ›Ja‹. Das Pendel schlug horizontal aus. Nun wiederholte sie die Prozedur und dachte diesmal ›Nein‹ – schon erfolgte ein senkrechter Ausschlag. In Gedanken formulierte sie die Frage: Ist Thessa in dieser Inkarnation Siebert? Das Pendel schlug heftig horizontal aus. Das bedeutete: ›Ja‹. Agnes seufzte und fragte weiter: Ist Margarethe von Frowald auch heute unter uns? Die Antwort lautete erneut: ›Ja‹. Hinten im Tagebuch befand sich eine Pendeltabelle des Alphabets. Die einzelnen Buchstaben waren kreisrund angeordnet und von jedem führte eine Linie ins Zentrum des Kreises. Agnes hielt die Spitze des Pendels über den Mittelpunkt der Tabelle und sogleich begann es in Richtung ›R‹ zu schwingen. Der Buchstabe wurde notiert und das Pendel erneut über den Mittelpunkt positioniert. Der nächste Buchstabe war U, danach T und schließlich H. »Schau an, die Ruth ›tut nicht gut‹ – kein Wunder, dass sie mich so grimmig anguckt.« Agnes hielt das Pendel an und positionierte es neuerlich über den Mittelpunkt des Alphabetkreises. »Wer ist Nathaniel Rothschild heute?« Wieder hielt sie das Pendel über den Mittelpunkt der Pendeltabelle. Der erste Buchstabe war ein K, der zweite ein U und der dritte ein R. »Kurt ist die Inkarnation von Nathaniel Rothschild?« Das Pendel antwortete eindeutig: ›Ja‹. »Wer ist Gaya in dieser Inkarnation?« Das Pendel schwang zügig von einem Buchstaben zum Buchstaben nächsten. Am Ende ergab das Wort CARLA. »Jetzt noch Gladys.« Wieder zeigte das Pendel von einem Buchstaben zum nächsten. »Karin? Karin Haberl?« Das Pendel meinte: ›Ja‹.

Agnes stöhnte auf – die innere Unruhe drohte außer Kontrolle zu geraten. Dagegen half vielleicht Tee, die einzige Medizin, die ihr zur Verfügung stand. Im Bad befüllte sie den kleinen Wasserkocher. Den Netzstecker brachte sie beim ersten Versuch nicht in die Steckdose, viel zu heftig zitterten ihre Finger. Sich so lange auf Medikamente einzulassen war ein Fehler gewesen. Eine Gabe war ein Geschenk, kein Fluch. Jetzt musste sie auf die harte Tour lernen, damit zurechtzukommen.

Aus der Kommode holte sie die Dose mit ihrer Kräutermischung. Orangenblüten, Baldrianwurzel, Süßholz und Melisse. Mit den Fingerspitzen hob sie eine Portion heraus und schob sie in eine Papierfiltertüte. Immerhin lachte ihre Jumbotasse sie fröhlich an. Das Smiley-Gesicht darauf wirkte zwar nicht so beruhigend wie Kater Ashley, war aber besser als gar keine Aufmunterung. ›Smiley‹ bekam den Teebeutel und kaum begann es im Kocher zu summen, überbrühte sie die Kräuter. Auch in ihr brodelte es und die Ungeduld trieb sie zurück zum Pendel.

»Ist der abgestürzte Dachdecker unter uns?« Das horizontale Schwingen zeigte Zustimmung. »Der Name?« Agnes' Lippen formten die Buchstaben nach, die das Pendel anpeilte. R-O-B-E-R-T.

»Ruth, Siebert, Carla, Karin, Kurt und Robert.« Sie murmelte die Namen der Personen, die im Spiel beteiligt waren, während sie dieselben ins Notizbuch schrieb, gegenüber die

Personen aus ihren Träumen. »Carla ist gestorben, ohne Einwirkung von außen. Trotzdem diese Träume. Ich verstehe es nicht.« Sie ging zurück zur Balkontür und lehnte die Stirn gegen die kühle Scheibe. Nebelschwaden lagen über dem Wald. »Was geht hier vor?«

2. Regen peitschte gegen …

… das Haus, perlte von den Glasscheiben und machte die Außenwelt zu einem Kaleidoskop aus dunklen Splittern. Im Seminarraum herrschte tiefes Schweigen, das unvermittelt vom vibrierenden Klang des Gongs verdrängt wurde. Die Teilnehmer der Morgenmeditation erhoben und verbeugten sich voreinander.

»Genießt euer Frühstück.« Wei Xu entließ die Gruppe mit einer segnenden Geste. Die Reihen lösten sich auf. Die Ruhe der Meditation wirkte in Agnes nach. Vor der offenen Seminartür versperrten einige Personen den Weg. Umständlich schlüpften sie in ihre Schuhe, die wie üblich in Reih und Glied vor dem Meditationsraum abgestellt worden waren. Kaffeeduft erfüllte das Stiegenhaus, Agnes' Nase filterte zudem weitere Köstlichkeiten wie Rühreier, Speck und Kuchen heraus.

»Wie hast du geschlafen?«

Agnes brauchte sich nicht umsehen, um zu wissen, wer es war. Sieberts Nähe hatte sie die ganze Meditation über im Rücken gefühlt, ein stetiges Kratzen an ihrer Konzentration. Wie gern hätte sie sich an ihn gelehnt, sich vom Starksein ausgeruht. Mit zwei Schritten holte er sie ein, ging Seite an Seite mit ihr die Treppe hoch.

»Ich habe viel geträumt.« Es war ihr rausgerutscht, ehe ihr bewusst war, welche Tür sie damit aufstieß.

»Solche Träume?« Er runzelte die Stirn.

Was blieb ihr anderes als die Wahrheit? Sie suchte herausfordernd seinen Blick. »Ja.«

Er wandte sich ab. Warum verursachte seine Reaktion diesen Druck auf der Brust – sie sollte längst darüber hinweg sein. Mit einem Mal hatte sie es eilig und hängte ihn mit einigen flotten Schritten ab.

»Alles in Ordnung?«, fragte Ursula, der sich Agnes anschloss. Sie erreichten eben den Speisesaal. »Du siehst blass aus.«

»Bin am Leben.« Sie zuckte mit den Schultern. »Und du?«

Ursula seufzte und bekam glasige Augen. »Ich habe kein Auge zugemacht heute Nacht. Unfassbar. Carla ist tot, Wei Xu hätte einige tröstliche Worte sagen können.« Sie kamen am Buffet vorbei, wo sich andere Seminarteilnehmer bereits bedienten.

»Na, ihr beiden?« Uwe hielt einen Teller vor sich und wartete vor dem Behälter mit Rührei. Seine Wangen wirkten wegen des grauen Bartschattens hohl und sein schwarzes Outfit hing lose an ihm. Josef daneben trug dieselben Klamotten wie am Vortag. Hinter den Brillen blinzelte er Agnes zu. »G-guten Morgen, Agnes, wie geht es dir?«

Noch nie hatte Josef derart sanft zu ihr gesprochen. Sie dankte ihm dafür mit einem Lächeln. »Vermutlich wie uns allen.«

»Ein Albtraum ist das.« Uwes Worte standen im Widerspruch zu der Menge an Rührei, die er auf den Teller lud. War er nicht in Carla verliebt gewesen? Das hatte Agnes jedenfalls bis vor kurzem angenommen. Ihr jedenfalls war der Appetit vergangen. Sie ging ein paar Schritte weiter zum Kaffee- und Teebuffet. Koffein in hohen Dosen – oder sie würde auf der Stelle umkippen.

»Ich nehme Milch für alle mit«, verkündete Ursula und griff sich eine der Milchkannen. Karin stellte ihre Tasse unter den Kaffeespender, ehe Agnes dasselbe tun konnte. Eigentlich wollte sie eine schnippische Bemerkung vom Stapel lassen, da fielen ihr Karins geschwollene Augenlider auf. Sie hatten wohl alle eine katastrophale Nacht hinter sich.

»Ich dachte, ich bekomme einen Heulkrampf während der Meditation.« Karins Stimme klang rauh. »Gestern ist sie am Podest gesessen, und heute – oh Göttin!« Die Kaffeetasse füllte sich rasch. Karin zog sie weg und nahm den vollen Brotkorb wieder auf, der daneben abgestellt, gewartet hatte. »Claudio und ich haben im Wintergarten für uns alle Plätze besetzt.«

»Den Appetit hat's dir jedenfalls nicht verschlagen«, bemerkte Ursula und zeigte mit dem Kinn auf den überquellenden Brotkorb.

»Ich bin total fertig«, erwiderte Karin und funkelte Ursula zornig an, »da brauche ich Kalorien!«

Endlich war Agnes an der Reihe. Kaum stellte sie die Tasse unter den Auslass, fing sich ihr Blick an einem Paar nahe des Eingangsbereiches.

»S-soll ich deine Tasse füllen?« Josefs Stimme ging einfach durch sie hindurch.

Siebert und Ruth standen beisammen. Seine Haltung verriet Erschöpfung, währenddessen sie energisch auf ihn einredete. Kurz erwiderte er etwas, versuchte mit einer Handbewegung offenbar die Situation zu beruhigen. Doch Ruth reagierte mit einem weiteren Redeschwall, stach mit spitzen Fingern Löcher in die Luft um Siebert, der zurückwich und die Arme vor dem Körper verschränkte.

»K-kaffee, Agnes?«

»Was?« Agnes zuckte zusammen.

Josef schaute in die Richtung von Siebert und Ruth und kniff die Augen zusammen. »Ach so.«

»Hoffentlich ist er stark.« Agnes bemühte sich heiterer zu wirken, als ihr tatsächlich zumute war.

»D-du kennst den Typen dort?« Erstaunt wandte sie sich Josef zu – das Grau seiner Augen glühte.

»Er ist kein Typ, sondern ein großartiger Mensch.« Um jeglichen weiteren Fragen vorzubeugen, gab sie sich bewusst schroff und verließ Josef in Richtung Wintergarten. Der Tisch war mit Leuten aus Carlas Gruppe besetzt und Agnes fand einen Platz gegenüber von Uwe.

»Wo haben sie Carla hingebracht?«, fragte er nach einem Bissen Rührei. Am liebsten wäre Agnes auf der Stelle wieder verschwunden. Neben ihm saß Susanna, die noch nicht lange Teil der Meditationsgruppe war.

»In einen Kühlraum hoffe ich.« Ursula sprach, ohne den Blick zu heben. Den Rand der Kaffeetasse vor den Lippen, schlürfte sie den Milchschaum von der Kaffeeoberfläche. Neben ihr räusperte sich Susanna lautstark.

»Muss das sein?« Susannas Entrüstung verschlimmerte die Stimmung am Tisch. Sie fuhr sich durchs flachsfarbige Haar. Es passte perfekt zu ihrer naturbelassenen Gesamterscheinung. Keine Kosmetika, keine Kunstfaser. Alles Bio, genau wie die Dinkelflocken mit Mandelmilch vor ihr. Noch unter 40, schätzte Agnes und vermutete eine gute Figur unter der flattrigen Kleidung.

»Entschuldige.« Ursula wandte sich Susanna mit dem Ausdruck des Erstaunens zu. »Milchschaumschlürfen ist eine schlechte Angewohnheit von mir.«

»Doch nicht das!« Susannas fahle Wangen nahmen einen Hauch Farbe an.

»Sie sind die Psychologin, nicht wahr?« Claudio musterte

die Frau neugierig. »Was schlagen Sie als geeignetes Tischgespräch nach einem solchen Todesfall vor?«

Empört blickte Susanna ihn an und räusperte sich erneut. »In einem angemessenen Rahmen ist es heilsam über den Tod zu sprechen.« Sie rückte das eckige Brillengestell auf der Nase zurecht. »Das was hier passiert ist allerdings würdelos.«

Agnes bemerkte das Beben in ihrer Stimme. Carlas plötzlicher Tod war eine Erfahrung, die wahrscheinlich nur wenige in der Gruppe zuvor durchlebt hatten. Anders als Ursula in ihrem Job. Agnes dachte an die Menschen, die sie selbst hatte sterben sehen. Viel zu viele. Und sie alle waren zu früh gegangen.

»Sie haben Carla in eine Skibox gelegt.« Hatte sie das eben laut gesagt? Agnes biss sich auf die Lippen.

»Oh Göttin!«, rief Karin, die sich eben neben Claudio niederließ. Tränen standen in ihren Augen.

»Wie kann man nur so rücksichtslos sein!« Susannas Empörung richtete sich gar nicht mal direkt gegen Agnes. Vielmehr schien sie Carlas Tod allen Seminarteilnehmer übelzunehmen.

Unbeeindruckt legte Claudio den Arm um Karins Schultern. Trotz der Spannungen war Agnes froh zu sehen, dass Karin den Kopf an seine Schulter lehnen konnte. Das war genau, was Karin schon lange suchte. Die beiden surften dieselbe Welle – und Agnes war Claudio damit endlich los.

»Man musste schließlich Vorkehrungen treffen.« Ursula schien von der Aufregung irritiert. Sie blinzelte und leckte sich den Milchschaum von der Oberlippe.

»Richtig. Es kann sie schließlich niemand abholen«, nuschelte Uwe mit vollen Backen. »Ich war heute Morgen laufen und hab die Mure mit eigenen Augen gesehen – der ganze Hang ist in Bewegung. Da wird noch länger kein Auto durchkönnen.«

»Die Feuerwehr wird sich bestimmt darum kümmern.« Claudio streichelte liebevoll über Karins Rücken.

»U-und die Telefone?« Jetzt erst fiel Agnes die Anwesenheit Josefs auf, vor ihm standen schwarzer Kaffee und ein Teller mit einem Butterbrot.

»Dito. Kein Netz.« Endlich konnte man Uwe besser verstehen. Er spülte die letzten Reste mit Kaffee herunter. »Egal welcher Betreiber. Das Festnetz ist ebenfalls noch tot.«

»Ich möchte sie gerne noch einmal sehen.« Alle am Tich drehten die Köpfe zu Ursula. Sie blickte von einem zum anderen. »Wir waren Freundinnen.«

»Carla ist tot, Ursula.« Uwes Augen waren dunkel von Emotionen. Er wischte sich mit der Serviette über den Mund, faltete sie und legte sie auf den Teller. »Was willst du dich damit quälen? Ich mochte sie sehr und hoffe, diese letzten Bilder von ihr irgendwann aus dem Kopf zu bekommen.« Letztendlich öffnet er sich doch noch, dachte Agnes und streckte die Hand aus, um mitfühlend seinen Arm zu drücken. Verlegen lächelte er sie an. Seine Emotionen fluteten sie im Moment des Hautkontaktes. Wut – Verwirrung – Schmerz. Sie keuchte auf, zog sofort die Hand zurück. »Aber ich verstehe schon. Ursula ist Krankenschwester, für sie ist der Tod nicht so schockierend.«

Ursula schüttelte den Kopf. »Ist er trotzdem. Jedes Mal.« Sie rang sichtlich um Worten. »Allmählich lernt man ›den Feind‹ als etwas Natürliches zu akzeptieren.«

»Es ist bloß …« Karins Stimme klang tränenschwer. »Ich kann an nichts anderes denken.« Claudio drückte sie noch ein wenig enger an sich. Für den Bruchteil einer Sekunde funkelten Karins Augen, als ihr Blick auf Agnes traf. War das Triumph? Dachte sie etwa, sie hätte ihr den Verehrer ausgespannt? Agnes konnte ein Augenrollen nicht unterdrücken.

»Verdrängen wäre der falsche Weg.« Dies war eindeutig Susannas Terrain. »Wir müssen uns dem Schock und der Trauer stellen.«

Claudio, in Beschützerpose, hob eine Augenbraue. »Sieh' an, auf einmal.« Ohne Susannas Reaktion abzuwarten, widmete er sich wieder Karin. »Möchtest du eine Fußreflexzonenmassage, bevor das Seminar weitergeht? Die wirkt Wunder.«

Karin lächelte ihn an. »Das machen wir besser auf meinem Zimmer.«

Ursula spitzte die Lippen und zwinkerte Agnes zu. »Geht das Seminar weiter?«, fragte sie in die Runde. »Dazu hat Wei Xu nichts gesagt.«

Uwe deutete mit der Hand über seine Schulter zum Tisch in der Ecke des Wintergartens. »Dort sitzen Wei Xu, Serge und Ruth beisammen. Womöglich beratschlagen sie gerade, wie es weitergeht.«

»Dabei sollten wir ein Wörtchen mitreden.« Agnes richtete sich auf, um besser sehen zu können. Es gefiel ihr nicht, Entscheidungen von Ruth ungefragt übernehmen zu müssen. Die anderen schienen nur auf eine solche Reaktion von ihr gewartet zu haben.

»Dann gehst du rüber, Agnes – vertritt unsere Gruppe.« Ursula bekräftigte ihre Worte mit einem aufmunternden Klaps gegen Agnes' Arm.

»Karin hat für Carla Organisatorisches gemacht. Ich habe kein Mandat …«

Doch Karin wirkte wenig begeistert, den Körperkontakt zu Claudio aufgeben zu müssen. »Unmöglich. Ich breche in Tränen aus, wenn ich nur daran denke …«

»Umständliche Juristen.« Uwe stöhnte. »Wir wählen Agnes zu unserer Sprecherin«, er hob den Arm und die anderen am Tisch folgten seinem Beispiel. »Gegenstimmen?« Es gab keine.

»Vertritt mich«, säuselte Karin. »Nach Claudios Reflexzonenmassage bin ich bestimmt wieder auf dem Damm.«

Agnes gab sich geschlagen. »Hebt mir eine Nutella-Semmel auf.«

»Mit extra viel Haselnusscreme.« Uwe und wedelte mit den Händen, damit sie endlich ging.

Agnes stand auf und steuerte den Tisch des Meisters an. »Darf ich kurz stören?«

Ruth würdigte sie keines Blickes. Konzentriert rührte sie in ihrer Kaffeetasse und goss Milch nach. Serge lächelte milde zu ihr hoch. Der Meister schob einladend einen Stuhl zurück. »Womit kann ich dir dienen? Komm‘, setzt dich.«

»Jetzt wo Carla ...« Sie stockte, setzte sich hin. »Wie geht es mit dem Seminar weiter? Alle sind verunsichert. Übernimmst du unsere Gruppe?«

Der Blick des Meisters ruhte forschend auf ihr. Mit einem Seufzer lehnte sie sich zurück und legte die Hände in den Schoß.

»So ist es recht.« Wei Xus Gesicht strahlte, als wäre ihre Entspannung sein Verdienst. »Carla hat mir von dir erzählt, sie hat dich sehr gern gehabt.« Nachdenklich wandte er sich der Glasfront zu, betrachtete die von Wind gepeitschten Pfingstrosen entlang der Gehwege. »Da wir den Tod nicht rückgängig machen können: Was ist zu tun?«

»Gemeinsam üben?« Agnes fühlte sich verwirrt, aber hoffnungsfroh.

»Nach der chinesischen Tradition sind die Schüler meiner Schüler meine Enkelschüler.« Er lachte. Seine Augen blitzten voller Leben. »Du wirst mich unterstützen.«

»Gern.« Agnes blickte zu Ruth, die zwar mit stoischem

Gesichtsausdruck Wei Xu zugewandt dasaß, jedoch mit einem zuckenden Augenlid ihre Anspannung verriet. Damit fand Agnes an der Herausforderung gleich viel mehr Spaß. »Was soll ich machen?«

»Mit den Anfängern gemeinsam üben, solche Sachen.«

»Kein Problem.« Agnes stand auf. »Dann unterbreiten wir der Gruppe um neun Uhr unseren Vorschlag.«

Wei Xu nickte und trank genüsslich seinen rabenschwarzen Mokka aus. Ruth warf ihr einen finsteren Blick zu. Kein Stutenkampf mit mir, dachte Agnes, mich kannst du hassen, bis du grün wirst.

3. Der Gang war …

… menschenleer. Agnes sperrte die Zimmertür hinter sich ab und wollte zur Treppe, in Gedanken bereits bei der bevorstehenden Zusammenkunft im Seminarraum. Ein Knarzen direkt neben ihr – sie wandte den Kopf und sah Ursulas Gesicht im Türspalt.

»Psst! Komm rein.«

»Was ist los?«

»Es ist wichtig.« Ursula sah den Flur hinunter und zog Agnes am Arm ins Zimmer.

Ein Schauer lief ihr über den Rücken. Eine Vorahnung? Es lag vielmehr an Ursulas Augenausdruck – irgendetwas stimmte nicht. Widerwillig folgte sie der Aufforderung und machte einen Schritt über die Schwelle, ohne die Tür hinter sich zu schließen. Das gemeinsame Zimmer von Ursula und Karin war tadellos aufgeräumt. »Ich weiß nicht, wen ich sonst damit behelligen könnte. Du hast mal angedeutet, dass du dich mit solchen Sachen auskennst.« Ursula klang angespannt.

In Agnes‘ Kehle wurde es eng. »Welche ›Sachen‹ meinst du?«

Ursula ging im Zimmer auf und ab. »Ich habe eine Beobachtung gemacht.«

»Und zwar?« Allmählich bekam es Agnes mit der Angst zu tun, spürte etwas Schlimmes auf sich zukommen.

»An Carla.«

Der erwartete Schlag in die Magengrube. Alle Befürchtungen standen mit einem Mal vor Agnes und grinsten sie mit Horrorclown-Masken an. Ihre Träume erfüllten sich – wieder mal. »Bevor sie …« Sie wollte den Satz nicht beenden, trotzdem verstand Ursula sofort.

»Als wir mit der Reanimation zu tun hatten.«

Agnes schloss kurz die Augen, doch das Bild von der Sterbenden verschwand nicht. Sie sah Ursula auffordernd an. »Sag schon.«

»Da war eine Schleimhauteinblutung in ihrem Mund.«

Bedeutete das – das konnte nicht sein, durfte nicht sein.

»Es kann eine toxische Reaktion auf Gift sein.«

»Gift«, wisperte Agnes. »Du meinst, Carla wurde vergiftet?«

»Wir hatten mal so einen Fall in der Klinik. Damals war es Kaliumcyanid.« Vor Agnes’ Augen entstand das Bild von Gaya – das Sektglas in Händen und im nächsten Moment tot am Boden.

»Bist du sicher?«

»Sicher? Ich bin keine Ärztin.« Ursula atmete tief durch, rieb sich über die Stirn. Agnes konnte sehen, wie sehr sie zitterte. Bestimmt wünschte sie sich, diese Einblutung niemals bemerkt zu haben. »Allerdings sicher genug, um eine Autopsie anzuregen.«

Für den Augenblick verlor Agnes alle Kraft. Sie lehnte

sich gegen den Türstock und stützte die Hände an den Oberschenkeln ab. »Das bedeutet, wir sitzen hier womöglich mit einem Mörder fest.«

»Ich habe eine Scheißangst und denke die ganze Zeit an nichts anderes.« Die geflüsterten Worte krochen Agnes unter die Haut. »Deshalb wolltest du Carla noch mal sehen?«

»Genau.«

»Dann solltest du das tun.« Agnes kämpfte um ausreichend Mut für ihren eben gefassten Entschluss. »Ich begleite dich.«

»Das brauchst du nicht. Behalte Carla in besserer Erinnerung. Es genügt, sie sterben gesehen zu haben.« Ein dankbarer Blick streifte Agnes dennoch. In ihrem beigen Cardigan über dem sauber gebügelten Qi Gong-Anzug wirkte Ursula, als wollte sie lediglich ihre Runde auf der Station machen. Sie schaut auf die Uhr. »Gleich 9. Wir müssen runter zur Seminarbesprechung.«

Zur selben Zeit griffen sie nach der Türschnalle und ihre Hände berührten sich. Unvermittelt flossen Ursulas Emotionen zu Agnes. Trauer, Sorge, Abscheu vor der bevorstehenden Aufgabe. Ein Bild entstand in Agnes' Kopf: Carlas erschlafftes Gesicht, der Mund geöffnet und da, an der Innenseite der Wangen – kleinen Blutungen. Hastig zog Agnes ihre Hand fort und trat auf den Gang.

»Gut, dass du mir davon erzählt hast.«

Mit zügigem Schritt erreichten sie den Treppenabsatz. Hinter ihnen fiel eine Tür leise ins Schloss.

4. Agnes beobachtete Wei Xu, …

… wie er Reihe für Reihe jede einzelne Frau und jeden einzelnen Mann musterte. Die bedrückten Gesichter wichen zumeist einem direkten Blickkontakt aus, von der vormaligen Behaglichkeit war nichts geblieben und der Duft von Räucherwerk war mittlerweile verknüpft mit der Erinnerung an den Tod. »Seid herzlich willkommen, Schüler und Schülerinnen meiner geliebten Carla«, begann er schließlich. »Wozu dient die Zen-Praxis?« Die Stimme des Alten hallte durch den Raum. »Wir üben, im Augenblick zu leben, der Vergangenheit nicht anzuhaften und nicht fortzudenken. Das ist kein Esoterik-Scheiß. Damit kann man das Leben meistern.« Ein Räuspern von weiter hinten war zu hören, jemand putzte sich die Nase. Der Alte schloss für einen Moment die Augen und nickte, als hätte jemand zu ihm gesprochen. »Gestern habt ihr Carla sterben sehen. Sie ist tot und daran ist nichts zu ändern. Das war gestern. Heute sind wir hier beisammen und es gibt kein Entkommen – der Weg ins Tal ist abgeschnitten, die Telefonverbindungen sind nach wie vor unterbrochen. Wir haben jedoch genug Nahrung, warme Betten – und einander. Das ist die gute Nachricht. Es liegt bei euch, wie ihr diese Zeit übersteht – ihr könnt mit mir Qi Gong üben und meditieren.« Wieder sah Wei Xu jeden einzelnen eindringlich an. »Oder kapitulieren, euch ins Bett legen und heulen. Es liegt bei euch.«

Das Schweigen der Gruppe lastete schwer auf Agnes. Sie spürte all die Angst, Unsicherheit und Verwirrung im Raum. Sie rieb die feuchten Handflächen an den Hosenbeinen ab.

»Ist das nicht unangemessen?« Karins Frage hallte in der Stille nach. Agnes betrachtete sie im Profil: Sie hatte die Knie zur Brust gezogen, ihre Haare nicht so akkurat frisiert wie gewöhnlich; die Gesichtshaut war von einer gespenstischen Blässe, die durch die schwarze Kleidung zusätzlich betont wurde.

Wei Xu nickte nachdenklich. »Woran gemessen, Karin?«

»An Carlas Tod.«

Der Alte brummte. Es war nicht auszumachen, ob zustimmend oder missmutig.

»Was wäre angemessen? Hast du einen Vorschlag?«

»Keine Ahnung.« Karin hob den Blick zur Decke und Agnes sah, dass sich Tränen an ihren Augenlidern stauten. »Eine Freundin ist gestorben – wir können nicht einfach mit dem Programm fortfahren, als wäre nichts gewesen.«

»Jede Sekunde stirbt ein Mensch und jede Sekunde entsteht Leben«, erwiderte Wei Xu. »Müssen wir jede Sekunde feiern und jede Sekunde trauern?«

»Aber es war Carla!«, rief Karin aufgebracht aus. Wei Xu hob beschwichtigend die Hände.

»Was geboren ist, muss sterben. Da kannst du dein Leben lang heulen oder einfach leben, bis es schließlich für dich so weit ist. Ich werde die kommenden Tage auf meinem Sitzkissen verbringen und dazwischen Qi Gong üben und Essen. Mehr ist nicht zu tun.«

Karin schüttelte den Kopf, umschlang die Knie und vergrub das Gesicht. Neben ihr streckte Claudio den Arm aus und streichelte sanft ihren Rücken. In Agnes stieg der Druck ins unerträgliche – entweder rannte sie auf der Stelle aus dem Raum, oder …

»Danke für das Angebot, Wei Xu. Allein wäre es so viel schwerer«, sprach sie mit fester Stimme.

»Wenn du mir das Schwere zeigen kannst, nehme ich es weg«, antwortete der Meister prompt.

»Es ist die Trauer, Wei Xu, sie macht das Herz schwer.«

»Zeig‘ sie mir.«

»Wie soll das gehen?« Agnes blickte sich verwirrt um.

Das Lachen des Alten klang nicht fröhlich. »Die Trauer ist eine Emotion, ein chemischer Vorgang in deinem Körper, gemacht von deinen Gedanken. Die Trauer kontrolliert dich, raubt dir deine Energie. Erst wenn du Beobachter dieses Vorganges wirst, kannst du dich aus dem Würgegriff befreien.«

»Blödsinn.«

Alle drehten sich um. Auf Kurts Gesicht leuchteten rote Flecken. »Ich ›bin‹ mein Körper, was sonst? Und da gehören nun mal diese chemischen Vorgänge dazu. Was soll denn sonst vorgehen, wenn man einen Freund verliert – oder seine Mutter? Was auch immer. Es macht krank, diese Gefühle zu unterdrücken!»

Zustimmendes Gemurmel. Besonders Susanna nickte beifällig und flüsterte ihrer Sitznachbarin etwas zu.

»Wer Ohren hat, möge sie zum Zuhören verwenden.« Wei Xu saß mit aufrechtem Rücken und seine volle Stimme sorgte für Eindringlichkeit. »Es ist ein Anwendungsfall der Meditation: Gedanken steigen auf, du lässt sie vorüberziehen – ohne über sie weiter nachzudenken oder ihnen anzuhaften. In der Meditation unterdrückst du nicht die Gedanken, du entschließt dich, ihnen nicht anzuhängen. Eine Stunde Ruhe im Irrenhaus.«

Kurt erwiderte nichts. Abgesehen von den Flecken, zeigte sein Gesicht keine Gefühlsregung. Allein die geröteten Augen enttarnten einen verborgenen Schmerz, der unter Schichten von Exzentrik, Humor und Intellekt verborgen gehalten wurde. Agnes meinte sich zu erinnern, dass Kurt seine Mutter bereits als Teenager verloren hatte.

»Das ist Zen am Marktplatz.« Wenn Serge sprach, fehlten bloß eine Kanzel und Orgelmusik. »Ruhe bewahren, wenn rundum die Hölle los ist.«

Ruth verdrehte die Augen. »Klugscheißer.«

Wei Xus Mundwinkel zuckten. »Macht euch bewusst, was

im eigenen Kopf vorgeht. Seid Herr – oder Herrin – im eigenen Haus.«

Susanna räusperte sich. »Und was ist mit den vier Phasen der Trauer?«, fragte sie mit provokantem Unterton. Sie rückte die Brille zurecht, ehe sie weitersprach. »Viele von uns stehen noch unter Schock, bald wird Wut und Schmerz einsetzen, vielleicht Schuldgefühle. Wir brauchen ein Ritual, um Abschied zu nehmen und therapeutische Begleitung.«

»Wie heißt du?« Wei Xus buschige Augenbrauen hoben sich.

»Magistra Susanna Janisch.«

Wei Xus Augen leuchteten wie ein Gletschersee und Agnes fühlte seine Freude an der Herausforderung.

»Psychologin?«

»Klinische Psychologin.« Susanna saß jetzt kerzengerade, mit vorgeschobenem Kinn. Kampfmodus, befand Agnes.

»Die Phasen der Trauer.« Wei Xu kippte den Kopf nachdenklich seitlich. »Durchlebe sie alle.« Seine wohlwollende Art zu sprechen, schien Susanna einem Schreianfall nur noch näher zu bringen. »Oder lasse hier und jetzt los. Phase 4, wenn ich mich recht erinnere.«

»Ich halte es für unverantwortlich, Trauernde mit ihrem Schmerz allein zu lassen. Wir sollten wenigstens für Carla beten.«

»Nun, Susanna, du bist Psychologin und ganz offensichtlich eine äußerst engagierte. Tue was notwendig ist – bete, sprich mit allen, die deine Hilfe suchen. Das ist gut.«

»Ja, aber *du* …«

»Du zeigst auf mich?« Sein Ton war nun ungleich schärfer. »Ich bin Zen-Meister. Ich tu genau das, was der Augenblick verlangt.«

»Du trägst die Verantwortung!«

»Zu atmen, bis ich sterbe.«

Susannas Gesicht verzog sich zu einer Maske der Ungläubigkeit – der Gedanke: »Häh?« stand breit über ihre Stirn.

Und Wei Xu lachte los. Es klang wie Donnergrollen. Die Gruppe zuckte kollektiv zusammen. Nur Agnes merkte ein Kribbeln im Bauch, das anwuchs, sich ausdehnte und schließlich musste sie mitlachen. Grundlos. Einfach, weil es raus wollte. Das Lachen trieb ihr Tränen in die Augen, schüttelte sie, bis die Erschöpfung Erleichterung und Leere bescherte. Endlich war es still in ihr.

Am Ende brummte Wei Xu zufrieden. »Da hat's bei jemandem gefunkt. So geht das. Wir machen die Bärenübung.«

5. Stimmengewirr beherrschte den …

… Seminarraum, die Tür stand offen, gab den Blick auf das Gedränge vor den abgestellten Schuhen frei.

»Wir treffen einander um 14.30 Uhr«, rief Ruth der Schar hinterher. »Wenn es nicht regnet, üben wir im Freien. Mahlzeit!«

Den allgemeinen Erwiderungen von »Mahlzeit« wollte Karin sich offenbar nicht anschließen. Über ihre Schnürsenkel gebeugt, brummelte sie vor sich hin und zerrte an den Schlaufen. »Die Meister-Assistentin hat gesprochen! Der ›große Meister‹ hat es nicht mal für nötig befunden, bis zum Ende der Einheit die Übungen anzuleiten.« An ihrer Seite lachte Claudio auf. »Geht einfach und lässt Schüler übernehmen.« Gemeinsam mit Claudio drängte Karin sich an Agnes vorbei, in Richtung Treppen. In Agnes' Nacken kribbelte Sieberts Blick und hastig zog sie die Fersen ihrer Sneakers hoch. Mit wenigen Schritten war auch sie am Stiegenaufgang.

»Agnes.«

Verdammt. Sie atmete durch, kämpfte um einen neutralen Gesichtsausdruck. Obwohl sie gewarnt war, zuckte sie bei Sieberts Berührung zusammen. Wärme sickerte durch den Seidenstoff an ihrer Schulter und mehr als das. Röte stieg in ihre Wangen. »Was gibt's?«

»Es ist wegen …«

Über seine Stimme legte sich die von Karin, die direkt vor ihnen die Stufen hinaufging. »Wir haben keine Räucherstäbchen mehr.«

»… uns.« Sieberts zögerliche Worte lösten in Agnes einen Flächenbrand aus. Zudem irritierte Agnes das Stimmengewirr, das im Gang herrschte. Die hohe Frequenz von Karins Stimme fraß sich einen Weg in Agnes' Gehör. »Ich hatte eine ganze Packung hergelegt, alle weg.«

»Es gibt kein uns.« Agnes sprach lauter, um sich gegen Karin durchzusetzen.

Nun gesellte sich auch noch Claudios Stimme in die Kakophonie. »Alle schon verbraucht worden, vermute ich mal.«

»Lass uns ein paar Schritte gehen, Agnes, allein.« Siebert war nahe an Agnes herangekommen, und fügte »Bitte.« hinzu.

Nervös rieb sie sich die Schläfen. Verdammte Hormone. Wie durch Watte drängten die Stimmen der anderen zu ihr.

»Wir hatten erst drei Meditationseinheiten«, tönte Karins Stimme.

»Nach dem Essen ein kleiner Spaziergang.« Sieberts Stimme schmeichelte sich in Agnes' Ohr. Seine Hand legte sich um ihre Taille. Wie gut seine Nähe tat – und das war ganz schlecht! Sie passten nicht zusammen und dieses Zusammentreffen war eine unnötige Qual.

»Vielleicht hast du die Packung weggeräumt.« Wieder schaffte es Claudios Stimme durch die Watte.

»Wozu soll das gut sein.« Agnes‘ Widerworte stießen bei Siebert auf taube Ohren.

»Vielleicht wurden welche zu Carlas Gedenken entzündet.« Schon wieder Karin – es war zum Verrücktwerden!

»Wir müssen das zwischen uns klären«, insistierte Siebert.

»Gut möglich.« Claudio, durch Watte.

»Vielleicht auch nicht.« Agnes war am Ende des Treppenaufgangs angekommen und am Ende ihrer Nerven. Sie beschleunigte ihre Schritte und überholte Karin. Endlich war der Schankraum erreicht. Im regen Mittagsbetrieb liefen Gäste und Bedienung kreuz und quer. Musik tönte aus der Box über dem Tresen, volkstümliche Schlager. In einem der Nischenplätze saß der Meister vor einem Glas Bier und strahlte vollkommene Zufriedenheit aus. Agnes wollte an ihm vorüber, da schnitt der Wirt ihr den Weg ab und sprach Wei Xu an.

»Wei Xu – auf ein Wort.«

Auf diese Weise bei ihrer Flucht ausgebremst, hielt sie inne und hörte unbeabsichtigt das Gespräch mit.

»Ich wollte Ihnen Frau Magister Greger vorstellen.« Der Wirt wies schräg hinter sich. Moment – Greger? Der Namen löste bei Agnes Erinnerungen an das Studium aus. Sie spitzte die Ohren.

»Eine Polizeijuristin. Ist fast so gut wie ein echter Polizist, oder?« Der Wirt wies auf eine kleine Frau beim Tresen, die gut und gern ein geheimer Zwilling von Melissa McCarthy hätte sein können. Wobei die blonden Locken, die von einer enormen Haarspange zusammengehalten wurden, Agnes eher an Miss Piggy aus der Muppetshow erinnerten. Das war Ramona – ihre ehemalige Kommilitonin an der Universität.

Die Worte des Wirts amüsierten Ramona Greger wenig. »Herr Flackl – ich erkläre es Ihnen nochmal: Die Polizisten müssen machen, was der Polizeijurist anschafft. Ich bin der Boss. Und in dieser Ausnahmesituation vertrete ich die Staatsgewalt und werde alles Notwendige im Todesfall von Frau Draschy veranlassen. Gemäß Paragraf 1 Absatz 3 der Richtlinienverordnung für die Organe des öffentlichen Sicherheitsdienstes stelle ich mich in den Dienst.«

Für eine Sekunde blinzelte der Wirt Ramona an, dann wandte er sich wieder Wei Xu zu. »Die Leiche hat sie sich schon ang'sehen.« Sein Gesicht sprach Bände darüber, was er von Polizeijuristinnen, oder vielleicht auch nur von dieser einen, hielt.

»Begrüße Sie, Frau Magister Greger.« Wei Xu faltete die Hände zum Namasté und lächelte zu ihr hinüber. »Die staatliche Ordnung ist selbst im letzten Winkel des Landes präsent.«

Ramonas rundes Gesicht blieb ernst. Mit ihrem Blick wollte sie anscheinend den Meister wie ein Röntgengerät durchleuchten.

»Ich verstehe nicht recht, was Sie damit sagen wollen, Herr – Wei Xu? Ist das ihr richtige Name? Sie schauen nicht wie ein Chinese aus.«

Wei Xu lachte so heiter auf, dass sein Bauch erbebte. »Es ist ein richtiger Name. Ich habe lange in China im Kloster gelebt. Der Name wurde mir von meinem Lehrer anlässlich meiner Bestätigung als Zen-Meister verliehen. In China heißt es Ch'an-Meister. Ist schon 30 Jahre her.« Er brummte genüsslich bei der Erinnerung an diese wohl gute Zeit in seinem Leben und trank sein Glas leer.

»Herr ›Wei Xu‹, ich merke, es ist nicht einfach mit Ihnen. Probieren wir's so: Welcher Name steht in Ihrem Pass?«

»Macht es Ihnen viel aus, nach dem Essen weiterzureden? Mein Magen reagiert empfindlich auf die kulinarischen Düfte, die jetzt vorüberwehen. Ich bringe Ihnen gern meinen Ausweis mit.« Die Gelassenheit, mit der er sprach, erstaunte Agnes und sie fragte sich, ob ihm überhaupt klar war, dass soeben polizeiliche Ermittlungen begonnen hatten. Doch die Staatsgewalt in Gestalt von Ramona Greger machte anscheinend keinen Eindruck auf ihn. Agnes war sich sicher, dass sie es in niemandes Gestalt tat.

»Nun gut.« Ramona lenkte sichtlich nur widerwillig ein. »Ich erwarte Sie um halb zwei in meinem Büro – soll heißen das Extrazimmer, welches Herr Flackl für meine Arbeit freimacht. Dort hinten.« Sie zeigte hinaus auf den Gang zur Rezeption. »Bringen Sie den Ausweis mit. Wir machen ein ordentliches Protokoll.«

»Fein. Mahlzeit, liebe Frau Greger.«

»Magistra.«

»Nein, nein. Sagen Sie ruhig Wei Xu zu mir. Meinen akademischen Titel führe ich seit Jahren nicht mehr. Was sollte der auch über mich aussagen?« Der Meister schmunzelte zufrieden über Ramonas offenen Mund und war an ihr vorüber, ehe sie etwas entgegnen konnte. Die Hände seitlich in die Hüften gestemmt, starrte Ramona ihm nach. Ohne Agnes zu bemerken, folgte sie Wei Xu in den Speisesaal hinterher.

6. Im Speisesaal dampfte …

… es aus Kesseln und metallenen Behältnissen. Erwartungsvoll wurden Deckel angehoben und mit großen Schöpfern die Speisen auf Teller gehäuft.

Josef griff zur selben Zeit wie Agnes nach der Schöpfkelle, die in der enormen Obstsalatschüssel lag. Ihre Finger berührten sich fast, ehe sie beide gleichzeitig zurückzuckten. Josef überließ ihr den Vortritt. »Sieht köstlich aus.« Agnes lächelte Josef an und schöpfte Obst in ihre Schale.

»D-du hast kaum etwas gegessen«, erwiderte Josef. Sein Blick klebte auf ihr, die Augen durch die Brillengläser verkleinert, als gehörten sie zu einem Nacktmull.

Sie zuckte mit den Schultern. »Ich vermisse Carla.«

»L-lebst du allein?« Josefs Direktheit überraschte Agnes. Mit einem schiefen Lächeln versuchte er seine Neugier abzuschwächen und drückte die Brille näher an die Nasenwurzel. »W-wenn man allein ist, ist man für Verluste empfänglicher. Ist meine Erfahrung.«

»Hast du niemanden? Eltern, Geschwister?«

»A-alle gestorben, bis auf zwei Halbschwestern. «

»Dein Vater war der berühmte Maler Eduard Vantak, richtig?« Ihr fielen die Skandalgeschichten rund um den Aktionskünstler ein und sie errötete. »Das stelle ich mir schwierig vor.« Agnes' Bemerkung ließ Josefs Gesichtsmuskeln zucken. Er blinzelte und antwortete zu ihrer Überraschung.

»F-für gewöhnlich können Kinder Orgien wenig abgewinnen, selbst wenn sie zur Kunst erklärt werden.« Vom Tonfall hätte er über die Paarungsgewohnheiten der Graugänse sprechen können, so distanziert klang seine Aussage. Agnes folgte seiner Handbewegung hin zum Ohr, wo eine dünne Narbe unter dem Ohrläppchen hervorlugte.

»Tut mir leid.« Was konnte man vor solch einem Abgrund sagen? Sie wollte sich gar nicht vorstellen, was Josef hatte erdulden müssen – und ihn deshalb auf gar keinen Fall berühren.

»M-muss es nicht. Ich habe meinen Weg gefunden.« Seine Brillengläser spiegelten im Licht der Deckenstrahler und Agnes konnte den Ausdruck seiner Augen nicht deuten. »J-jetzt suche ich nach anständigen Menschen.«

»Das ist auch nicht geraden einfach.« Agnes versuchte mit einem Grinsen etwas Heiterkeit in das Gespräch zu bringen. Sie hielt ihm die Schöpfkelle entgegen, die er ergriff und sie dabei zufällig berührte – es fühlte sich wie ein Blitzschlag an. Sie ließ den Löffel los und wischte die Hand an ihren Jeans ab. Diese verdammte Empathie – bei jeder Berührung ein solcher Aufruhr! Das gegen die Rippen hämmernde Herz ignorierend, wandte sie sich von Josef ab.

»W-wenn wir schon bei dem Thema sind«, beeilte sich Josef sie im Gespräch zu halten – »h-hier herrschen Sodom und Gomorrha.«

»Sodom und Gomorrha?« Karin gesellte sich zu ihnen und warf einen begehrlichen Blick auf den Obstsalat. »Da musst du wohl von Ruth reden.«

»Wie kommst du auf Ruth?« Eigentlich bereute Agnes ihre Frage im selben Moment, in dem sie sie gestellt hatte. Zu spät.

»Weil die ganz offensichtlich etwas mit deinem Ex laufen hat.« Ein Kübel Eiswasser über den Kopf ausgeleert, konnte nicht schockierender auf Agnes wirken. Es stimmte also – Siebert hatte eine andere. Und das Schicksal war ein gemeines Miststück, das sie quälen wollte.

»D-dein Ex?« Josefs Augen richteten sich auf Agnes.

»Bei der Göttin, Josef, jetzt sei nicht begriffsstutzig!« Karin stemmte einen Arm in die Seite und sah Josef tadeln an. »Der fesche Große mit den breiten Schultern, aus der Wei Xu Gruppe, das ist Agnes' Ehemaliger! Das weiß jeder.«

»Was heißt ›jeder‹?« Agnes versuchte nicht aufgebracht zu wirken, doch sie fühlte bereits die Hitze in ihre Wangen steigen.

»Ruth erzählt es herum. Tut mir echt leid.« Karin warf ihr einen mitleidigen Blick zu. »Du wusstest nicht, dass die beiden –? Herrje!« Hilfesuchend blickte sie sich um.

Uwe, der schon lange hinter Karin gestanden hatte und möglicherweise ein Kavalier sein wollte, reagierte prompt. »Elefant Karin im Porzellanladen.« Er schob sich näher zum Buffet, zwischen Agnes und Karin. »Erzähle uns lieber von der Massage, die Claudio dir verpasst hat.«

»Was geht dich das an, frecher Kerl!« Karin wirkte mehr geschmeichelt als empört. »Apropos: Susanna hat Manuela angegraben. Ich hatte echt keine Ahnung, dass sie lesbisch ist.«

»Woher weißt du das nun wieder?« Uwe und machte ein Gesicht, als hätte Karin ihm eben Schimmelkäse in die Nasenlöcher geschoben.

»Die beiden müssen sich ein Zimmer teilen, wie die meisten von uns, weil der Flackl-Wirt ausgebucht ist. Manu hat mich gefragt, ob ich tauschen will.« Karin grinste breit. »Ein bisschen ›bi‹ schadet nie.«

»Wenn Not am Mann ist, helfe ich gern aus.« Uwe erwiderte das Grinsen auf eine hämische Art, die Agnes abstieß. »Sowas muss echt nicht sein. Hat Susanna bei dir auch was probiert?«

»Sei kein Fundi.« Karin schien empört. »Das Universum liebt uns, so wie wir sind. Da fällt mir ein, Carla machte mal eine Erwähnung. Kann gut sein, dass Susanna auch bei ihr landen wollte.«

»Arme Carla.« Uwe schüttelte den Kopf.

Nebeneinander schlenderten sie zum Wintergarten zurück, bemerkten nicht, dass Agnes zurückblieb. Angestrengt versuchte sie einen tiefen Atemzug zu nehmen, doch ihr Brustkorb schien zu Stein erstarrt.

»Dieses Gerede hat dir nicht gefallen.« Josefs Worte kamen so unerwartet, dass Agnes zusammenzuckte.

Anstatt zu antworten, verzog sie das Gesicht, musste ins Freie. Sofort. Ohne sich umzusehen, eilte sie aus dem Saal, durchquerte den Schankraum, das Foyer, den Blick immer starr geradeaus gerichtet.

»Lass uns hinauf zu den Kaninchenställen gehen und reden.«

Kaninchen? Agnes wirbelte herum. Wo kam Siebert auf einmal her? Wegen ihres Tunnelblicks hatte sie ihn nicht bemerkt. Die Schale mit Obstsalat rutschte in ihrer Hand und klebriger Saft tropfte über die Finger – und über Sieberts Hand, die helfend zupacken wollten. Er stand direkt vor ihr, roch verboten gut und strahlte diese unwiderstehliche Wärme ab, die sie verrückt machte. An alldem durfte sich derzeit Ruth erfreuen.

»Das ist alles, was du von mir erwarten kannst.« Agnes drückte ihm die Obstschale in die Hand, vollführte eine Drehung und ging davon. Raus aus diesem Irrenhaus. Große Liebe? Von wegen. Große Närrin!

7. Der Schlamm des …

… Forstwegs verschlang bei jedem Schritt ihr Schuhwerk. An beiden Seiten strömten Bäche Richtung Tal. Agnes kämpfte gegen den Matschsog, den Wind und ihre Verzweiflung. Abseits des Weges wirkte der Boden weniger morastig, so begann sie, quer durch den Wald zu laufen, auf dem federnden Blätterteppich. Allmählich beruhigte sie sich, doch das Gefühl der Enttäuschung blieb. Wo war sie eigentlich hingelaufen? Agnes sah sich um. Keine Menschenseele war zu hören.

Der Wald lauschte mit ihr, stumm, in sich versunken. Eine Amsel zerriss mit ihrem Gesang die Stille. Da, ein Zischen wie der Riss einer Gitarrensaite, ein Kolkrabe krächzte schrill auf. Ihr Kopf schnellte zur Seite. Eine schwarze Silhouette, gegen einen Baum gelehnt, regungslos. Wieder tönte ein Luftzug durch den Wald und das Geräusch eines Aufpralls schreckte sie. Im Unterholz raschelte etwas. Der Bär?

»Hey, Agnes! Du kannst nicht quer über den Bogenparcours rennen, das ist gefährlich.« Weiter unten trat eine Männergestalt zwischen Buschwerk hervor. Er hatte Bogen und Köcher umgehängt und Agnes atmete erleichtert auf.

»Hast du mich erschreckt, Claudio! Ich wusste nicht, dass ich mich am Parcours befinde.«

Claudio hatte sie erreicht und zeigte in Richtung der schwarzen Silhouette. Tatsächlich, ein Bär aus Styropor. Claudio ging zu ihm und zog den Pfeil aus dem aufgemalten Herzen. Der Anblick schmerzte sie auf absurde Weise.

»Guter Schuss.« Agnes wollte ihre alberne Betroffenheit überspielen und nickte Claudio anerkennend zu.

»Bin ein ganz passabler Schütze.« Er steckte den Pfeil zurück in den Köcher. Im Bärenherz blieb ein Loch zurück.

Sie betrachtete Claudio, als hätte sie ihn noch nie richtig angesehen. Hier im Wald wirkte er fremd, als wäre dieser Mann der geheime Zwillingsbruder von ›Claudio, der Mimose‹. Angstkribbeln in ihre Wirbelsäule machte es zunehmend schwieriger, seinem Blick standzuhalten. Lächle, sagte sie sich, zeig keine Furcht.

»Wo geht der Parcours weiter?«

»Da hinunter. Zum Wildschwein.«

»Ich gehe in die andere Richtung.« Mit festem Schritt verließ sie ihn, bemüht nicht zu laufen.

»Bis später – und Agnes«, rief er ihr hinterher. Sie drehte sich um und sah ihn verschmitzt blinzeln. »Gib acht auf dich.«

8. Schnaufend erreichte Agnes …

… den Aussichtspunkt. Zufrieden hielt sie inne, blickte sich um. Wolken hafteten an den Felsen der Rax, als wollten die Alpengötter sich nicht in die Karten sehen lassen. Erde, Bäume, Felsen, jedes Blatt, jeder Strauch glänzte vor Nässe. Blüten hingen schwer herab. Agnes sog die kühle Luft in die Lungen. Bald wird es neuerlich regnen, wurde ihr angesichts der finsteren Wolken bewusst. Es war ihr gleich – hier konnte sie endlich frei atmen, ohne all die Leute, deren Intrigen und Machenschaften sie anwiderten. Sogar Ursulas Verdacht konnte sie für einen Moment vergessen. Die Natur war still und keiner konnte ihr etwas anhaben.

Vor allem nicht Siebert. Siebert und Ruth.

»Habe ich tatsächlich gedacht, aus uns könnte nochmal was werden?« Nein, sie weinte nicht. Das waren nur Regentropfen, die ein Windstoß von den Blättern über ihr gefegt hatte. Die Hoffnung war ein Parasit: Sie lebte unbemerkt im Körper, legte ihre Brut und kaum tauchte Siebert auf, schlüpften ihre zehntausend Kinder. Dabei musste sie ihn endgültig loslassen. Die zehntausend Hoffnungswürmchen murmelten: Er gehört dir, kämpfe um ihn!

Agnes schüttelte den Kopf, wollte nichts davon wissen. Aufgewärmte Liebesgeschichten waren nichts für sie. Ihr Magen zog sich schmerzlich zusammen. Sie sollte besser anständig essen. Missmutig sank sie auf den nächstbesten Baumstumpf. Gleichzeitig ertönte ein markerschütternder Laut. Ein schwarzer Vogel flog über sie hinweg. Ihr Blick folgte dem Raben in die Baumwipfel, tauchte dann ein ins Unterholz bis zu einem strauchartigen Gewächs. Die Pflanze stand einer Königin gleich nur ein paar Meter von ihr entfernt. Etwas mehr als einen Meter hoch, tiefgrüne, ovale Blätter und lila Glockenblüten zierten sie. Völlig unscheinbar, bei längerer Betrachtung allerdings von einer unentrinnbaren Faszination. Langsam näherte sich Agnes der Pflanze. Eine Amsel stimmte ihr Lied an. Selbst wenn sie den Vogel nicht sehen konnte, meinte sie, dass der Gesang ihr galt. Ein Lied über diese eigentümliche Pflanze. Agnes blickte tiefer in die Blätter, Stängel, Blüten, bewunderte die kleine Biene, die vom Nektar angezogen worden war. Je länger Agnes ihren Geist auf die Pflanze ausrichtete, desto heller erschien sie ihr. Eine Heilpflanze? Da lag ein Glühen in diesen Blütenkelchen, das sie geradezu hypnotisierte. Der Blick verschwamm, innere Bilder stiegen auf, von Siebert und sich. Der kleine Blütenkelch wippte mit den Bewegungen der einsamen Biene. Agnes blinzelte. Ihr Blick fing sich am untersten Zweig des Strauches. Halb versteckt unter einem Blatt, lugten zwei schwarze Früchte hervor. Augen, die sie beobachteten.

Tollkirsche, fiel ihr ein, Atropa Belladonna. Die beiden Früchte waren einiges zu früh dran, was Agnes auf den ungewöhnlich warmen Frühling zurückführte, welcher der gegenwärtigen Schlechtwetterfront vorausgegangen war.

Belladonna, schöne Frau, Verführerin, schlägst mich in deinen dämonischen Bann.

Schon streckte sie die Hand nach der Beere und zupfte sie ab – eine verbotene Frucht, die so manchen in den Wahnsinn getrieben hatte. Weich war sie und überraschend saftig, ein Tropfen rann gemächlich über ihren Finger. Agnes' Zunge leckte über die bittersüße Spur, dann an der Frucht selbst. Bittersüß. Saugte an der Frucht. Vergessen war jegliche Sorge, dafür kehrten die Bilder von Alphons zurück – sie fühlte ihren anderen Körper, konnte sich selbst flüstern hören, sah Thessa vor sich …

»Du solltest für immer Mein sein.«

Heiser flüstert Alphons die Worte, den Kopf an Thessas Hals geschmiegt, seine Lippen liebkosen ihre Haut, wandern über ihren Körper. Erhitzt und ermattet zugleich von den Freuden der durchwachten Nacht, räkelt sich Thessa auf dem Laken. Welch Freude sie ihm schenkt, welch Wonne das Leben mit ihr ist, wären da nicht unsägliche gesellschaftliche Konventionen und ein freilaufender Mörder unter ihnen. Angst und Verzweiflung haben die gestohlene Nacht noch leidenschaftlicher werden lassen, haben alle Liebe, Lust und Kraft verlangt, die Notwendigkeit, in einer Nacht ein ganzes Leben zu leben. Nur jetzt sind sie am Leben, nur jetzt können sie einander alles sein.

»Der Morgen wird bald grauen«, haucht sie ihm zu. Seine Fingerspitzen streichen über die Wölbung ihrer Brust, er sieht die Kontraktion der Spitze, wie sich die feinen Härchen ringsum aufstellen. »Geh‘ nicht, Alphons«, fleht sie, »Die Karten waren eindeutig: der Kreuzbube, die Pik 6 und das Herz Ass – der Plan wird scheitern.«

»Nathaniel braucht mich, mein Herz.« Alphons nimmt sie in den Arm und zieht sie auf sich, will ihren Körper auf seinem Leib fühlen. »Wir werden den Mörder heute stellen und die Affäre unter Ehrenmännern beenden. Alles wird gut.« Doch in seinem Inneren wütet der Dämon der Angst. Er ahnt die Wahrheit.

Ein Donnergrollen ließ den Erdboden erbeben, durch das Unterholz fuhr ein Knacken, weckte Agnes‘ Verstand auf. Die Trance jäh unterbrochen, blickte sie erst auf die Tollkirsche zwischen ihren Fingern, warf diese dann weit von sich und spie den Saft aus. Ein pelziger Film überzog Zunge und Gaumen – was hatte sie sich bloß dabei gedacht? Mit einigen tiefen Atemzüge versuchte sie den Kopf freizubekommen. Der Wald lag vor ihr, und je länger sie ihn anstarrte, desto deutlicher drang ein Pulsieren aus dem Dunkel, raste auf sie zu. Alle Sinne registrierten die Lebendigkeit der Umgebung – nicht nur die der Insekten, Pflanzen – da war noch viel mehr – ein Vibrieren lag in der Luft, im Holz, in der Erde, es machte vor ihr nicht halt, ging durch sie hindurch, setzte ihren Leib in Erregung, erfüllte jede Zelle mit neuer Kraft. Die Erde zog an ihr, der Himmel, die Luft und die Wolken hoben sie gleichzeitig empor. Dazwischen pulsierte ihr Blut, ein ungestümes Wesen in ihren Adern. Gezogen zwischen Himmel und Erde, viel größer als jemals zuvor, richtete sie sich zu ihrer wahren Größe auf und machte sich auf den Weg. Sie wusste, wer sie war und was sie brauchte. Und sie würde es sich auf der Stelle holen.

Keiner konnte Belladonna aufhalten.

9. Sie trat aus …

… der Liftkabine. Mit einem einzigen Blick den Gang entlang erkannte sie in der Entfernung Sieberts hochgewachsene Gestalt. Zielstrebig, ohne die Augen auch nur eine Sekunde von Siebert zu nehmen, ging sie auf ihn zu.

»Agnes?« Er stand vor seiner – und Kurts – Zimmertür, direkt gegenüber ihrer eigenen, die Hand noch am Türgriff. Kaum ein Meter trennte sie voneinander. Wie er da vor ihr stand – breitschultrig, im schwarzen Hemd und ebensolchen Relaxpants – ein Prachtstück von Mann. Oh, sie wusste, dass ihre Erscheinung ihm ebenso die Rede verschlug, konnte sie doch seine Erregung auf eine bizarre Art riechen, fast als wäre ihr gesamter Körper mit Sensoren überzogen.

So viele Fragen standen in sein Gesicht geschrieben und sie konnte sie alle hören: Warum siehst du mich so an? Wie konntest du mich verlassen? Wie soll ich dir jemals wieder trauen? Ihre Augen fixierten ihn und er hatte keine Chance zu entkommen. Die eigene Macht berauschte sie, füllte sie aus und umgab sie ohne Grenzen. Bald würde sein Verstand abgeschaltet sein und dann gehörte er ihr allein. Ihr Mund öffnete sich, die Zunge befeuchtete die Lippen, rosig und voll, eine Venusfalle, in die er tappen würde.

Sein Blick folgte ihren Bewegungen, heftete sich an den Mund.

Langsam zog sie den Zipp ihrer Regenjacke auf, atmete tief, fühlte, wie sich ihr Busen merklich hob und senkte, der Stoff auf der Haut rieb. Ihr Shirt lag eng an; der nackten Haut an Hals und Dekolleté entströmten Milliarden Pheromone, die sich als leuchtender Nebel auf Siebert zubewegte. Was für eine krasse Show! Er atmete tief ein, begann selbst von innen heraus zu leuchten. Ihr Zauber lag auf ihm. Möge er niemals vergehen.

»Siebert.« Nur ein Wort. Mehr war nicht nötig. Sein Körper reagierte unverzüglich auf die Vibration ihrer Stimme. Sein Brustkorb weitete sich. Mit einem Wort hatte sie all seine Fragen fortgewischt. Kontrollierte ihn.

Sie machte einen Schritt auf ihn zu, kam so nahe, dass seine Nasenspitze ihr Haar berührte und ihre Brust seine streifte. Ein dunkles Grollen drang aus seiner Kehle.

»Was hast du vor?«, raunte er an ihr Ohr. Außer einem Lächeln bekam er keine Antwort. Aufreizend langsam drehte sie ihm den Rücken zu. Drückte seine Tür auf. Ein Blick über die Schulter bestätigte, dass Sieberts Aufmerksamkeit vollständig von ihrem Tun gefangen war. Ein Schritt über die Schwelle, einige weitere in den Raum hinein. Sie drehte sich um und triumphierte. War der Magnet und er ihr Gegenpol. Siebert stieß die Tür zu und lehnte sich dagegen. Herausfordernd musterte sie sein Gesicht, streifte dabei ihre Jacke ab. Raschelnd fiel sie zu Boden. Wortlos verfolgte er jede ihrer Bewegungen, als sie ihr Haar löste und die dunklen Strähnen über ihre Schultern fielen. Langsam öffnete sie den Knopf ihrer Hose. Genauso aufreizend zog sie den Zipp herunter, entblößte die Haut, bis ein Streifen dunkler Spitze sichtbar wurde. Sieberts Augen funkelten, registrierten, wie sie die Schuhe mitsamt den Strümpfen abstreifte. Selbstvergessen wiegte sie die Hüften hin und her, während sie die Hose herunterzog, seufzte leise. Lasziv beugte sie sich bis zum Boden, schlüpfte aus den Hosenbeinen, reckte ihm katzenhaft das Gesäß entgegen, ehe sie sich wieder aufrichtete.

Sein Kehlkopf bewegte sich mit jeder Schluckbewegung. Immer noch rührte er sich nicht von der Stelle. Sie fasste den Saum ihres Shirts, zog es über den Kopf und warf es ihm zu.

Siebert fing es auf. Seine Finger vergruben sich im Stoff und aus einem Reflex heraus hob er es zur Nase, schloss für den Moment des Einatmens die Augen und knurrte. Als er seinen Blick wieder auf sie richtete, waren die Pupillen weite Scheunentore, die sie verschlingen wollten. Siebert löste sich endlich von der Tür und kam auf sie zu. Sein Blick glitt über ihre Brüste, die üppig in schwarzen Spitzenkörbchen lagen, wanderten tiefer zu dem knappen Brasilslip.

»Was willst du, Siebert?« Ihre Stimme war rau und sofort schnellte sein Blick zu ihren Lippen. Sie hatte ihn in der Hand. Genoss die Machtfülle. Ihre Haut prickelte, verlangte nach Erlösung.

»Das weißt du verdammt genau.« Seine Stimme klang noch tiefer als sonst.

»Sag es.« Sie reckte ihr Kinn, drückte den Rücken durch.

Er hat kapituliert, sagte Belladonna in ihrem Kopf, *er ist dein.*

»Ich will dich«, stieß er hervor. »Auf jede erdenkliche Art.«

»Was hält dich ab?« Sie lockte ihn, war zum Greifen nahe, doch er folgte immer noch nicht ihrem Diktat. Stattdessen verschränkte er die Hände hinter dem Kopf und schloss die Augen. Seine Brust hob und senke sich wie nach einem Sprint, der innere Zwiespalt stand ihm ins Gesicht geschrieben.

Belladonna bäumte sich auf. *Er gehört mir.* Besitzergreifend legte sie die Hände an sein Hemd. Ihre Finger öffneten Knopf um Knopf. Bei jeder Berührung bekam seine Haut einen kleinen elektrischen Schlag ab – sie fühlte es selbst auch, sah die Gänsehaut an seinen Brustmuskeln, als sie das Hemd über seine Schultern schob und dabei über seine Haut strich. Er keuchte und packte ihre Handgelenke. Doch sein Arm verfing sich im Hemd; mit lautem Ratsch riss eine Naht.

Belladonna lachte über diese zerstörerische Wildheit und riss ihm das Hemd vollends vom Leib.

»Ich warte nicht nochmal zwei Jahre bis du aus dem Hemd kommst«, sagte sie und genoss seinen Anblick, knabberte an Muskelsträngen, ließ ihre Nägel über seinen Rücken kratzen. Sie wollte Spuren auf ihm hinterlassen, ihn als den ihren markieren. Er packte sie im Nacken und starrte sie fassungslos an.

»Was tust du mir an?«, knurrte er. Seine Kraft stachelte sie an.

»Alles«, raunte sie an seine Lippen. Sein Stöhnen drang in ihren Mund, seine Lippen pressten sich auf ihre. Er verschlang sie, als wäre sie die Medizin, die sein Leben retten konnte. Und genauso fühlte sie sich, endlich losgelöst von allen Zwängen und Ängsten. Belladonna war die Heilung.

Ihre Hände glitten zu seiner Hose, lösten den Knoten der Kordel. Wieder hielt er ihr Handgelenk fest, legte die Lippen an ihr Ohr.

»Wir sollten sicher sein, dass es diesmal klappt. Noch eine Trennung ertrage ich nicht.« Sein Schmerz flutete sie, doch dieses Mal war sie die Herrin der Emotionen und verwandelte alles in Lust.

»Uns kann nichts trennen«, widersprach sie, lenkte seine Gedanken in eine andere Richtung. »Ich will dich. Sofort.«

Als hätte ihr Befehl einen Schalter bei Siebert umgelegt, ließ er ihr Handgelenk los und pressten stattdessen seinen Leib gegen ihren. Die Finger in ihrem Nacken zogen hypnotische Kreise. Ohne den Blickkontakt zu lösen, senkte er seine Lippen auf ihre, erst langsam, dann immer fordernder, ein Kuss, der eine Geschichte erzählte von Schmerz, Verlangen und Liebe. Jeder Funke Verstand ertrank in Wollust. Sie wollte diesen Mann ganz für sich haben. Ohne doppelten Boden. Ohne Netz.

Ihn im Rückwärtsgang mit sich ziehend, jedoch ohne den Kuss zu unterbrechen, fand sie die Bettkante. Langsam ließ sie sich darauf nieder. »Komm zu mir«, befahl sie und in der nächsten Sekunde kniete er zwischen ihren Beinen.

Verdurstenden müssen trinken, raunte Belladonna amüsiert in ihrem Kopf, *das ganze Glas, ohne abzusetzen.*

10. Der erste Sex …

… nach zwei Jahren – war atemberaubend, zutiefst befriedigend – und viel zu schnell vorbei. Ihre Körper lagen ineinander verstrickt und hatten längst nicht voneinander genug bekommen. Atemlos sahen sie einander an, trunken, umgeben von einem Kokon aus Begehren. Bis Klopfgeräusche ihre Blase zerplatzen ließ.

Die Zimmertür vibrierte. War es Kurt? Agnes hob neugierig den Kopf. Siebert nahm widerwillig den Blick von ihr. »Wir haben nicht abgesperrt«, murmelte Siebert.

»S-siebert, k-kannst du aufmachen?«, erklang eine Männerstimme vom Gang. »O-oder Kurt? E-es ist w-wichtig.«

»Das ist Josef.« Agnes richtete sich ein Stück auf und sah Siebert fragend an. Seine Grimasse, die sagen sollte: Was will der von mir? – beantwortete sie mit einem Schulterzucken. Dabei schlang sie ein Laken um die Brust und deutete ihm die Tür so zu öffnen, dass Josef sie nicht sah.

»Moment!«, rief Siebert. Nicht ohne einen Kuss auf ihre Lippen zu drücken, verließ er das Bett, schlüpfte in seine Hose und öffnete Tür.

»Ja?« Siebert hatte die Tür lediglich einen Spalt geöffnet. »Es passt grade schlecht.« Hellgraue Augen hinter Nickelbrillen musterten Sieberts nackten Oberkörper, seine perfekten Bauchmuskeln bis hinunter zu der an den Hüftknochen sitzenden Hose.

»I-ist U-ursula bei dir?«

»Wieso?« Siebert versperrte Josef so gut es ging die Sicht ins Zimmer.

»K-karin macht sich S-sorgen.« So schlimm hatte Agnes Josefs Sprachfehler noch nie erlebt. »S-sie w-war nicht bei der M-meditation. I-ihr Zimmer ist verlassen. W-wann hast du sie z-zuletzt gesehen?«

»Beim Essen.«

Agnes spürte Sieberts Unruhe, sah, wie er seinen Nacken massierte. In ihr regte sich ebenfalls eine Unrast, die sich kaum beherrschen ließ. Josefs Worte hatten eine Ahnung losgetreten, die noch vage, jedoch zunehmend beklemmend war. Sie setzte sich ruckartig auf.

»W-wir treffen uns alle im S-seminarraum – k-kommst du?«

»Geh voraus, ich brauche noch ein paar Minuten.« Damit wollte Siebert die Tür vor Josefs Nase zudrücken, als das Bett unter Agnes' Bewegung laut knarrte. Sofort reckte Josef den Hals. Sein Blick fiel zuerst auf die Kleidungsstücke am Boden, der schwarze Brasilslip obenauf und dann auf Agnes' Fuß, den sie, wie von heißem Pech übergossen, rasch an sich zog.

»I-ist noch jemand hier? A-agnes war auch nicht bei der M-meditation.«

»Gut möglich. Bis gleich.« Damit schlug Siebert endgültig die Tür zu und drehte den Schlüssel im Schloss.

»Ursula ist verschwunden? Irgendetwas stimmt nicht, ich spüre das ...« Agnes sprach mehr zu sich selbst, bemerkte dann allerdings Sieberts Aufmerksamkeit auf sich ruhen. »Wieso hast du ihm verraten, dass ich da bin?«

»Du stehst nicht dazu?« Siebert Augen wurden schmal.

»Es müssen nicht alle gleich wissen, dass ich in deinem Bett gelandet bin, wo Carla gestern erst gestorben ist.«

Er sah sie nicht an. Stattdessen hob er das Hemd vom Boden auf und schlüpfte hinein.

»Ich glaube, das war ein Fehler.« Er bemerkte den Riss an der Schulternaht, zog das Hemd voller Abscheu aus und griff sich ein T-Shirt aus dem Schrank. Noch nie hatte Agnes einen Mann sich dermaßen schnell anziehen sehen.

»Ein Fehler?« Agnes' Stimmbänder brachten nur krächzende Laute hervor. »Was ist los?«

Endlich wandte er sich ihr zu. Noch bevor er sprach,

konnte sie in seinen Augen die Mauern sehen. »Siehst du nicht, was abgeht?« Er schlüpfte in Socken und danach Schuhe. »Die Dinge entwickeln sich genau wie in London. Und am Ende drehst du durch und wirfst mich weg. Das packe ich nicht noch mal.« Ein letzter schmerzerfüllter Blick, und er stürmte aus dem Zimmer.

In Agnes' Hals steckte ein dicker Kloß. Was gab es auch zu sagen. Nichts hatte sich geändert. Die Tür fiel lautstark ins Schloss. Verdammte Belladonna! Wieso hatte sie sich auf ihn gestürzt, ohne einen Gedanken an die Folgen. Hatte den wilden Sex genossen – entfesselt, ungeschützt. Agnes erstarrte. Ungeschützt. Anders als vor zwei Jahren noch nahm sie keine Pille mehr. Wozu auch, sie hatte keinen Freund. Und sie war in der Mitte ihres Zyklus'. In Zeitlupentempo legte sie ihre Hand auf den Bauch und hielt den Atem an.

11. Agnes ging durchs …

… Foyer und traf vor dem Schankraum auf Ramona Greger gemeinsam mit Wei Xu. Einander zugewandt standen sie vor der offenen Tür zu jenem Behelfsbüro, das der Wirt der Polizeijuristin zur Verfügung gestellt hatte.

»Gute Frau Greger, ich habe Ihnen alles gesagt, was ich zum Tod von Carla weiß. Sie haben meinen Ausweis gesehen, ich habe Ihren Zettel unterschrieben, doch jetzt ist die Zeit reif für einen Espresso. Ich lade Sie gern ein.«

»Danke, ich habe noch zu tun.« Ramonas Locken schwangen mit der abschlägigen Kopfbewegung mit. Eine Wolke Haarsprayduft wehte zu Agnes.

Wei Xu schürzte die Lippen. »Ich sitze in der linken Ecke des Wintergartens, falls Sie es sich überlegen. Ich grüße das

Licht in dir, Namasté.« Er vollführte eine kleine Verneigung mit aneinandergelegten Handflächen und schritt von dannen, das Haupt erhoben, die Hände vor dem Bauch gefaltet.

»Ramona! So sieht man sich wieder.« Agnes begrüßte ihre ehemalige Kommilitonin und trat näher zu ihr.

Ramona, die Wei Xu nachgesehen hatte, wandte den Kopf. »Agnes Feder. Hallo.« Besonders erfreut klang das nicht. Aus irgendeinem unerfindlichen Grund lag seit ihrer Studentenzeit eine Rivalität zwischen ihnen, der Agnes nie auf den Grund gegangen war. Sie tippte auf ihr gutes Abschneiden bei Prüfungen als Stein des Anstoßes. Und wer sonst außer Ramona hatte wohl das Gerücht in Umlauf gesetzt, Agnes setzte ihr Aussehen für leichte Fragen ein.

»Du bist auch bei den Esoterikspinnern?« Ramona deutete auf Agnes' Qi Gong-Outfit und verzog verächtlich den Mund.

»Im Sinne der altgriechischen Bedeutung des Wortes?« Agnes hob die Augenbrauen, aber Ramona gab keine Antwort. »Das Beschreiten eines inneren, spirituellen Erkenntnisweges. Bereits Pythagoras hat sich mit Seele und mit Wiedergeburt beschäftigt. War wohl auch ein Spinner. Davon abgesehen geht es lediglich um Meditation und Gesundheitsvorsorge.«

»Entschuldige, ich wollte dich nicht beleidigen.« In Ramonas Erwiderung lag eine guten Portion Zynismus.

Flunkern konntest du früher schon gut, erinnerte sich Agnes, erstarrte aber im nächsten Moment. Hinter Ramona tauchte Siebert im Durchgang vom Schankraum auf und fixierte sie mit dunklem Blick. Ramonas Worten konnte sie kaum folgen.

»Der alte Mann war mühsam, ich werde ihn bestimmt nicht bei seinem ›Künstlernamen‹ nennen. Jedenfalls lege ich vorsorglich einen Akt an, damit die Kollegen vor Ort etwas haben, worauf sie aufbauen können.«

Agnes blinzelte und zwang sich dazu Ramona anzusehen. »Gibt es einen Hinweis auf Fremdeinwirkung?« Ihre Frage klang selbst in ihren Ohren mechanisch. Dabei fürchtete Agnes, das Zittern in ihrer Stimme könnte den inneren Aufruhr preisgeben, der sie bei Sieberts Anblick erfasst hatte. Er ging an ihnen beiden vorüber. Ohne einen Gruß. Es fühlte sich an, als risse Siebert ihr im Vorbeigehen das Herz aus der Brust. Mit ganzer Kraft kämpfte sie um Contenance, damit weder Ramona noch Siebert ihre Qualen bemerkten. Das einzige Gegenmittel war, sich auf Ramonas »Akte« zu konzentrieren. Nachdem Ramona mit Informationen niemals freigiebig gewesen war, ein schwieriges Unterfangen, mehr zu erfahren.

»Bei einem unerwarteten Todesfall kann man nie wissen.« Ramona antwortete erwartungsgemäß zurückhaltend.

»Deiner Karriere wird es gewiss nicht schaden, wenn du alles in die richtigen Bahnen leitest.«

»Ich tue meine Pflicht. Dich werde ich später ebenfalls zu einer Niederschrift bestellen. In Kürze werdet ihr alle von meinem Zeitplan verständigt.« Während sie sprach, bewegte sich Ramona um Agnes herum. Immer noch bestrebt, ein gutes Einverständnis zu suchen, drehte sich Agnes mit ihr mit. Es lag ihr eine Entgegnung auf der Zunge, mit der sie ihren guten Willen zum Ausdruck bringen wollte, dabei streifte ihr Blick den Ausgangsbereich, wo Ruth und Siebert in ein Gespräch vertieft standen. Die beiden waren fast gleich groß, fiel ihr auf. Ruths Körpersprache war eindeutig zugewandt, offen, bereit noch näher zu kommen. Und auch Siebert wirkte keinesfalls abweisend. Er strich über ihre Schulter, schenkte ihr ein Lächeln und verließ sie. Ruth sah ihm hinterher, dann drehte sie sich herum und bemerkte Agnes‘ Blick. Ihre Augen verengten sich, doch sie steuerte sie ohne Zögern an. Als sie vor ihnen zu stehen kam, richtete sie sogleich das Wort an Ramona. »Hier, die Liste der Seminarteilnehmer der Wei Xu-Gruppe. Carlas Gruppe wird von Karin Haberl organisiert.«

Anscheinend bemerkte Ramona nichts von den Spannungen zwischen Agnes und Ruth. Sie nahm die Liste entgegen. »Ein paar Fragen hätte ich noch zu den Leuten.« Sie winkte Ruth in ihr Büro. Im Vorübergehen warf Ruth ihr einen Blick zu, der keinen Zweifel daran ließ, wie wenig sie von Agnes hielt.

12. Der Seminarraum strahlte …

… im Licht der Teekerzen ringsum. Draußen verdunkelten Wolken den Himmel, Windböen fegten ums Hotel. Die Seminarteilnehmer saßen stumm auf ihren Sitzkissen, beklemmendes Schweigen lag auf der Gruppe. Ihnen gegenüber, auf Carlas Platz, thronte Wei Xu. Behaglicher Sandelholzduft lag in der Luft und erinnerte Agnes schmerzlich an Carla und die vielen gemeinsamen Meditationen.

»Hat jemand Ursula gesehen?«, fragte Wei Xu. Agnes blickte auf das leere Sitzkissen vor ihr. Erst sagte niemand etwas, dann meldete sich Josef zu Wort.

»I-ich habe überall nach ihr gesucht. I-im Haus kann sie nicht sein ...«

»Bei dem Wetter wird sie doch unmöglich einen Ausflug machen!« Almuts Stimme übertönte Josefs bei weitem, gestählt durch jahrelangen Schulunterricht. »Es ist nicht sicher, sich zu weit vom Haus zu entfernen. Muhren sind unglaublich gefährlich.«

Susanna räusperte sich gewohnheitsmäßig und wartete auf die Aufmerksamkeit der anderen, ehe sie sprach. »Sie muss im Haus sein.«

Karin saß neben Claudio und zupfte nervös an ihrer Nagelhaut. »Wir teilen uns das Zimmer. Sie hätte mal raufkommen müssen.«

»Das letzte Mal habe ich sie beim Essen gesehen.« Claudio rutschte beim Sprechen näher zu Karin. »Wer hat sie danach noch getroffen?«

Ehe jemand antworten konnte, trat Ruth ein und verneigte sich am Eingang. »Entschuldige, Wei Xu. Ich komme von der Polizeijuristin, sie hatte noch Fragen. Karin, du sollst ihr die Teilnehmerliste bringen.«

Karin blickte von ihrem Daumen auf. »Was kümmert mich diese Juristin, wenn Ursula verschwunden ist!«

Die Nervosität übertrug sich zunehmend auf alle anderen.

»Meine Güte, was soll schon sein?«, blaffte Uwe, was gar nicht seiner Art entsprach. »Wahrscheinlich sind ihr alle tierisch auf den Geist gegangen und sie hat sich verdrückt.« In einer derartigen Stimmung hatte Agnes ihn noch nie erlebt. Ein harter Zug lag um seinen Mund und sein Körper wirkte steif vor Anstrengung, sich im Zaum zu halten.

»Denken wir positiv«, schlug Serge vor. Sein rabenschwarzes Haar war sorgfältig gekämmt und gescheitelt, die Jacke tadellos glatt, die Hände hielt er zum kosmischen Mudra gefaltet vor dem Bauch. »Am wahrscheinlichsten ist, dass sich Ursula irgendwo im Haus zurückgezogen hat. Lassen wir sie einfach in Ruhe.«

»Was heißt: In Ruhe lassen?«, brauste Karin auf. »Du kennst Ursula überhaupt nicht! Das ist nicht ihre Art.« Das Zupfen am Nagelfalz ging über in ein Knabbern am Daumennagel. Ein sicheres Zeichen für Agnes, dass Karins Nerven blank lagen. Das Nagelbeißen hatte sie sich mit Carlas Hilfe abgewöhnt.

»Ruhig.« Wei Xu hob besänftigend die Hände. »Wer hat Ursula nach dem Essen gesehen?« Es blieb still, bis auf das Knacken von Karins Zähnen auf dem Nagel. »Vor der Meditation um 14.30 Uhr oder nachher?« Auch auf die ergänzende Frage antwortete niemand. Wei Xu seufzte. »Üben wir ›Die Peitsche‹, da lernt man etwas über Anspannung und Entspannung. Danach werden wir alle gemeinsam nach Ursula suchen. Agnes übt vor, ich sage die Übung an.« Er nickte ihr aufmunternd zu. Agnes' Puls beschleunigte sich wegen der unerwarteten Aufforderung. Beherrscht stand sie auf, ging zum Podest und stellte sich vor die Gruppe, die gleichfalls aufgestanden waren und die Grundposition einnahm.

»Breite Reiterstellung, den Lotus öffnen.« Wei Xus Anweisungen wurden von allen unverzüglich ausgeführt. »Die Fingerkuppen der linken Hand kommen zusammen, formen die Peitsche, die rechte Hand gestreckt zum rechten Fuß – ja, zum Fuß, noch tiefer in die Knie …«

Agnes übte vor und konnte für einige wenige Minuten aufhören an Ursula zu denken.

13. Nicht alle waren …

… nach Abschluss der Übung so entspannt wie Agnes.

»Ich fasse es nicht! Dieser ›Meister‹ hat einen Knall!« Susanna stapfte allen voran aus dem Seminarraum. Karin und Claudio folgten ihr in ähnlicher Gemütsverfassung.

»Anstatt nach Ursula zu suchen, üben wir Qi Gong!«, stimmte Karin in die Schimpftirade ein. Bei der Bemühung in den Schuh zu schlüpfen, stand sie auf einem Bein, verlor das Gleichgewicht und kippte zur Seite. Claudio griff rettend ein und erntete ein kurzes Lächeln. Schon sah sie wieder zu Susanna. »Was der Ärmsten in der Zwischenzeit alles passiert sein könnte.«

Immer mehr Kursteilnehmer drängten sich im Vorraum zusammen auf der Suche nach ihren Schuhen. Uwe, der vor Karin stand, schüttelte den Kopf. »Was soll das ganze Tamtam? Ursula ist eine gestandene Frau, die auf sich aufpassen kann. Und wenn nicht, ist das Geschnatter mittlerweile umsonst.«

»Was fällt dir ein …«, ereiferte sich Karin.

Kurt stand bereits am Treppenabsatz und rief: »Das ist der Punkt: Die Sache wird unnötig aufgebauscht. Als ob wir alle nicht bereits genug kirre wären.« Wütende weibliche Blicke richteten sich auf Kurt.

Agnes sah nicht nur die verstörten Gesichter ringsum, sondern spürte dazu noch die aufgewühlten Emotionen. Vielleicht war Ursula tatsächlich genau wegen dieser Stimmung abgehauen. Sie konnte selbst kaum dem Drang widerstehen.

»Vielleicht hast du mitbekommen, dass die Unwetterlage keineswegs ausgestanden ist«, ergriff nun Susanna wieder das Wort. »Der Weg ins Dorf ist gefährlich.«

»Mutter Natur ist stets auf unserer Seite.« Almut kräftige Lehrerinnenstimme übertönte alle anderen. »Wir müssen lernen, auf ihre Zeichen zu hören.«

»Ich meine, die Zeichen sind eindeutig.« Kurts Worte troffen vor Zynismus. Ehe er zu einer weiteren Wortattacke ausholen konnte, war Siebert an seiner Seite und klopfte dem Freund auf den Rücken.

»Lass gut sein, wir holen uns einen Espresso – vielleicht

sitzt Ursula bereits bei Sachertorte und Melange im Wintergarten.«

Beim Anblick von Sieberts Arm auf Kurts Rücken erfasste Agnes ein wehmütiges Ziehen in der Brust. Was hatte sie bloß angestellt! Zuerst hätte sie Siebert von ihren Fortschritten bei der Bewältigung der posttraumatischen Belastungsstörung überzeugen sollen, ihm von dem Medikament erzählen sollen, welches ihre Träume und Visionen unterdrückte und sie ›normal‹ machte.

»Hast recht, Bertl.« Kurt ergriff das Hölzchen, das Siebert ihm darbot. »Ich brauche eine Stärkung. Lauter närrische Hexen hier.«

»Ach – wir sind närrische Hexen?«, fuhr Karin lautstark dazwischen. » Weil wir uns um andere Menschen sorgen?«

»Rette mich!« Kurt warf theatralisch die Arme in die Höhe und eilte hinter Siebert her, immer zwei Stufen auf einmal nehmend. »Morgen früh wach ich garantiert mit drei Pickel am Hintern auf!«

Agnes musste trotz allem grinsen. Der Typ war selbst in Missstimmung witzig. Sie atmete durch und dachte an Belladonna, die ihr für kurze Zeit unendliches Selbstvertrauen verliehen hatte. Dass sie von der Beere genascht hatte, kam ihr jetzt vollkommen verrückt vor. Und diese Nummer, die sie mit Siebert abgezogen hatte – sie war ihm voll an die Wäsche gegangen!

Es kann nichts entfesselt werden, was nicht bereits zuvor da war, raunte Belladonna in Agnes' Kopf. Na bravo – die war noch an Bord!

»Ich werde mit Siebert besprechen, wie wir weiter vorgehen«, drang Ruths Stimme an ihr Ohr. Die Blondine drängte sich dicht an Agnes vorbei. »Entschuldige.« Ruth schien es sehr eilig zu haben. Herausfordernd sah sie Agnes direkt ins

Gesicht. »Ich bringe ihm sein Handy – hat er in meinem Zimmer am Bett vergessen.«

Für eine Sekunde berührten sich ihre Hände – lange genug, dass eine Verbindung entstand. Die Sturzflut an Eifersucht traf Agnes völlig unvorbereitet. Doch anstatt von den Emotionen mitgerissen zu werden, wie es ihr sonst stets erging, konnte sie diesmal Beobachterin bleiben. In sicherer Distanz registrierte ein Teil von ihr den Vorgang wie einen vorbeiziehenden Strom.

»Es ist gut.« Agnes sprach, ohne den Blick abzuwenden, fixierte ihre Rivalin mit gleicher Intensität, mit der diese ihr begegnete. In jedem Wort liegt Magie, dachte sie, und wer die richtigen Worte ausspricht, kann viel bewirken. Ruths Mund blieb offenstehen, sie hatte sich mit Sicherheit eine völlig andere Reaktion erwartet. Sie drehte ihr den Rücken zu und stürmte die Treppen hoch. Weitaus gemächlicher stieg nun auch Agnes die Stufen hinauf und fühlte mit einem zufriedenen Schmunzeln der Macht von Belladonna nach. Die Dame war durchaus nützlich.

Am Buffet war nicht viel los. Agnes konnte sich ein Kännchen Tee zubereiten und fand im Wintergarten einen Platz zwischen Kurt und Josef. Während sie ihrem Assam Milch zugoss, lauschte sie dem Gespräch am Tisch. Uwe saß ihnen gegenüber, Serge und Wei Xue tranken am Nebentisch Kaffee. Immer wieder spürte sie Serges Blick auf sich, der sich jedes Mal abwandte, sobald sie ihn ansah.

»Du bist die einzige Frau hier, die ich ertragen kann.« Kurt nippte an seinem Espresso. Der war anscheinend brennheiß und ein leiser Fluch entfuhr ihm.

»Vielen Dank auch.« Agnes amüsierte sich über seine Laune.

»Und die hinter uns ist am schlimmsten.« Mit dem Kopf deutete Kurt zum Tisch hinter sich. Sie folgte dem Wink und sah Siebert, der sich eben zu Ruth herunterbeugte. Neben ihr saß Renata. Robert war ausnahmsweise mal nicht an ihrer Seite. »Mann, Ruth ist geladen. Was hast bloß angestellt, Agnesschatzerl?«

»Was glaubst du denn, Kurti?«

»Sag' bloß nicht Kurti zu mir!«

»Und ich bin kein Schatzerl.«

Kurt ignorierte das kleine Scharmützel und knüpfte lieber an einer Stelle an, die ihm mehr Spaß versprach. »Was ich glaube?« Er grinste herausfordernd. »Zwei Leut' riechen wie Karnickel.«

Für einen Moment blieb Agnes die Spucke weg. Dann allerdings handelte er sich einen Tritt gegen das Schienbein ein. Sein Aufstöhnen quittierte sie mit: »Es langt.«

Uwe und Josef hoben die Augenbrauen und auch Claudio, der eben an den Tisch getreten war, schien mitgehört zu haben.

»Volltreffer.« Kurt rieb sich über das Schienbein. »Mehr brauch ich nicht wissen.«

»Schwachkopf.«

»Sehr erfreut, Kurt Thesch mein Name.« Dabei nahm er ihre Hand und schüttelte sie mit Engelsmiene.

»Männer.« Agnes zog die Hand fort.

»Wir gehen los. Wer kommt sonst noch mit?« Claudios Appell richtete sich an alle am Tisch. Unter seiner Mütze lugten rote Haarlocken hervor und zusätzlich zog er die Kapuze der Regenjacke über den Kopf. Bei den anderen Tischen standen jeweils Karin und Susanna, offenbar mit demselben Anliegen.

»Drinnen oder draußen?«, fragte Kurt nach.

»D-drinnen ist sie nicht, d-da habe ich gesucht«, wandte Josef ein. Er nahm einen letzten Schluck aus seiner Tasse und stand auf.

»Wir suchen draußen, solange genug Licht ist«, bestätigte Claudio, »in fünf Minuten vor dem Haus.«

»Ich bin dabei.« Agnes leerte gleichfalls ihre Tasse. »Ich zieh' mir nur rasch Regensachen über.«

Vor dem Hotel stand die Gruppe im Nieselregen beisammen. »Haben wir irgendeinen Hinweis, wo wir suchen sollen?«, fragte Agnes und zog den Reißverschluss ihrer Jacke noch ein Stückchen höher. Ihre Finger waren jetzt schon steif vor Kälte. Hoffentlich stolperten sie nicht ziellos durch den Regen und verloren deswegen noch weitere Gruppenmitglieder.

»Nein. Jedes Team sollte einen anderen Weg einschlagen.« Karin, die Regenjacke bis unters Kinn geschlossen, zeigte den Hang hinauf. »Ich gehe zu den Stallungen.«

»Kaninchen und Pferde streicheln?« Kurt lachte über den giftigen Blick, den er von Karin erntete. »Passt, Siebert geht mit Agnes und ich mit Almut – du bringst mir unterwegs bestimmt noch was bei.« Erstmals erntete er von Almut ein zustimmendes Lächeln. Ohne ein weiteres Wort an Kurt zu verlieren, stapfte Karin Hand in Hand mit Claudio los. Kurt sah den beiden nach.

»Die zwei haben garantiert was am Laufen.«

»Seit der Massage ist sie jedenfalls voll entspannt.« Uwe stand breitbeinig neben Kurt und grinste schmierig. »War überfällig bei der.«

»Nur kein Neid, Uwe.« Agnes war kurz davor ihm wegen der abschätzigen Bemerkung an die Gurgel zu gehen. Sicherheitshalber steckte sie die Hände in die Taschen.

»Ich find' mir schon was, keine Sorge. Ruth ist frei, habe

ich läuten hören …« Herausfordernd starrte Uwe zu Siebert hinüber.

»Rede weniger Schwachsinn und suche mehr nach Ursula«, fuhr Siebert ihn ungehalten an.

»Habt ihr's nicht mitbekommen?« Uwe sah von Siebert zu Agnes. »Das Leben ist kurz.«

14. Planmäßig hatte Ramona …

… mit den Seminarteilnehmern gesprochen, Protokolle angelegt, Listen angehängt und ein Foto von der Verstorbenen ausgedruckt. Es lag vor ihr auf dem Tisch. Die Tote hatte die Augen geschlossen, der Kopf war vom Grau der Skibox umrahmt, Wiesenblumen lagen auf ihrer Brust.

Eigentlich ein friedlicher Anblick, dachte Ramona und besah sich das Bild näher. Knapp Vierzig und schon tot. Okay, sie hatte bereits um vieles jüngere Leichen gehabt. Vierzig war gar nicht schlecht. Außerdem keine Schweinerei mit viel Blut, Feuer oder fehlenden Körperteilen. Irgendwas gefiel ihr trotzdem nicht an diesem plötzlichen Todesfall. Die Frau setzte sich zur Meditation hin – hustete – und fiel einfach tot vom Sitzkissen. Eine gesunde Frau – abgesehen von der Erkältung. Da waren keine Medikamente in ihren Sachen, nicht mal Aspirin. Nur Thymiansirup. Diese Freaks behandelten sich meist selbst mit ihrem Hokuspokus, das wusste man ja. So betrachtet wäre ein plötzlicher Tod keine Überraschung. Herzmuskelentzündung beispielsweise kam nach grippalen Infekten immer wieder mal vor.

Der eine Jurist, Kurt Thesch, der gefiel ihr. Fescher Kerl aus der Steiermark, genauso wie sein Freund Siebert Thal. Arbeiteten beide in Wien und hatten was im Kopf. Nicht so ein Verrückter wie dieser Serge Turbal, der gerade hinausgegangen war. Der hielt sich für den zweiten Buddha. Komischer Vogel. Hatte ihr was über das Fließen des Flusses erzählt oder war es das Fließen der Existenz? Jedenfalls Schwachsinn. Aufgefallen war dem Buddha-Double nichts. Sie schmunzelte. Den Ausdruck hatte dieser Kurt verwendet. Heißer Typ.

Ramona seufzte. Dieses verfluchte Polterwochenende ihrer Freundin. Die feinen Damen hatten alle wegen des schlechten Wetters kurzfristig abgesagt und sie erst am Samstagvormittag davon verständigt.

Wenigstens konnte Ramona nun vor Ort mit dem ungeklärten Todesfall in die Presche springen. Er beschäftigte sie, ließ sie tun, was sie am liebsten tat. Arbeiten. Da war doch vor einem Jahr der Mord an dieser Wicca-Hexe im Wienerwald gewesen. Hässliche Sache. Viel Blut. Tatwaffe ein Jagdmesser. Vom Täter keine Spur. Aber das hier war was anderes. Was hatte Kurt nochmal gesagt? Für einen Moment sah sie das Blitzen in seinen Augen vor sich. »Carla hat zu husten begonnen und ist ein paar Sekunden später umgekippt.« Diese Aussage hatten die anderen bestätigt. Vorher ging es Carla gut. Der ›Meister‹ war wegen Durchfall nicht zur Meditation gekommen. Angeblich hat er die Mayonnaise nicht vertragen. Ruth Chettula und Karin Haberl hatten ebenfalls davon gegessen und keinerlei Probleme. Interessanter Fakt, das notierte sie sich gleich extra. Dem Kurt war trotzdem etwas seltsam vorgekommen. Sie hätte nicht atmen können, hat er gemeint, es war anders als bei dem Herzanfall, den er bei seinem Vater erlebt hatte.

Ramona schaute nochmal die Liste durch. Ursula Zirbel fehlte, die war seit dem Mittagessen abgängig und jetzt suchten alle nach ihr. Zu dumm. Von einer Krankenschwester konnte sie sich handfeste Informationen erwarten. Der waren vielleicht die Narren hier auf die Nerven gegangen. Tja, Agnes fehlte auch noch. Vermaledeite Agnes, die sich mit ihrem Aussehen durch alle Prüfungen geschwindelt und Ramona alle Chancen auf eine Assistentinnen-Stelle auf der juristischen Fakultät vermasselt hatte.

15. Der Wald stöhnte …

…unter den Sturmböen. Äste lagen über dem Weg, es ächzte und knackste über ihren Köpfen. Bei jeder neuen Böe duckten sich Agnes und Siebert unwillkürlich.

»Eine Schnapsidee, bei diesem Wetter im Wald rumzulaufen.« Siebert versuchte die Kapuze enger ums Gesicht zu ziehen.

»Was?«, schrie Agnes in den Wind und drehte sich nach Siebert um.

»Eine Schnapsidee!« Jetzt schrie auch er. »Die Ursula wird nicht bei diesem Scheißwetter am Weg sitzen und auf uns warten.«

»Du hast recht. Wir müssen abseits des Weges suchen.« Agnes blickte die Anhöhe hinauf und vergrub die eisigen Hände in den Jackentaschen. »Dort ist der Bär, weiter rechts die Wildsau.«

»Na, super!« Sieberts Laune hatte sich dem Wetter angepasst, was auf Agnes ansteckend wirkte. Kurts Plan, sie beide als Suchtrupp zwecks Aussprache zusammenzustecken, war ein Schlag ins Wasser gewesen. Wortwörtlich. Zum hundertsten Mal wischte sich Siebert das Regenwasser aus dem Gesicht.

»Dann gehen wir noch den Parcours ab.«

Mittlerweile hatte die Dämmerung eingesetzt, Schatten lagen über dem Unterholz. Nicht zu stolpern und kopfüber in den Matsch zu fallen war die eigentliche Herausforderung. Agnes stapfte voraus, wollte nichts lieber als raus aus diesem hungrigen Grau, das alle Farbe und alles Licht fraß. Wo bist du, Ursula, fragte sie sich und sah das Gesicht der Freundin vor sich. Ein Stück weiter östlich sah sie Siebert suchen – doch dorthin zog es sie nicht. Ein Lichtpunkt vor ihr, zwischen düsteren Stämmen, zog sie magisch an. Ihr Schritt wurde langsamer, ein Zittern erfasste sie. Was regte sich da vorne im Dickicht – ein Nebelfetzen? Gerade noch da, schon wieder verschwunden. Ein Ast über ihr brach, ein Rabe krächzte laut auf und mit lautem Krach schlug das Holz am Boden auf. Instinktiv riss Agnes die Arme über den Kopf und ging in die Hocke. Ein scharfer Luftzug zischte über sie hinweg. Schmerz blitzte auf. Hatte der Ast sie am Arm erwischt? Agnes reagierte instinktiv, rollte sich über den Waldboden ab. In Brombeerranken verhakt, mit zerkratzen Gesicht und Händen, lag sie schwer atmend am Rücken.

»Agnes! Wo bist du?«

Sieberts Ruf zu hören, tat verdammt gut. Vorsichtig setzte sie sich auf, prüfte, ob Arme und Beine heil waren. Das Unterholz knackte unter Sieberts Schritten. Kaum hatte er sie erreicht, kniete er nieder und tastet sie ab.

»Um Himmels willen, du bist völlig zerkratzt – da, der Ärmel ist aufgeschlitzt.« Tatsächlich klaffte der Jackenärmel an der Unterseite auseinander.

»Ist nicht schlimm.« Sie zog den Ärmel schützend über dem Arm zurecht.

»Das reicht, wir gehen zurück.« Sieberts fahrige Hände tasteten weiter über ihren Körper, als müsste er sich von ihrer Unversehrtheit immer wieder aufs Neue überzeugen.

»Wahrscheinlich wartet Ursula bei einem Glas Wein an der Bar und wundert sich, wo wir alle sind.«

Agnes schüttelte den Kopf, mittlerweile war sie sich sicher, dass Ursula in Gefahr war.

»Da war etwas im Wald …«

Siebert sah sie stumm an und sie hielt dem Blick stand. Er presste die Lippen zusammen. »Die Suche macht ohne Licht keinen Sinn mehr.« Er sah drein, als kostete ihm jedes Wort viel Überwindung. »Die Nacht bricht an. Komm.«

Sie ergriff seine ausgestreckte Hand und kam wieder auf die Beine. Aus den Augenwinkeln bemerkte sie im Zwielicht den Holzbären, und für einen Augenblick kam es ihr vor, als ragte etwas aus ihm heraus. Wahrscheinlich nur ein Ast, dachte sie und folgte Siebert hinterher. Bloß nicht in diesen unheimlichen Wald zurückbleiben.

16. Die warmen Lichter …

… des Hotels wirkten beruhigend auf Agnes‘ aufgewühltes Innenleben. Siebert gab sich zwar einsilbig, hatte aber immerhin Sorge für ihr Wohlergehen gezeigt. Wenige Meter vor dem Eingangsportal stürmte Ruth an ihnen vorüber, schlammverschmiert bis zur Schulter.

»Alles in Ordnung?« Siebert versuchte, sie aufzuhalten. Agnes hätte lieber nicht die Reue in seiner Stimme vernommen, rechnete allerdings nicht mit Ruths Reaktion. Abrupt blieb sie vor dem Portal stehen, fuhr herum und stemmte die Arme in die Hüften.

»Was kümmerte mich diese Ursula? Oder Josef, der wie ein Geisteskranker durchs Dickicht kriecht und mich allein lässt?« Ruth redete sich in Rage. Die Druckwelle ihrer Wut ließ Agnes einen Schritt zurückweichen. Ruth hingegen kehrte ihnen den Rücken zu und setzte ihren Weg fort. »Ihr könnt mich mal!« Sie riss die Tür auf und verschwand im Haus.

»Was hast du da bloß angerichtet.« Agnes schüttelte den Kopf und machte Anstalten ebenfalls in Haus zu gehen.

»Ich? Das war eine höfliche Frage!«

»Doch nicht das – Menschenskind, ihr beide habt was am Laufen.«

Für einen Moment sah Siebert sie mit leicht geöffnetem Mund an. »Da war nichts.« Unter Agnes' Blick begann er auf einem unsichtbaren Knochen herumzukauen. »Es gab unlängst eine Feier … aber wir hatten keinen Sex. Ich kann ihren Geruch nicht leiden.«

Das sollte sie ihm abnehmen? Welcher Mann widerstand einer Gelegenheit zu Sex, weil die Frau nicht ›gut genug roch‹?

»Du bist ein freier Mann, also was soll's.« Neugier war ein schlimmes Laster und ehe Agnes: ›Mach das nicht!‹ denken konnte, war die Frage auch schon über ihre Lippen: »Verwendet sie etwa kein Deo?«

Siebert rollte die Augen und kniff den Mund zusammen, als wollte er eine Antwort verhindern. »Das ist es nicht.«

Sie standen unter dem Vordach des Hoteleingangs, in einem guten Meter Abstand voneinander. Der Regen prasselte auf die Scheibe – der Soundtrack zu ihrem Melodrama. Stumm starrten sie einander an. Letztendlich seufzte Siebert geschlagen. »Eine Frau kann auf köstliche Weise verschwitzt sein.« Er räusperte sich und wandte sie dem Berghang zu. »Ich ›brauche‹ deinen Duft, – das ist mein Problem.«

Damit drehte er sich um und verschwand im Hotel. Völlig

perplex blieb Agnes zurück. Versuchte seine Worte zu rekapitulieren und daraus schlau zu werden. Fehlanzeige. Ein Teil von ihr jubilierte, ein anderer litt unter Sieberts Abscheu hinsichtlich ihrer ungewollten Verbindung. Sie gehörten – aber – sie passten nicht zusammen. In ihren Augen brannten Tränen. Um nicht laut zu schluchzen, hob sie die Hände zum Mund. Schmerz durchzuckte ihren Arm. Ein Blick auf den blutdurchtränkten Ärmel genügte.

17. Beim Abendessen herrschte …

… eine unselige Stimmung. Obwohl die Tische zu einer gemeinsamen Tafel zusammengerückt waren, kamen kaum Gespräche auf. Die meisten Seminarteilnehmer aßen stumm, standen auf, um sich Nachschub zu holen und setzen sich anschließend genauso schweigsam wieder dazu. Es fehlte bloß Wei Xu, der die Mahlzeit ausfallen ließ. Serge wirkte etwas verloren ohne seinen Meister, fühlte sich allerdings berufen, das Kopfende des Tisches zu übernehmen.

Susanna saß neben Agnes und räusperte sich. »Ich muss das jetzt einfach sagen: Schrecklich, dass Ursula verschwunden ist.«

»Was glaubst du, warum wir alle schweigsam sind?« Kurt zu Agnes‘ Rechten sah beim Reden kaum vom Teller auf.

»Darum geht's ja – wir müssen über unsere Gefühle *reden*.«

Kurt stöhnte gequält in das Stück Apfelstrudel auf der Gabel vor sich. »Je länger ich hier bin, umso wundervoller erscheint mir mein Mauserl daheim. Als hätte sie's geahnt.«

Susanna sprach unbeirrt weiter. »Statt Meditation würde ich Gebete empfehlen, vielleicht einen kleinen Wortgottesdienst. Dabei können wir Carla gedenken sowie um Ursulas Rettung bitten.«

»D-du bist religiös?« Josef, der bislang kein einziges Wort gesprochen hatte, wirkte skeptisch. Er saß Susanna gegenüber und lehnte sich gegen die Lehne seines Stuhls.

»Ich dachte lesbisch genügt.« Uwes Einwurf sorgte bei einigen am Tisch für Heiterkeit, was Agnes' Blutdruck in die Höhe trieb. Was hatte Uwe für ein Problem? Sie hörte Siebert knurren, der neben Kurt saß. Und natürlich klebte Ruth an seiner Seite. Agnes mied es, den Kopf in seine Richtung zu drehen.

»Sei kein Arsch, Uwe, lass sie in Ruhe.« Siebert sprach betont ruhig, wenngleich unterschwelliger Zorn deutlich mitschwang.

»In solchen Zeiten kann einem der Glaube sehr helfen.« Karin hatte den Platz gegenüber von Siebert eingenommen, natürlich neben Claudio, an ihrer anderen Seite Manuela, die überaus schweigsam in ihrem Essen stocherte. »Claudio war ja im Priesterseminar – bestimmt könnte er uns anleiten.« Ihre Hand legte sich auf Claudios Unterarm. Er schmunzelte und warf Agnes einen Blick zu, der sagte: Da hättest du früher zugreifen müssen! Seine Augen glitten tiefer, verweilte kurz bei ihrem Busen und blieben am Arm hängen. Der Verband lugte unter dem hochgeschobenen Ärmel ihres Pullis hervor.

»Hast du dich verletzt?«

»Nur ein Kratzer.« Überrascht von Claudios Frage zog Agnes den Ärmel herunter. »Der Verband soll bloß die Wunde über Nacht reinhalten.«

»Zeig mal her.« Er streckte fordernd die Hand aus.

Mehrere Augenpaare richteten sich auf Agnes, auch Siebert lehnte sich über Kurt hinweg zu ihr. »Das habe ich im Wald gar nicht gesehen. Ist es schlimm?«

»Da muss ein Profi ran.« Ganz offensichtlich meinte Claudio damit sich selbst.

Agnes sah das anders. »Die Wunde ist gut versorgt. An der Rezeption habe ich Desinfektionsmittel und den Verband bekommen.«

Gleichzeitig raunte Siebert: »Der Verband bleibt drauf.«

»Ich habe mit ihr gesprochen.«

Claudios unterschwellige Aggression griff auf Agnes über, doch sie wehrte sich dagegen und hob beschwichtigend die Hände. »Zuviel Testosteron, Jungs. Das war bloß ein Ast. Nichts Ungewöhnliches bei Sturmwetter.«

Karin begann verunsichert über Claudios Schulter zu rubbeln. »Lass gut sein – wir sind alle angespannt.«

Siebert schenkte Karin keine Beachtung. »Das kann unmöglich der Ast gewesen sein, der lag zu weit von dir entfernt. Der Schnitt in deinem Ärmel lässt eher auf ein Messer schließen.«

Ein Rauschen breitete sich in Agnes' Kopf aus und begann alles andere zu übertönen. Vor ihrem inneren Auge wiederholte sich die Situation im Wald. Dieses sirrende Geräusch … über ihr der Bär …

»Das war kein Unfall.« Siebert fixierte sie mit seinem Blick. Sie hörte ihn wie durch eine Glasscheibe sprechen. »Wieso ist Carla plötzlich gestorben? Warum ist Ursula verschwunden? Jetzt deine Verletzung? Denk nach, Agnes, was steckt dahinter?«

»Also ob Agnes das weiß.« Karins herablassende Worte registrierte Agnes lediglich am Rande. Was Siebert hingegen gesagt hatte, löste eine Kettenreaktion aus. Carla, Ursula und sie selbst. Die Verbindung war …

Claudio verzog spöttisch den Mund. »Der Herr Rechtsanwalt macht sich wichtig.«

Karin tätschelte beruhigend seine Hand. »Da musst du einfach drüberstehen. Siebert ist in seiner spirituellen Entwicklung noch nicht weit – er steckt voll im Ego-Prozess fest.«

»Kannst du mal das Maul halten?«, platzte Kurt heraus, ehe sonst jemand etwas erwidern konnten.

»Meinst du etwa mich?« Karins Gesicht war bar jeder Spiritualität.

»Halt selbst das Maul«, geiferte Claudio. Mit hochrotem Kopf nickte er in Richtung Siebert. »Wenn der Agnes vögeln kann, wird er wohl auch für sich selbst reden können!«

Im nächsten Moment fiel ein Stuhl polternd zu Boden – Siebert sprang auf, langte über den Tisch und packte Claudio am Shirt. Geistesgegenwärtig sprang Kurt dazwischen, hielt die beiden mit ausgestreckten Armen auf Distanz. »Stopp! Reiß dich zusammen, Bertl!«

Im Wintergarten hätte man das Trappeln kleiner Mauspfoten auf dem Fliesenboden hören können. Alle Aufmerksamkeit konzentrierte sich auf die drei Männer. »Entschuldige dich sofort bei Agnes.« Eine Ader pulsierte an Sieberts Schläfe.

Instinktiv eilte Agnes um Kurt herum und legte Siebert die Hand auf den unteren Rücken. »Lass es, Siebert, hier ist schon genug passiert.« Sie atmete tief durch, um selbst Herrin ihrer Emotionen zu werden und da bemerkte sie in Sieberts Augenwinkel ein geplatztes Äderchen. »Einblutung.« Das Wort kam ihr über die Lippen, ohne dass sie es merkte. Was war sie dumm gewesen!

»Jetzt ist Agnes übergeschnappt«, murmelte Karin mit hochgezogener Augenbraue.

»Ich habe etwas zu sagen. Euch allen.« Agnes blickte in die Runde, zuletzt Richtung Claudio und Siebert. »Setzt euch.«

Die Autorität in ihrer Stimme tat ihre Wirkung. Widerwillig hob Siebert den Stuhl auf und nahm, genauso wie Kurt und Claudio, Platz. »Ursula hat mir heute Morgen etwas erzählt.« Agnes zögerte kurz angesichts der Aufmerksamkeit, die sich nun auf sie konzentrierte. »Es hat womöglich mit ihrem Verschwinden zu tun.«

»Wie meinst du das?« Siebert schien das Schlimmste zu erwarten. Und er hatte recht. Dieser Zwischenfall im Wald – was immer ihre Jacke aufgeschlitzt hatte, hätte sie umgebracht, wäre sie nicht in Deckung gegangen. Es gab nur eine Möglichkeit sich aus der Schusslinie zu bringen. Jetzt und hier. Vor der versammelten Meditationstruppe.

Das Spiel nahm seinen Lauf und jeder einzelne Zug entschied über Leben oder Tod.

»Ursula sind an Carlas Mund Blutungen an den Schleimhäuten aufgefallen. Sie kannte das von der Klinik.«

»Was bedeutet das?« Uwes Gesicht war aschfahl. Auch alle anderen saßen starr vor Anspannung und reckten die Köpfe, um Agnes zu sehen.

»Das bedeutet: Carla wurde möglicherweise vergiftet.« Bewusst wählte Agnes eine neutrale Formulierung, wollte sich langsam an die Kernaussage annähern.

»Eine …« Karin stammelte, konnte den Satz nicht beenden. Agnes sprang ein.

»Vergiftung.«

»W-was Schlechtes gegessen?« Josef schob sich die Brille auf die Nasenwurzel, bis sie in die Haut gedrückt war und klang nicht weniger entsetzt als Karin.

»Ursula meinte Gift.« Agnes sah eindringlich von einem zum anderen. »Richtiges Gift.«

»Ist das wahr?« Karin blickte verwirrt von Josef zu Agnes. »Du willst sagen, jemand hat Carla … und dann Ursula …«

»Vielleicht.« Einmal laut ausgesprochen, wirkten die Worte selbst wie Gift. »Wir müssen diese Möglichkeit angesichts Ursulas Verschwindens in Betracht ziehen.«

Alle starrten auf Agnes. Siebert, Kurt, Uwe, Serge, Robert, Renata, Josef, Ruth, Susanna, Almut, Manuela, Claudio, Karin und Ruth.

»Einer aus unserer Gruppe könnte ein Mörder sein«, sprach Kurt aus, was von nun an als Schreckensgespenst durch die Köpfe der Anwesenden spuken würde.

18. Agnes lag im …

… Bett, schien in der tintenschwarzen Dunkelheit des Hotelzimmers zu schweben. Sie meinte Vibrationen im Boden zu spüren, sogar die Beine kribbelten voller Unrast. Panikattacke. Irgendwie musste sie ohne Medikamente durch die Nacht kommen. Ein hochgestecktes Ziel, angesichts der gegenwärtigen Bedrohung. Ohne ihre Träume hätte sie die Ereignisse heruntergespielt, nicht geglaubt, dass ein Verbrechen dahintersteckte – doch nun konnte sie die Augen nicht vor der Realität verschließen. Es waren Warnungen, ob es Siebert gefiel oder nicht.

Sei Beobachterin – nicht ängstlich, auch nicht Belladonna … Carlas Stimme sprach in ihrem Kopf. Das hatte noch gefehlt. Aber gut – Beobachterin sein. Das bedeutete: nicht denken. Sie starrte in die Schwärze, leerte ihre Gedanken. Carlas Gesicht erschien, daneben Sieberts. Ursula löste die beiden ab. Ein Kursteilnehmer nach dem anderen tauchte aus dem Nichts auf, wurde kleiner, verschwand. Kein Leid, kein Schmerz, keine Euphorie der Hormone. Schlaf trug sie hinaus in den Fluss der Zeit.

19. Alphons – 14. Juni 1889

Gladys Arden stach die Nähnadel durch den feinen Batist, der über den Stickrahmen gespannt in ihrer Hand lag. Nahe am Fenster hatte sie ausreichend Licht für die Handarbeit. Ihr flachsfarbenes Haar trug sie in einem schlichten Knoten im Nacken, der von einem dezenten Stehkragen mit Samtschleife eingefasst war. Thessa hingegen saß am Kamin der Bibliothek in einem atemberaubenden Seidenkleid, die Hände im Schoß gefaltet und den Blick nachdenklich auf die Flammen gerichtet. Alphons beobachtete seine Angebetete voller Anspannung. Karten lagen in Viererreihen vor ihr auf dem Beistelltisch, eine Geschichte bergend, die nur Eingeweihte lesen konnten. Das feuchtkalte Wetter hinderte Thessa daran, ihre Abenteuer im Morgengrauen erneut aufzunehmen. Alphons allein wusste, wie sehr sie diese Freiheit brauchte. Das Wetter spiegelte allzu treffend die Stimmung der Sommergesellschaft auf Schloss Hinterleiten wider. Seit dem Tod Gaya Utsteins herrschte höchste Anspannung unter den Bewohnern. Zumal die amourösen Bande zwischen Thessa und Alphons nicht unbemerkt geblieben waren. Heimliche Treffen wurden zunehmend problematischer, und doch waren sie das Salz in ihrer beider Leben geworden. Selbst die Trauer um Gaya trat in den Schatten des gegenseitigen Verlangens. Nathaniels Bitte, bei der Suche nach Gayas Mörder mitzuwirken, hatte ihnen eine weitere Möglichkeit für offizielle Begegnungen ermöglicht.

»Wir kommen einfach nicht voran«, sagte Thessa so unvermittelt, dass Gladys zusammenzuckte und einen spitzen Ton von sich gab. Ein Blutstropfen erschien auf ihrem Zeigefinger.

»Dann waren wir nicht gründlich genug.« Gladys zuckte mit den Schultern und saugte am Einstich.

»Falls Gaya nicht das Ziel des Mordanschlages gewesen ist – wen sollte es treffen?« Thessa erhob sich voller Ungeduld. Die Seide ihres Rocks raschelte bei jedem Schritt. »In den Karten finde ich keine eindeutige Antwort.« Sie stand an der Fensterfront, wirkte entschlossen, dem Rätsel auf die Spur zu kommen.

»Du hast einen Verdacht?« Alphons spürte die Angst hinter ihrer Standhaftigkeit und hätte sie am liebsten in den Arm genommen. Zuerst presste sie die Lippen zusammen, dann nickte sie stumm. »Gehen wir den Abend nochmals durch.« Thessa massierte sich die Schläfen. »Wer hatte Gelegenheit Gayas Champagner zu vergiften?«

»Der Personenkreis ist überschaubar«, meinte Alphons.

Thessa zählte die inkriminierten Personen auf: »Gladys und ich, Nathaniel, Gaya, Philomena – meine Schwägerin, Alfred – mein Schwager, Ewald – mein hartnäckiger Verehrer, Margarethe – deine Gemahlin gemeinsam mit dir. Es wurden Kanapees gereicht, die ich verschmähte. Mein Korsett war zu eng geschnürt, selbst ein Brotkrümel hätte mich erdrückt.« Gequält seufzte sie auf und strich über ihre schmale Taille – ein Anblick, den Alphons gierig in sich aufsog.

»Gaya redete unablässig und aß nichts.«, meldete sich Gladys zu Wort.

»Bleibt der Champagner.« Alphons zwang den Blick zurück zur Gesellschafterin, sehnte sich ein Glas Port zur Beruhigung herbei. »Konzentrieren wir uns auf Philomena, Alfred und Ewald. Versuchen wir die Szenerie nochmal zu durchleben. Wie verteilten sich die Gläser?«

Die stille Gladys war eine vorzügliche Beobachterin mit einem beinahe fotografischen Gedächtnis. Sorgsam legte sie die Stickerei zur Seite und schloss die Augen.

»Ich stand etwas abseits.« Sie legte den Kopf etwas schief.

»Sah aber deutlich Ewald von Bertelsheim als auch Alfred von Helig ein Glas für die Damen herbeischaffen.«

»Es ist nur natürlich für das Wohl der Damen zu sorgen«, unterbrach sie Alphons.

»Ihr habt der Baronin Thessa Euer Glas gereicht, Alfred von Helig gab mir seines und Ewald«, setzte Gladys unbeirrt fort, »Moment, da war dieser Zwischenfall: Gaya Utstein stieß den Diener an und die schönen Kristallgläser zerschellten am Boden.«

Alphons schnalzte ungeduldig mit der Zunge und trat neben Thessa. Ihr Duft setzte für Sekunden sein Denken lahm. Eine Armeslänge entfernt, und doch unerreichbar – welch eine Pein!

»Ewald hat sein Glas Philomena in die Hand gedrückt, sobald Gaya erneut zum Singen ansetzte.« Thessas wissendes Lächeln überzeugten Alphons davon, dass sie in ihm lesen konnte. Er räusperte sich.

»Nathaniel gab Gaya sein Glas. Jedoch hat er sie nie und nimmer vergiftet, das anzunehmen ist grotesk.«

»Von wem hatte eigentlich Baron Rothschild sein Glas?«, fragte Gladys gerade heraus. Das Graugrün ihrer Augen hatte einen gespenstischen Schimmer. Unbehaglich wich er ihrem Blick aus.

»Von einem Lakaien, denke ich.« Thessa hob die Augenbrauen und Alphons schüttelte vehement den Kopf.

»Nein, Ewald von Bertelsheim reichte es ihm, dessen bin ich sicher. Doch wie hätte er das Gift hineingeben können, vor aller Augen?«

»Während des Tumults lag alle Aufmerksamkeit bei Gaya und dem Diener.« Thessas Brust hob und senkte sich vor Aufregung. »Der ideale Zeitpunkt, eine Flüssigkeit oder ein Pulver in Nathaniels Glas zu leeren.«

»In der Renaissance waren Giftmorde in Mode «, spann Alphons den Faden weiter. »Eine unauffällige Handbewegung und die böse Tat ist vollbracht.«

»Als Zeitpunkt, zu dem das Gift in Nathaniels Glas gelangt ist, nehmen wir also diesen Tumult an.« Alphons blickte zu Gladys. »Wer stand ihm am nächsten?«

Gladys hielt die Augen geschlossen. Alphons konnte sehen, wie sich ihre Augäpfel unter den Lidern bewegten. »Es hielten sich Ewald von Bertelsheim und Alfred von Helig unmittelbar neben dem Baron auf. Und Margarethe von Frowald.« Die leise gemurmelten Worte trafen Thessa und Alphons nur umso härter. Gegen Familie und Freunde ermitteln zu müssen, erschreckte sie zutiefst.

»Hast du Nachrichten erhalten betreffend Bertelsheim?« Thessas Frage quittierte Alphons mit einem Nicken.

»Mein Freund in Wien berichtet mir über Ewalds Situation; sie ist überaus prekär. Die Gläubiger werden ihm auf kurz oder lang die Türen eintreten. In Wien erhält er keinen Kredit.« Für die nächste Information holte Alphons tief Luft, rieb sich den Nacken. »Seine letzte Hoffnung ist es, eine gewinnbringende Ehe zu schließen.«

Nachdenklich blickte Thessa ins Feuer. »Er hat in der Tat um meine Hand angehalten«, sagte sie schließlich und Alphons sah seine größte Angst manifestiert.

»Du hast ihn abgewiesen, nicht wahr?« Herrgott, warum zitterte seine Stimme so verräterisch?

»Das war zu Beginn des Sommers. Damals hatte ich einige Probleme mit Geschäften an der Börse, die ich als Frau nicht tätigen konnte. Er hat mich in dieser Situation unterstützt und wir sind uns dabei nähergekommen.« Alphons' entsetztes Gesicht ließ Thessa rasch weitersprechen. »Nicht zu nahe, versteh mich nicht falsch. Ich empfand Dankbarkeit für seinen Beistand. In einer Welt, die ganz und gar auf Männer zugeschnitten ist, unentbehrlich.«

»Also hast du eingewilligt?«

»Ich sagte, ich wollte es mir überlegen und ließ die Sache auf sich beruhen. Er war so hilfsbereit und ich konnte ihm unmöglich das Herz brechen.« Alphons schwante, was dahinter steckte.

»Herz.« Er schnaubte. »Hast du ihm Geld anvertraut?«

»Ja.« Thessa kniff die Augen zusammen.

»Hast du es wiederbekommen?« Alphons raufte sich ie Haare. »Hast du Belege erhalten?«

Sie zögerte. »Zum Teil. Was meine Investitionen angeht, habe ich entsprechende Papiere. Ich habe ihm einen gewissen Betrag geliehen, um eigene Geschäfte zu forcieren. Das war nur gerecht, nachdem er sich meiner Geldangelegenheiten angenommen hatte.«

Alphons stieß ein ärgerliches Keuchen aus, lief im Salon auf und ab. Dieser Heiratsschwindler hatte Thessa mit Sicherheit um einen ansehnlichen Betrag gebracht. Es blieb Ewald gar nichts anderes übrig, als sie zu einer Heirat zu überreden. Doch warum um alles in der Welt sollte er Nathaniel ermorden wollen?

»Da steckt ihr!« Die Tür sprang auf und die voluminöse Gestalt von Baron Rothschild füllte den Rahmen aus. »Kinder, wir müssen endlich in dieser Sache vorankommen. Die Gazetten hören nicht auf, abstruse Theorien rund um Gayas Tod aufzustellen. Sie haben tatsächlich nichts Besseres, um ihre Schmierblätter zu füllen.«

»Du kommst gerade recht.« Alphons machte einen Schritt auf ihn zu. »Hat Ewald von Bertelsheim bei dir Schulden?«

»Du meinst – er?«, kombinierte Nathaniel sofort und seine Augen weiteten sich mit Schrecken. Rasch warf er die

Tür ins Schloss, um neugierige Ohren auszusperren. »Nun, ich habe ihm mit einer nicht geringen Summe ausgeholfen.« Auf den Gehstock gestützt, ließ sich Nathaniel nächst Gladys aufs Kanapee nieder. »Jedoch habe ich das Geld bislang nicht eingefordert. Warum sollte er mir den Tod wünschen?«

»Wir sind Freunde – ich schäme mich für diese Gedanken.« Thessa kehrte zum Kamin zurück und raffte die Tarotkarten zusammen. Eine Karte fiel zu Boden. XV – Der Teufel. Sie keuchte entsetzt auf.

»Freunde also«, begann Alphons in Gedanken versunken. »Als Nathaniel mich dir vorgestellt hat, pries er dich in den höchsten Tönen – fast, als wäre er verliebt.«

»Das ist einfach seine Art.« Thessa schob die Karte zurück ins Deck ohne aufzusehen. Der Baron brummte verlegen und bat Gladys um einen Portwein. Thessa gab Gladys ein Zeichen sitzen zu bleiben und füllte selbst ein Glas für Nathaniel.

Alphons verlor sich von seinem Fensterplatz aus in der Betrachtung von Nathaniel und Thessa, gemeinsam vor dem Kamin, sah, wie sie ihm das Glas reichte. »Nathaniel, Freiherr von Rothschild, einer der begehrtesten Junggesellen der europäischen Gesellschaft, schwärmt offiziell von einer schönen Frau«, sinnierte er und wurde jäh unterbrochen.

»Ist damit in meinem Alter immer noch keine Ruh!«, echauffierte sich Nathaniel.

»Freund, bei deinem Vermögen werden dich die Frauen bis ins Grab jagen.« Ins gemeinsame Gelächter ließ Alphons seine Schlussfolgerung fallen. »Meine Gemahlin ist stets am letzten Stand der aktuellen Gerüchte – man munkelt, Thessa hätte Chancen bei dir. Für Ewald stellt sich die Situation vielleicht so dar: Solange Thessa Aussichten auf eine Heirat mit dir hat, wird er mit Sicherheit nicht zum Zuge kommen.«

Thessa schnaubte wenig damenhaft und Nathaniel kicherte.

»Niemals würde ich mich einer jungen Frau zumuten wollen. Ich habe meine Gewohnheiten, die ich nicht aufzugeben gedenke. Verzeih', meine Liebe.« Mit einem Schmunzeln auf den Lippen nahm Tessa die Entschuldigung entgegen.

»Deine Haltung ist durchaus exzentrisch.« Alphons hob entschuldigend die Hände. »Ewald wird nicht damit rechnen und um seine letzte Chance bangen.«

Nathaniels Gesicht verwandelte sich zurück in das des Geschäftsmannes. »Wie brisant ist seine Situation?«

Alphons lehnte sich gegen die opulente Bücherwand. »Der Bankrott steht kurz bevor. Diesen Sommer muss Ewald von Bertelsheim seine Finanzen sanieren, oder …«

»… der Freitod«, flüsterte Thessa.

»Alles oder nichts. So sind die Regeln.«

Vor der Tür war ein Scharren zu vernehmen. Zwei Dienstmädchen traten mit dem Nachmittagstee ein. Eine schiere Ewigkeit lang rückten sie Tassen, Kannen und Teller auf dem Kamintisch zurecht, ehe sie einen Knicks andeuteten und verschwanden. Kaum waren die Schritte der Mädchen verklungen, spann Alphons seine Gedanken weiter. »Thessa, was kannst du über Alfred von Helig berichten?«

»Alfred verliert eine Menge Geld beim Glückspiel.«

»Hat er dir gleichfalls einen Antrag gemacht?«

»Nicht alle Männer dieser Erde wollen mich des Geldes wegen zur Frau nehmen«, erwiderte sie verärgert. »Aber ja, so ist es.«

»Sei versichert, auch ohne Vermögen würde jeder Mann dich zur Frau nehmen wollen, ob frei oder gebunden.« Ihre Blicke verschmolzen. Gebunden, natürlich. Niemals würde er sie vor Gott und der Welt sein Eheweib nennen dürfen. Ihr Glück blieb heimlich und verboten.

Die Zuckerdose klapperte in Gladys Händen. »Mir ist etwas eingefallen.« Ihre ansonsten blassen Wangen glühten. »Was, wenn das Ziel des Anschlags nicht der Baron, sondern Thessa war?«

»Wie kommst du darauf?« Das Entsetzen ließ Thessas Lippen bleich werden.

»Du gabst ihm dein Glas, um den Champagnerfleck abzutupfen.« Für Sekunden herrschte atemlose Stille.

Alphons fasste sich als erster. »Alfred ist ein eiskalter Spieler. Sobald du aus dem Leben scheidest, fällt dein Vermögen zurück an die Familie – also Alfred.«

»Weil meine Ehe kinderlos blieb«, ergänzte Thessa.

Nathaniel verschränkte die Arme vor der Brust. »Es wundert mich, dass er noch nicht zu uns gestoßen ist. Ansonsten bewacht er dich wie ein Hündchen.«

»Wie eine Bulldogge trifft es eher.« Gladys englischer Humor erheiterte die Runde. In aller Ruhe schenkte sie Tee ein und goss Milch in die Tasse ihrer Freundin.

»Die Bulldogge wird sich ihren Fleischknochen nicht nehmen lassen«, gab Alphons zu bedenken.

»Wir sprechen von Menschen der Gesellschaft.« Thessa leerte ein Löffelchen Zucker über ihrer Tasse aus und begann aufgebracht umzurühren. »Freunde, mit denen wir über Kunst und Philosophie diskutieren, in der Kirche beteten.«

Unrast erfasste Alphons. Nervös ging er im Zimmer herum. »Die Menschen sind in ihren Begierden alle gleich, sie unterscheiden sich nur durch ihre Gewohnheiten.«

»*Man is a wolf to his fellow man.*« Gladys Bemerkung fand Alphons' Beifall.

»Hier muss Thomas Hobbes beigepflichtet werden. Wenn es ans Eingemachte geht, ist Schluss mit Nächstenliebe – ganz gleich, wie oft der Gottesdienst besucht wird.«

Thessa sprang auf und rieb sich die Stirn. »Welch unerträglicher Gedanke – Alfred oder Ewald ein Mörder, des Geldes wegen!«

Gladys sah besorgt zu ihr. Die englische Antwort auf Kummer und auf jedwede Gefühlswallung schien nun mehr als angebracht.

»Dein Tee, liebste Freundin.« Gladys hielt Thessa die Tasse entgegen.

»Was täte ich nur ohne dich.« Dankbar drückte Thessa Gladys' freie Hand, ehe sie die Tasse entgegennahm.

Die Tür wurde unvermittelt aufgerissen und Alfred von Helig preschte in den Raum, Philomena im Schlepptau. »Wohlan, die Damen; Baron Rothschild«, grüßte er knapp, »schon wieder in Gesellschaft des Grafen Frowald? Was führt Euch neuerlich zu uns?«

»Mein lieber Helig, welche Laus ist über Eure Leber gekrochen?« Nathaniel wirkte sichtlich ungehalten über die Grobheit seines Gastes. Er setzte die Teetasse mit einem lauten Klirren auf dem Unterteller ab. »Dies ist immer noch mein Haus.«

Doch Alphons hatte sich bereits zur Tür begeben. Seine angespannten Gesichtszüge zeugten von Abscheu und angestrengter Beherrschung. »Ich empfehle mich – verehrte Baronin, Nathaniel; Miss Gladys.«

Thessa gebot Alphons mit einer Handbewegung Einhalt und starrte Alfred durchdringend an. »Lieber Schwager, was erregt dich dermaßen, dass du jegliche Umgangsformen vermissen lässt?«

Alfreds Reaktion hätte nicht ungehöriger ausfallen können. »Das fragst du noch? Alle zerreißen sich das Maul über dich und ihn.« Er zeigte auf Alphons, der sich erbost zu voller Größe aufrichtete.

Thessa positionierte sich zwischen den beiden Männern. »Die Herrschaften der feinen Gesellschaft haben wohl nichts Besseres zu tun.«

»Und schon wieder diese Karten.« Alfred deutete auf das Kartendeck am Beistelltisch. »Das muss ein Ende haben.«

»Wie meinen?« Thessas Contenance bröckelte. »Es steht dir nicht zu …«

»Wir reisen morgen ab.« Philomenas Einwurf ließ Thessa herumwirbeln. Ein Stückchen Kuchen verschwand soeben in Philomenas Mund. »Mit dir, meine Liebe.«

»Ich pflege abzureisen, wann es mir beliebt«, entgegnete Thessa kühl. Betont gelassen nahm sie wieder ihren Platz am Kamin ein und stellte die Teetasse ab.

Alfred hatte für ihren Einwand nichts weiter als ein geringschätziges Schnauben übrig. »Als Oberhaupt dieser Familie trage ich die Verantwortung dafür, dass unser ehrbarer Name nicht in den Schmutz gezogen wird.« Nun richtete sich sein Blick mit dem Ausdruck eines Raubtiers auf Alphons. »Und das werde ich unter allen Umständen tun.«

Die Art, wie er ›unter allen Umständen‹ betonte, machte Alphons klar, dass Alfred an Satisfaktion dachte.

»Zudem ist Cousin Lorenz ob deiner Umtriebe zutiefst besorgt«, mischte sich Philomena ein. »Du kennst sein Lieblingszitat aus der Bibel: *Eine Hexe sollst du nicht am Leben lassen.* Doch das wird dir seine hochwürdigste Exzellenz, Weihbischof Lorenz, heute Abend persönlich mitteilen. Und einiges mehr.«

Pfingstmontag, dritter Seminartag

1. Noch zwischen den …

… Grenzen von Traum und Wirklichkeit verloren, hob Agnes zögernd die Augenlider. Dort, wo die Decke von ihrer Hüfte gerutscht war, fror sie. »Verdammter Mistkerl.« Das Zimmer lag still in der Morgendämmerung, der Wind draußen war zur gewohnten Geräuschkulisse geworden. Sie rollte sich auf den Rücken, beobachtete eine Spinne an der Zimmerdecke. Bis zur Morgenmeditation war noch Zeit. Fragen formten sich: Wer war Alfred von Helig? Im Traum hatte sie seine Aggressivität körperlich fühlen können. Ihm war ein heimtückischer Mord zuzutrauen. Aber genauso verhielt es sich mit Ewald von Bertelsheim – der junge Mann verlor seine Existenz. Gänsehaut zog über ihre Arme. Agnes griff nach dem Kapuzenpulli. Das war mein Leben im Fin de Siècle, dachte sie und zog den Pulli über den Kopf, wieder ohne Aussicht auf ein gemeinsames Glück mit Siebert, alias Thessa; unendlich deprimierend. Heute wäre das Zusammenleben problemlos möglich und sie vergeigten die Chance.

Mit einem frustrierten Brummen schlüpfte sie aus dem Bett, brühte Assam auf und zog sich an. Am Schreibtisch warteten das Notizbuch und die Pendeltabellen. Alles in ihr gierte danach, endlich das Pendel aus dem Beutel zu holen und Gewissheit zu erlangen. Rasch fügte sie dem Tee Milch und Rohrzucker hinzu, dann war es so weit: Die Spitze des Messingtropfens hing schwer über der Pendeltabelle. »Ist Alfred Helig in der Gegenwart jemand aus der Seminargruppe?«

Das Pendel begann zu vibrieren, als stünde es unter Strom. Agnes erkannte sogleich ihren Fehler. Sie schob die

Tabelle weg und fragte erneut. Nun da das Pendel frei über der Tischplatte hing, ohne von vorgezeichneten Pfeilen eingeschränkt zu werden, begann es horizontal auszuschlagen. Das bedeutete: Ja. »Wer ist es?« Sie hielt nun die Pendelspitze über das Zentrum der Pendeltabelle. »Der erste Buchstabe des Vornamens?« Das Pendel schlug kräftig aus und zeigte ›C‹ an. »Zweiter Buchstabe des Vornamens?«, fragte Agnes und das Pendel schwang diesmal auf ›L‹. »Ist es Claudio?« Die Heftigkeit des Pendels verdutzte sie. »Claudio.«

Mittlerweile wusste sie, dass Inkarnationen ihr Karma ändern konnten. Einstige Verbrecher konnten in der Gegenwart eine geläuterte Existenz führen. »Wer ist Ewald von Bertelsheim in diesem Leben?« Langsam setze sich das Pendel wieder in Gang – und versetzte Agnes in Staunen.

2. Die Gäste am …

… Frühstücksbuffet zeigten keine Eile. Draußen regnete es, die Straße war nach wie vor von der Mure verschüttet und außer essen blieb nicht viel zu tun. Ramona blickte über die Tische und fühlte sich ausgesprochen belebt. Eine Leiche plus eine Vermisste – das machte zusammengenommen einen perfekten Fall. Der Tatendrang stimulierte ihre Sinne. Wo blieb Kurt? Er schien in diesem Haufen Spinnern der einzig normale Mensch zu sein – kein Wunder, schließlich war er Jurist und sprach ihre Sprache. Dabei geistreich und witzig. Ihn wollte sie ganz genau ›befragen‹. Ramona grinste in sich hinein. Regel Nummer eins: Netzwerk aufbauen. Der Orangensaft und das Rührei vor ihr langten nicht aus, Kaffee fehlte noch. Sie steuerte das Buffet an und frohlockte innerlich. Kurt stand neben dem Kaffeespender und erklärte mit ausladenden Gesten einer jungen Kellnerin im Dirndl, dass er in den nächsten zwei Minute einen doppelten Espresso auf dem Tisch haben musste, andernfalls sein Herz einfach stehenbleiben würde, was ihm bei der gegenwärtigen Wetterlage ohnehin keiner verdenken konnte. Das Mädchen hörte ihm mit breitem Grinsen zu. Den Stich der Eifersucht ignorierte Ramona, vielmehr ging sie zum Angriff über. »Herr Dr. Thesch, haben Sie einen Moment Zeit?«

Kurt drehte sich zu ihr um. Fasziniert starrte er zuerst ihr rosarotes Haarband an, lächelte aber im nächsten Augenblick. »Frau Mag. Greger – einen guten Morgen der bestaussehendsten Polizeijuristin vor Ort.« Sofort wandte er sich wieder der Kellnerin zu: »Zwei Espressi zu dem Tisch da drüben, – bist meine Lebensretterin, Vroni.« Das Mädchen deutete lachend, dass die Bestellung angekommen war und verschwand Richtung Schankraum. Nun war Kurt wieder ganz auf Ramona konzentriert, die ihm den Weg zu ihrem Tisch wies. »Ein Morgen ohne Kaffee, und ich meine ›Kaffee‹, nicht Spülwasser, ist wie eine Frau ohne Rundungen; sieht zwar am ersten Blick gut aus, aber die Kraft zum ›Aufstehen‹ fehlt mir komplett.« Er zwinkerte sie an und ihre Wangen röteten sich. Was für ein unverschämter Kerl – wenn sie dem bloß mal ihre Handschellen anlegen könnte!

»In espresso veritas«, erwiderte sie und registrierte mit Genugtuung sein Lachen.

»Prächtige Abwandlung von Alkäos!», erwiderte er vergnügt. »600 v. Chr. war die Droge der Griechen noch der Wein, aber hätten sie schon Kaffee gekannte, hätte sich dein Sinnspruch durchgesetzt.«

Sie hatten den Tisch erreichten. Galant rückte Kurt ihr den Stuhl zurecht und kaum saß er ihr gegenüber, stellte die Kellnerin die Espressi vor ihnen ab.

»Bitt‘ schön. Hab noch zwei Croissants mitgebracht.«

»Tausend Dank, Vroni – flink wie ein Reh!« Er drückte ihr einen Geldschein in die Hand, ehe sie wieder ging.

Ramona sah dem Geplänkel ungeduldig zu. »Dr. Thesch …«

»Geh’, Frau Magister, sagen wir doch ›Du‹ zueinander – am Berg ist das obligatorisch, oder?«

»Warum nicht.« Sie wog kurz die Auswirkung des Duzens auf ihre Autorität ab, war sich allerdings im Klaren, damit Kurt ohnehin nicht beeindrucken zu können. Sie seufzte. »Ich bin die Ramona.«

»Kein Grund zur Traurigkeit. Kurt.« Er hielt ihr seinen Espresso entgegen und stieß gegen ihre Tasse. »Ramona – wie der Hit aus den sechziger Jahren? Mega Ohrwurm!«

Sie musste auflachen. »Mit Kaffee habe ich noch nie aufs Du angestoßen.« Ramona kannte sich selbst nicht wieder. Egal was Kurt sagte, sie musste darüber lachen. Dieselben Aussagen hätte sie einem anderen Mann um die Ohren geschlagen, aber bei ihm kam jeder Scherz unschuldig und spitzbübisch zugleich an. Er machte einfach gute Laune. Heimlich beobachtete sie seine Bewegungen, wie er sich den Kaffeeschaum vom Mund leckte und mit den Händen durchs Haar fuhr. Hände sagten eine Menge über einen Mann aus und seine waren kräftig und gepflegt.

»Was kann ich für dich tun? Außer ein Croissant anbieten.«

Die Augenbrauen auffordernd hochgezogen, hielt er ihr das Körbchen entgegen. Wer konnte da widerstehen?

»Es geht um den Tod von Carla Draschy. Das Verschwinden von Ursula Zirbel wirft ein neues Licht auf den Fall. Gibt es was Neues?« Kurts Miene wurde schlagartig ernst.

»Wir haben gestern Abend überall nach ihr gesucht, im

Haus, im Wald – sind die Wege abgegangen, nichts. Beim Abendessen war sie nicht und jetzt beim Frühstück ebenfalls keine Spur.«

»Ich war in ihrem Zimmer«, sagte Ramona und zupfte eine Ecke des Croissants ab. »Sie teilt es mit Karin Haberl. Alle ihre Sachen sind da. Es fehlen lediglich Regenjacke und Schuhe.«

»Folglich ist sie rausgegangen und nicht mehr zurückgekommen«, fasste Kurt zusammen und runzelte die Stirn. »Die Muren. Überall Schlamm. Ein Unfall höchstwahrscheinlich.«

»Davon gehe ich fürs erste aus.«

»Wie kann ich helfen?«

Ramonas Herz flatterte. Genauso hatte sie sich das Gespräch gewünscht.

»Erzähle mir von den Leuten.« Sie räusperte sich, unsicher, wie Kurt zu diesem Thema stand. »Ich finde einfach keinen Zugang.« Aufgewühlt rührte sie mehr Zucker in ihren Espresso.

»Verstehe. Wo soll ich anfangen?«

»Was sind das für Leute. Aus deiner Sicht.«

»Über die Wei Xu-Gruppe kann ich sagen, wir meditieren. Nix Religiöses, nur sitzen ohne Denken, um Stress rauszunehmen. Sonst hätte mich der Bertl, also der Siebert Thal, nicht überreden können. Dazwischen machen wir Qi Gong-Übungen, die laufen unter ›Bewegungsmeditation‹. Das ist einfacher als die Sitzmeditation.«

»Die Gruppe von Carla Draschy macht dasselbe?«

»So ähnlich. Carla hat im Seminar auch eine Einführung in ihre Behandlungsmethode vorgesehen. Meditative Kinesiologie, oder so ähnlich. Da werden die Selbstheilungskräfte aktiviert, hat man mir erklärt. Geplant war, die Meditationen gemeinsam durchzuführen. Am Samstagabend ist Wei Xu nicht gekommen, nur Carla, und die ist dann bekanntlich tot vom Sitzkissen gefallen.«

Ramona nickte. Das entsprach alles den Informationen, die sie bislang selbst gesammelt hatte.

»Ich nehme an, das Seminar ist gelaufen?«

»Nein, Wei Xu macht weiter. Soll heißen, wer will, kann mit ihm üben.«

»Echt?« Ramona riss verblüfft die Augen auf. »Nach alldem macht er einfach weiter? Der hat Nerven.«

Kurt zuckte mit den Schultern. »Cooler Typ, irgendwie.«

»Wem's gefällt.« Sie zögerte, schließlich war Kurt auch Teil der Gruppe. »Irgendwie lächerlich, oder? Laufen in chinesischen Pyjamas herum und bewegen sich auf der Wiese wie Pantomimen.« Ihre Mundwinkel verzogen sich spöttisch und sie musste hart gegensteuern. Schließlich wollte sie Kurt nicht beleidigen. Den brauchte sie noch, in mehr als einer Hinsicht.

»Stimmt, Yoga-Klamotten sind schärfer.« Kurt lehnte sich mit einem spitzbübischen Lächeln zurück. »Du solltest mich mal in der Krieger-Pose sehen. Andererseits meditieren Menschen nachweislich seit 2600 Jahren. Kann also nicht ganz so blöd sein, wie du denkst.«

»So habe ich es nicht gemeint.« Volllandung im Fettnäpfchen, schalt sie sich und pflückte Blätterteigschichten von ihrem Croissant. »Sie benehmen sich alle so – anders.«

»Tja, ›Anders‹ macht das Leben bunt«, stellte Kurt mit einem Zwinkern fest. »Aber ich muss zugeben, mit einigen tue ich mir schwer. Naturrituale, Kräutersammeln, Händeauflegen – das ist nichts für mich. Wie die meisten in der Gruppe will ich einfach was gegen den Stress tun.«

Es wurde interessant. Ramona hatte Mühe äußerlich gelassen zu bleiben. »Wen meinst du konkret?« Sie schob sich beiläufig ein Stückchen Croissant in den Mund und bemerkte Kurts Unsicherheit an der Art, wie seine Hände mit der Serviette zu spielen begannen. »Das habe ich nur am Rande mitbekommen. Karin Haberl auf jeden Fall, Ruth, Almut und Susanna möglicherweise auch.«

»Was ist mit Agnes?« Ramona lag das Wiedersehen mit ihrer alten Rivalin noch schwer im Magen. Die ›geheimnisvolle‹ Agnes, von Männern angehimmelt und doch unnahbar. Bestimmt hatte sie längst den Seminarabend vergessen, an dem sie einen von Ramona aufgestellten Lösungsansatz mit einem einzigen Satz ausgehebelt hatte. Diese Demütigung hatte sie die Reputation vor ihrem angehimmelten Professor gekostet – und die Aussicht auf einen Assistentinnen-Job bei ihm.

»Weiß ich nicht.« Kurt wich mit einem Mal ihrem Blick aus. Log er etwa? Ihr Instinkt sagte ihr, dass er genau wie alle anderen Männer von Agnes fasziniert war. »Die Mädels sind vielleicht seltsam, aber im Grunde alle nett.« Er ruderte zurück, kaum dass die Sprache auf Agnes kam – na, wenn das nicht Bände sprach. Sie musste ihre Taktik ändern.

»Haben die etwas mit Satanismus oder Pantheismus zu tun?« Nachdem sich Kurts Mund unversehens öffnete, ohne wieder zuzugehen, fühlte sich Ramona verpflichtet, ihm etwas mehr Einblick zu gewähren. »Wir hatten vor einem Jahr einen Mordfall in einem Hexenzirkel, Wicca heißen die.«

Die Information trug nichts zu Kurts Beruhigung bei. »Mir wächst mit Sicherheit eine Warze am Arsch, so wie ich es mir mit den Ladys verscherzt habe.«

»Also hältst du es für möglich.« Ramona zog ein ledergebundenes Notizbuch aus ihrer Handtasche und notierte etwas. »Was ist mit dem engeren Kreis um Carla – gehört Agnes dazu? Was weißt du von denen?«

Mit verschränkten Armen saß er ihr gegenüber und schüttelte den Kopf. »Das solltest du besser jemanden aus deren Gruppe fragen.«

»Du kennst Agnes.«

Nervös überkreuzte er die Beine. »Sie war die Freundin von Siebert. Die beiden kommen mit Sicherheit wieder zusammen.« Seine Überzeugung bestärkte er mit munterem Nicken.

Zur Eifersucht gesellte sich jetzt in Ramonas Brust Neid. Agnes – das Lieblingskind der Götter. Die nächste Frage kam ihr etwas schärfer über die Lippen. »Gab es Meinungsverschiedenheiten? War Carla vielleicht ebenfalls auf Siebert scharf?«

»So ein Schmarren«, erwiderte Kurt entrüstet.

»Ich muss ja irgendwo anfangen.« Eigentlich sollte sie sich nicht verteidigen, wäre ihr bloß seine Meinung nicht so wichtig gewesen.

»Aber doch nicht bei Agnes.« Damit machte Kurt sie nur noch wütender.

»Warum? Ist die heilig?« Das war eine Spur zu schnippisch gewesen, bemerkte sie sofort und wollte einlenken. »Man darf bei den Ermittlungen niemanden ausschließen. Ich brauche deine Eindrücke – bei wem könntest du dir ein Motiv vorstellen?«

Kurt schien sich ein klein wenig zu entspannen und lehnte sich wieder zurück.

»Die Leute meiner Gruppe kannten Carla kaum, würde ich meinen. Was sollte es da für ein Motiv geben? Bei den anderen – nun, Karin war Carlas rechte Hand. Mit Agnes verband Carla eine Freundschaft, genauso mit Ursula. Josef war Carlas Klient, Uwe zudem ein Verehrer, und dieser Claudio, übrigens die Krätze in Person, kannte Carla erst seit Freitag.«

Nachdenklich blickte er sie an, was ihren Puls deutlich in die Höhe trieb. Im nächsten Moment geriet sie aus seinem Fokus. Kurt sah an ihr vorbei und winkte auffordernd. »Bertl!«, rief er, »Komm mit Agnes her!« Er wandte sich wieder ihr zu. »Agnes hat gestern Abend der versammelten Mannschaft etwas Wichtiges gesagt. Aber das soll sie dir selbst erzählen.«

Ramona wandte sich um und sah Siebert zusammen mit Agnes auf sich zukommen. Die beiden bewegten sich im Gleichklang, was sofort Ramonas Eifersucht neuerlich anheizte.

Siebert grüßte knapp während Agnes lediglich nickte. Das überraschte Ramona kein bisschen. Diese Schlange. Dennoch hob sie einladend die Hand und bat sie Platz zu nehmen. Die beiden stellten ihre Tassen vor sich ab und sahen sie fragend an. Kurt ergriff an Agnes gewandt die Initiative.

»Ramona macht sich Gedanken wegen Ursula. Du hast gestern Abend gemeint, sie hätte einen Verdacht wegen Carla gehabt.«

Ramona fühlte Agnes' Blick über sich gleiten. Unwillkürlich griff sie sich ans Haarband und schob es zurecht. »Unter den gegebenen Umständen repräsentiere ich die Exekutive – deshalb: Was hat Ursula Zirbel dir anvertraut?«

Wie erwartet, schürzte Agnes die Lippen und lehnte sich mit verschränkten Armen zurück. Zicke.

Agnes schaute ihr geradewegs in die Augen. Und was für Augen die hatte – man konnte sich der Dunkelheit darin kaum entziehen, selbst als Frau. Ramona musste sich unter der Tischplatte in die Hand zwicken.

»Carla war meine Freundin und ich werde alles tun, um Licht in die Sache zu bringen. Wenn du dabei helfen willst, ist mir das nur recht.« Ramona blinzelte irritiert und schwor sich, es dieser arroganten Schnepfe bei nächster Gelegenheit heimzuzahlen. Dadurch fiel es ihr unendlich viel leichter, aufmunternd zu nicken.

»Was weißt du?«

»Ursula hat in Carlas Mund Schleimhauteinblutungen bemerkt. Das hatte sie schon mal im Spital, bei einer Vergiftung.«

Ramona vergaß ihren Groll und richtete sich interessiert auf. »Vergiftung?« Sie konnte nicht anders, als näher an Agnes heranzurücken. »Welches Gift?«

»Kaliumcyanid.«

»Zyankali? Das ist ja der Hammer!« Ramona fühlte sich von der Neuigkeit stimuliert, zog jedoch sogleich die Augenbrauen zusammen und blickte Agnes herausfordernd an. »Wieso hast du mir das nicht schon längst gesagt?« Die Zicke zuckte bloß mit den Schultern und erwiderte völlig unverfroren ihren Blick. Ramona begriff, dass sie ihre Taktik ändern musste. »Was genau hat Ursula Zirbel gesagt? Auf welche Weise wurde Carla ihrer Meinung nach vergiftet?«

»Sie sagte nichts weiter.«

Mit dieser knappen Antwort wollte sich Ramona nicht abspeisen lassen. »Zyankali wirkt sofort. Was hat Carla unmittelbar vor der Meditation zu sich genommen – ein Bonbon, Kaugummi, Tee?«

»Daran kann ich mich nicht erinnern.« Kurt antwortete als erster, rutschte dabei auf seinem Stuhl hin und her. Warum fühlte er sich unwohl? Ramona sah neuerlich auffordernd zu Agnes, die sie mit verschränkten Armen vor der Brust ansah. »Während einer Meditation gibt es keinen Kaugummi. Carla hatte jedenfalls nichts im Mund, als wir mit der Reanimation begannen.«

Ramona schnaubte ungeduldig. Diesen Leckerbissen von einer Spur würde sie sich nicht entgehen lassen.

»Okay, vielleicht kommt die Erinnerung noch – bitte versucht euch zu erinnern.« Dabei blickte sie von einem zum anderen, um ihre Forderung zu bekräftigen. Als keiner etwas sagte, seufzte sie. »Wann hat Ursula Zirbel dir von diesem Verdacht erzählt, Agnes?«

»Gestern, nach dem Frühstück.«

Ramona kniff die Augen zusammen. »Wo war das – hier im Speisesaal?«

»Nein, in ihrem Zimmer, zwischen Tür und Angel.«

»War ihre Zimmergenossin dabei? Oder hat sonst jemand mitgehört?«

»Nein. Das heißt, jemand am Gang hätte möglicherweise mithören können.« Kurz hielt Agnes inne. Anscheinend fiel ihr etwas ein. »Ursula war sich nicht sicher und wollte Carlas Leiche nochmal ansehen.«

»Und – hat sie?«

»Ich habe sie danach nicht mehr gesprochen.« Ramona bemerkte die Tränen in Agnes' Augenwinkel.

»Jemand hat Blumen auf die Leiche gelegt. Warst du das?«

Agnes schüttelte den Kopf. »Ich wollte Ursula begleiten, doch sie meinte, ich sollte Carla nicht so sehen.« Ihre Stimme klang brüchig. Siebert scharrte mit den Füßen und sah Ramona grimmig an, als wollte er ihr an die Gurgel. Was ihr total egal war. Ihre Selbstverteidigungstechnik war exzellent.

»Geh die Szene noch mal durch: Ist es möglich, dass jemand euer Gespräch belauscht hat?«

Mittlerweile war Agnes' Gesicht aschfahl. »Als wir gingen, fiel eine Tür ins Schloss.«

»Wer bewohnt die Zimmer nebenan?« Ramonas Erregung stieg mit jeder Sekunde. Das konnte der entscheidende Hinweis auf einen Verdächtigen sein. »Irgendwo muss die Skizze der Zimmeraufteilung sein«, murmelte sie und begann im Notizbuch zu blättern.

»Ursula und Karin haben das Zimmer neben mir, Kurt und Siebert mir gegenüber«, half Agnes aus. »Claudio und Josef sind links im Nebenzimmer, Uwe neben Siebert. Eigentlich sind fast alle aus unserem Seminar auf demselben Stockwerk untergebracht. Auch einige von Wei Xus Gruppe.«

Ehrlich gestanden sah Agnes erbarmungswürdig aus – zum Glück war Ramona stolz darauf, härter als die männlichen Kollegen zu sein. Sie legte den Stift an die Lippen und lehnte sich zurück. »Warum hat Ursula gerade dich eingeweiht?«

»Weil wir Freundinnen sind.« Ramona ärgerte sich über Agnes' barschen Tonfall. Offenbar passte ihr diese Frage nicht.

»Nur deshalb?« Ihr Riecher sagte Ramona, dass hier definitiv etwas nicht in Ordnung war. Allein das Ausmaß, wie Sieberts Gesicht Farbe verlor, zeigte ihr, dass sie auf dem richtigen Dampfer war. Es dauerte eine ganze Weile, ehe Agnes antwortete.

»Ich habe schon mal bei der Aufklärung eines Mordes geholfen und mein Ex-Freund ist Kriminalbeamter. Das könnte ein Grund sein.«

»Tatsächlich.« Diese Offenbarung überraschte Ramona. Mit Sicherheit bildete Agnes sich ein, selbst in dem Fall ermitteln zu können. »Amateurdetektivin, sozusagen.«

»Kein Beruf für mich.«

Ramona sah ein Aufflackern von Schmerz in der Dunkelheit von Agnes' Augen, ärgerte sich aber viel zu sehr über deren Arroganz.

»Nun, jemand muss sich mit den Schattenseiten des Lebens auseinandersetzen, oder willst du in einer Welt leben, wo Mörder frei herumlaufen?«

»Als ob sie das nicht täten.« Schon wieder so eine schnippische Antwort. Ramona fühlte sich in ihrer Polizeiehre gekränkt und schlug zurück.

»Willst lieber die Mörder wegmeditieren, was?« Nachdem keiner lachte, räusperte sie sich verunsichert. »Wir schnappen fast alle. Von wegen ›perfekter Mord‹, bei mir nicht.«

»Ein Mord ist perfekt, wenn er nicht aufgedeckt wird. Du hast keine Ahnung, was ihr alles nicht aufklärt.«

Was bildete sich diese Frau ein – wollte sie, eine ausgebildete Polizeijuristin über Polizeiarbeit belehren? »Philosophieren kannst du mit deinen Meditationsfreaks.« Herausforderns starrten sie einander an.

»Das geht zu weit.« Siebert schob seinen Stuhl lautstark zurück. Damit antizipierte er Agnes' Bewegung, die ihrerseits Anstalten machte, aufzustehen.

»Entschuldigt, ich brauche frische Luft«, sagte Agnes, und an Ramona gerichtet: »Ich bin hier fertig.«

3. Die Kornsemmel, die …

… sich Agnes im Hinausgehen geschnappt hatte, schmeckte in der kühlen Morgenluft um vieles besser. Zwar war der Himmel nach wie vor wolkenschwer, aber wenigstens hatte der Regen eine Pause eingelegt. Ab und an fiel ein Tropfen vom Blätterdach auf ihr Haar, da wo sie sich am Waldrand mit gutem Blick ins Tal hingesetzt hatte. Die Erde roch so intensiv, als säße sie zwischen Steinpilzen anstatt auf einem umgestürzten Baumstamm. Den letzten Bissen Semmel kauend, lehnte sie sich an die Eiche in ihrem Rücken. Gedanken an Ursula tauchten auf. Sie sah ihr Gesicht, die strahlenden Augen, hörte ihr Lachen.

Du darfst nicht tot sein, dachte sie. Immer noch kein Lebenszeichen von ihr. Nichts als Blätterrauschen ringsum und allmählich kroch die feuchte Kälte unter ihre Jacke. Agnes rieb sich über die Arme und bemerkte aus den Augenwinkeln eine Bewegung. Sieberts Gestalt erkannte sie bereits von weitem; er steuerte die Hügelkuppe an und kam zügig näher, den Blick suchend in die Ferne gerichtet. Kaum hatte er sie ausgemacht, beschleunigte er das Tempo.

»Alles in Ordnung?« Er ließ sich neben sie auf den umgestürzten Baum nieder. Agnes' Herz flatterte wilder als ein Kolibri. Das dumme Ding ignorierte beharrlich ihre Niederlage. Anstatt zu zerbrechen, wollte es einfach weiterlieben.

»Du hättest mich nicht suchen brauchen.« Hastig wandte sie den Blick von ihm, voller Angst sich zu verraten.

»Schon mitgekriegt, dass ein Verrückter bei uns im Hotel wohnt?« Er überraschte sie mit seinem gereizten Tonfall. »Einer, der es womöglich auf dich abgesehen hat? Du solltest nicht allein herumlaufen.«

Sie seufzte und machte eine wegwerfende Handbewegung. »Jetzt nicht mehr. Dafür habe ich gesorgt.«

Siebert schnaubte ungeduldig. »Was ist los mit dir? Ich sehe dir die Sorgen doch an.«

Sie antwortete nicht, weil ihr Gefühlskuddelmuddel nicht in Worten zu fassen war. So entstand eine unangenehme Pause, in der Siebert die Arme vor der Brust verschränkte und auf ihre Reaktion wartete. Seine Gesichtszüge waren in den letzten Jahren härter geworden. Kein Wunder bei den Erfahrungen, die er ihretwegen hatte machen müssen. Nach einer weiteren Minute schnalzte er griesgrämig mit der Zunge und stand auf.

»Ich gehe nochmal mit den anderen Ursula suchen. Bist du dabei?« Die Kluft zwischen ihnen schien ihr unüberbrückbar und die Enttäuschung darüber schnürte ihr die Kehle zu. Als spürte er ihre Verzweiflung, wandte er sich nochmal um.

»Glaubst du, sie ist noch am Leben?«, fragte er.

»Ich weiß es nicht.« Eine Windböe peitschte Haarsträhnen quer über ihr Gesicht.

Seine Gesichtszüge wurden weicher. »Träumst du wieder – von uns?«

Zuerst zögerte Agnes, dann wurde ihr bewusst, dass nur Offenheit die Dinge zwischen ihr und ihm zum Besseren wenden konnten. Sie nickte. Der Wind ließ sie frösteln und sie stand auf. »Die Träume warnen mich – wieder einmal.« Mit wenigen Schritten hatte sie ihn erreicht und in stummer Übereinkunft gingen sie nebeneinander zurück zum Hotel.

»Es kommt ein Mord vor in deinem Träumen?«

»Ein Giftmord. Womöglich hat es die falsche Person erwischt.«

»Wie bei uns.« Sein Kehlkopf bewegte sich in einer Schluckbewegung, als wollte er sein Unbehagen auf diese Weise loswerden.

»Im Traum versuchen wir gemeinsam hinter das Geheimnis zu kommen.« Konnten sie es in der Gegenwart ebenfalls? Sie hielt den Atem an und wartete verstohlen auf seine Reaktion. Der Wind zerzauste sein Haar. Herrgott nochmal, wie sehr sie ihn liebte! Das war ihr noch nie so deutlich vor Augen gestanden, wie in diesem Augenblick. Er war der eine, der sie komplett machte. Genau wie es Platon mit den Kugelmenschen erklärt hatte. Man suchte ein Leben lang nach seinem Gegenstück und wusste Bescheid, sobald man es fand. Doch anstatt Siebert ihre Liebe zu gestehen, ging Agnes schweigend neben ihm, verfluchte Belladonna, die ihr diese Misere eingebrockt hatte.

4. Nebelschwaden zogen die …

… Wiese vor dem Seminarhotel aufwärts. Die Autos am Parkplatz waren mit Regentropfen überzogen und die Blumen in den Zierrabatten lagen niedergestreckt auf der Erde. Agnes zwang sich zu einem tiefen Atemzug. Der Ursula-Suchtrupp sammelte sich bereits vor dem Portal. Ein Seitenblick verriet ihr das Eintreffen von Ruth, die von der ersten Windböe getroffen, den Reißverschluss ihrer laubgrünen Regenjacke bis zum Kinn hochzog. Fast einen Kopf größer als Agnes, das Haar unter der Kapuze versteckt, hatte Ruth etwas von einem Bambusstab. Bambus mit schlechter Laune.

»Der untere Hang ist instabil, deswegen kann die Straße nicht geräumt werden«, verkündete sie in die Runde. »Der Flackl-Wirt meint, es könnten weitere Hänge ins Rutschen kommen bei all den Sturzbächen. Geht kein Risiko ein, klar? Rennt sofort weg, falls der Boden in Bewegung gerät.«

Kurt, der alle zusammengetrommelt hatte, begann die Suchtrupps einzuteilen. »Unbedingt in Gruppen zusammenbleiben. Reicht, wenn eine von uns verschwunden ist.«

Renata blickte zum Himmel auf. »Dann ist heute kein Qi Gong auf der Wiese?«

»Hast du einen Knall?«, fauchte Karin sie an. »Wo Ursula den zweiten Tag vermisst wird?«

»Vielleicht hatte sie einfach die Nase voll und ist runter zum Bahnhof.« Renata zog eine beleidigte Schnute. »Sie ist bestimmt längst daheim während ihr ein Drama vollführt.« Agnes sah die Zornflecken in Karins Gesicht und fürchtete in Kürze einer Runde Schlammcatchen beiwohnen zu müssen. Ohne zu zögern, stellte sie sich zwischen die beiden und hob beschwichtigend die Hände.

»Wir sind alle nervös, kommt runter.« Renata schnappte nach Luft und setzte zum Sprechen an, doch Agnes kam ihr zuvor. »Solange wir keine Gewissheit haben, müssen wir nach Ursula suchen. Vielleicht ist sie abgestürzt, hat sich ein Bein gebrochen, wartet auf Hilfe.«

»Es ist alles so schrecklich«, flüsterte Renata sichtlich beschämt und senkte den Blick. Ohne die anderen weiter zu beachten, hakte sie sich bei Robert unter.

Ihr Verlobter drückte ihr einen Kuss auf den Scheitel und wandte sich an Kurt. »Wir gehen den Weg ins Tal hinunter, soweit wir eben kommen.«

»Wir übernehmen den oberen Weg«, meldete sich Claudio zu Wort und ergriff Agnes' Hand. Völlig überrumpelt blickte sie auf. Auch Karin, die sich eben eine handgestrickte Mütze überziehen wollte, hielt inne. Agnes riss sich los und vergrub die Hände in der Jackentasche.

Dafür schob sich Siebert vor sie. »Agnes geht mit mir und Kurt.«

Claudio verkniff sich eine Erwiderung. Ein verächtliches Lächeln huschte über seine Lippen. »Wie du willst«, raunte er seltsam ernst. Agnes' Härchen an den Armen stellten sich auf. Beim nächsten Atemzug klang er schon wieder völlig normal. »Dann eben wir beide allein, was Karin? Ist ohnehin besser.« Er legte den Arm um ihre Schultern und erntete ein strahlendes Lächeln dafür. Die beiden verließen die Gruppe ohne ein weiteres Wort.

Wie ähnlich sie einander waren, dachte Agnes, während sie dem Paar nachsah. Nicht in Äußerlichkeiten, sondern in ihrer Bedürftigkeit nach Anerkennung und Bestätigung von außen. Ob sie das einander geben konnten?

»Wer macht den Panoramaweg?«, fragte Kurt. »Josef mit Ruth?«

Der Vorschlag veranlasste Ruth zu einem verächtlichen Schnauben. »Ich gehe mit Almut den Wanderweg Richtung Falkensteinhöhle, das haben wir längst ausgemacht.«

Kurt gab den Clown, machte kugelrunde Augen und seine Lippen formten ein leises: »Oh!« Viele mussten lachen, oder zumindest schmunzeln. Agnes war ihm unendlich dankbar für seine humoristische Ader. Ruth hingegen tat ihr leid. Wie sollte sie es ihr verübeln, sich in Siebert verliebt zu haben. Und gegen Kurts Charme gab es ebenfalls kein Rezept.

»Bleibt der Panoramaweg. Josef?« Kurt nickte auffordernd in dessen Richtung. »Wer geht mit ihm mit?«

»Ich gehe mit.« Serges getragene Stimme tönte vom Portal des Hotels heraus. Sie wandten sich um. In Wanderschuhen und Regenumhang füllte er gleich einer überdimensionalen kirschroten Fledermaus den Türrahmen aus. »Bereit zur Suche.«

Josef schob sich die Brille an die Nasenwurzel, bis sie in die Haut schnitt. Er wirkte um einiges selbstbewusster als sonst. »L-los, bevor es wieder sch-schüttet.«

Serges Umhang flatterte in einer Windböe, kaum dass er aus dem Hotel heraustrat und an Uwe und Susanna vorbeiging. Die beiden lehnten nebeneinander an der Mauer und führten eine leise Unterhaltung. War das die neue Paarung, die Uwe anstrebte?

Susanna räusperte sich. »Wir suchen natürlich auch.«

»Welchen Weg sollen wir nehmen?«, fragte Uwe und stieß sich von der Hausmauer ab. Er zog den Zipp seiner Jacke bis zum Kinn hoch und blickte hinunter zum Schloss. »Da runter?«

Susanna nickte zustimmend und knöpfte ihre gewachste

Naturfaserjacke zu. »Warum wundert's mich nicht, dass Wei Xu fehlt?«

Verblüfft über diese Äußerung wandte sich Agnes ihr zu. »Der Mann ist über siebzig – willst du den etwa über rutschige Wege jagen?« Seit Carlas Tod war Susanna nicht wiederzuerkennen. Nervosität schwappte von ihr herüber und ließ Agnes Herz rascher schlagen. Am liebsten wäre sie auf der Stelle losgerannt, um all das Adrenalin abzubauen.

»Der ›Meister‹ wäre auch nicht mitgegangen, wenn er lediglich dreißig Lenze zählte. Na ja, Hauptsache, wir tun etwas.« Sie schob Haarsträhnen unter die Kapuze.

Kurt deutete den Hang hinauf. »Seht ihr rund um den Stall nach.«

»Dann los«, brummte Uwe und sah zum Himmel. »Ist schon wieder verdammt finster da oben.«

Vor dem Hotel standen nur mehr Kurt, Siebert und Agnes. Entschlossen stülpte sich Siebert die Kapuze über den Kopf und ging voran. Gemeinsam mit Kurt marschierte Agnes ihm hinterher. Dieses Mal machte ihr seine Distanziertheit nichts aus. Ursula zu finden hatte Priorität, alles andere musste warten. Ihr Herz schlug aufgeregt gegen die Rippen. Die Wiese war bald überwunden und Agnes sprang über den Graben, jetzt ein Bachlauf, zum Waldweg hinunter. Von da waren es nur ein paar Meter, ehe sie wieder von Bäumen umgeben waren – und Regen einsetzte. Das gleichmäßige Trommeln auf dem Blätterdach wirkte narkotisch. Wasser tropfte aufs Gesicht, Hände und Hose, selbst die Luft bestand überwiegend aus Wasser. Bald schwitzte Agnes unter der Regenjacke. Das Shirt klebte an ihrem Rücken, genauso wie die Hose klatschnass an den Waden anlag. Matsch spritze bis zu den Kniekehlen und es kostete einiges an Konzentration, nicht auszurutschen. Eine Zeit lang gingen Siebert,

Kurt und sie stumm dahin, hielten Ausschau nach Spuren. Plötzlich blieb Kurt abrupt stehen. Agnes lief fast in ihn hinein. »Was ist?«, rief sie aus.

»Ich brauche Kiemen!« Kurt riss sich die Kapuze vom Kopf. »Wir laufen durch ein Aquarium. Ich bin doch kein verdammter Fisch!«

Siebert hielt an und drehte sich um. »Kaugummi?«

»Zigarette.« Kurts Gesicht wirkte verkniffen vor lauter Mieselsucht, was absolut ulkig aussah. Der Herr Rechtsanwalt zeigte ihnen sein inneres – recht verzogenes – Kind. Was hätte Susanna für Freude dran!

»Du hast doch damit aufgehört«, erinnerte Agnes ihn.

»Scheiß drauf. Ich halte diese gesunde Luft nicht länger aus – und die Mordgeschichte.« Kurt fuhr sich durch das Haar, bis es nach allen Richtungen abstand. »Gib mir lieber eine Kippe«, forderte er mit einer ausladenden Handbewegung von Siebert.

»Seit wann habe ich Zigaretten dabei?«

Kurts demonstrative Verzweiflung amüsierte nicht nur Agnes, sogar Sieberts Mundwinkel zuckten.

»Dann her mit dem Kaugummi!«

Siebert fischte die Packung aus seiner Tasche und warf sie gegen Kurts Stirn.

»Autsch!« Trotzig setzte er sich auf einen Felsbrocken. »Pause!«

Siebert und Agnes sahen einander mit einem breiten Grinsen an.

»Als wäre das unser verzogener Fratz«, raunte Siebert ihr zu. Agnes' amüsiertes Glucksen brachte Kurt zur Weißglut.

»Der Urlaub war ganz anders geplant.« Kurt schimpfte von seinem Felsenthron herab. »Auch wenn ich vielleicht fantastisch aussehe, bin ich trotzdem kein Rambo-Typ. Mehr Latin-Lover. Dolce Vita, Baby!«

Agnes prustet los.

»Dann tröste dich: Ramona steht voll auf dich.« Jetzt war es Siebert, der Kurt zuzwinkerte. Der verzog das Gesicht und deutete mit einem Finger seiner Hand, was er von Sieberts ›Trost‹ hielt.

»Macht euch nicht lustig und nehmt Ramona lieber ernst.« Agnes mahnende Worte nahm sich Kurt sofort zu Herzen.

»Ganz deiner Meinung. Die schaut vielleicht wie ein Duracell-Hase aus, aber für Verbrechen hat sie eine Leidenschaft. Wenn da was dran ist, am Tod von Carla, dann werden die rosa Löffel nur so flattern und …«

»Kurt, um Himmels Willen«, unterbrach ihn Agnes mit glasigen Augen, weil sie mit aller Macht gegen den Lachdrang ankämpfte. Vergeblich. »Das Schlimmste an dir ist, man kann dir nie böse sein.«

Zufriedenes Grinsen von Kurt. Dieser Kerl!

»Wie soll man das alles hier sonst durchstehen?« Mit ausholender Geste sah er Agnes und Siebert an. Agnes spürte das gesamte Ausmaß seiner Betroffenheit unter der heiteren Fassade. Dieser Mann war hochsensibel und musste sich mit Humor selbst schützen. Als hätte sie eine Aussprache mit seinem Innersten gehabt, nickte sie ihm unmerklich zu. Kurt senkte den Blick.

»Die Polizeijuristin geht von Mord aus?« Sieberts Frage beantwortete Kurt mit einem Nicken.

»Sie verdächtigt die gesamte ›Spinner‹-Truppe.« Kurt hob abwehrend die Hände. »Ihre Worte, nicht meine.«

Agnes rollte demonstrativ mit den Augen und wandte den Männern den Rücken zu.

Ursula. Nur sie war jetzt wichtig. Neuerlich versenkte sie

sich in die Erinnerung an die Freundin, atmete tief, wartete auf ein Echo. Das Prasseln, die schwere Luft – ohne es zu bemerken, überkam Agnes eine Art Trance. Da war etwas im Wald, zwischen den borkigen Stämmen, den graubraunen Silhouetten. Vom Regen durchweicht und dem bleischweren Himmel überschattet, waren Stämme, Erde, Moos und Felsen dunkle Schemen. Sie streckte die Hand aus, berührte Moos, vollgesogen wie ein Schwamm, Baumrinde kratzte ihre Handflächen auf. Sie schloss die Augen.

»Wo sollen wir dich suchen, Ursula?« Im Prasseln des Regens, eingehüllt in den Duft der Erde, schickte sie ihr Herz auf die Suche. Ein Kolkrabe krächzte. Agnes hob den Blick zu den Ästen über ihrem Kopf. Flügelschläge, ein weiteres Krächzen und wieder Stille. Sie versuchte die Stelle auszumachen, von der der Rabe aufgeflogen war. Dort vorne war es heller – eine Lichtung?

Zögernd ging sie auf die Stelle zu. Am Ende ihrer Wirbelsäule prickelte es. Angst. Durchs Unterholz, über den Laubteppich, der ihren Schritten federnd nachgab, folgte sie dem Zeichen, ignorierte die Brombeerranken, die sich an der Hose verhakten. Ihr Atem ging stoßartig. Die lichte Stelle kam näher und jeder weitere Schritt verursachte ihr noch größere Atemnot. Die Brust zog sich zusammen, als zurrte jemand eine Klemme darum fest. Doch das Licht lockte sie und die Dunkelheit des Waldes in ihrem Rücken drängte weiterzugehen.

Wieder erklang ein Krächzen. Ein Ast über ihrem Kopf knackte. Sie sah hin. Der gefiederte Ruhestörer hielt sein Köpfchen schief, bewegte den enormen Schnabel auf und zu und beobachtete sie dabei aufmerksam.

»Ich trau dir nicht.« Sie flüsterte bloß, er jedoch hob seinen Schwanz und ließ einen Patzen fallen. Sein metallisch glänzendes Gefieder spreizte sich, als wollte er seine Schönheit demonstrieren. Die Knopfaugen starrten durchdringend zu ihr herunter. Eine schimmernde Blase entstand um sie beide herum, verdrängte die Außenwelt.

Ich bin der Bote der Zwischenwelt.

Sie konnte ihn in ihrem Kopf sprechen hören – Agnes Atmung stockte.

Wir können deine Angst riechen.

Was du finden willst, fürchtest du.

Wappne dich, Bärenfrau. Schmerz naht.

Damit stieß der Rabe einen markerschütternden Schrei aus. Agnes zuckte zusammen; die Seifenblase zerplatzte und die Illusion verschwand. Einem Krieger gleich spreizte der Vogel seine Flügel, ehe er anhob und davonflog.

Um Agnes herum war die Welt wie zuvor, nass, kühl und düster. Ihre Gliedmaßen ließen sich wieder bewegen. Was hatte sie da eben gehört – eine Botschaft? Sie wollte nichts wie fort, zu jener Lichtung vor ihr, die ganz nahe war. Eine Gewissheit beschlich sie, dass dort Ursula war. Das Blätterdach wurde dünner, der Regen stärker. Er nahm ihr die klare Sicht, die Kapuze rutsche vor ihre Augen. Euphorie verwandelte ihr Blut in Champagner, trieb sie auf die Lichtung zu – *Bleib stehen*, hörte sie Ursulas Stimme unvermittelt – wieder eine Stimme in ihrem Kopf. Ich bin gleich da, wollte sie rufen, da verfing sich ihr Fuß in einer Ranke. Das Gleichgewicht ging verloren, die Beine strauchelten. Im Fallen noch umklammerte sie den nächstbesten Jungbaum, kam dennoch ins Rutschen. Halb liegend, die Finger in die Rinde des Baums gekrallt, lag Agnes ausgestreckt auf der Erde, zu ihren Füßen ein gähnender Abgrund.

5. Agnes rührte sich nicht.

»Hast du dich verletzt?« Sieberts Worte waren kaum zu verstehen nach seinem Sprint. Er umschlang ihren Oberkörper und zog sie vom Abgrund fort.

»Autsch, mein Knöchel!« Noch schlimmer wurden ihre Flüche, als Siebert die Finger auf die verletzte Stelle legte und vorsichtig den Fuß bewegte. Stöhnend lehnte sie sich gegen den Baumstamm.

»Jedenfalls nicht gebrochen.« Er legte vorsichtig ihr Bein ab.

»So fühlt sich ›nicht gebrochen‹ an?«, schimpfte sie. »Shit, war das knapp.« Sie deutete mit dem Kopf Richtung Abgrund. »Damit habe ich nicht gerechnet.«

»Ein Hangrutsch.« Siebert schob den Kopf vor, um über den Rand zu sehen. Frisch aufgebrochene Erde, Felsbrocken, Wurzelgeflecht und umgestürzte Bäume waren zurückgeblieben, weiter vorne stürzte ein Wildbach ins Tal und riss weiteres Erdreich mit sich. »Wenn du da runter …« Er vollendete seinen Satz nicht, trat jedoch einen Schritt fort vom Hang. Immer noch schwer atmend stemmte er beide Arme in die Seite: »Warum bist du wie eine Rakete losgestartet?« In seiner Stimme vibrierten Angst und Hilflosigkeit. Agnes vergaß ihren Knöchel angesichts Sieberts gequältem Gesichtsausdruck. Wieder hatte sie ihm Angst eingejagt.

»Genau!« Kurt stoppte seinen Lauf, beide Hände gegen den Jungbaum gestützt und atmete schwer. »In einem Moment stehst du wie eine Statue im Wald, im nächsten rennst du los wie ›Forrest Gump‹.«

»Ich wollte Ursula suchen, anstatt zu quatschen.« Agnes tastete über ihren Knöchel, der bereits anschwoll. Das hatte ihr gerade noch gefehlt.

»Sobald ich im Hotel bin, kaufe ich mir Zigaretten und

einen Schnaps.« Kurts Wortschwall wurden von seinem Keuchen immer wieder unterbrochen. »Nein, eine Flasche. Ohne Drogen halt ich euch alle nicht länger aus.«

»Schau mal da runter.« Kurt folgte Sieberts Aufforderung, riss aber sofort wieder den Kopf zurück, die Augen schreckensweit. »Bloß weg hier – bestimmt rutscht der Rest unter unseren Füßen auch noch weg.«

»Richtig.« Siebert umfasste Agnes' Taille und zog sie auf die Beine. »Wir verschwinden.«

Fassungslos sah sie von einem zum anderen. »Ich muss da runter.« Agnes' Ansinnen überraschte die Männer. Kurt fasste sich als erster.

»Sie ist irre geworden, ich hab's doch gesagt.« Ärgerlicherweise sprach er Siebert an, als wäre Agnes nicht gegenwärtig. Sie wollte ihm Paroli bieten, doch Siebert kam ihr mit einer Zurechtweisung zuvor. Nicht für Kurt, sondern für sie!

»Da kannst du nicht runter. Das ist viel zu gefährlich.«

Seit wann bediente sich Siebert der Stimme eines Psychiaters, der einen Selbstmörder aufhalten wollte. Verstanden die beiden nicht, dass die Chance bestand, Ursula zu retten?

»Ursula ist da unten. Ich weiß das.« Agnes versuchte sich von Siebert freizumachen. Es musste eine Möglichkeit geben. An diesem Felsbrocken links vor ihr konnte sie sich abstützen, ein Stück weit rutschen und woanders Halt suchen. Ihre Kleidung war ohnehin ruiniert.

»Warum sollte Ursula in diesem Schlammmoloch sein?« Siebert Finger gruben sich noch fester in ihre Seite. »Weit abseits vom Weg?«

»Leute, ich bin nicht verrückt!« Mit einem Ruck riss sie sich von ihm los und wimmerte, kaum dass ihr Fuß ihr volles Körpergewicht übernahm.

»Sei vernünftig!«

»Jetzt wartet mal«, sagte Kurt, die Hände beschwichtigend zu Agnes ausgestreckt. »Du bist verletzt. Vergessen?«

»Aber Ursula braucht uns!« Neuerlich schossen Schmerzblitze durch ihr Bein. Was für eine verdammte … »Dann müsst ihr beide runter.«

»Bei aller Liebe«, Kurt schnaubte angesichts des Abgrunds vor ihnen, »ich bin nicht lebensmüde.«

Siebert hob Agnes mit einem Überraschungsgriff hoch und trug sie ein Stück weit zurück zum Weg. Ihr Protest blieb wirkungslos. Erst am Wegesrand ließ er sie schnaufend herunter. »Wir stürzen uns heute nicht in den Tod, verstanden?«

Gegen eine uralte Buche gelehnt, schloss sie die Augen. Resignation und Schmerz überschwemmte sie.

Als spürte Siebert ihre Qual, streichelte er sanft eine Haarsträhne aus ihrem Gesicht. »Was war da eben los – eine Vision?« Er wusste es also, fast, als hätte er seinerseits eine geheime Tür aufgestoßen und seine verborgenen Fähigkeiten zugelassen. Thessa war hellsichtig gewesen, erinnerte sich Agnes, und Thessa war Siebert. »Wir finden gemeinsam einen Weg.«

Perplex blinzelte sie bei seinen Worten. Meinte er sie beide oder Ursula?

»Wirklich?«

»Wir gehen um den Hang herum.« Sieberts Worte löschten das Quäntchen Hoffnung aus.

Kurt stand neben ihnen und machte ein Gesicht, als stünde er unmittelbar vor einem Schlaganfall. »Eine Vision?« Sein linkes Augenlid zuckte, sein Mund war zu einem schiefen Lächeln verzogen. »Leute, ich geh‘ jetzt ins Hotel – ihr wisst schon – Schnaps, Zigaretten, Beruhigungsmittel – in dieser Reihenfolge.« Seine Hände machten eine wegwerfende Bewegung und damit folgte er dem Weg zurück.

»Wir gehen gemeinsam.« Sieberts Befehlston zwang Kurt nochmal anzuhalten. »Ich brauche Hilfe mit Agnes.«

»Ich schaffe das schon.« Vorsichtig setzte sie einen Fuß vor den anderen – als ob sie Hilfe bräuchte! »Wir suchen jetzt Ursula.«

»Du bist durchnässt und voll Matsch!« Siebert verlor zunehmend die Geduld – Männer und ihr Beschützerinstinkt. Agnes wollte protestieren, doch Siebert kam ihr zuvor. »Erst wird geduscht und trockene Klamotten angezogen. Du bekommst von mir einen Eisbeutel auf den Knöchel. Dabei überlegen wir, wie wir an diese Stelle herankommen, ohne zu sterben. Vielleicht gibt es im Hotel ein Seil.«

All die angestauten Emotionen drückten auf Agnes' Tränendrüsen – sie wollte schreien, heulen – stattdessen machte sie einen Schritt auf Siebert zu und fiel ihm um den Hals. Zögernd erwiderte Siebert die Umarmung.

Kurt stöhnte auf. »Meine persönliche Albtraum-Telenovela.«

»Danke«, flüsterte Agnes.

»Wenn du überzeugt bist, dann bin ich auf deiner Seite.« Zärtlich wischte er mit seinem Daumen Schlammspuren von der Wange. Weder Regen noch die Windböen konnten seiner Berührung die Glut nehmen. Sieberts Wärme sickerte in sie ein und machte alles heil. Obwohl sie über den Hautkontakt das fehlende Vertrauen spürte, waren sie immerhin Freunde geblieben. »Jetzt erstmal ins Hotel; dann organisiere ich dir eine Ironman-Route.« Er schenkte ihr ein Lächeln, legte stützend den Arm um sie und gemeinsam humpelten sie zurück.

Eine Stunde später lag Agnes im Bett und starrte an die Decke. Auf ihrem Knöchel lag ein Eisbeutel, in den Armen hielt sie eine Wärmeflasche umschlungen. Siebert hatte alles herangeschafft, was sie brauchte. Agnes kniff die Augenlider zu.

Der Duft von Orangenblüten und Kamille stieg ihr in die Nase. Sie trank einen Schluck aus ihrer Smiley-Tasse. In der Ecke des Zimmers lagen die schlammverschmierten Klamotten. Es blieb kaum noch saubere Kleidung zum Anziehen. In einer halben Stunde wollten sie sich im Schankraum treffen für eine finale Rettungsaktion. Nur ein wenig ausruhen, den Knöchel abschwellen lassen, dann würden sie hinausgehen und Ursula finden. Sie trank den Tee nun in großen Zügen, spürte seiner beruhigenden Wirkung nach. Alle anderen waren erfolglos zurückgekehrt. Die Wege waren abgesucht, man hatte die Hoffnung aufgegeben. Aber sie nicht. Die Augenlider wurden schwerer. Die Prophezeiung des Raben rotierte in ihrem Kopf, Wort für Wort. *Schmerz naht.* Wenn das mal nicht aufbaute. Ihr Atem wurde tief und regelmäßig, als Schlaf sie umfing.

6. Alphons, 16. Juni 1889

Die Hunde bellten aufgeregt, ihre Schweife gaben gleich Metronomen eine flotte Polka vor. Übermütig sprangen sie um die Jäger herum. Schweißgeruch lag sauer in der Luft, Diener sammelten Schnapsgläser ein, verbeugten sich artig vor den hochwohlgeborenen Herren und zogen sich zurück. Alphons und sein Vater Eugen von Frowald hoben die Hand zum Gruß, welchen die Damen, darunter Thessa, Gladys und Philomena, erwiderten. Auf den Stock gestützt, machte sich auch Nathaniel zum Abmarsch bereit. Die Hunde zerrten an den Leinen, voller Lust nach Blut.

»Man kann euch kaum unterscheiden, Vater und Sohn, zwei drahtige, fesche Männer!«, lachte Nathaniel.

»Sehr charmant, Baron. Mein Sohn ist mir der beste Gefährte, den Altersunterschied spüre ich in der Tat kaum.« Voller Elan klopfte Eugen den Rücken seines Sohns.

»Mein alter Herr kann leicht jung aussehen, er belastet sich nicht mit Weib und Kindern.« Alphons zwinkerte seinem Freund zu, bemüht seine Aufregung zu verbergen. Sie hatten einen Plan entwickelt, der bei diesem Jagdausflug umgesetzt werden sollte.

»Na, na, werd nicht frech, Bub.« Eugen gab den strengen Vater, »Respektlos, diese Jugend. Wenn ich dich so ansehe, muss ich jedoch messerscharf schließen, dass du dich zu viel mit dem Weibsvolk beschäftigst.« Die Männer lachten schallend und formierten sich zum Abmarsch.

»Dieser Mann hat sieben Töchter und eine Ehefrau.« Ewald von Bertelsheim gesellte sich nonchalant zu Alphons und Eugen. »Das laugt einen Mann unvermeidlich aus.«

Eugen zog eine Augenbraue hoch und musterte Ewald ernst. »Wenn das alles ist. Ich hoffe, Sie sprechen aus Erfahrung?«

Verlegen senkte Ewald den Blick. »Ich gedenke mich demnächst zu verloben.« Dabei warf er Alphons einen giftigen Blick zu und ließ sich zur Gruppe von Alfred von Helig zurückfallen.

Wie gut ihn sein Vater kannte, dachte Alphons, nichts blieb seinen wachsamen Augen verborgen.

»Familie lässt sich regeln«, meinte Eugen beiläufig und dennoch bedeutungsvoll.

Sie marschierten zügig bergan. Verletzungsbedingt fiel Nathaniel zurück. Nunmehr allein mit seinem Sohn, ließ

Eugen seiner Besorgnis freien Lauf. »Was geht in deinem Leben vor? Du gefällst mir gar nicht, Sohn.«

»Der Tod Gaya Utsteins hat einige Fragen aufgeworfen, denen wir abseits der offiziellen Untersuchung auf den Grund gehen wollen. Wir brauchen hierbei heute deine Zeugenschaft, was immer auch hervorkommen sollte. Wenn du die Güte hättest, Alfred von Helig im Auge zu behalten? Nur für alle Fälle.«

»Das verspricht ein anregender Jagdausflug zu werden«, brummte Eugen und seine Augen funkelten unternehmungslustig. »Was ist das andere Problem?« Sein Vater war keiner, den man in die Irre führen konnte. Alphons beschloss, aufrichtig zu sein.

»Es wird dich nicht überraschen, dass meine Ehe mit Margarethe schon lange unglücklich ist.«

»Es war dein Wille«, fiel ihm der Vater ins Wort.

Alphons schnaubte. »Ich war viel zu jung für die Ehe. Doch nun ist mir etwas Wunderbares widerfahren.«

»Was stammelst du für wirres Zeug?« Der Tonfall des Grafen hörte sich nach einem aufziehenden Gewitter an. »Schlag dem Nagel auf den Kopf, Junge.«

»Ich bin verliebt.«

Eugen hielt die Luft an und sah seinen Sohn aus schmalen Augenschlitzen an. »Na bravo«, sagte er lakonisch und gab sich keine Mühe, sein Missfallen zu verbergen. »Liebe. Wie banal.« Ganz offensichtlich hielt sein alter Herr nicht viel davon. »Sie widersetzt sich jeder Vernunft.«

»Darin stimme ich dir zu«, sagte Alphons, zutiefst angespannt.

»Nun gut, soll vorkommen. Worin liegt das Problem?«

»Dass ich verheiratet bin?« Alphons sprach mit so viel Sarkasmus, dass er seine Seelennot damit unweigerlich verriet.

Unvermittelt beschleunigte er sein Schritttempo, was Eugen zunehmend Mühe bereitete.

»Liebschaften lassen sich regeln«, erwiderte Eugen atemlos und nunmehr deutlich besorgt. »Sieh dir unseren Kaiser an. So macht man das. Ein sauberes Arrangement. Du denkst doch hoffentlich nicht daran, dein Leben und das deiner Kinder zu ruinieren.« Die Ermahnung brachte Alphons in Rage. Genau diese verlogene Haltung war es, die er nicht ertrug.

»Welches Leben, Vater? Habe ich ein Leben? Irgendjemand hat ein Stück geschrieben und beschlossen, dass ich die Rolle des Alphons von Frowald zu spielen habe. Ich sehe mir selbst zu, wie ich einer Marionette gleich mal hierhin, mal dorthin eile, mich verbeuge, Konversation mache, mich füge – Tag ein, Tag aus. Seelenlos.«

Eugen antwortete zuerst nicht, Alphons hörte ihn bloß neben sich schwer atmen. Der dunkle Forst schien angesichts der Mühen des Alten selbst den Atem anzuhalten. Die väterliche Hand griff nach Alphons Arm und drückte energisch zu. Sogleich verlangsamte Alphons seinen Schritt, wandte sich dem Vater zu und erschrak vor dem ehernen Ernst, der in seinem Antlitz lag. »Gott hat deine Rolle geschrieben und du musst dich fügen. Ob es dir gefällt oder nicht. Du hast deiner Gemahlin die Treue geschworen und dein Wort gegeben. Alles andere wäre ehrlos.«

Natürlich, Ehre! Es gab keine Lösung, nicht in dieser Welt. Der innere Protest verzehrte Alphons.

»Gott hat dieses Stück geschrieben? Mit all den gesellschaftlichen Konventionen, politischen Querelen, Kriegen und Leid, welche den Menschen widerfahren? Das ist das Dümmste, was man überhaupt vertreten kann.«

»Danke Gott für deinen Stand und versündige dich nicht

– wäre es dir lieber mit einem Weib und sieben Kindern in einem verwanzten, verlausten Zimmer der Vorstadt zu leben? Als Fabrikarbeiter? Unsere Privilegien haben einen Preis.«

Alles in Alphons bäumte sich auf, er wollte es herausschreien: Du irrst dich! Ich habe etwas gefunden, woran ich glauben kann – stattdessen ging er folgsam neben dem Vater her, seinem Tempo angepasst, genauso, wie es ihm von klein auf eingedrillt worden war.

Alsbald verbanden sie sich mit der übrigen Jagdgesellschaft, die nun aufgeschlossen hatte. Nathaniel befand sich in deren Mitte, Ewald von Bertelsheim und Alfred von Helig an den Seiten. Der Jagdaufseher zog voran und war bald nicht mehr zu sehen. Darauf hatte Nathaniel nur gewartet.

»Gentlemen, da wir unter uns Ehrenmänner sind, möchte ich das Gespräch auf den Tod unserer geliebten Gaya Utstein bringen. Es gibt hierbei Ungereimtheiten, die aus der Welt geschafft werden müssen. Und zwar abseits der Öffentlichkeit.«

Nathaniel setzt seine Autorität geschickt ein, fand Alphons. Sowohl Ewald als auch Alfred reagierten mit angespannten Gesichtszügen.«

»Ich verstehe nicht, Baron«, sagte Alfred von Helig, seinen langen, hageren Körper leicht vorgebeugt. Seine Augen mieden Nathaniels Blick. Dafür jedoch rieb er aufgebracht über den Lauf seiner Flinte. »Welche Ungereimtheiten?«

»Gaya wurde vergiftet. Und einer von Ihnen, meine Herren, ist der Mörder.«

»Das ist absurd!«, rief Ewald und blieb aus Empörung stehen. »Warum sollte jemand eine Opernsängerin töten wollen?«

Alphons stand seitlich hinter Ewald und ließ ihn nicht aus den Augen. »Wir kamen zu dem Schluss, dass Gaya nicht das

Ziel des Mordanschlags war – jemand anders sollte sterben.«

»Herrschaftszeiten, was reden Sie für wirres Zeug, Graf!« Nun zeigte Alfred von Helig ungezügelten Ärger. Die Konturen seines hageren Gesichts stachen scharf hervor, Speichelfäden sprühten aus seinem Mund. »Noch ein Wort und ich fordere Sie zum Duell!«

»Wir konnten den Hergang rekonstruieren«, sprach Nathaniel in der für ihn typisch gelassenen Art, dabei stellte er sich vor Alfred. »Ich bedaure zutiefst von einem konkreten Verdacht berichten zu müssen.«

»Das lasse ich mir von einem Ju- …« Alfred brach ab. Im selben Moment packte Alphons die Hand des jungen Ewald von Bertelsheim und riss ihm den Ring vom Finger. Dieser schrie voller Zorn auf, setzte sich heftig zur Wehr, doch Nathaniel schlang bereits rücklings die Arme um den Mann.

Alphons besah den Siegelring genauer. Seine Finger zitterten unter dem Adrenalinstoß, den der kurze Raufhandel in ihm ausgelöst hatte. Verdächtigten sie den Richtigen? Andernfalls musste er Bertelsheim Satisfaktion geben. Er umfasste das Siegel und versuchte es zu bewegen. Anheben ließ es sich jedenfalls nicht. Nun probierte er die rechteckige Goldplatte mit der Gravur zu drehen.

»Es bewegt sich!« Aufgebracht schob er die Abdeckung beiseite. Ein Hohlraum trat zutage, groß genug, um eine tödliche Menge Gift aufzunehmen. Die Männer starrten fasziniert auf den Ring – da riss sich Ewald unversehens los, hantierte am Gewehr und mit lautem Knall löste sich ein Schuss.

Der Schlag gegen die Brust warf Alphons in den Staub.

Eine Kugel aus nächster Nähe – Alphons war die Tragweite des Geschehenen bewusst. Er blickte empor, sah erst Ewalds verzerrtes Gesicht, doch hinter ihm – gleißendes

Licht. Farbe. Der Himmel. Wenn er doch Thessa noch einmal hätte sehen können …

Die Sonne erhebt sich
der Geschmack von Morgenluft
macht alles leicht
erlöst mich
und zum ersten Mal
bin ich frei

7. Agnes schrie auf. …

… Gestorben. Sie war durch den Tod gegangen und zurück in ihrem aktuellen Leben.

Eines machten die Träume klar: Hier in Reichenau hatten sie es mit einem Mörder zu tun und anstatt im Bett Zeit zu vergeuden, sollte sie sich besser auf die Suche nach Ursula machen. Beherzt schob sie die Beine über die Bettkante, belastete vorsichtig den geschwollenen Knöchel und stieß einen Fluch aus. Mit zusammengebissenen Zähnen humpelte sie zum Stuhl, auf dem eine nicht mehr ganz saubere, aber trockene Hose, Socken und ein Kapuzenpulli lagen. »Ist nicht schlimm.« Sie biss die Zähne zusammen, während sie über den dicken Knöchel zwei Sportsocken übereinander zog, in der Hoffnung ihm damit etwas Stütze zu geben. An den Sportschuh musste sich der Fuß ebenfalls erst gewöhnen. Jetzt fehlten bloß noch Siebert und Kurt.

Die Männer fand sie im ansonsten verlassenen Schankraum, zusammen mit Wei Xu in ein Gespräch vertieft. Vor Kurt stand eine Flasche Schnaps und zwischen seinen Fingern steckte eine Zigarette. Niemand mokierte sich über den

Rauch. Der Flackl-Wirt wischte am Schanktisch Gläser, eine Kellnerin lief mit einem Tablett vorüber.

»Du hast also ernst gemacht?« Agnes' Frage ließ Kurt aufblicken. Sie stand hinter Siebert.

»Todernst, Gnädigste«, antwortete Kurt und nahm eine entspannte Haltung am Stuhl ein. Die Spitze des Glimmstengels leuchtete unter seinem Zug auf. Rauch quoll aus Kurts Mund und dann lachte er Richtung Wei Xu. »Das ist meine Art von Meditation.«

»Mir ist das gleich.« Der Meister hatte ein breites Schmunzeln im Gesicht. Aha. Auch vor ihm stand ein Schnapsglas.

»Na, dann Prost.« Kurt hob sein Schnapsglas und kippe es in einem Zug herunter. Seine roten Wangen und glasigen Augen verrieten Agnes, dass er dies nicht das erste Mal tat.

»Ich gehe jetzt«, verkündete sie in die Runde. »Meine letzte Hoffnung Ursula zu finden. Kurt, du bleibst. Was ist mit dir, Siebert?«

Kurt hob die Hände. »St-oooo-pp! Zuerst reden wir.« Wenn Kurt genauso wackelig auf den Beinen war, wie sich sein Mund plagte, Wörter zu formulieren, würde er seinen Rausch gleich hier im Schankraum ausschlafen müssen. Agnes grinste angesichts seiner drolligen Aussprache, obwohl sie eigentlich auf ihn sauer sein wollte.

»Erkläre mir, warum du so stur bist«, lallte Kurt und zog an seiner Zigarette, »Ich habe Wei Xu von deiner Marotte erzählt, vielleicht kann er dich zur Vernunft bringen.«

»Kurt, lass' sie«, knurrte Siebert.

»Nein! Wir sind stundenlang durch Regen und Matsch gelaufen. Es reicht. Die Ursula ist nicht da draußen.«

»Ich bin mir sicher …«

Kurt unterbrach sie. »Sicher? Wenn ich recht gehört habe, hattest du eine Vision – `ne Vision, Leute! Wer hat denn so was?« Seine Stimme überschlug sich, aber nicht wie sonst vor Heiterkeit, sondern eine Spur Panik schwang darin. Ein Stich durchfuhr Agnes. Sie verstand ihn durchaus. Eine Frau war vor ihrer aller Augen gestorben, eine andere wurde vermisst. Kurt sah sich von Hexen umgeben und die Freundin seines besten Freundes hatte Visionen – sie erkannte in Kurts Augen die ganze Verwirrung, verstärkt durch Alkohol und nahm ihm den Ausbruch nicht übel.

Serge war an den Tisch getreten und Claudio kam gleich hinterdrein. Mit seiner für Agnes mittlerweile provokant-heiligen Miene verbeugte sich Serge vor Wei Xu, die gefalteten Hände vor der Brust. Währenddessen musterte Claudio Agnes völlig unverhohlen. Sie spürte die Neugierde dahinter, aber auch etwas anderes – Verachtung?

»Meister Wei Xu«, Serges Sing-Sang-Tonfall war wirklich kaum zu ertragen, »Ruth meinte, wir bereiten alles für den Feuerlauf vor?« Ungläubig hob er dabei die Augenbrauen und schüttelte zusätzlich den Kopf, als könnte er so viel Dummheit nicht fassen.

»Die Prognose vom Flackl-Wirt lautet: am späten Nachmittag reißt die Wolkendecke auf. Wir bauen den Scheiterhaufen.«

»Ich darf mitmachen?« Claudio hatte blitzartig mit seiner Frage die Aufmerksamkeit der Gruppe von Agnes auf Wei Xu verschoben.

»Jeder, der mag«, erwiderte der Meister. »Das Feuer läutert uns.«

Zufrieden nickte Claudio und dankte knapp. Serge räusperte sich.

»Darf ich vorschlagen, dass wir zur Vorbereitung eine halbe Stunde meditieren? Wenn du möchtest, leite ich die Meditation.« Wei Xu faltete die Hände über dem Bauch und richtete seine strahlendblauen Augen auf Serge. Agnes kam es vor, als blühte Serge unter seinem Blick auf – die Augen des Meisters waren Wachstumslampen und Serge ein einsames Pflänzchen, das seine Blätter nach ihm ausstreckte.

»Gut, Serge. Informiere alle. Um 16 Uhr treffen wir uns auf der oberen Wiese zum Holzauftürmen.« Wieder verbeugte sich Serge.

»Ich gehe jetzt zu diesem Hang zurück – Ursula suchen.« Agnes‘ fordernde Worte ließ die Männer aufblicken. »Ich kann unmöglich meditieren, solange wir keine Gewissheit haben.«

»Welche Gewissheit suchst du, die nicht in der Meditation zu finden wäre?« Serge, das Gesicht ein Muster an Gelassenheit, musste natürlich wieder seine Weisheit zum Besten geben!

»Leck mich doch, Serge.« In ihren Ohren klang die Replik fast genauso meisterlich. Agnes beschloss ihn fortan zu ignorieren und sah die anderen an. »Ich brauche Männer!«

»Da kann dir geholfen werden.« Claudio grinste süffisant, jedenfalls so lange, bis ihn Agnes' Feuerblick traf – und er Sieberts geballte Faust am Tisch bemerkte.

»Ich denke, Ursula ist ins Tal runter.« Kurt versuchte erneut Agnes umzustimmen. »Renata hat bestimmt recht.«

»Weil es uns besser in den Kram passt?« Mittlerweile sprach sie äußerst laut. »Der Hang ist unweit des Hotels abgerutscht – wir müssen genauer nachsehen.«

Serge schüttelte als erster den Kopf. »Ich habe zu tun.« Mit einem angedeuteten Namasté ging er davon.

Agnes sah ihm hinterher. Nicht nur massiv wie ein Berg, sondern auch genauso bequem, dachte sie.

»Der wäre ohnehin bloß im Weg gestanden«, sagte Siebert und stand auf. »Ich frage Robert. Der ist Sportler.«

»Oh Mann, ihr habe alle das Helfersyndrom«, lallte Kurt und wischte sich über die feuchte Stirn. »Ich komme mit. Soll nicht heißen, der Kurtl drückt sich.« Sein Versuch aufzustehen versetzte Agnes in Alarm. Rasch fasste sie unter seinen Arm. Die Schnapsfahne umwehte ihn, Kurt selbst schwankte im Wind seines Rausches.

»Du bleibst da – trink einen Kaffee.« Siebert drückte ihn wieder auf den Stuhl. »Sei nüchtern, wenn wir zurück sind.«

»Du wirst ein prima Papa.« Kurt kicherte. Langsam bekam Agnes tatsächlich mütterliche Gefühle für den verrückten Kerl.

»Könnt ihr meine Hilfe brauchen?« Wei Xu zog sich entschlossen die Jacke zurecht und schickte sich an aufzustehen.

»Wir müssen durch unwegsames Gelände«, erwiderte Siebert ausweichend. Agnes spürte sein Unbehagen mit diesem Angebot. Offenbar wollte er seinem Meister diplomatisch klar machen, dass er nicht mehr der jüngst war.

Claudio schien dasselbe zu denken. »Keine Sorge, Meister Wei Xu, ich begleite die beiden, das sollte reichen.«

»Na, du gibst nicht auf, Respekt«, lallte Kurt, »aber die Agnes ist vergeben.« Dafür erntete er ein Schnauben von Claudio und einen Rempler von Siebert.

»Ich bin nicht – ach, halt einfach die Klappe, Kurt«, stieß Agnes hervor und verbarg ihren Ärger nicht.

»Und wie …« Kurt rieb sich den Arm.

»W-wenn ihr Hilfe braucht«, wandte Josef ein, der eben zur Gruppe trat, »d-dann komme ich gern mit.«

»Zwei Männer reichen.«

Agnes bemerkte die Anspannung in Sieberts Stimme – er konnte doch nicht ernsthaft eifersüchtig sein.

Das Lachen des Meisters hallte an den Wänden wider. »Was für ein Theater! Ich begleite euch ein Stück weit.

Ich glaube an das, was diese junge Frau sieht.« Wei Xus Blick kam einen Lichtstrahl gleich, der sich auf sie richtete – klare Bergseen, friedlich im Sonnenschein. Agnes hätte stundenlang in sie hineinsehen wollen. Keine Emotionen, soviel Ruhe. »Das solltet ihr auch«, fügte er eindringlich hinzu.

8. Unzählige Rinnsale gluckerten …

… den Hang herab, einige Meter vor ihnen toste der Wildbach. Jeder Schritt gestaltete sich riskant auf dem durchweichten Untergrund, der aus Steinen, Erdklumpen, Schlamm, Ästen und Blättern bestand. Wei Xu hatten sie schon längst am gesicherten Weg zurückgelassen und nun kämpfte sich Agnes gemeinsam mit Siebert und Claudio durch die entfesselte Natur.

»Um Himmelswillen, wo willst du hin?« Claudio stellte bereits zum zehnten Mal diese Frage und rutschte ein Stück weit den Hang hinunter. »Verschwinden wir, solange der Dreck hier noch hält.«

Siebert schnappte sich Claudios Arm und zog ihn zu sich. »Entweder hörst du auf zu lamentieren, oder drehst auf der Stelle um. Du wusstest, was wir vorhaben.«

Mit einem Ruck riss sich Claudio los und setzte sich abseits des Hangrutsches auf einen Felsbrocken.

Agnes beachtete die Männer längst nicht mehr. Claudios Nörgelei zerrte, zusammen mit den Schmerzen im Knöchel, mächtig an ihren Nerven. Bislang hatte er damit verhindert, dass sie in die Konzentration des Vormittags zurückfinden konnte. Endlich verstummte das Gejammer. Der Himmel spannte sich stahlgrau über ihre Köpfe, Kolkraben zogen

Kreise über Schloss Hinterleiten und erfüllten das Schwarzatal mit ihren Schreien.

Unvermittelt spritze Wasser vor ihr an einem Felsbrocken hoch. Der Wildbach brach aus seiner Bahn aus! An der Bergkante ober ihr rauschte es, der Wasserlauf verbreiterte sich blitzschnell. Brauste unmittelbar vor ihr hinab ins Tal. Weiter vorne, wo das Wasser gegen Baumwurzeln und Felsbrocken toste, ragte ein massiver Ast empor. Sprühregen setzte ein, so fein, dass Agnes sich im Inneren einer Wolke wähnte. Auf Hawaii sagte man, verstorbene Seelen wäre bei Sprühregen anwesend, erinnerte sie sich, irgendwo gelesen zu haben. Ihr Schuh glitt vom Stein ab. Sofort durchzuckte sie ein Schmerzblitz. Mit einem Stoßseufzer atmete sie aus, ließ den Schmerz durch sich hindurch. Alphons Tod hatte sich ähnlich angefühlt. Sie wurde zum Schmerz und im nächsten Augenblick verschwand diese Empfindung. Stattdessen erschien Ursulas Gesicht vor ihr. *Zu spät*, formte ihr Mund.

Agnes biss sich auf die Lippen.

Die Felsgruppe mit dem Ast vor ihr – alles glühte! Dabei war die Sonne kaum als Schemen wahrzunehmen. Ein Zeichen. Sie kletterte am Bachufer weiter hinauf, wollte näher an diese Stelle heran. Ihre ganze Aufmerksamkeit galt dem eigenartigen Licht; das Grollen in der Erde bemerkte sie lediglich unbewusst.

»Agnes, der Hang!« Sieberts Stimme klang durch das Tosen des Wildbachs wie aus einer anderen Welt.

Unter ihr zitterte der Boden, wurde schwammig. Floss der Wildbach langsamer? Oder bewegte sie sich mit ihm – rutschte der Hang unter ihr davon? Panisch sah sie sich um. Ein Ächzen ging durchs Tal, Holz barst, der Bach heulte auf. Ihr Blick schnellte zurück zur Felsengruppe, keine drei Meter von ihr entfernt. Eine Schlammwelle schlug gegen den Stein, etwas bewegte sich empor – eine Hand?

»Ursula!«, schrie sie.

Lauf! flüsterte die Stimme in ihrem Kopf.

Donnergrollen löste ihre Erstarrung auf. Schon sprang eine Schlammfontäne über den Rand der Geländekante, gleich einem Wolf, der sich auf seine Beute stürzte. Agnes schrie auf, spürte, wie sie etwas an der Jacke packte und zurückgezerrt. Die Fontäne verdunkelte den Himmel, ihre Beine ohne Halt. Alles in Bewegung. Die Naturgewalten zerbarsten um sie herum. Sie streckte die Arme in jene Richtung, in der sie Hilfe vermutete. Siebert erreichte sie, packte zu.

»Lass ja nicht los!«, schrie er, zerrte sie weiter zur Seite, doch der Erdboden zog in die entgegengesetzte Richtung.

Ursulas Gesicht erschien erneut vor ihren Augen – und gleich dahinter das ihrer Mutter und Großmutter. Agnes konnte sie alle deutlich erkennen.

Halte ihn fest!

Die Worte hallten in ihrem Inneren, trotz des tobenden Lärms um sie herum. Sie folgte den Stimmen, kämpfte gegen den Sog, ignorierte den Schmerz im Bein.

»Ein Stück noch!« Sieberts Brüllen riss Agnes jäh in die reale Welt zurück. Die Gesichter der Verstorbenen verschwanden, das Brausen des Wassers und Brechen von Ästen sprengte ihr Trommelfell. Der Sog wollte sie mitreißen in ein alles erstickendes Grab aus Schlamm und Stein. Agnes begann zu strampeln und ruderte mit einem Arm. »Ich hab‘ dich«, keuchte Siebert, klang viel näher als noch zuvor. Mit einem Ruck wurde sie aus der Schlammlawine herauskatapultiert und gegen einen Felsen geworfen. In ihrem Kopf hämmerte es. Verdammt, tat das weh. Keuchend lag sie da, spürte Sieberts Beine unter sich, hörte deutlich seinen schweren Atem. Aus den Augenwinkeln bemerkte sie Claudio, ebenfalls am Boden liegend, nächst Siebert.

»Scheiße, das war knapp«, presste Claudio hervor.

Agnes setzte sich auf und spuckte Schlamm aus. Vorsichtig wischte sie über ihr Gesicht, vergebens. Gesicht und Arme, der ganze Körper war über und über mit Schlamm bedeckt. Da fiel es ihr auf: Siebert lag ganz still. Angst stieg in ihr hoch. So still. Und wenn er …

»Was ist mit dir?« Sie krabbelte auf allen Vieren zu seinem Kopf hinauf. Die Hände zitterten, als sie Sieberts Kopf umfasste. Dann sah sie das Blut am Felsen.

»Claudio, er ist mit dem Kopf aufgeschlagen!«

All ihre Träume von vergangenen Leben traten ihr vor Augen – viel zu oft hatte sie ihn sterben sehen. In der Brust zog sich alles für eine Implosion zusammen. Ein hoher Ton kreischte in ihrem Kopf.

»Wir müssen hier weg, bevor der Rest vom Hang auch noch wegrutscht – kannst du gehen?« Claudios Worte prallten an ihr ab. Sie hielt Siebert im Arm, versuchte ihn zu wecken. Endlich beugte sich Claudio herab und besah die Wunde. Seine Finger tasteten über den Kopf und Siebert stöhnte. »Ich fühle bloß die Beule.«

Augenblicklich verstummte der hohe Ton in ihrem Kopf und befreit schluchzte sie auf. »Er kommt zu sich.«

Langsam richtete sich Siebert in eine aufrechte Sitzposition und griff sich an die Wunde. »Verdammt«, zischte er mit schmerzverzerrtem Gesicht.

»Wir müssen weg hier – kannst du aufstehen?« Agnes stellte sich an seine Seite, Claudio an die andere und auf drei zogen sie ihn auf die Beine. Ein paar Meter weit schafften sie es, jedenfalls weit genug aus dem Gefahrengebiet. Allmählich wurde die Last geringer, bis Sieberts Beine das gesamte Körpergewicht trugen.

»Es geht schon.« Siebert machte sich frei. Gemeinsam stolperten sie aus dem Hang. In sicherer Entfernung sanken sie allesamt erschöpft im Garten des Hotels auf eine Holzbank.

»Es reicht.« Claudio rieb sich den Rücken. »Ich suche nie wieder nach Ursula oder sonst jemanden.«

»Eines wirst du mir jetzt sagen.« Siebert wischte sich über das dreckige Gesicht. »Wieso hast du mich mit voller Wucht gegen den Felsen geschleudert?«

Claudio richtete sich mit verschränkten Armen auf und schnaubte empört. »Ich habe euch gerettet!«

»Danke auch.« Siebert tastete seinen Hinterkopf ab. Alarmiert hielt Agnes seine Hand fest. Womit sollte sie die Blutung stoppen? Kein Stück Tuch an ihrem Körper war trocken geblieben, geschweige denn sauber. Der Wind kühlte ihren Körper noch weiter ab, die Zähne klapperten im Stakkato aufeinander und die Hände zitterten jenseits ihrer Kontrolle. Hilflos musste sie mitansehen, wie Blut aus Sieberts Wunde sickerte. Eine Platzwunde bedurfte eines leichten Druckes, aber unmöglich durften ihre schlammigen Hände an die Verletzung ran. Sie blickte um sich. Breitwegerich – sie waren umgeben von den Blättern der unscheinbaren Heilpflanze. Zuerst reinigte sie ihre Hände so gut es ging im nassen Immergrün, dann erst pflückte sie einige Breitwegerichblätter. Die äußeren Blätter dienten als eine Art Handschuh, die inneren rollte sie gegeneinander, bis die Oberfläche aufbrach. Die nunmehr weichen Lappen presste sie auf die Wundränder.

»Scheiße, Agnes, was hab‘ ich dir getan!« Siebert keuchte auf.

»Breitwegerich wirkt entzündungshemmend und wundheilend.« Ihre Worte klangen fast wie ein Zauberspruch.

»Und wenn ein Fuchs draufgepisst hat, sterbe ich am Fuchsbandwurm.«, Siebert verzog das Gesicht zu einer Grimasse. Ihre linke Hand lag zur Beruhigung in seinem Nacken. Mangels jeglicher Schutzwälle flutete sie sein Schmerz. Ein Bild von ihr selbst entstand, von der Schlammflut fortgerissen, mit Augen so groß wie Brunnen, in die Ferne gerichtet. Schluss, keine empathischen Brücken! Sie nahm die Hand weg und schüttelte seine Emotionen ab.

»Immerhin hast du Zeit zur Wurmzucht, weil du bis dahin nicht verblutet bist«, erwiderte sie und erntete anstelle eines Lächelns einen erneuten Fluch. Zu früh für schwarzen Humor. »Im Hotel werden wir die Wunde zusätzlich desinfizieren. Zufrieden? Die Eier des Bandwurms befinden sich übrigens im Kot des Fuchses.«

»Danke. Das beruhigt mich ungemein.« Siebert blickte zu ihr auf, zwinkerte und zuckte dann wieder zusammen. Gottseidank war sein Humor nicht verschwunden – dann konnte die Verletzung nicht so schlimm sein.

Agnes betrachtete ihn. Ihr Herz füllte sich. Wieder hatte er ihr Leben gerettet, ohne an sein eigenes zu denken, wieder hatte sie ihn in Gefahr gebracht. Sie brachte ihm wahrlich kein Glück.

»Ich schulde dir eine Menge«, flüsterte sie, ohne den Druck auf seine Wunde zu lockern.

»Genug geturtelt.« Claudio unterbrach sie unwirsch. Wie konnte er dermaßen grob sein? Sie wollte ihm schon eine passende Retourkutsche an den Kopf werfen, da war er bereits auf den Beinen und zog Siebert mit sich. »Los, schwingt die Beine, stütz dich auf mich, Unglückspilz.«

»Was ist mit Ursula – da vorne an den Felsen habe ich

etwas gesehen, was wie eine Hand aussah.« Agnes' Behauptung bescherte ihr ungläubiges Kopfschütteln seitens Claudio. Ehe dieser ihr die Grobheiten ins Gesicht schleudern konnte, die ihm offensichtlich auf der Seele brannten, mischte sich Siebert ein.

»Wenn du in diesen Schlammfluten tatsächlich Ursula gesehen hast, ist sie längst tot.«

9. Dampfschwaden verwandelten das …

… Badezimmer in ein türkisches Bad. Der Spiegel blind, die Luft feucht. Agnes wickelte ein Handtuch um ihr Haar. Das Badetuch diente ihr als Bademantel und schütze ein wenig vor dem Temperaturschock, der sie beim Öffnen der Tür erwartete.

In der Luft hing der Kräuterduft ihres Tees – Minze, Baldrianwurzel, Orangenblüten. Sie trat an den Schreibtisch und nippte an der Tasse. Daneben, in einer Schale heißem Wasser, lagen Beinwellblätter, die ihr nahe dem Hotel aufgefallen waren. Agnes goss das Wasser ab und setzte sich mit der Schale auf das Bett, um endlich ihren Knöchel zu behandeln. Die lanzettförmigen Blätter schmiegten sich an ihr Bein und ein Baumwollschal fixierte den Umschlag. Gerade als Agnes den Knoten zuzog, klopfte es an der Tür.

»Wer ist da?« Ihre Hoffnung, es könnte Siebert sein, ließ ihr Herz schneller schlagen. Stattdessen erklang eine andere Männerstimme.

»Kann ich rein?«

»Ist offen.« Die Tür ging auf und Kurt stand im Vorraum.

»Du lässt sie unversperrt?« Er tippte sich an die Stirn.

»Ach, komm, keine Predigt.« Kurt bemerkte ihre Stimmung und zog eine Flasche hinter dem Rücken hervor.

»Ich habe etwas Hochprozentiges mitgebracht.« Er schüttelte die klare Flüssigkeit hin und her. »Das ist Medizin, verstanden? Ich habe grade Sieberts Schädel desinfiziert. Er hat mir alles erzählt – Ihr Verrückten.« Seine Besorgnis rührte sie. Es stand ihm so offensichtlich ins Gesicht geschrieben, wie sehr er sich um Siebert und sie sorgte, dass sie jeden Protest vergaß. Sie betrachtete ihn, wie er den Schnaps in das mitgebrachte Glas goss, ohne mit dem Schimpfen aufzuhören. »Um ein Haar wärt ihr draufgegangen. Die Sucherei muss aufhören, Agnes. Bitte. Bevor noch jemand stirbt.« Agnes sah von ihm auf das Glas, welches er ihr entgegenhielt. Seufzend nahm sie es und stürzte den Obstler hinunter. Gleich darauf schüttelte sie sich und knallte das Glas auf die Tischplatte.

»Ich brenne!« Sie ließ sie sich aufs Bett fallen. Kurt grinste zufrieden.

»Gut so, dann bleibst gesund. Dem Bertl hab‘ ich auch eine Dosis verpasst – er kommt gleich rüber. Zuerst habe ich ihm den Obstler über seinen Dickschädel geschüttet und schließlich in den Schlund. Reichlich. Wieso glaubt er eigentlich, dass er am Fuchsbandwurm eingehen wird?«

Der Schnaps breitete sich in Wellen in Agnes‘ Innereien aus.

»Ach, wegen der Breitwegerichblätter – eine blöde Geschichte. Du bist wieder nüchtern?«

»War ich je betrunken?« Er grinste breit.

»Mein Fehler. Also: Bist du jemals nüchtern?«

»Touché, meine Süße. Ab sofort nicht mehr. Ruth ist eine tickende Bombe. Nimm dich in Acht. Sie ist der festen Überzeugung, dass du an Sieberts Verletzungen schuld bist.« Er setzte sich auf den Stuhl gegenüber und streckte die Beine von sich. »Und Karin hält aktuell mit Serge krasse Rituale im Seminarraum ab – sie wimmern gemeinsam melodienbefreite Lieder und räuchern die Bude aus, dass in besseren Zeiten die Feuerwehr ausgerückt wäre.« Kurt wedelte mit den Händen durch die Luft und zog Grimassen. »Ich hab Angst bekommen, aus der Ecke springt mich ein Geist an.«

Agnes lachte erst über Kurts Darbietung, wurde dann allerdings ernst. Geister. Sie hatte Ursula gesehen, ihre Mutter und Großmutter. Und nicht nur das.

»Das ist nichts für dich, richtig? Reinkarnation, Geister, Buddha-Natur suchen …« Auf einmal fröstelte es sie. Kein Wunder, sie trug bloß das Badehandtuch. Rasch zog sie sich die Decke vom Bettende über die Schultern.

»Ehrlich«, Kurt schenkte Schnaps nach, »die Meditation tut mir gut. Mal abgesehen von Carlas Tod und Ursulas Verschwinden.« Er hob vielsagend die Brauen. Diesmal vermochte sein Humor den Schock darüber nicht zu verdecken. »Jedenfalls bin ich ein eingefleischter Atheist und gedenke das zu bleiben. Gott, Geister, Reinkarnation – das sind Hirngespinste. Konzepte, die uns das Leben erklären sollen. Das brauche ich nicht. Mir genügt die Wissenschaft.«

Langsam wurde es Zeit, mit ihrer Entdeckung herauszurücken. »Ich habe nicht nur ihren Geist gesehen, Kurt, sondern eine Hand, aus Fleisch und Blut.« Kurts Lippen wurden bleich.

»Verdammte Sch… – bist du sicher?«

Das Bild der Hand bei der Felsformation hatte sich in ihre Netzhaut gebrannt. Mehr als Nicken schaffte sie nicht. Für eine Weile war nichts weiter zu hören als dasHeulen des Windes. In Agnes brodelten Vorahnungen, Angst und der undefinierte Drang, aktiv werden zu müssen.

»Du glaubst also lieber an den Geist in der Flasche.« Sie zog die Decke enger um sich.

»Mädchen, du hast mich durchschaut.« Sein Lächeln wartete auf eine Erwiderung – da diese nicht kam, fielen seine Mundwinkel. »Du hast sie wirklich gesehen.«

»Ja.«

Kurt stieß einen gequälten Stoßseufzer aus und griff nach ihrer Hand. »Es tut mir so leid.« Seine Augen waren feucht geworden und Agnes spürte über den Hautkontakt seine Aufrichtigkeit. Diesen Kerl konnte man nur mögen, sogar wenn er sich über alles, was einem heilig war, lustig machte.

Es klopfte an der Tür. »Agnes?« Endlich Sieberts Stimme. Im nächsten Augenblick stand er im Zimmer und gaffte sie beide an. Kurz veranschaulichte sie sich das Bild, das sich ihm bot: Sie lediglich mit einem Handtuch bekleidet am Bett drapiert, händchenhaltend mit Kurt. Blitzschnell zog sie die Hand zurück.

»Störe ich?« Das klang selbst für Siebert mehr als unterkühlt.

»Solltest du nicht das Bett hüten?«, fragte sie und stand auf. »Mit einer Gehirnerschütterung ist nicht zu spaßen.« Sie stand nun dicht vor ihm auf den Zehenspitzen und tastete seitlich der Kopfwunde.

»Welches Gehirn?« Kurt kicherte über den eigenen Scherz, hörte jedoch sofort auf, als er mitansehen musste, wie zuerst der Turban von Agnes' Haar fiel und gleich darauf das Badehandtuch den Halt verlor. Er räusperte sich.

»Wenn das hier kein flotter Dreier werden soll, dann gehe ich jetzt besser.« Mit einem Lachen stand er auf.

»Sei kein Idiot.« Zugleich verlegen und amüsiert machte er einen Schritt fort von Agnes. »Wir müssen reden.«

»Fürs ›Reden‹ bin ich immer zu haben.« Kurts breites Grinsen verriet seine zweideutigen Gedanken.

Das Handtuch wieder in der Ausgangsposition, schlüpfte

Agnes ins Bad. »Ich zieh mich rasch an, Jungs. Ihr seid noch nicht alt genug für diesen Anblick.«

»Alt genug, um dabei keine schmutzigen Gedanken zu haben? Das sind wir frühestens in sechzig Jahren.« Kurt gluckste vergnügt. Sie ließ die Tür einen Spalt weit offen, um von der Unterhaltung im Zimmer etwas mitzubekommen. Ihr Spiegelbild zeigte ihr ein strahlendes Gesicht. Wie konnte sie Glück empfinden, während Ursula mit ziemlicher Sicherheit tot war? Das Lächeln verwelkte vor ihren Augen.

»Das meinst aber nicht ernst, Bertl?«, hörte sie Kurt indigniert sagen und Siebert schnaubte.

»Dich nehme ich nirgends mehr ohne dein ›Mauseweibi‹ mit«, erwiderte Siebert. »So was von brunftig.«

»Hey, du glaubst doch nicht, ich hätte was Unsittliches …«

»Ist schon gut, mein Alter, wollte dich bloß aufziehen.«

Agnes beeilte sich in die Klamotten zu kommen, schlüpfte in ihren Slip und schnappte sich den BH.

»Wie schaut's aus, war die Ruth bei dir?«, hörte sie Kurt fragen.

»Sch-scht«, zischte Siebert. »Wieso weißt du das?«

»Ich habe Ruth in dein Zimmer gehen sehen.«

»Sie hat mir einen Eisbeutel gebracht.« Siebert flüsterte so leise, dass Agnes ihn kaum verstand.

»Und hat ihn eigenhändig aufgelegt?« Kurt gab sich keine Mühe die Stimme zu senken.

Agnes konnte Siebert jetzt kaum noch verstehen. »Ruth packt das mit mir und Agnes nicht ganz.«

»Nicht ganz?«

»Sag, musst du mich dauernd nachäffen?«

»Bester, ich pack *dich* nicht ganz«, wisperte Kurt zurück. »Was hast du denn geglaubt?«

»Nichts! Ich bin weder mit Ruth noch mit Agnes zusammen …« Autsch. Blattschuss mitten ins Herz. Die Kugel bohrte sich tiefer und tiefer.

Sein Flüstern brach ab. Hatte er den Spalt in der Tür bemerkt? In veränderten Tonfall setze er den Satz fort. »Claudio hat mich gegen den Felsen geschleudert. Mit dem stimmt was nicht.«

Agnes streifte sich das letzte saubere T-Shirt über und schlüpfte in ihre Jeans. Der Vorwurf gegen Claudio gab ihr erheblich zu denken.

»Der ist eifersüchtig, was sonst.« Kurt klang nicht sonderlich alarmiert.

Agnes trat aus dem Bad und stellte sich vor Siebert. »Geschleudert? Du meinst, er wollte dich absichtlich verletzen?« Ihm so nahe zu sein schmerzte um Lichtjahre mehr als ihr Knöchel und Arm zusammen. Vielleicht hatte sie es aus seinem eigenen Mund hören müssen, um es zu glauben: Es gab keine gemeinsame Zukunft für sie beide. Aber darüber würde sie ein anderes Mal nachdenken.

»Das wird in der Panik passiert sein.« Siebert machte eine wegwerfende Handbewegung. »Wir sollten beim Scheiterhaufen mithelfen.«

Agnes schüttelte nachdenklich den Kopf. Ursula – verloren. Carla – tot. Hier lief alles schief. Irgendjemand trieb sein tödliches Spiel. Und er war verdammt erfolgreich.

10. Ramona hatte sich …

… an der Rezeption einen Überblick über die Verteilung der Zimmer verschafft und überlegte sich, ob der Meister tatsächlich bloß ein harmloser alter Mann war. Sein Zimmer lag gegenüber dem von Carla, beides Einzelzimmer. Soll öfter vorgekommen sein, die Konstellation Lehrer mit Schüler – dieser Wei Xu sah nicht gerade wie ein Asket aus. Sie saß an der Rezeption in einer menschenleeren Lobby und verglich am Bildschirm die Zimmerreservierungen. Im Notizbuch machte sie eine Skizze und notierte Namen. Da waren Claudio Nuretti und Josef Vantak, die sich ein Zimmer teilten. Waren die beiden ein schwules Pärchen? Auch das musste auf die Liste der offenen Fragen.

Ruth Chettula hatte ein eigenes Zimmer, gleich neben dem von Serge Turpal. Unvermittelt kam Ramona die Szene zwischen Ruth und Siebert im Speisesaal in den Sinn. Völlig klar, dass die beiden etwas miteinander hatten – inwiefern spielte Agnes eine Rolle?

Bei Kurt verifizieren, ob Ruth mit Siebert eine sexuelle Beziehung hat, notierte sie. »Wunderbares Konfliktfeld.« Ramona beschrieb eine weitere Seite in ihrem Notizbuch nur für ihre Hauptverdächtigen. *Einzelzimmer: der Meister, Ruth, Almut, Agnes, Carla, Uwe und Serge.*

»Jetzt die Doppelzimmer.« Ramona murmelte laut vor sich hin, während sie die Raumeinteilung skizzierte. Ursula Zirbel teilte mit Karin Haberl das Zimmer, Susanna mit Manuela, Renata mit ihrem Partner Robert, Kurt mit seinem Freund Siebert. Zu guter Letzt Claudio und Josef. Sie stellte sich vor, eine Person davon habe das Gespräch zwischen Ursula und Agnes belauscht, Panik bekommen, weil das vermeintlich perfekte Verbrechen aufgeflogen ist. Die Hypothese war ein guter Anfang. Ramona klappte das Notizbuch zu und streckte die Arme über den Kopf. Seufzend ließ sie sich gegen die Rückenlehne des Schreibtischstuhles sinken. Gesetzten Falles, Carla war tatsächlich mit Zyankali vergiftet worden – hierbei musste der Befund der Gerichtsmedizin abgewartet werden – dann gab es drei

Fragen, die zur Lösung des Mordes führten:

Wie wurde Carla das Gift verabreicht?

Wer hatte die Gelegenheit dazu?

Was war das Motiv?

»Goldlöckchen – darf ich dich zu einem Espresso verführen?«

Die unerwartete Einladung ließ Ramona erst zusammenzucken und gleich darauf hochblicken. Kurt lehnte sich über die Theke der Rezeption. Obgleich Ramona jeden anderen Mann für diese Unverschämtheit auf der Stelle mit einem Schulterwurf flachgelegt und mittels Handschellen am nächsten Heizkörper gefesselt hätte, erhielt Kurt ein erfreutes Lächeln. An der Idee mit den Handschellen hielt sie allerdings fest.

»Genau was ich brauche.« Ihr Lächeln galt der Fantasie, die gerade durch ihre Gedanken spukte.

»Siehst, ich bin ein Frauenversteher.«

Ahnungsloser Tropf wohl eher! Ramona stand auf und kam hinter dem Tresen hervor. Galant deutete er eine Verbeugung an, nahm ihre Hand und zog sie durch seine Armbeuge. Es fühlte sich großartig an, mit ihm den Gastraum zu betreten. Wäre da nicht Ruth unvermittelt vor ihr gestanden, mit einem Gesichtsausdruck eines Klingonen aus dem Star Wars-Universum.

»Ihr seid doch alle gleich.«

Damit rempelte sie Kurt unsanft an und stürmte durch das Hauptportal ins Freie. Ramona sah ihr nach und war sich nicht mehr sicher, ob Kurt nicht vielleicht doch ein Filou war.

11. Der Föhn kreischte …

… in Agnes' Ohren. Ihr antikes Gerät stand kurz davor, in Feuer und Rauch aufzugehen. Wenigsten war sie wieder allein, die Männer waren vorausgegangen, um nach dem Holz zu sehen.

Im Spiegel sah Agnes die dunklen Haarsträhnen im Wind flattern und wünschte sich zurück in ihr Häuschen im Wienerwald. Sobald die Zufahrtswege frei waren und die Polizeiermittlungen es zuließen, würde sie verschwinden. Carlas Körper musste obduziert werden, um Gewissheit zu erlangen. Die Vorstellung von Carla auf dem Edelstahltisch eines abgeklärten Rechtsmediziners ließ sich selbst mit der höchsten Fönstärke nicht verjagen. Fast gewaltsam zwang Agnes ihre Gedanken weiter. Was würde geschehen, wenn sich der Verdacht einer Zyankalivergiftung bestätigte? Die Seminarteilnehmer wären zwischenzeitig in alle Windrichtungen zerstreut, die Ermittlungen würden schleppend vorangehen. Zum ersten Mal war sie froh, dass Ramona vor Ort war.

Wer von ihnen hatte Zugang zu Zyankali? Nun, viele Apotheken verwahrten Zyankali in ihrem Tresor. Woher weiß ich das schon wieder, wunderte sie sich und warf die Haare mit Schwung vornüber und begann, den Hinterkopf anzublasen. Richtig, letzte Woche hatte sie in der Zeitung von einem Apothekenraub gelesen; Zyankali war Teil der Beute gewesen.

»I-ich habe a-angeklopft«, rief eine Männerstimme unmittelbar neben ihr.

Agnes fiel vor Schreck der Föhn aus der Hand und gleichzeitig schlug sie sich im Aufrichten den Kopf am Waschbecken an. »Verdammt!« Sie rieb sich den Hinterkopf. Josef stand mit hochgezogenen Schultern vor ihr und blinzelte verlegen.

»K-keiner hat g-geantwortet.«

»Bist du irre?«, stieß sie hervor, fühlte wie sich ihr gesamter Frust entladen wollte. »Was willst du in meinem Zimmer?«

»E-entschuldige.« Josef machte einen zögerlichen Schritt Richtung Ausgang, blieb aber an der Tür stehen. »W-warum lässt du die Tür offen – i-ich dachte, dir ist etwas z-zugestoßen.« Verärgert stemmt Agnes den freien Arm in die Hüfte. Josef drückte sich gegen die Wand.

»Nach der Verletzung am Arm und am Knöchel, hab‘ ich jetzt dank‘ dir noch eine weitere Beule am Kopf.« Sie war so verdammt wütend – auf Josef, auf Siebert, das Wetter ...

»K-komm‘ rüber zu uns, w-wenn du fertig bist.« Er rubbelte über die Nasenwurzel und schob dann die Brille wieder hoch. »U-uwe und ein paar andere sind da. W-wir müssen reden.«

Agnes’ Ärger wich der Neugierde.

»Worum geht’s?«

»L-lagebesprechung.« Für einen Augenblick trafen sich ihre Blicke. Seine Energie kroch in sie. Rasch wandte sie sich ab.

»Ich komme in fünf Minuten.« Die Haarbürste gab ihr den Vorwand, etwas zu tun. Energisch strich sie mit den Holznoppen durch die zerzauste Mähne. Im Spiegel bemerkte sie ihn nach wie vor reglos verharren. »Raus jetzt«, blaffte sie ihn an, schickte jedoch ein versöhnliches Lächeln hinterher. Sofort kehrte er ihr den Rücken und verschwand. So ging das nicht weiter, sie durfte nicht die Emotionen anderen in sich aufnehmen. Bei Ruth war ihr gelungen die Distanz zu wahren und sie trotzdem zu ›lesen‹. Ihr Spiegelbild sah sie fragend an. Was war der Trick? Kopfschüttelnd rollte sie das Kabel des Föhns auf und legte ihn zurück ins Regalfach.

Mit einem Fuß steckte sie schon in ihren Sneakers, da fiel ihr Blick auf die Balkontür, die einen Spalt offenstand. Diese Aussicht ins Tal. Die bizarren Türmchen und gemusterten Dachflächen von Schloss Hinterleiten hielten sie gefangen. Es war märchenhaft, auf schaurige Weise. Wenn es Geister gab, dann dort, war sich Agnes sicher.

12. Agnes' Faust schwebte …

… über der Nachbartür. Stimmen drangen heraus auf den Gang, einzelne Wortfetzen krochen Agnes unter die Haut.

»… ermordet.« »… verschwunden.« »… ein Mörder unter uns.«

Sie zog die Hand zurück. Alles in ihr sträubte sich dagegen, an dem Gespräch teilzunehmen. Entschlossen wandte sie sich ab und ging den Gang hinunter. Die Türklinke vom letzten Zimmer wurde langsam heruntergedrückt und einen Moment in dieser Position gehalten. Seltsam kam ihr das vor – wessen Zimmer war das? Eine sonore Stimme war zu hören. Eindeutig Wei Xus Bass. Langsam öffnete sich die Tür und die quietschenden Angeln verursachten Agnes Gänsehaut.

»Namasté, Meister.« Agnes ordnete die Stimme sofort Serge zu. Sein Hinterteil ragte für eine Sekunde aus dem Türrahmen hervor. Dann richtete sich Serge wieder auf und trat auf den Gang.

»Ist das das Zimmer der Queen?«

Erschrocken wirbelte Serge herum und glotzte sie an.

»Warum schleichst du dich an?«

»Warum bewegst du dich wie ein Einsiedlerkrebs?«

Darauf wusste er nichts zu sagen, deutete dafür mit gefalteten Händen eine Verbeugung an und zwängte sich an ihr vorbei. Agnes sah ihm nach. Seine Schritte setzte er sehr sorgsam, fast lautlos ging er die Treppe hinab. Bevor er außer Sicht kam, drehte er sich nochmals in ihre Richtung. Für einen kurzen Augenblick sah sie unverhohlene Abneigung in seinem Gesicht. Gleich darauf verschwand er in der unteren Etage. Agnes Aufmerksamkeit richtete sich auf Wei Xues Tür. Ob sie ihn stören durfte? Konnte man einen Zen-Meister überhaupt stören? Entschieden klopfte sie an.

»Herein.«

»Darf ich stören?«

»Nur der Gestörte ist gestört. Komm herein, Agnes.«

Sie trat ins lichtdurchflutete Zimmer. Es roch nach Räucherstäbchen und grünem Tee. Sie sah sich um. Männerkleidung lag feinsäuberlich gefaltet auf einem Stuhl. Die Betten waren gemacht, am Nachttisch lag ein Buch. Vor der offenen Balkontür im bequemen Fauteuil, saß Wei Xu. Auf dem Schreibtisch neben ihm standen eine kleine Teekanne, zwei Teeschalen und ein Wasserkocher.

»Tee?«, fragt Wei Xu.

»Gern.«

»Sei doch so gut und wasche die Tasse im Badezimmer aus. Serge hat daraus getrunken.«

Agnes tat wie ihr geheißen. Auch im Badezimmer herrschte penible Ordnung. Eine Zahnbürste stand im Glas vor dem Spiegel, ein Necessaire auf der Ablage. Kaum war sie zurück, wies Wei Xu auf einen Stuhl neben sich. Konzentriert machte er sich daran, den Deckel der Kanne anzuheben und dampfendes Wasser über die smaragdgrünen Teeblätter zu gießen.

»Ich reise auch stets mit Teegeschirr.«

Wei Xu brummte wohlwollend. »Was bringst du mir, Agnes?«

»Ich weiß nicht.« Seine Frage verunsicherte sie. Der Alte lachte.

»Gute Antwort. Carla war eine fantastische Lehrerin. Die Geschehnisse hängen allerdings noch unsortiert in deinem Kopf herum. Richtig?«

Agnes seufzte. So konnte man es natürlich auch ausdrücken. Nach einer Weile des Schweigens griff der Meister zur Teekanne und goss die goldene Flüssigkeit in die Teeschalen. Er hob seine Tasse zum Mund und schlürfte geräuschvoll.

»Vergiss das Gerümpel in deinem Kopf. Du brauchst das nicht.«

Agnes starrte ihn an. Das war nicht gerade die Hilfe, die sie sich erwartet hatte. Aber Zen-Meister waren bekanntlich exzentrisch.

»Ja, ja: In eine volle Tasse kann man keinen Tee einschenken.« Jeder kannte diesen Zen-Spruch.

»Was du wissen willst, kann man nur ›erfahren‹.«

»Du weißt was ich wissen will?« Ihre Stimme klang jetzt etwas trotzig. Der Meister kicherte amüsiert und schlürfte neuerlich lautstark aus der Teeschale.

»Da ist nichts zu tun.« Wei Xu nickte ihr aufmunternd zu. »Lass einfach deine Ketten los.«

»Ich könnte schreien, wenn ich diesen Spruch höre, Wei Xu. Womit halte ich die Ketten fest? Erst wenn ich das weiß, kann ich loslassen.« Volle Tasse. Ketten. Das war einfach zum Ausflippen! Sie musste laut auflachen.

»Du redest, denkst nach, redest. Der Tee wird kalt.« Wei Xus buschigen Augenbrauen zogen sich zu einem durchgehenden Strich zusammen. Eingeschüchtert nahm sie die Schale auf, bemerkte die Hitze des Porzellans. Bereits der erste Schluck Tee entfaltete eine wohlige Wärme in ihrem Magen. Dem zweiten Schluck folgte sie auf seinem Weg durch die Speiseröhre in den Magen, tiefer in den Bauch, ließ sich in ihrer Mitte nieder.

»Schon besser«, brummte der Alte zufrieden. Er schenkte erneut ein. Agnes beobachtete ihn. So sah es aus, wenn man in seiner Mitte ruhte. Keine überflüssigen Bewegungen, Worte oder Handlungen. In eine Wolke aus Zufriedenheit gehüllt. War es schlicht Ruhe? Wei Xus Blick weilte auf dem Wald draußen, als wäre er das Schönste auf Erden. Die ›Audienz‹ schien beendet. Sie hob die Schale an die Lippen und trank sie leer. »Danke für den Tee, Wei Xu.« Sie stand auf und verneigte sich, eine Geste, die der Alte mit gefalteten Händen erwiderte.

Unvermittelt fing er ihren Blick. »Du willst Carlas Mörder finden, willst verhindern, dass noch mehr passiert. Sei Beobachterin. Urteile nicht. Werte nicht. Sieh dir an, was ist. Sei nicht Spiegel, sei der Gebirgssee; durchlässig bis auf den Grund. Dann wirst du die Lösung finden.«

»Weißt du etwas, das mir weiterhelfen kann?« Aufregung erfasste sie.

»Ich bin das Opfer und der Täter, ich bin die verschreckte Schar Schüler und ihr alter Meister; ich bin die Vergangenheit, die Gegenwart und die Zukunft«, verkündete Wei Xu. Wunderbar – er textete sie mit Zen-Weisheiten zu!

»Damit finde ich keinen Mörder.«

»Wärest du der Mörder, wüsstest du's, oder?« Der Meister trug ein spitzbübisches Lächeln auf den Lippen. Agnes sah ihn verdutzt an. Er wusste es – wusste um ihre Fähigkeiten! Von Carla? Oder hatte er es ihr angesehen? Wenn er sie ansah, hatte sie das Gefühl, nichts könne seinem Geist entgehen. Aber um Himmels Willen: Sei nicht Spiegel, sei der Gebirgssee? Gnaaahhh!

»Es gibt keinen Spiegel.« Okay, das war jetzt der Gipfel.

Doch der Meister sprach unbeirrt weiter. »Wir sehen einander beim Feuerlauf.«

Agnes erschauerte. Die Zeit der glühenden Kohlen war gekommen.

13. Kalte Luft strömte …

… vom Balkon ins Zimmer. Unwillkürlich zog Agnes beim Eintreten ihren Kapuzenpulli enger um sich. Uwe stand draußen, den Fuß auf einem Gartenstuhl gestützt und blies Zigarettenrauch ins Zimmer.

»Mensch, Uwe, kannst du deinen Qualm woandershin blasen? Nochmal, mach die Tür ist zu«, knurrte Claudio gereizt. »Reicht, dass alle wegen dir frieren.« Er hatte es sich mit Karin auf dem Bett bequem gemacht. Am Nebenbett saß Josef, die Knie eng beieinander. Am Fußende Susanna und Almut, Seite an Seite. Ob die beiden doch noch einen Draht zueinander aufgebaut hatten, fragte sich Agnes. Kurt indes hatte es sich rittlings auf einem Stuhl bequem gemacht und Siebert räumte den Fauteuil für Agnes.

»Was macht dein Fuß, schon besser?«, fragte Manuela an Stelle einer Begrüßung.

»Nicht so schlimm.« Agnes‘ Erwiderung fiel knapp aus.

»Süße, hast du es schon mit Prana-Healing probiert?«, hakte Karin ein. »Also bei meinen Klienten wirkt das Wunder.«

»Oder ein EFT?«, kam von Susannas Seite. »Der linke Fuß steht für die Standfestigkeit im realen Leben – du musst dich fragen, ob du ausreichend in der Realität verankert bist.«

Agnes atmete tief durch. In einem Zimmer voller Therapeuten sollte man keinerlei Krankheit zur Schau stellen.

»Ich habe Beinwell gefunden, das sollte reichen.« Agnes war sich des abweisenden Untertons bewusst.

»Du musst dich für dein Abdriften in die Traumwelt lieben.« Wieder gab Karin die Oberlehrerin. Offenbar bemerkte sie im selben Moment, wie ihre Ansage bei Agnes ankam. Mit gekünstelten Lachen winkte sie ab. »Aber was erzähle ich dir, du kennst ja EFT.«

»Muss ich das auch kennen?« Der Einwurf kam von Almut, die dabei ihre hellblonde Pixifrisur zurechtzupfte.

»Emotional Freedom Technique, auch Klopf-Akupressur genannt«, antwortete Agnes anstelle vor Karin. »Woher kommt dein vermeintliches Wissen über die Welten, in die ich angeblich abdrifte?« Niemand wusste von ihren Träumen außer Siebert und Carla. Die neugierigen Blicke der anderen provozierten sie. Mit einem Mal fühlte sie sich an den Pranger gestellt.

»Hat sich herumgesprochen, dass du auf deiner Suche nach Ursula eine ›Vision‹ hattest.« Karins Augen zuckten kurz zu Claudio. Völlig klar, wer hier das Klatschmaul war.

»Agnes ist gern etwas Besonderes.«

Claudios süffisante Wortmeldung reizte Agnes aufs Blut. »Was hast du für ein Problem? Spar dir solche Kommentare.«

Auch Siebert hatte sich von der Wand abgedrückt und war einen Schritt auf Claudio zugegangen. »Lass Agnes in Ruhe.«

»Bist du ihr Beschützer?« Claudio zeigte sich standhaft, doch Agnes sah das Flackern in seinem Blick. Seine Hand packte Karin eine Spur fester, als wollte er sie als Schutzschild vorschieben.

»Den wird sie brauchen. Ruth explodiert demnächst«, meinte Karin mit einer lässigen Handbewegung und tätschelte gleich darauf Claudios Oberschenkel.

»Apropos, Ruth hat vor dem Feuerlauf zusätzlich eine

Runde Qi Gong angeordnet.« Susanna sah auf die Uhr. »Ist bald so weit.«

»Du machst beim Feuerlauf mit?« Agnes war erstaunt. Nach den Animositäten zwischen Susanna und Wei Xu wäre ein Boykott ihrerseits naheliegender gewesen.

»Diese Gelegenheit lasse ich mir nicht entgehen.« Susanna zuckte mit den Schultern. »Macht sich gut auf meiner Homepage. Wer schießt eigentlich die Fotos?«

Ein zögerliches Klopfen an der Tür verhinderte eine Antwort. Kurt, der als Nächster an der Eingangstür saß, erhob sich, um sie zu öffnen. Renata stand auf der Schwelle.

»Ist Robert da?« Sie machte einen Schritt ins Zimmer. »Er wollte bei euch vorbeischauen.«

»Nein, aber setz dich. Platz ist in der kleinsten Stube.«

Renata runzelte die Stirn angesichts des überfüllten Zimmers. Kurt überließ ihr galant seinen Stuhl, nicht ohne sie als Schönste aller Meditierenden zu betiteln und ihr damit ein Lächeln zu entlocken.

»Dann lasst uns die Sache fertig besprechen.« Uwe kam eben vom Balkon herein, verriegelte die Tür und steckte sein Feuerzeug in die Hosentasche. »Ich möchte in mein Zimmer zurück.«

»Die Sache?« Renata wirkte verwirrt.

»Carlas Tod«, stellte er klar. »Wir sind alle dabei gewesen und keinem ist was aufgefallen? Das kann nicht sein.«

»Einer ist etwas aufgefallen«, wandte Kurt ein. »Ursula. Und die ist spurlos verschwunden.«

»Soweit waren wir schon«, wies ihn Almut mit ihrer dröhnenden Stimme zurecht, doch er warf ihr ein Kusshändchen zu.

»Du kleiner Sonnenschein! Almut Immergut. Ich würde deinen Namen sofort annehmen, falls wir heiraten.«

»Da stürzte ich mich vorher in die Schwarza.«

»Lass gut sein.« Susanna tätschelte besänftigend Almuts Arm. »Er muss diese Späße reißen, um sich der Realität des Todes zu entziehen. Klassische Verdrängung.«

»Hört, hört!« Kurt hob freudig den Fehdehandschuh auf. »Ich krieg eine Psychoanalyse für umsonst – hoffentlich auch gratis.«

»Ich hätte einfach ›feig‹ gesagt«, konterte Karin und einige lachten.

»Humor schadet nicht.« Kurt breitete versöhnlich die Arme aus. »War nett gemeint.«

»Können wir über das Gift reden?« Uwe trat ungeduldig von einem Fuß auf den anderen. »Stellt euch vor, die Obduktion würde eine Vergiftung bestätigen. Das hieße, sie hat es entweder selbst getan oder einer von uns, vor aller Augen. Ich tippe auf Zyankali. Das wirkt unmittelbar.«

Mit einem Schlag schlug die Stimmung um. Agnes meinte den kalten Atem eines Gespenstes im Raum zu spüren, heraufbeschworen durch das gemeinsame Bild, welches jedem Anwesenden nun klar vor Augen stand: Carlas Todeskampf.

»Wieso kennst du dich mit Gift so gut aus?« Almuts frage durchbrach die Stille. »Bist du Chemiker?«

»Ich habe ein paar Semester Pharmakologie studiert.« Alle Blicke richteten sich auf Uwe. »Schleimhauteinblutungen passen dazu.« Als hätte jemand den nächstliegenden Gedanken laut ausgesprochen, hob Uwe beschwichtigend die Hände. »Seht mich nicht so an. Die Anleitung zur Herstellung von Zyankali findet jeder Idiot auf YouTube.« Agnes bemerkte das Auftauchen von roten Flecken an Uwes Hals und Wangen. Seine Hände rieb er an der Rückseite der Jeans ab. Es war ein bestimmter Satz, der sie beschäftigte.

»Zyankali wirkt unmittelbar.« Sie wiederholte Uwes Worte

nachdenklich. Sie hatte den anderen gegenüber lediglich von Gift gesprochen, Uwe war der erste, der – genau wie Ursulas Vermutung – auf Zyankali tippte.

»Ihre Hustenbonbons!« Karin riss die Augen weit auf. »Sie hat ständig welche wegen der Erkältung gelutscht. Vielleicht war das Gift in der Füllung?« Karin hatte sich von Claudio frei gemacht und saß hochaufgerichtet auf dem Bett.

»Wie soll das Gift hineingekommen sein?« Kurt massierte sich die Schläfen.

»Man könnte das Bonbon mit ein wenig Geschick präpariert«, antwortete Karin prompt.

»Möglich wäre es.« Almut kratzte sich nachdenklich.

Agnes saß mit geschlossenen Augen da und beschwor das Bild von Carlas letzter Meditation herauf. »Drei Räucherstäbchen hielt Carla in die Kerzenflamme. Drei kleine Flammen entstanden. Sie fächelte sie direkt unter ihrem Gesicht aus, Rauch stieg auf, dicke Kringel schlängelten empor.« Agnes blickte in die Runde. »Wir kennen alle ihr Ritual, sie liebte den Duft. Dann folgte das Husten, die Atemnot, ihr Tod.«

»Die Räucherstäbchen«, stieß Siebert hervor.

»Wie ist das möglich?« Karins geflüsterte Worte spiegelten die Frage auf den Gesichtern rings um Agnes. Alle blickten nun wieder zu Uwe.

»Das ist machbar.« Uwe rieb sich über die Stirn. »Vielleicht in Wachskügelchen eingeschleust, durch die Hitze schmilzt das Wachs, das Gas entweicht ...«

Karin schnappte nach Luft. »Mir ist aufgefallen, dass die Räucherstäbchen dicker waren als sonst.«

In Agnes' Brust wurde es eng. Jeder Atemzug kostete Überwindung, als schnürte sich ein Korsett um den Brustkorb. Die Emotionen im Raum bedrängten sie – binnen Sekunden hatten sich die Beziehungen der Anwesenden zueinander völlig verschoben. Ist der Typ neben mir der Mörder? Diese Frage schwang im Raum und war ihrer aller neuer Begleiter.

»Warum ist keiner von uns gestorben?« Die berechtigte Frage kam von Siebert. Mit undurchdringlicher Miene fixierte er Uwe. Dessen Gesicht war mittlerweile aschfahl. »Die Dämpfe sind extrem giftig und flüchtig. Das Räucherstäbchen glost, das darin versteckte Zyankali verdampft direkt unter Carlas Nase. Der Abstand zu den in der ersten Reihe betrug etwa drei Meter.« Er zuckte unsicher mit den Schultern. »Oder das Hustenbonbon. Keine Ahnung.«

»Wahnsinn, wer macht denn sowas?« Karin stand auf, zwängte sich an Uwe vorbei und riss die Balkontür auf. »Das hätte jeden von uns treffen können.«

»Die Frage ist doch vielmehr – warum?« Kurts juristisches Gehirn verlangte es offensichtlich nach einer rationalen Analyse.

»L-leute, das ist v-verrückt.« Josef, der bislang schweigend zugehört hatte, setzte sich kerzengerade auf. »C-carla war mit allen g-gut.«

»Jeder Mensch hat ein Geheimnis.« Kurt blickte in die Runde – keiner hielt seinem Blick stand.

»F-frauen m-morden mit Gift.« Josef Einwurf wurde von den weiblichen Anwesenden mit Stirnrunzeln aufgenommen. »I-im Roman j-jedenfalls.«

»Was für ein Klischee!« Susanna schnaubte aufgebracht. »95% aller Straftaten werden von Männern begangen, insbesondere Gewaltverbrechen. In unserem Seminar gibt es keine einzige Frau, die so etwas tun würde. Wieso ist Wei Xu nicht erschienen? Das mit dem Kartoffelsalat ist doch quatsch – ich habe eine ganze Schüssel davon gegessen. Ich finde, er verhält sich seltsam.«

»Er ist ein Zen-Meister!«, warf Renata ein.

Susanna verdrehte die Augen zur Decke und stöhnte so demonstrativ auf, dass Renata vor Ärger rot wurde. »Deshalb ist er noch lange kein Heiliger.«

»Du magst ihn nicht, das ist alles.« Sichtlich erschüttert von den Anwürfen ging Renata zur Tür, im Begriff das Zimmer zu verlassen. »Er ist ein mitfühlender Mensch und kommt einem Heiligen ziemlich nah.«

»Sagen wir mal so, wir von Carlas Gruppe kennen ihn einfach zu wenig«, versuchte Uwe die Wogen zu glätten.

»Zwei Zen-Meister.« Siebert rieb sich übers Kinn. »Es hätte genauso gut Serge treffen können. Der leitet die Meditation, wenn Wei Xu nicht kann.«

»Dann haben wir schon drei, denen der Anschlag hätte gelten können«, resümierte Kurt. »Das macht's nicht leichter.«

Karin, die Hand auf die Brust gepresst und schwer atmend, lehnte sich gegen den Türstock. »Bei der Göttin! Ich habe ebenfalls eine Zen-Ausbildung – es hätte genauso gut mich treffen können!«

Zitternd stand sie im Wind, der mit ihren tizianroten Stirnfransen spielte. Ehe Agnes ihrem Impuls nachgeben konnte, Karin beizustehen, war Claudio ihr bereits zuvorgekommen. Fürsorglich nahm er sie in den Arm. Agnes betrachtete das Pärchen. Der Drang nach Vereinigung, die Flucht vor der Einsamkeit. Wer dabei zu kurz kam, verzweifelte. Verzweiflung trug dunkle Blüten. Jener Teil in ihr, den sie seit der Begegnung mit ›Belladonna‹ kannte, wusste das. Getriebene der Einsamkeit, dachte sie, das ist es, was wir alle sind. Und einer von uns ganz besonders. Plötzlich war da dieses Gedicht in ihrem Kopf – so oft hatte sie es gelesen, mit einem Mal verstand sie es.

»Jeder mordet, was er liebt.« Agnes versuchte sich an die weiteren Zeilen zu erinnern.

Siebert merkte auf. »Oscar Wilde?«

Agnes nickte und verlor sich in Sieberts waldfarbigen Augen. Erde, Blätter, Sonne.

»Jeder mordet was er liebt sei jeder des belehrt, mit schmeichelndem Wort, mit bittrem Blick, nach jedes Art und Wert;

der Feige mordet mit einem Kuss, der Tapfre mit einem Schwert. «

Neun fragende Gesichter richteten sich auf Agnes, eines davon hart wie Stahl.

14. Ein frustriertes Stöhnen …

… entrang sich ihrem Mund. Sie ließ das Pendel auf den Tisch fallen und vergrub den Kopf in ihren Armen.

»Wieder eine Vision?« Siebert kam eben aus dem Bad, unschlüssig was er tun sollte. Agnes schüttelte den Kopf, richtete sich auf. Auf keinen Falls sollte Siebert denken, sie wäre schwach. Mühsam gelang ihr ein Lächeln. »Das ist bloß Frust – ich finde nichts Hilfreiches.« Die Besprechung in Uwes Zimmer hatte sich aufgelöst und Siebert war mit in ihr Zimmer gekommen. »Ich spüre, dass etwas geschehen wird, aber wie kann ich es verhindern?«

Siebert lehnte sich an die Tischkante vor ihr und verschränkte die Arme. »Mach es wie in England: Jedem Verdächtigen in die Augen schauen und – zack – schon wissen wir, wer's war.«

Die Erinnerung an England versetzte Agnes einen derartigen Schlag in die Magengrube, dass sie leise aufstöhnte. Hatte sich Siebert noch nie vorgestellt, wie es sich anfühlte, von den Emotionen und Erinnerungen eines Mörders überflutet zu werden? Oder wie schwer es war, diesen Dreck wieder aus dem Organismus zu bekommen? Es war wie eine Vergiftung, die sich schwarzen Tintentropfen gleich in Wasser ausbreiteten, bis alles Gute und Schöne verdorben war. Es brauchte einen tiefen Atemzug, ehe sie Siebert antworten konnte. Agnes stand auf und öffnete die Balkontür.

»Erstens funktioniert diese Vision nur über Hautkontakt, zweitens ist dieser Vorgang für mich die Hölle. Als würde man den Wahnsinn in seinen Körper lassen.«

Sieberts Mund öffnete sich schockiert und seine Arme streckten sich, als wollte er sie berühren. »Das hast du mir nie gesagt.«

Agnes drehte sich weg, sah aus dem Fenster, sprach aber weiter. »Es besudelt mich, zerstört mich. Damals bin ich ins Wasser gesprungen, um den Dreck loszuwerden. Hätte die Erdmutter nicht zu mir gesprochen …«

»Die … ›Erdmutter‹?«

Tiefe Wolken hingen in den Bergen, der Wind trieb sie vor sich her, verjagte den Regen. Ein Blick über die Schulter zeigten ihr, was sie vermutete: Siebert machte ein Gesicht, als balancierte er auf einer Slackline quer über den Alpen.

»Ich – bin offen dafür.« Er setzte sich aufs Bett, die Ellenbogen auf den Oberschenkeln abgestützt. »Wenn dein ›Konzept‹ helfen kann, den Mörder zu finden, bin ich der Letzte, der sich dagegen sperrt.«

Sein flehentlicher Blick brachte die mühsam aufgebauten Schutzmauern zum Schmelzen. Bevor sie weitersprach, verriegelte sie die Balkontür. »Die Natur spricht zu uns. Sieh es als Pendant zum ›Himmelvater‹. Versteh die ›Erdmutter‹ nicht als reale Personen, die uns etwas zuflüstern, sondern eher ein kollektives Bewusstsein, eine Energie, die sich unserer Vorstellungskraft bedient.« Sieberts Gesichtszüge waren undurchschaubar geblieben. »Auf dieser Basis funktionieren meine Träume, Visionen und die empathischen Verbindungen.«

Nachdem Siebert immer noch nichts sagte, wurde sie zunehmend unruhig. War das zu viel gewesen? Endlich räusperte er sich und blinzelte. »Das kann ich – irgendwie – verstehen. Ich habe mich auch in England bemüht. Aber du hast mir trotzdem das Herz herausgerissen.«

Für einen Moment fühlte Agnes selbst, wie ihr Herz aus tausend Schnitten blutete. Sie hatte ihm so viel angetan, das durfte nicht noch mal passieren.

»Verzeih mir – auch dass ich mich in deine Beziehung zu Ruth hineingedrängt habe. Lass und Freunde sein.«

»Freunde?« In Sieberts Gesicht spiegelte Ungläubigkeit.

»Ich weiß, das ist nach allem zwischen uns nicht einfach – aber es kann funktionieren.« Sie wollte ihn zumindest als Freund behalten. Vielleicht würde der Verlust irgendwann nicht mehr schmerzen. Wenn sie sich fernhielt, blieb Siebert in Sicherheit; sie brachte nur Tod und Grauen in sein Leben. Das hatte sie endlich verstanden – die Lehre aus den Träumen war, dass sie nicht zusammensein durften. »Du hast recht – ich muss alles tun, um Carlas Mörder zu finden. Vielleicht schaffe ich es, mich besser vor den Emotionen abzuschotten.«

Abschotten, wiederholte Agnes in Gedanken. *Es gibt keinen Spiegel*, hatte Wei Xu gesagt. *Ich bin das Opfer und der Täter, ich bin die verschreckte Schar Schüler und der Meister, ich bin die Vergangenheit, die Gegenwart und die Zukunft.* War die Lösung vielmehr ›durchlässig‹ zu werden?

Jemand hämmerte gegen die Tür und Kurts Stimme ertönte: »Los geht's – das Holz ist da!«

15. Ramona beobachtete die …

… Seminarteilnehmer von der unteren Wiese aus, wo der Holzpavillon stand. Immer mehr kamen aus dem Hotel und stapften den Berg hoch zur oberen Wiese nahe dem Weiher. Manche grüßten sie mit einem Kopfnicken, andere gingen einfach an ihr vorüber.

Zuvor war der Flackl-Wirt mit dem Traktor vorgefahren und hatte eine Fuhre Holz abgeladen. Ein enormer Stoß durcheinander geschütteter Scheiter war es, um den sich die Leute nun versammelten. Ruth gab Anweisungen und die Männer begannen mit dem Aufschichten des Scheiterhaufens. In geordnetem Muster wurde Scheit um Scheit aufgelegt und übereinandergeschichtet.

»Hallo, Ramona!« Kurts Stimme. Erfreut blickte sie zur Seite und sah ihn mit Arbeitshandschuhen auf sich zukommen. »Ist leider nichts geworden, aus unserem Kaffee. Was hälst du von einem Gläschen Rotwein nach dem Feuerlauf?«

Wenn das nicht bedeutete, Kurt hatte angebissen! Es kostete einige Anstrengung die innere Cheerleaderin in Zaum zu halten, ehe sie lässig sagen konnte: »Machst du da wirklich mit?«

»Klar! Hast du Lust? Ich kann das arrangieren …«

Ramona wehrte mit beiden Händen ab. »Nicht für viel Geld! Ich verbrenne mir weder gern die Finger noch die Füße.«

Kurt lachte und rieb sich den unteren Rücken. Holz war verdammt schwer und man sah ihm an, dass er nach einer Fluchtmöglichkeit suchte. »Andererseits«, raunte er bedeutungsvoll und lehnte sich näher zu ihr, »verpasst man eine Menge, wenn man stets das Feuer scheut.«

Ramonas Herz machte einen halsbrecherischen Sprung. Sein Lächeln, seine Worte, sogar sein Zwinkern sorgte für einen Hormonrausch. Vorsichtig atmete sie langsam aus. Spring ihn bloß nicht gleich an, mahnte sie sich.

»Das hat was.« Kokett senkte sie die Wimpern. Sie wich keinen Millimeter zurück.

»Gibt es neue Erkenntnisse?«

Gott, wie nahe er bei ihr stand und er roch so männlich. »Die Beziehungen innerhalb der Gruppe sind interessant. Ruth und Serge beispielsweise pflegen eine ausgeprägte Rivalität. Kannst du das bestätigen?«

Kurt runzelte die Stirn. »Jetzt, wo du es sagst. Bei Ruth ist schlechte Laune allerdings ein Grundzustand. Aber ja – bei ihr ist es das Organisieren, bei Serge der spirituelle Anspruch; der wäre selbst zu gern ein Guru.«

Seine Antwort stellte Ramona zufrieden. »Ein gutes Motiv für mich. Sind Claudio und Josef schwul? Sie sind beide unverheiratet, kinderlos, schlafen gemeinsam in einem Zimmer …«

Entsetzt stütze er die Hände in die Hüften. »Hey, ich teile ebenfalls mit Siebert das Zimmer und bin definitiv nicht schwul.«

»Das hoffe ich.« Sie gluckste übermütig. »Aber Josef Vantak war mal alkoholkrank und hat seinen Job verloren. Derzeit arbeitet er nur ehrenamtlich und hat vom berühmten Vater reichlich geerbt. Und trotzdem keine Freundin.«

Kurt hob interessiert die Augenbrauen. Niedlich sah das aus. Ramona steckte lässig die Hand in ihre Hosentasche und spielte mit den darin befindlichen Handschellen. Ach, ach, komm du mir in mein Zimmer …

»Was für ein geheimnisvolles Lächeln.« Kurt beobachtete offenbar jede ihrer Regungen. »Dieser Claudio ist ein Idiot. Gibt es über Uwe etwas Interessantes?«

»Uwe Vocka lebt von Immobilien. Einer, der sich kein Geschäft entgehen lässt. Macht auf lässig, trotzdem habe ich den Eindruck, sein Verhältnis zu Frauen ist gestört. Mit Homosexualität hat er eventuell ein Problem. Vielleicht unterdrückt es seinen eigenen Drang.«

Kurt verzog das Gesicht. »Warum interessiert dich überhaupt die sexuelle Ausrichtung?«

Sie lachte. Was für eine dumme Frage. »Sex und Geld sind die führenden Motive für Mord. Besonders verbotener Sex. Karin spielt übrigens in beiden Teams. Hat mir ein Mäuschen gesteckt. Tatsächlich war sie es, die Almut angebaggert hat und die wollte auf keinen Fall mit ihr in ein Zimmer.«

Kurt lehnte sich nachdenklich gegen die Säule des Pavillons. Ramona bemerkte, wie gut seine schwarzen Jeans saßen, dazu die breite Brust – sie zuckte zusammen, als er wieder etwas sagte.

»Schwul ist weder verboten noch ein großes Ding heutzutage.«

»Trotzdem will nicht jeder, dass es publik wird«, widersprach sie hastig. »Familie, Ehepartnerin, Geschäfte – alles Mögliche kann darunter leiden. Was ich in meinem Job alles zu sehen kriege …«

»Kann ich mir denken.« Kurt machte eine geringschätzige Geste. »Interessiere dich lieber dafür, wer giftige Räucherstäbchen oder Hustenbonbons basteln kann.«

Ramona überging seine Überheblichkeit. »Räucherstäbchen oder Hustenbonbons?«

»Da war möglicherweise das Zyankali drin.« Ramona sog scharf Luft ein – was für ein perfider Plan! »Unser Uwe hat ein bisserl Pharmakologie studiert und uns über Zyankali aufgeklärt.«

Begeisterung machte sich auf ihrem Gesicht breit und ihre Gedanken galoppierten über neue Pfade. »Uwe ist außerdem beinahe Chemiker.«

»Chemiker? Ich dachte der hat Pharmakologie studiert?«

»Hat das Studium gewechselt, aber nichts fertig gemacht.« Ramona bemühte sich, den Gedankenfaden festhaltend. »Das Gift in Räucherstäbchen zu kriegen, wird nicht so einfach sein. Da eignen sich Bonbons mit weicher Füllung besser. Aus Carlas Zimmer kann ich mir die Hustenbonbons besorgen, das ist rechtlich gedeckt.« Worauf sie eigentlich hinaus wollte, konnte sie ihm nicht direkt sagen. Stattdessen verringerte sie den Abstand zwischen ihnen nochmals und raunte verschwörerisch: »Karin lässt mich nicht in ihr Zimmer. Und ohne Durchsuchungsbefehl kann ich mir keinen Zugang verschaffen. Das kostet mich sonst meinen Job.« Würde er den Wink mit dem Zaunpfahl verstehen? Ramona hatte das Gefühl, es ihm genauer erklären zu müssen, damit er die Idee aufgriff. »Man müsste die Zimmer durchsuchen, noch bevor alle abreisen. Nachher sind die Beweismittel futsch.«

»Ist das nicht eine Ausnahmesituation? Brauchst du tatsächlich eine richterliche Anordnung?«

»Ich darf nur dann in Grundrechte eingreifen, wenn Gefahr in Verzug ist. Bei dieser Aktenlage ist das nicht der Fall.« Vor allem wollte sie ihre Karriere nicht mit einer eigenmächtigen Aktion aufs Spiel setzten. Es folgte eine bedeutsame Pause. Herrgott noch mal – er musste doch die Gedanken in ihrem Gesicht lesen können, so wie sie mit den Augenbrauen wedelte und das Wörtchen ›ich‹ betonte. »In Carlas Brust steckt kein Messer. Ursula Zirbel ist abgängig, aber auch da gibt es keinen konkreten Hinweis auf ein Verbrechen.«

Von der Wiese her schallten Rufe. Kurt kratzte sich am Kinn, wich einen Schritt zurück und klopfte Ramona sanft auf die Schulter. »Der Scheiterhaufen ruft – pack‘ ma’s an!« Voller Tatendrang zog sich Kurt die Arbeitshandschuhe über.

»Warte.« Ramona hielt ihn am Arm fest. »Kannst du herausfinden, ob Wei Xu etwas mit Carla laufen hatte? Karin ist nicht besonders kooperativ und Ruth verschlossen wie eine Auster. Bei dir wird sie eher – du weißt schon.«

»Oh, die hassen mich. Alle beide.« Kurt seufzte und runzelte die Stirn. »Ich weiß, das ist unvorstellbar. Aber gut, ich probier's.« Kaum wandte er sich zum Gehen, hielt Ramona ihn neuerlich zurück.

»Ruth und Siebert – die hatten was, stimmt's?«

»Nicht wirklich«, antwortete Kurt ausweichend.

Ramona beobachtete scharf seine Gesichtszüge und war sich sicher, dass er etwas verbarg. »Ist er jetzt mit Agnes zusammen?«

»Nicht wirklich.«

Schon wieder diese Pseudoantwort – in Ramona brodelte Ungeduld. »Das sieht man den beiden doch an!«

Kurts Köperhaltung verwandelte sich zum Sinnbild der Verschlossenheit. »Was hat das mit dem Mord an Carla zu tun?«

»Das kann man vorher nie wissen.«

Kurt brummte etwas Unverständliches, das möglicherweise ein Gruß war, und stapfte energischen Schrittes die durchweichten Hänge hinauf. Ramona folgte ihm mit einigem Abstand hinterher, die Ohren offen für jede Unterhaltung, die sie ringsum aufschnappen konnte.

Am Feldweg hatte der Traktor eine weitere Ladung Holz ausgekippt. Josef, Uwe und Claudio schleppten Scheiter zur Lagerwiese. Der Holzstoß war bereits zur Hälfte aufgeschichtet. Claudio ging ächzend an Kurt vorüber, einen Ast über der Schulter.

»Brauchst Hilfe?«

»Geht schon.« Claudio keuchte.

»Na dann, streng dich an.« Kurt klopfte Claudio auf die freie Schulter. Ramona musste von ihrem Platz neben einem Gebüsch hinter vorgehaltener Hand lachen.

Kurt hatte Siebert und Agnes entdeckt und schlenderte auf sie zu. Ramona schlich näher, beobachtete, wie er sich intensiv mit seinen Freunden unterhielt. Von ihrer Position aus konnte sie zwar nichts verstehen, hoffte jedoch, dass es um ihren ›subtilen‹ Vorschlag ging. Ob sie das Hölzchen aufgreifen würden, das sie ihnen hingeschmissen hatte? Kurts Reaktion war abweisend gewesen. Vorhin noch hatte sie gedacht, da wäre etwas zwischen ihnen. Jetzt war sie sich nicht mehr sicher.

16. Auf dem Balkon …

… war nichts weiter als das Rauschen der Bäume und Geschnatter einer Gans zu hören. Der Wind spielte mit Agnes' Haarsträhnen, die sich aus dem Knoten gelöst hatten. Sie atmete tief durch und blickte auf ihre behandschuhten Hände. Zum Glück hatte sie im Auto stets Einweghandschuhe im Erste-Hilfe-Set. Mit dem nächsten Atemzug umklammerte sie das schmiedeeiserne Gestänge, das ihren vom Nachbarbalkon trennte. Glücklicherweise handelte es sich um eine durchgehende Balkonkonstruktion, die lediglich durch Zaunelemente unterteilt war. Durch die Stäbe der Balustrade spähte sie nach Spaziergängern. Die Seminargruppe war auf der oberen Wiese, mit dem Scheiterhaufen beschäftigt. Kaum jemand hatte Lust durch Schlamm und Sturzbäche zu spazieren und dabei in einen Erdrutsch zu geraten.

Die Zeit für die Durchsuchung von zwei Zimmern war viel zu knapp – der Scheiterhaufen war bereits zur Hälfte errichtet. Kurt untersuchte zeitgleich Uwes Zimmer, das er über seinen Balkon erreichen konnte. Am Hals fühlte sie das Pulsieren der Schlagader. »Ich hasse spionieren.« Sie schwang das Bein über die Brüstung und landete auf dem Nachbarbalkon. Der Knöchel sandte einen beleidigten Schmerzblitz durch ihren Körper und sie biss sich auf die Lippe, um nicht aufzuschreien. Zusammengekauert verharrte sie hinter der Brüstung und lauschte. Alles ruhig.

Die Balkontür war angelehnt. Vorsichtig drückte sie dagegen und betrat das Zimmer. Die Betten waren gemacht, getragene Kleidung häufte sich auf dem Stuhl vor dem Schreibtisch. Ihr Blick fiel auf eine Reisetasche mit Rollen, unter dem Tisch. Unverzüglich machte sie sich ans Werk, tastete durch die Innenräume der Tasche. Schmutzige Unterhosen. Igitt! »Du schuldest mir was, Kurt.« Mit gerümpfter Nase kramte sie weiter. Ein Buch. Ein Ladegerät. Zwei Riesentafeln Schokolade. Ein Taschenmesser. Mit wenigen Handgriffen war die vorherige Ordnung wiederhergestellt und die Tasche auf ihrem Platz unter dem Schreibtisch. Der Tisch hatte Laden. Eine nach der anderen zog sie auf – alle leer. Die Laden des Nachtkästchens waren gleichfalls leer. Im Schrank hingen Jacken und Hosen, im Fach befand sich nur wenig Wäsche. Am Schrankboden lag eine weitere Sporttasche und ein Trolley. Agnes Hände suchten zwischen Socken, Unterwäsche und T-Shirts vergeblich nach Räucherutensilien. Nichts. Im obersten Fach lag ein Buch. Sie zog es hervor und las überrascht den Titel. Die Bibel? Das Buch wog schwer in ihrer Hand, der Buchdeckel war rau und zerschlissen und der Rücken gebrochen. Als hätten Generationen darin geblättert und gelesen. Ein modriger Geruch stieg in ihre Nase. Einige Klebezettel überragten die Seiten. Kaum hatte sie die markierte Stelle aufgeschlagen, hallten am Gang Schritte. Adrenalin flutete ihren Körper, ihre Achseln fühlten sich schlagartig feucht an. Lauschen. Die Schritte entfernten sich.

Beeilung. Agnes besah sich die markierte Stelle im Buch. *Ziehet an den Harnisch Gottes, dass ihr bestehen könnet gegen die listigen Anläufe des Teufels.* Sie blätterte weiter. *Ihr sollt nicht Wahrsagen noch Zauberei treiben.* Bleistiftstriche hob einen anderen Satz hervor. *Das Licht der Gerechten brennt fröhlich, aber die Leuchte der Gottlosen wird ausgelöscht. Der Herr prüft den Gerechten; seine Seele hasst den Gottlosen und die gerne freveln. Auf Frevler lässt er glühende Kohlen und Schwefel regnen.*

»Wer betreibt Bibelstudien?« Nichts ließ einen Rückschluss auf den Besitzer des Buches zu. Gehörten sie Claudio oder Josef? Oder etwa einem früheren Gast? Die Seiten fielen an einer gebrochenen Stelle auseinander. Was Agnes da sah, ließ ihre Härchen an Armen und Beinen hochschnellen. Sie begann laut zu lesen: »*Eine Hexe sollst du nicht am Leben lassen.*« Genau diese Worte hatte Alfred von Helig zu Thessa gesagt!

Stimmen drangen durch die Balkontür. Hastig schob sie das Buch zurück ins Fach. Draußen war es wieder ruhig. Kamen die Seminarteilnehmer bereits zurück?

»Wo kann ich noch suchen?« Ihr Blick glitt zum Vorraum. Natürlich, das Bad. Lautlos schlüpfte sie in den kleinen Raum. Ein feuchtes Handtuch lag am Boden. Zahnbürsten in Gläsern, Rasiergerätschaft, nichts Besonderes. Ihre Hände schwitzten. Ständig lauschte sie zum Gang hinaus, wollte nichts wie raus aus dem Zimmer. Noch einmal vergewisserte sie sich, nichts verändert zu haben und trat mit eingezogenem Kopf auf den Balkon hinaus. Niemand zu sehen. Ein Sprung – und sie war wieder auf ihrem eigenen Balkon. Der wackelige Plastikstuhl erschien ihr höchst willkommen. Ungeachtet der feuchten Oberfläche setzte sie sich und atmete die Panik weg. Dabei nahm sie bereits den anderen Balkon ins Visier. Konnte sie eine weitere Durchsuchung wagen? Die Balkontür war zwar geschlossen, doch nicht verriegelt. Eine solche Unachtsamkeit wollte ausgenützt werden. Auf der Wiese hatte Kurt ihr zugeraunt, die angrenzenden Zimmer zu durchsuchen, sofern die Balkontüren offen waren. Natürlich protestierte Siebert, wollte an ihrer statt gehen. Agnes hatte ihn überzeugen können, dass ihr Verschwinden am wenigsten auffallen würde. Mit der beiläufigen Bemerkung zu Karin, dass ihr Fuß schmerzte, hatte sie sich humpelnd zurückgezogen, ohne groß Aufsehen zu erregen. Und jetzt drang sie in Karins und Ursulas Zimmer ein. Was für eine Grenzüberschreitung. Karin würde ihr das nie verzeihen. Carla zuliebe, sagte sich Agnes und sprang nochmal über die Brüstung. Die Balkontür gab sofort nach. Agnes trat ein und bemerkte zuallererst den Geruch nach Hasenstall; die Betten zerwühlt, gebrauchte Taschentücher lagen auf dem Boden. Sie durchsuchte die Laden, die Nachtkästchen, aber nichts Besonderes war zu entdecken. Der Koffer im Kasten beinhaltete überwiegend benutze Damenwäsche, zwei New-Age-Bücher, einen Fotoapparat. Der andere Koffer schien Ursula zu gehören; er war schwer. Agnes hob den Deckel an und blickte in einen randvollen Innenraum. Karin hatte Ursulas Sachen weggepackt. Agnes‘ Herz zog sich zusammen. Mach weiter, mahnte sie sich. Sie musste so rasch wie möglich aus dem Zimmer raus. Zwischen den Pullis, Shirts und Unterwäsche, die in den Fächern lagen, war nichts zu ertasten. Blieb noch das Bad. Ein schwarzes Ledernecessaire stand neben einem grünen am Heizkörper; Zahnpasta, ein Wasserglas mit zwei Zahnbürsten vor dem Spiegel, die üblichen Utensilien. Agnes öffnete die Ledertasche, sah Rasierwasser, Schaum, Balsam, Massageöl und Deodorant – alles eindeutig

Männerprodukte. Sieh einer an, dachte sie und schmunzelte. Unter einem Pipettenfläschchen und einem Behältnis Globuli glänzte es silbern. Agnes' Finger ertasteten den Boden der Tasche. Unzählige Kondombriefchen. Sie zog den Zipp wieder zu und wandte sich dem anderen Necessaire zu. In der Stofftasche fanden sich biologische Gesichts- und Körpercremes, Duftessenzen, Rescue-Tropfen, Pfefferminzöl, festes Haarshampoo. Enttäuscht rückte Agnes die beiden Necessaires zurecht. Beim letzten Kontrollblick fiel ihr etwas auf. Ein schwarzglänzendes Behältnis steckte hinter dem Heizkörper fest. Vorsichtig fingerte sie die Lackschachtel im Zahnbürstenformat hervor. In der Bewegung spürte sie ein sachtes Rollen im Behältnis. Sie hob den Deckel ab.

Zwei Räucherstäbchen. Dicker als gewöhnlich, von unregelmäßiger Struktur. Versteinert starrte sie auf die beiden Objekte. Shit, sie hatte sie tatsächlich gefunden! Sollte sie die Dinger mitnehmen? War es klug, potenzielles Belastungsmaterial an sich zu nehmen? Auch wenn Ramona die Durchsuchung angeregt hatte, diese Frau konnte Agnes nicht leiden. Ein Leichtes, ihr einen Strick daraus zu drehen. Nicht verlockend. Aber das Räucherstäbchen dalassen? Das gäbe dem Mörder die Gelegenheit, das Beweismittel doch noch zu vernichten – oder gar anzuwenden! Vielleicht waren das herkömmliche Räucherstäbchen. Karins Faible für diese Dinger war bekannt, schließlich versorgte sie die halbe Gruppe mit Räucherwerk.

Schritte hallten vom Gang und Stimmen wurden laut. Keine Zeit nachzudenken. Der Behälter wanderte in die Tasche ihres Kapuzenpullis. Raus auf den Balkon, sagte sie sich. Die Balkontür zuzuziehen erwies sich als schwierig. Ihre Fingernägel krallten sich in die Dichtung, rutschten ab, splitterten im Handschuh. Vom Weg unter ihr näherten sich

Seminarteilnehmer. Agnes konnte nicht sehen, wer es war, verstand bloß Wortfetzen. Sie kauerte am Boden und hoffte mit geschlossenen Augen unbemerkt zu bleiben.

Maus in der Falle.

Sie wartet, bis die Letzten den Hintereingang ins Haus genommen hatte, doch da rumorte es bereits an der Zimmertür. Eine Männerstimme hob an, erging sich in langen Tiraden. Kurt? Claudio? Die Aufregung schlug sich aufs Gehör – das Blut rauschte lautstark durch ihre Ohren. Metall rieb auf Metall, ein Schlüssel wurde ins Schloss gesteckt und herumgedreht. Mist! Wieder zog sie an der Tür, endlich hielt sie im Rahmen. Karin trat ein. Agnes warf sich flach auf den Bauch, wagte nicht aufzusehen.

Claudios Stimme erklang. »Wir hätten noch ein Stündchen Zeit.« Kichern.

Langsam drehte Agnes den Kopf, spähte ins Zimmer, konnte jedoch bloß Schemen erkennen. Hoffentlich konzentrierten sich die beiden aufeinander. In Zeitlupentempo rückte sie näher zur Brüstung, stand auf und schwang sich zurück auf ihre Seite des Balkons. Der verletzte Fuß traf als erster auf. Agnes zog sich auf den Plastikstuhl und keuchte.

»Hey, Agnes.« Sofort versteifte sich ihr Körper. Claudio stand auf dem Balkon nebenan. »Was machst du?«

»Luftschnappen.« Rasch setzte sie sich auf ihre behandschuhten Hände.

»Du bist blass.«

»Ach, der Knöchel.« Sie zog eine Grimasse und hoffte, dass Claudio keinen Verdacht schöpfte.

17. Keine Minute später …

… verschwand Agnes in ihrem Zimmer und verriegelte die Balkontür. Siebert saß auf dem Bett und musterte sie besorgt. »Alles in Ordnung? Du siehst wie ein Gespenst aus.«

»Ich hasse sowas.« Auch sie sprach leise. Die Wände waren durchlässig, kein Wort war in diesem Raum sicher. Erschöpft setzte sie sich aufs Bett. »Hier.« Sie griff in den Pulli und zog das Lackkästchen hervor. »Pass mit den Fingerabdrücken auf.«

»Was ist das?« Siebert schlüpfte in einen Einweghandschuh und schüttelte die Schachtel. Sofort nahm sie ihm die Beute wieder ab und hob vorsichtig den Deckel an. Gemeinsam starrten sie auf die beiden Räucherstäbchen.

»Ob sie vergiftet sind?«

»Keine Ahnung.«

»Du hast sie mitgehen lassen!« Er sah sie entgeistert an, so als wäre ihm eben erst zu Bewusstsein gekommen, was das bedeutet.

»Schscht«, zischte sie ihn an. »Was sollte ich denn anderes tun?«

»Das ist ein Beweismittel.« Seine Stimme war so leise, dass sie ihn kaum verstand.

»Wir sitzen hier mit einem Mörder fest. Jemand musste was tun.«

»Aber – stehlen? Das war nicht ausgemacht.« Er schob die Lackdose von sich. »Der mit dem ›Schwarzer Peter‹ verliert.«

»Ich war lange genug mit einem Kriminalbeamten zusammen. Also erzähl mir nichts.« Sie funkelte ihn an. »Ramona hat Kurt quasi den Auftrag gegeben.«

»Was Miss Piggy niemals zugeben wird«, widersprach Siebert.

»Anstatt ›Schwarzer Peter‹ werden wir einfach mit offenen

Karten spielen.« Der pochende Schmerz im Knöchel und die Aufregung setzten ihr zunehmend zu und unterminierten ihre Geduld. »Ich gebe ihr die Schachtel und sie kann die Dinger überprüfen lassen.«

Siebert hob eine Augenbraue und schüttelte nachdenklich den Kopf. »Riskant.«

Verstand er nicht, was auf dem Spiel stand? »Wir müssen herausfinden, wer der Mörder ist, das war noch nicht alles.« Die Wände kamen näher und das Bett vibrierte unter ihr. Mit der Panikattacke kamen das Herzrasen und ein Schweißausbruch. Atmen, dachte sie, ruhig atmen. Sie schloss die Augen. Als sie sie wieder aufschlug, fing sie Sieberts besorgten Blick auf. Es kostete einige Anstrengung, sich nicht in seine Arme zu schmiegen. Stattdessen sah sie auf die Uhr und erhob sich. »Ramona ist die Polizei – wir weihen sie ein.«

18. Die Tür des …

… Seminarraumes stand offen. Agnes und Siebert streiften die Schuhe ab und hasteten zu den anderen. Die Seminarteilnehmer saßen dicht gedrängt um den Meister, der das Podest für sich eingenommen hatte. Euphorie lag in der Luft und Carlas Tod schien für den Augenblick vergessen.

»Wir werden die Übung der zehnfachen Kraft machen, die bringt das müdeste Qi in Zirkulation.« Wei Xu blickte auf die vom Holzaufstapeln geröteten Wangen ringsum und schmunzelte breit. »Damit habt ihr den richtigen Geist für den Feuerlauf.«

»Ist das nicht gefährlich?« Susanna wirkte kleinlaut

»Müssen wir uns dafür in Trance begeben? Hypnotisierst du uns?« Auch Manuelas Stimme trug ein leichtes Beben in sich. Allgemeines Gemurmel bestätigte Agnes, dass den meisten mulmig zumute war. Über glühende Kohlen laufen – so was machen doch nur irgendwelche indischen Gurus, die drei Wochen gefastet und meditiert hatten!

»Wer ist bereits durchs Feuer gegangen?« Wei Xu zählte die wenigen Hände, die sich emporstreckten. »Ruth natürlich, Serge und Robert.« Er nickte den Genannten zu und wandte sich dann an die anderen. «Es ist einfach und bedarf keinerlei Zaubertricks. Lediglich der Mut zur Überwindung seiner Ängste ist gefragt.« Der Meister zwinkerte ihnen zu. »Und das ist wohl das Schwierigste.«

»Das ist alles?«, platzte Karin heraus.

»Tut mir leid dich zu enttäuschen.« Der Schalk glitzerte in Wei Xus Augen. »Das Ganze ist physikalisch erklärbar und keine Hexerei. Nur um eines bitte ich euch: Niemals auf den Kohlen stehenbleiben! Zügig gehen, nicht bummeln. Sobald ihr stehen bleibt – Brandblasen. Dasselbe passiert, wenn sich eine Kohle zwischen die Zehen klemmt.«

Agnes wusste nicht, was sie davon halten sollte – jetzt, wo der Lauf unmittelbar bevorstand, beschlich sie ein Heidenrespekt davor.

»Für gute Stimmung sorgt unser Robert mit seiner Trommel. Zum Abschluss gibt es ein fulminantes Feuerwerk für euch mutige Feuerläufer. Noch Fragen?« Wei Xu saß wie ein Berg auf seinem Sitzkissen, die Hände vor dem Bauch.

»Kann man sich auch schon für den Kurs: ›Mit Wei Xu übers Wasser laufen‹ anmelden?« Kurts ernsthafter Tonfall ließ die Runde befreit auflachen.

»Dieser Workshop ist nur für Fortgeschrittene, lieber Kurt.« Wei Xu gab sich schlagfertig. »Dafür musst du in der Tat 30 Jahre im Kloster meditieren.«

Agnes lachte mit den anderen mit. Endlich fiel die Beklemmung von ihr ab und neuer Mut zum Abenteuer stellte sich ein.

»Ich entzünde den Scheiterhaufen in 30 Minuten. Wer mag, begleitet den Vorgang mit einem Ritual. Es lassen sich viele Dinge ins Feuer werfen. Auf Papier notierte Sorgen beispielsweise.« Schlagartig war es still geworden. »Nach dem Abendessen breite ich den Glutteppich aus. Um 21.30 Uhr beginnt der Lauf.« Wei Xu erhob sich, strich Jacke und Hose glatt. Die Seminarteilnehmer taten es ihm gleich und gemeinsam verneigten sie sich voreinander. Wei Xu verließ bedachtsamen Schrittes den Raum, Ruth und Serge folgten ihm unmittelbar hinterher.

Während die anderen noch beisammenstanden und lautstark überlegten, ob sie tatsächlich über glühende Kohlen laufen wollten, schlüpfte Agnes vor der Tür bereits in ihre Sneaker und ging zu Stiege.

»Psst, Agnes«, rief Kurt ihr hinterher.

Sie drehte sich zu ihm, registrierte amüsiert den konspirativen Gesichtsausdruck des Freundes.

»Jage ich dir heiße Schauer über den Rücken?« Typisch Kurt.

»Kalte, mein Lieber.«

»Ich habe bei meiner Suche nichts Besonderes entdeckt, nur Survival-Ausrüstung. Wie war's bei dir?« Seite an Seite stiegen sie die Treppe hoch.

Sicherheitshalber blickte sich Agnes um, ob es Zuhörer gab. »Ich habe im Damenzimmer etwas entdeckt. Wo ist Ramona?«

»Bei Karin und Ursula?«, wisperte Kurt erregt. »Was hast du gefunden?« Agnes berichtete ihm knapp, was sie entdeckt hatte. Kurt presste die Lippen zusammen. »Dann ist es Karin?«

Agnes schüttelte vehement den Kopf. Alles in ihr lehnte diese Theorie ab. Gut, es gab zuletzt Spannungen zwischen Carla und Karin, fast könnte man eine Rivalität vermuten, aber das war doch kein Grund zu morden! »Wieso sollte sie das ›Corpus Delicti‹ aufheben?«

»Fakt ist, sie waren bei ihr im Zimmer«, widersprach Kurt. »Vielleicht war es Ursula und sie ist deswegen abgehauen.«

Kurts Mutmaßungen brachten Agnes' Blut in Wallung. »Hast du ein Holzscheit an den Kopf bekommen? Ursula ist keine Mörderin!«

Erschrocken über ihre eigenen lauten Worte schaute sie über die Schulter die Stiegen hinunter, ob ihnen jemand aus dem Seminarraum folgte. Niemand da. Angriffslustig wandte sie sich wieder zu Kurt, der ihr zuvorkam.

»Sind diese Stäbchen selbstgemachte?« Sein Themenwechsel war absolut akzeptabel. Ungern hätte sie Kurt den Kopf abgerissen.

»Unregelmäßige Oberfläche, bröselig, dick – kann gut sein.« Bei ihren nächsten Worten mied sie Kurts Blick. »Und ja – Karin hat einen Kurs in ›Räucherstäbchenherstellung‹ absolviert.« Sie konnte sehen, wie Kurts Augen aufleuchteten. Sie durchquerten die Lobby. »Sie hätte es geheim gehalten, Kurt, anstatt: Hey, ich produziere Räucherstäbchen mit Überraschungseffekt! – zu verkünden.«

»Du klaust mir meine Gags!« Mit gespielter Empörung knuffte Kurt sie in den Oberarm.

»Was für ein Horrorladen«, Agnes seufzte verzweifelt, »ich nehme bereits deinen Humor an.« Im selben Moment hörte sie Schritte hinter sich.

»Zeit, dass du in bessere Gesellschaft kommst«, sagte Siebert. »Los, Ramona ist in ihrer Kammer. Eins noch – Kurt, du sorgst dafür, dass keinerlei Verdacht auf Agnes fällt.«

»Wieso ich?«

»Weil Ramona dir an die Wäsche will.« Kurt schnappte nach Luft und wollte bereits eine Erwiderung vom Stapel lassen – da ging die Tür nahe dem Schankraum auf und Ramona trat heraus.

»Hat jemand meinen Namen gesagt?« Das rosarote Haarband um die Goldlocken ließ Kurts Widerworte versiegen. Gleichzeitig sank Agnes' Mut. Mit Sicherheit hatte Ramona Sieberts letzten Satz gehört und sann auf Rache.

»Wenn man von der Sonne spricht!« Zum Glück brauchte Kurt nicht lange, um seine Fassung wiederzufinden. »Wir haben etwas für dich.« In wenigen Worten erklärte er Ramona die letzten Erkenntnisse. Ihre Pupillen weiteten sich bei der Erwähnung der Räucherstäbchen. Sie drängte alle in ihr Behelfsbüro und verlangte die Lackdose zu sehen. Bereitwillig übergab Agnes ihr das Beweisstück.

»Der Mörder wird wieder zuschlagen«, sagte Agnes und sah zu, wie Ramona durch das Plastiksäckchen hindurch den Deckel anhob.

»Wieso glaubst du das?« Ramona blickte vom Beweisstück auf und sah Agnes herausfordernd an. Agnes schluckte. Sollte sie die Wahrheit sagen, sich der Lächerlichkeit preisgeben?

»Er – oder sie – ist noch nicht am Ziel.« Agnes merkte, wie ein Ruck durch Ramona ging.

»Wie meinst du das?«

»Es war Wei Xus Platz, seine Meditationseinheit. Falls die Räucherstäbchen die Mordwaffe waren, dann galt der Anschlag womöglich ihm.«

Ramona legte den Kopf schräg. »Ich habe eine Idee.« Sie winkte mit den Armen. »Kommt mit.«

19. Die Plastikfolie deckte …

… den Gitterbereich der Hasenstalltür ab. Sieben Kaninchenjunge mit plüschigem Fell braun und weißgescheckt, saßen vor einem Haufen Grünfutter und knabberte Löwenzahnhalme. Darüber waren nur zwei weitere Boxen mit erwachsenen Tieren belegt. Agnes wollte an den Käfig heran, wurde jedoch von Ramona weggedrängt. Geschäftig drückte die Polizeijuristin Reißzwecken durch die Plastikecken ins Holz. Agnes sah ihrem Treiben zu, im Gesicht hochrot vor Zorn. »Das kannst du nicht machen – sieh dir die Kleinen doch an!« Verzweifelt versuchte sie Ramona von ihrem Vorhaben abzubringen und biss auf Granit.

»Hab dich nicht so – du isst bestimmt Kaninchenfleisch.« Ramonas scharfer Tonfall kippte ins Unverschämte. »Oder etwa nur falschen Hasen?«

»Das lasse ich nicht zu – hörst du?« Keine Sekunde länger würde sie zusehen, was Ramona hier veranstaltete. »Du könntest dabei selbst etwas von dem giftigen Rauch einatmen – schon daran gedacht?« Neuerlich drängte sie sich neben Ramona und entriegelte die Tür am Kaninchenstall.

»Lass das!« Ramona stieß sie weg. »Wir müssen sichergehen. Hast du doch selbst noch vor einer halben Stunde gesagt. Die sichergestellten Hustenbonbons kann ich nicht überprüfen. Es geht um Menschenleben – sorry für die Häschen, aber das zählt mehr.«

Siebert und Kurt standen auf der Schwelle zum Stall, die Arme in die Hüften gestemmt, die Gesichter säuerlich verzogen. »Uns fällt bestimmt eine andere Möglichkeit ein.« Siebert sah zerknirscht auf die Babyhäschen.

»Die Gefahr für einen weiteren Mordanschlag ist zu groß und keiner weiß, wann die Straßen geräumt sind, und die Polizei ermitteln kann. Meinst du, mir macht es Spaß?« Ramonas Nasenflügel bebten, doch sie hielt in ihren Vorbereitungen nicht inne. »Zu 95% ist in diesen Dingern kein Zyankali drin«, sagte sie und zog eine FFP2 Maske über Mund und Nase. »Ich kann mir nicht vorstellen, dass jemand derart clever ist.« Mit einer Hand hielt sie ein Räucherstäbchen und in der anderen ein Feuerzeug hoch.

»Wenn du die Spitze entzündet hast, keinen Atemzug mehr, verstanden? Sofort in den Stall reinstecken, auf den nächsten Windstoß warten, dann kannst du wieder atmen. Und fackle nicht das Heu ab.« Kurt nickte Ramona aufmunternd zu. «Bring es hinter dich.«

»Ihr habt einen Knall!«, schrie Agnes, stieß Ramona weg und riss gleichzeitig die Tür des Stalls auf. Ehe Ramona es verhindern konnte, hob sie zwei Häschen heraus. Da stand schon Siebert hinter ihr und übernahm die Kleinen. Unmittelbar darauf griff Agnes neuerlich in den kleinen Stall und packte die nächsten zwei, reichte auch diese weiter und brachte damit Siebert in die Bredouille, der die zappelnden Hasenkinder kaum noch halten konnte.

»Was soll ich mit ihnen anfangen?« Aufgebracht wandte er sich an Kurt und übergab ihm mit spitzen Fingern eines der Tiere.

»Kacken die?« Kurt hielt das kleine Fellbündel weit von sich. Die Männer liefen im Stall umher und suchte nach einem sicheren Plätzchen. Ein Tigerkater beobachtete sie vom Dachbalken aus mit gespitzten Ohren.

»Steckt sie in eure Jackentaschen!« Agnes griff sich bereits zwei weitere. In demselben Moment traf sie ein Hieb gegen die Schulter. Agnes stolperte zurück.

»Der Letzte bleibt im Stall.« Den Befehl unterstrich Ramona mit dem Aufflammen des Feuerzeugs. »Ein Hasenleben für ein mögliches weiteres Menschenleben – anders geht es nicht.« Die Flamme leckte an am oberen Ende des Räucherstäbchens. Von der rotglühenden Spitze kräuselte sich ein schwacher Rauchfaden empor.

»Agnes! Weg da!« Siebert schrie auf und wollte zu ihr hinüberlaufen, doch das schwarze Häschen zappelte wild in seiner Hand. Nur mit Mühe konnte er es festhalten.

»Verdammt!« Agnes hielt die Luft an und rannte zum Ausgang. Ramona schob bereits das Stäbchen unter die Folie. Mit den beiden Häschen am Arm stand Agnes vor der Stalltür, wohin sich die beiden Männer bereits zurückgezogen hatten, jeder zwei Häschen in den Jackentaschen.

»Wie lange sollen wir warten?« Kurt, hielt den Blick starr auf den Stall gerichtet. Agnes' Brust wurde eng. Nein, beruhigte sie sich, nicht vom Zyankali. Sie sah das kleine Näschen des letzten Kaninchens noch vor sich, das eine abgeknickte Ohr, die dunklen Knopfaugen. Bitte, lass es ein ganz normales Räucherstäbchen sein, flehte sie. Ramona hielt immer noch ihre Hand in den Stall, drückte mit der anderen die Plastikfolie darum. Den Kopf hielt sie so weit wie möglich weggedreht.

»Zwei Minuten.« Ramona sprach mit gedämpfter Stimme. »dann ist die Sache entschieden.«

Zwei Minuten.

Ramona stöhnte wegen der unbequemen Verrenkung, die sie aus Angst vor den Dämpfen vollführte. Ihr Blick suchte den von Kurt, der auf seine Armbanduhr sah. Er nickte ihr zu.

»Sollte reichen.«

Ramona zog den Schal enger um Maske, Nase und Mund und holte das Räucherstäbchen hinter der Plane hervor. Rasch bückte sie sich und löschte das glühende Ende im Wassereimer, unterhalb der Kaninchenställe.

Agnes hörte das leise Zischen. Im Stall war es still geworden.

»Warte einen Windstoß ab, bevor du einatmest.« Kurt deutete Ramona den Mundschutz oben zu lassen. Durch die offene Stalltür wehte eine frische Brise und brachte den Geruch von Lagerfeuer mit. Während Ramona das Stäbchen zurück in die Lackdose steckte und diese, mitsamt dem Plastiksäckchen in ihrer Jackentasche verstaute, kam Agnes langsam näher. Durch die milchig weiße Folie konnte sie den dahinterliegenden Schemen kaum erkennen. Zögernd löste sie die Ecken ab, wagte nicht zu atmen. Das Plastik flatterte zu Boden. Kurt riss die Augen auf. Ramona schlug die Hand vor den Mund.

»Shit.« Siebert streichelte über das Köpfchen seines widerborstigen schwarzen Kaninchens.

Über Agnes' Wangen liefen Tränen. Samtene Pfötchen, die zuckten; das Löwenzahnblatt war aus dem Schnäuzchen gefallen und stand offen. »Wie konntest du nur.« Sie sah gerade noch Ramonas schreckensweite Augen eng werden.

»Ich versuche Menschen zu retten«, Ramonas Stimme überschlug sich, »einen Mörder zu fassen, bevor es weitere Opfer gibt. Glaubst du etwa, ich töte gerne niedliche Häschen? Ich bin Vegetarierin!« Damit drehte sie sich um und stapfte den Weg zurück zum Hotel.

20. Agnes stand mitten …

… in Ramonas Büro. Der ideale Rückzugsort für die Nachbesprechung zum Hasenmord. Hier sah keiner, wie niedergeschlagen die vier waren. Das Bild des unschuldigen Häschens hatte sich in Agnes' Netzhaut gebrannt, befand sich in

Gesellschaft mit den anderen Scheußlichkeiten, die sich bei ihr angesammelt hatten. Nicht mal ein Kaninchen konnte sie beschützen – wie um alles in der Welt hatte sie Ramona ihren Plan durchziehen lassen können? Das alles musste aufhören. Auch wenn sie es nicht gern zugab, hatte Ramona recht, der Mörder machte möglicherweise bereits sein nächstes Opfer aus – doch diesmal würde er keinen Erfolg haben. Diesmal war sie vorbereitet.

An ihrem Tisch traf Ramona desgleichen Vorbereitungen. Behutsam fügte sie die im Plastikbeutel befindliche Lackdose in ein großes Kuvert. Ihre Zunge glitt über die Gummierung des Falzes und drückte die Lasche auf das Kuvert. An den Rand schrieb sie: ›Beweisstück Eins‹. Kurt und Siebert beobachteten sie von ihren Stühlen vor dem Tisch. Agnes hingegen lief zwischen Fenster und Tür auf und ab.

»Jetzt haben wir wenigstens Gewissheit«, brach Siebert als erster das Schweigen, »aber war es tatsächlich Karin?«

»Die Fakten sprechen dafür.« Ramona legte das Kuvert beiseite. »Ursula scheidet aus. Sie hat Agnes von ihrem Verdacht erzählt. Warum nicht ihrer Zimmergenossin Karin? Ich sehe es so: Karin Haberl hat einen ausgeprägten Minderwertigkeitskomplex und kompensiert das mit übermäßigem Engagement für die Gruppe. Was ich in Erfahrung bringen konnte, erntete sie für ihre Mühe von Carla kaum Lob. Eine derartige Hingabe kann rasch in Hass umschlagen. Typisch Narzismus. Hatte ich alles schon mal.«

Agnes konnte ein genervtes Stöhnen nicht unterdrücken. Klar, Ramona war gerade mal zwei Jahre Polizeijuristin, aber es gab nichts, was sie nicht schon gesehen hätte. Wer hatte noch mal einen ausgeprägten Minderwertigkeitskomplex? »Offensichtlich schläft Claudio jetzt bei ihr im Zimmer.«

»Wie meinst du das?« Ramona richtete sich interessiert auf.

Kurt seufzte. »Sie poppt Claudio – der zweite Kulturbeutel im Bad gehört einem Mann. Höchstwahrscheinlich Claudio.«

Kurz hielt Ramona die Luft an, blickte von Kurt zu Agnes und als Siebert ebenfalls nickte, zückte sie einen Kugelschreiber und schlug ihr Dossier auf. »Schön, dass ich das auch erfahre. Das wurde mir bislang nicht bestätigt. Also haben wir zwei Verdächtige.«

In Agnes sperrte sich alles bei dem Gedanken. »Claudio ist erst seit Freitag in der Gruppe dabei und kennt weder Wei Xu noch Carla. Warum sollte er sie töten wollen?«

Sie kannte Claudio fast ein Jahr, aber einen Mord traute sie ihm nicht zu. Andererseits, allen Menschen in ihrem Leben, die sich später als Mörder entpuppt hatten, hätte sie eine solche Tat ebenso wenig zugetraut.

»Wir wissen grundsätzlich nichts über das Motiv«, dozierte Ramona. »Deshalb müssen wir alle durchleuchten. Claudio Nuretti ist ohne seinen Priester-Papa aufgewachsen. Die Mutter hat Unterhalt von der Erzdiözese erhalten und ihn darauf gedrillt, ebenfalls Priester zu werden. Vielleicht als Wiedergutmachung für ihren ›Sündenfall‹. Vielleicht ist daraus eine Psychose entstanden. Soll öfter vorkommen.« Beim letzten Satz wandte sie sich provokativ an Agnes. »Nicht wahr, Agnes?«

Was sollte diese Spitze gegen sie? Agnes wollte etwas erwidern, da fuhr Kurt dazwischen. »Klingt das für euch auch nach ›Dornenvögel‹?« Kurt blitzschnelle Frage nahm Agnes den Wind aus den Segeln. Beschwingt summte er die berühmte Filmmelodie. »Musste ich mit meiner Schwester angucken – fragt nicht, eine verlorene Wette.«

Zwischen den beiden Frauen wurde die Luft zunehmend entflammbar. Siebert verließ seinen Platz neben Kurt und stellte sich vor Ramona, stützte seine Hände auf ihrem Tisch ab. »Bleiben wir sachlich.«

Agnes ging zum Fenster zurück. Nebelfetzen zogen über die Wiesen, blieben an Sträuchern und Zäunen hängen. Agnes suchte in ihren Erinnerungen nach weiteren Informationen über Claudio. »Warum sollte er einen Hass auf Zen-Meister haben? Oder Zen-Meisterinnen? »Ein religiöser Wahn? Frauenhass? Ich konnte eruieren, dass Ruth die Nachricht von Wei Xus Darmproblemen Carla überbracht hat. Jemand aus der Gruppe, auch Claudio, hätte es hören können. Somit ist ›Frauenhass‹ immer noch ein Motiv. Nicht vergessen, wir haben zudem eine abgängige Frau.« Ramona blätterte im Dossier zurück und hielt den Finger über ihre Notizen und nickte. »Ja. Claudio war im Zimmer. Er kann das Gespräch belauscht haben.«

Siebert verschränkte die Arme vor der Brust, seine Augenbrauen wirkten über der Nasenwurzel zusammengewachsen vor Anspannung. »Ich gebe zu, dass ich den Kerl nicht leiden kann, aber das ist eine dünne Suppe. Wie hat er sich mit Carla verstanden, Agnes?«

Sie zuckte mit den Schultern und setze sich auf die Fensterbank. »Anfangs war er ganz verrückt danach, sie kennenzulernen. Gleich am ersten Abend sind sie beisammengesessen, als ich schon zu Bett gegangen bin. Keine Ahnung, wie der Abend verlaufen ist. Am nächsten Tag jedenfalls habe ich nichts mehr von seiner Euphorie für ihre Person bemerkt. Und er hat sich an Karin rangemacht. Ich war jedenfalls heilfroh, als er nicht länger bei mir landen wollte.«

Ramona gab ein verächtliches Schnauben von sich. »Natürlich.« Sie blätterte eine Seite zurück. »Was ist mit Uwe?

Er war laut eigener Angabe ebenfalls auf seinem Zimmer.«

Kurt richtete sich wie ein Schulkind auf, dass von der Lehrerin aufgerufen worden war. »Sein Zimmer ist neben unserem. Ich habe nichts Auffälliges darin finden können.«

Interessiert merkte Agnes auf. »Sagtest du nicht Survival-Ausrüstung – was genau ist damit gemeint?«

»Ein normales Kit mit Seil, Taschenlampe, Kompass, Säge, Messer.« Kurt sah sie fragend an.

»Uwe war in Carla verliebt und sie hat ihn abblitzen lassen.« Agnes spann den Faden weiter. »Er lebt von Immobilien und ist geschieden.«

Ramona nickte in einer Weise, die allen bekundete, wie lange sie diese Informationen bereits selbst kannte. »Der wichtigste Punkt ist: Er hat ein paar Semester Pharmazie und Chemie studiert. Kein Abschluss. Wenn wir doch bloß Internetzugang hätten! Ich könnte die Angaben verifizieren und ausweiten.«

Angestrengt versuchte Agnes alles, was sie über Uwe wusste, abzurufen. Den Kopf gegen die kühle Scheibe gelehnt, kramte sie in allen möglichen Erinnerungen. »Carla meinte mal, ich sollte mit Uwe aufpassen, er hätte irgendein Aggressionsproblem.« Agnes sah Carla lebhaft vor sich, das rote Haar zu einem seitlichen Zopf geflochten, die grünen Augen leuchtend, aber ernst. Sie wandte sich den anderen neuerlich zu. »Sie sprach niemals über Klienten, deshalb empfand ich diese Warnung als außergewöhnlich.«

Kurt stieß einen leisen Pfiff aus.

»Da könnte was dran sein.« Siebert ging zu Agnes hinüber, den Blick forschend auf sie gerichtet. Unruhig verlagerte sie das Gewicht. »Entweder verstellt er sich perfekt, oder die Therapie bei Carla hat voll angeschlagen.« Siebert verzog das Gesicht und griff sich an den Hinterkopf. Bestimmt brummte ihm nach wie vor der Kopf. Der Drang seine Wunde zu inspizieren war fast übermächtig. Sie stemmte stattdessen die Hände in die Seiten und warf eine weitere Frage auf. »Wieso hätte er die Schachtel in Karins Zimmer gebracht? Sein Balkon ist auf der anderen Hausseite.«

Frustriertes Schweigen.

»Vielleicht hat er in seinem Survival-Kit auch ein Dietrich-Set dabei.« Sieberts Meinung kam ihr schlüssig vor. Erwartungsvoll sahen alle zu Kurt.

Er zuckte mit den Schultern. »So genau habe ich es mir nicht angesehen.« Kurt stand auf und ging zu Ramona, um ihr über die Schulter zu sehen. »Wenn hier einer seltsam ist, dann dieser Serge.« Nachdenklich rubbelte er über seinen Dreitagesbart. »Der hat doch einen Meister-Komplex, dass es nur so rauscht im Bambushain. Bei ihm werde ich das Gefühl nicht los, er hält sich für doppelt so erleuchtet als es sein Meister Wei Xu ist.«

»Ruth hat mal erwähnt«, begann Siebert und wandte dabei seinen Blick von Agnes ab, »dass er total sauer ist, weil er von ihm noch nicht bestätigt wurde.« Auf Ramonas fragenden Blick hin grinste Siebert breit. »Solange seine Erleuchtung nicht von einem Meister bestätigt ist, kann er sich nicht Ch'an-Meister nennen. So hat es Ruth jedenfalls erklärt.«

»Über Serge weiß ich wenig.« Ramona blätterte in ihrem Notizbuch ein paar Seiten weiter. »Angeblich gab es da einen Missbrauch in seiner Kindheit, was dazu führte, dass er sich einen Schutzmantel aus Fett zugelegt hat.« Sie blätterte in ihrem Dossier. »Das hat er einer Person aus Wei Xus Gruppe erzählt – mehr braucht ihr nicht wissen.« Mit wichtiger Miene sah sie auf. »Von Wei Xus Erkrankung erfuhr er relativ spät – Ruth hat diese Info eifersüchtig gehütet.«

»Vielleicht blieb ihm deshalb keine Zeit, die Räucherstäbchen zurückzutauschen.« Siebert verschränkte die Arme vor der Brust. »Allerdings kann ich mir Serge beim besten Willen nicht vorstellen, wie er über die Balkonbrüstung klettert, um die Räucherstäbchen in Karins Zimmer zu deponieren.«

»Aber sein Zimmer ist auf ihrer Seite – es ist möglich«, widersprach Agnes. »Vielleicht unterschätzen wir ihn. Immerhin übt er fleißig Qi Gong.«

Kurt winkte ab. »Was ist mit Susanna?«

»Sie ist 40, klinische Psychologin und geschieden.« Ramona las aus dem Notizbuch vor. »Die Tochter ist 10 und lebt bei ihr. Alles normal.«

Kurt lachte auf. »So wie sie Wei Xu angegangen ist, kann sie durchaus auch eine Auseinandersetzung mit Carla gehabt haben.«

»Davon weiß ich nichts.« Ramona zuckte mit den Schultern und blickte erwartungsvoll zu Agnes. »Du etwa?«

Agnes schüttelte den Kopf. Ihr fiel wieder die Situation in Josefs und Claudios Zimmer ein, die Blicke, die ausgetauscht wurden. »Hast du Informationen über Josef?«

Ramona warf einen Blick in ihre Notizen. »Er ist nicht gerade eine Plaudertasche. Auch die anderen wissen sehr wenig über ihn.«

»Er ist noch nicht besonders lange in der Meditationsgruppe«, merkte Agnes an. Ramona presste verärgert die Lippen zusammen. Na schön, dann sage ich eben nichts mehr, dachte Agnes und hob herausfordernd die Augenbrauen.

Ramona hob die Stimme. »Seit sein Vater tot ist, braucht Josef nicht mehr zu arbeiten. Die Kindheit muss hefig gewesen sein – der alte Vantak führte ein ausschweifendes Leben.«

Agnes versuchte sich an die Pressemeldungen zu erinnern. »Woran starb der eigentlich?«

Ramona schob einen rosaroten Fingernagel unter das rosarote Haarband und kratze sich. »In den Medien sprach man von Herzversagen, wenn ich mich recht erinnere. Stromschlag, glaube ich.«

»Jetzt hat Josef ausgesorgt«, warf Kurt ein. »Ein Bild vom alten Herrn kostet an die 800.000 Euro.«

»Er hat kein Motiv«, gab Ramona zu bedenken. »Ein vorbildliches Leben: Karitative Arbeit, spendet große Summen, lebt allein auf dem Anwesen seines Vaters, wo er einen Gnadenhof für alte Nutztiere führt.«

»Josef hätte über meinen Balkon in Karins Zimmer klettern müssen.« Irgendwie konnte sich Agnes ihn nicht dabei vorstellen. »Er ist so unbeweglich und steif.«

»Wenn Agnes in fremde Zimmer einbricht, kann Josef das bestimmt auch.«

Ramonas Bemerkung ließ Agnes hochfahren. »Ich habe ermittelt und bin nicht eingebrochen! Das auch nur, weil du uns dazu aufgefordert hast.«

»Spinnst du? Das habe ich ganz und gar nicht!« Ramona sprang ihrerseits auf die Beine.

»Natürlich hast du das.« Nun stemmte auch Kurt die Fäuste in die Seiten und bekam einen roten Kopf.

»Ich bin Polizeijuristin – niemals würde ich jemanden zu einer Straftat auffordern! Das war allein eure Idee.« Ramona hob abwehrend die Hände. »Ihr könnt von Glück sprechen, wenn ich in meinen Bericht nichts über Agnes' Einbruch in fremde Zimmer schreibe. Noch ist es ein Zufallsfund.«

»Na großartig.« Kurts Wut schien Ramona zu treffen. Aber er war noch nicht fertig. »Das hat man davon, wenn man sich für die Sicherheit anderer Menschen einsetzt.«

Agnes fühlte an den Schläfen das Blut in den Adern pulsieren. Diese verdammte Streberin!

In dieses gegenseitige Anstarren platzte der Flackl-Wirt. Ohne anzuklopfen, riss er die Tür auf: »Kommen'S sofort. Da ist was mit der Leiche.« Über seinem sonst so rosigen Gesicht lag ein grauer Schatten. Das Wort »Leiche« lag bleiern im Raum und ging Agnes im Kopf um. So schnell ging das: Gestern war es Carla, heute ›die Leiche‹.

»Was ist los?«, fragte Ramona sofort.

»Ein Feuer im Lagerraum.«

Leiche – Feuer – Lagerraum war alles, was Agnes denken konnte. Während Ramona, Kurt und Siebert hinter Flackl herliefen, blieb Agnes erstarrt stehen. Ein Feuer. Sie zwang sich nicht weiterzudenken, die Bilder im Kopf auszublenden. Mit beiden Händen rieb sie sich die Augen. Als sie das Gesicht wieder freigaben, fiel ihr Blick auf Ramonas Dossier, aufgeschlagen am Tisch. Kurz spähte sie auf die offene Tür und war im nächsten Moment beim Notizbuch, blätterte durch die Seiten. Nein, Ramona hatte wahrlich nicht alles preisgegeben, was sie wusste. Ein paar Brocken hatte sie ihnen hingeworfen, um im Gegenzug an noch mehr Infos heranzukommen. Was sie hier über Claudio, Uwe und Josef erfuhr, war mehr als interessant.

»Leg sofort mein Dossier weg!« Ramona rannte zum Tisch. Ihre Hände packten zu und rissen das Buch an sich. »Dachte ich's mir – das wird ein Nachspiel haben!«

Zuerst überwog für Agnes das Gefühl der Scham, doch dann kniff sie die Augen zusammen und fand ihre Fassung wieder. Ramona hatte sie benutzt, Scham war ihr gegenüber vollkommen unangebracht. Wichtig war, dass sie ein paar Puzzleteile entdeckt hatte, die ein höchst interessantes Gesamtbild abgaben.

»Von Uwes Vorstrafe wegen schwerer Körperverletzung hast du uns nicht erzählen wollen? Dabei wurde immerhin eine Frau verletzt. Oder dass Karin in ihrer Jugend Molotowcocktails gegen Pelzgeschäfte geworfen hat? Soll heißen, sie hat ein entsprechendes Aggressionspotential und setzt bereitwillig gefährliche Substanzen zum Erreichen ihrer Ziele ein. Mal ganz zu schweigen davon, dass vormals Josef Physiklehrer war und Claudio beim Opus Dei sozialisiert wurde. Wei Xu war früher mal evangelischer Pastor und trat 1975 aus der Kirche aus, sofern man Serge glauben kann. Zusammenarbeit sieht anders aus, Ramona.«

Ramona hielt ihre Unterlagen in den verschränkten Armen vor sich, von blonden Locken umrahmt, in rosaroter Seidentunika über superengen Jeggins. Wie sollte Agnes da ernst bleiben – diese Situation war einfach skurril! Ramona schien ihre Belustigung wahrzunehmen und wurde noch einen Deut ärgerlicher.

»Es ist eure Pflicht mich zu unterstützen – schließlich bin ich Polizistin und ihr seid nichts weiter als Verdächtige!«

Hatte sie richtig gehört – Ramona verdächtigte Kurt, Siebert und sie? Nachdem sich Ramona an Kurt rangeschmissen hatte und Agnes für die ›Frau Polizeijuristin‹ die Kastanien aus dem Feuer geholt hatte? »Du brauchst mit mir nicht mehr rechnen.« Damit drehte sie Ramona den Rücken zu und verließ das Zimmer.

21. Im Lagerraum stank …

… es so übel nach Plastik und verschmortem Fleisch, dass sich Agnes‘ Magen zu einem winzigen Ball zusammenzog. Zudem brannten die Rauchgase trotz der Ventilation in der Lunge. Die Wände waren rußgeschwärzt und der Belüftungsventilator in der Ecke des Raumsarbeitete auf Hochtouren.

Kurt besah sich den Schaden an der Skibox. Carlas Sarg stand zusammengeschmolzen vor dem Regal im hinteren Bereich. Die Glühbirne funktionierte nicht mehr. Im Schein der Taschenlampe war Siebert in die Knie gegangen und betrachtete den Boden genauer, ohne etwas zu berühren. »Sieht aus, als hätte sich das Wachs vom Teelicht entzündet, durch die Hitze ist das Plastik geschmolzen, die Sache kam ins Kippen und so hat sich der Brand ausgebreitet«, meinte Siebert.

Agnes, die eben erst eingetroffen war, bemerkte unmittelbar hinter sich Ramona. Die Hände geballt und der Kopf hochrot, brüllte sie in den Lagerraum. »Verschwindet auf der Stelle – ihr versaut alle Spuren!«

»Das haben schon der Wirt, sein Koch und der Knecht mit ihren Löscharbeiten erledigt«, sagte Siebert ohne das geringste Anzeichen, eingeschüchtert zu sein.

»Ein Glück, dass der Koch etwas aus dem Lagerraum holen musste.« Kurt gab sich ebenfalls unbeeindruckt von Ramonas Wutausbruch, »sonst wäre die Leiche komplett verbrannt, mitsamt den Zyankalispuren.«

»Das kann kein Zufall sein.« Agnes betrachtete die Überreste von Carlas Leiche. Der entsetzliche Geruch zusammen mit dem versngten Etwas, das vor wenigen Stunden ihre Freundin gewesen war, ließ den Boden unter ihren Füßen schwanken.

»Wer das Teelicht angezündet hat, ist der Mörder.« Ramona hatte wieder eine natürliche Gesichtsfarbe. »Wir werden jeden einzelnen Seminarteilnehmer ausquetschen, alle Infos sammeln und dann zuschlagen. Ich übernehme die Hauptverdächtigen, ihr die anderen – das schaffen wir gemeinsam …«

»Ohne mich«, schnitt Agnes ihr das Wort ab. »Du bist die Polizei, das hast du vorhin klargestellt.«

»Da liegt etwas«, sagte Siebert und streckte die Hand aus.

Im letzten Moment besann er sich, griff nach der Rolle Alufolie, die am gegenüberliegenden Regal lag und riss sich ein Stück davon ab. Vorsichtig legte er die Folie um die Plastikflasche, die umgekippt unter dem Regal lag und hob sie damit auf.

»Spiritus«, las er vom Etikett ab und schnupperte an der Flaschenöffnung.

»Ein Brandbeschleuniger!« Ramona hielt Siebert triumphierend einen Plastiksack hin. »Ein weiteres Beweisstück. Möglicherweise finden sich Fingerabdrücke darauf. Der Täter dachte wohl, das Feuer vernichtet alles. Wenn wir bloß eine ordentliche Spurensicherung zur Verfügung hätten! Irgendwie muss es mir gelingen, diesen Raum zu versiegeln, damit nicht noch mehr verloren geht.«

Agnes wagte einen Blick auf den Ski-Sarg. Carlas Leiche war abscheulich verunstaltet, das Feuer hatte ganze Arbeit geleistet. Angesengte Haut, das Gesicht bis zur Unkenntlichkeit verunstaltet. Ihr Herz krampfte sich zusammen. Sie hielt sich den Arm vor Mund und Nase. Der bestialische Gestank nach Chemikalien und verbranntem Fleisch verschwand nicht. Magensäure brannte in ihrer Speiseröhre und Sauerstoffmangel sorgte dafür, dass die Seitenränder ihres Sichtfeldes dunkel wurden. Carlas Körper geschändet, ihre Totenruhe zerstört.

»Du hyperventilierst!«, hörte sie Sieberts Stimme aus weiter Ferne, spürte seinen Arm um ihr Schultern. Er zog sie fort von der Skibox. »Wir gehen raus.«

»So kann Carla nicht bleiben«, stammelte sie. Erst vor dem Lagerraum schaffte sie mit aller Willenskraft, ihren Atem unter Kontrolle zu bekommen. Die anderen folgten ihnen.

»Der Mörder will seine Spuren beseitigen«, sagte Ramona und stellte sich zu ihnen. »Diese Flasche kann ihn herlocken.« Sie hob triumphierend die leere Spiritusflasche im Plastiksack hoch. »Verbreitet, was hier geschehen ist. Und vor allem, dass ich jetzt den durchschlagenden Beweis in Händen halte. Nein, nicht in Händen, in meinem Büro. Der Täter muss dann handeln. Ich werde ihm auflauern und festnehmen. Helft ihr mit?«

Kurt rieb andächtig sein Stoppelkinn. Siebert blickte von ihm zu Agnes. »Was meinst du?« Agnes sah ihm an, dass er die Idee gut fand. »Wir müssen etwas unternehmen.«

»Ich mache mit.« Kurts Zustimmung brachte Agnes in Zugzwang. In ihrem Kopf formte sich ein plastisches Bild aus. Das flaue Gefühl verschwand. Ein Blick auf die Uhr zeigte, dass in Kürze die feierliche Inbrandsetzung des Scheiterhaufens bevorstand. Sie wusste, was sie zu tun hatte.

»Es genügt, wenn ihr beide sie unterstützt.« Agnes blickte ein letztes Mal zu Ramona. »Ich bin raus.«

22. Nebelschwaden hüllten die …

… Berge ein, zogen über die vollgesogenen Wiesen, ließen die Gestalten der Feuerläufer als Schemen erscheinen. Bis zu drei Meter hoch loderten an manchen Stellen die Flammen empor, angeheizt vom Spiritus, der gegen die Feuchtigkeit im Holz ankämpfte. Beißender Rauch wallte über dem Scheiterhaufen, wurde vom Wind ins Tal getrieben und mischte sich in die Reinheit des Nebels.

Alle waren zur Wiese gekommen. Sie standen um das Feuer, stumm, versunken.

Agnes beobachtete Ruth, die eben einige Schritte näher an die Flammen herantrat. Ihre Lippen bewegten sich, während sie die Hand ausstreckte und ein gefaltetes Papier mit einer ruckartigen Bewegung ins Feuer warf. Augenblicklich fraßen sich Zungen durch das Blatt, verfärbten es schwarz, bis es zu Asche zerfiel. Eine Weile sah sie der Verwandlung zu, folgte den Rußflocken, die von der Kraft des Feuers herumgewirbelt wurden. Ihre Augen hoben sich und fanden Agnes. Das Zwielicht ließ sie wie Obsidiane glänzen und pures Gift floss Agnes entgegen. Brüskiert wandte sich Agnes ab. Almut und Susanna standen nicht weit von ihr. Der Zettel in Susannas Hand war zu einer Kugel geknüllt und landete im Zentrum des Stoßes. Von einem Moment zum nächsten löste sich das Papier auf. Susannas Lachen hallte über die Wiese, ihre Augen auf das Schauspiel der Flammen geheftet. Nun schob auch Almut ihr gefaltetes Papier vorsichtig an den Rand der Holzscheite, dort, wo das Feuer schwach war und nur von ein paar dürren Ästen genährt wurde. Langsam zehrte die Hitze am Papier, schmolz die Sorgen ein, die darauf geschrieben standen, färbte sie erst braun und zunehmend schwarz, ließ sie vor den Augen ihrer Besitzerin in tausende Partikel zerfallen. Fasziniert starrte Agnes in die Flammen. Selchgeruch kroch ihr in die Nase, heftete sich an Kleidung, Haare, und Haut. In das Knacken des Feuers mischten sich Trommelschläge, die tief in den Eingeweiden widerhallten. Robert saß gegenüber auf einem Holzstamm, die Djembé zwischen den Knien. Der Rhythmus harmonierte mit dem Herzschlag, schlich sich in die Körper und bald wippten alle in Roberts Beat. Agnes wünschte sich, ebenfalls einen Zettel geschrieben zu haben. Sie hätte Belladonna ins Feuer geworfen, zusammen mit der frischen Erinnerung an Sieberts Körper. Hintennach die Bilder der Toten.

Ein Kribbeln im Nacken ließ sie herumfahren. Wei Xu stand hinter ihr. Kaum kreuzten sich ihre Blicke, nickte er unmerklich. Was wusste er?

»Wir brauchen während des Essens eine Feuerwache!«

Ruths Kommando direkt neben ihrem Ohr riss Agnes aus den Gedanken. Die anderen versammelten sich um Wei Xu, Ruth und Serge – ein Gedränge wie beim Ball auf Schloss Hinterleiten, schoss es Agnes durch den Kopf. Fast meinte sie Walzerklänge zu hören. Jemand stieß sie von hinten, da begann Ruth schon wieder zu rufen: »Wer übernimmt die erste Wache? Es sind bloß 30 Minuten.«

»Ich übernehme die erste Wache.« Serge trat vor, ging an Ruth vorbei und hob einen enormen Feuerlöscher vom Traktoranhänger herunter.

Kurt lächelte amüsiert. »Nicht dass irgendjemand fürchten müsse, es gäbe auch nur einen trockenen Grashalm in der Nähe.«

Typisch Kurt. Mit einem Wort brachte er Serge und Ruth auf die – Tanne. Agnes musste schmunzeln.

»Wir machen es nach Vorschrift.« Ruths Tonfall erlaubte keinen Widerspruch.

»Schon gut, Kinder.« Wei Xu war seinerseits zum Anhänger gegangen und kehrte mit einem Feuerwehrhelm im Arm zurück. »Ich esse nichts und bleibe. Geht nur.«

»Danke, Meister.« Noch einen bösen Blick für Kurt, dann kehrte Ruth allen den Rücken zu und ging. Wei Xu kippte den Kopf unmerklich zur Seite, und Agnes verstand es als Wink zu bleiben. Wieso blickte Serge so argwöhnisch?

In kleinen Gruppen wanderten die künftigen Feuerläufer den Berg hinab zum Hotel. Claudio war allein vorausgegangen, Siebert und Kurt folgten ihm.

»Was macht der Knöchel?« Karins Frage kam unerwartet.

»Der Beinwell hilft gut.« Überrascht bemerkte Agnes Karins Arm, der sich unter ihren schob. Andererseits eine gute Gelegenheit ein paar Dinge herauszufinden. »Wie läuft's mit Claudio?«

Karin grinste. »Du hast ihn mitgebracht – danke dafür.« Da Agnes nur mit einem Lächeln antwortete, bedachte Karin sie mit einem forschenden Blick. »Du kennst ihn von der Arbeit?«

»Ja.«

Karin hatte offensichtlich mit mehr Informationen gerechnet. Ungeduldig verlagerte sie das Gewicht und holte Luft.

»Dann anders gefragt: Wie eng seid ihr befreundet?«

Agnes sah ihr direkt in die Augen. »Falls du fragen möchtest, ob ich was mit ihm hatte – nein. Wir sind Arbeitskollegen und unterhalten uns öfter über komplementäre Heilbehandlungen. Ich habe ihm von Carlas meditativer Kinesiologie erzählt und er war sehr interessiert.«

»Das hat mir Claudio längst erzählt.« Karin machte eine wegwerfende Handbewegung. »Mich interessiert, wie er es mit Beziehungen hält.« Verlegen strich sie sich die Stirnfransen zurecht.

Agnes überlegte kurz, wie sie die Tatsachen diplomatisch vermitteln konnte. »In dem knappen Jahr, das ich im Sanatorium arbeite, hatte er vier Freundinnen, von denen ich weiß. Immerhin nacheinander.« Dem verkniffenen Mund nachzuschließen, gefiel Karin diese Information ganz und gar nicht. »Er hat allerdings immer die besten Absichten.«

»Woran scheitert es dann? Ich möchte keinen Fehler machen.« Für Karin bedeutet die Affäre also mehr, schloss Agnes aus deren flehentlichen Tonfall. Agnes seufzte. Claudio war der komplizierteste Mann, den sie kannte. Mit einem Tipp war es da nicht getan.

»Er ist wahnsinnig empfindlich. Wenn du merkst, dass irgendwas nicht passt, dann hake gleich nach. Sonst spinnt er sich ein, zieht sich zurück und redet kein Wort mehr.«

»Danke, Agnes. Tausendmal Danke. Weißt du, ich mag ihn sehr.«

»Ihr teilt euch dein Zimmer?« Agnes hob verschwörerisch eine Augenbraue. Karins Arm schlüpfte aus Agnes' Armbeuge.

»Wieso weißt du …?«

»Ich schlafe nebenan, vergessen?«

»Ups!« Karin grinste verlegen. »Dünne Wände.«

»Ich wünsche euch von Herzen, dass es funktioniert.« Karins Augen bekamen trotz des Dämmerlichts ein Funkeln.

»Er könnte der Richtige sein. Nachdem Carla – du weißt schon – er war so einfühlsam. Und dann ist Ursula verschwunden – es war einfach unerträglich im Zimmer.« Karin sah zu Boden. »Ich konnte nicht schlafen und Claudio war für mich da.« Erst versuchte Agnes angestrengt, nicht mit den Augen zu rollen, dann plötzlich tauchte wie aus dem Nichts ein Bruchstück jener Unterhaltung zwischen Karin und Claudio auf, die sie unfreiwillig mitangehört hatte.

»Vor einiger Zeit hast du Claudio erzählt, dass die Räucherstäbchen verschwunden sind. Ich war zufällig hinter dir auf der Treppe und habe es aufgeschnappt.« Agnes beobachtete genau Karins Reaktionen. »Das war am Tag nach Carlas Tod.«

Bei der Erwähnung ihre Lehrerin zuckte Karin zusammen. »Ich sagte etwas über Räucherstäbchen?« Agnes wollte gerade ihre Frage bejahen, da schien sich Karin auch schon wieder zu erinnern. »Ich habe den Meditationsraum vorbereitet und wie üblich ein Bündel neben der Buddhafigur bereitgelegt, etwa zehn Stück. Nach Carlas Tod waren alle weg.«

»Alle?« Agnes konnte ihre Aufregung kaum unterdrücken.

»Bist du sicher? Von deiner Erinnerung hängt viel ab.«

»Wieso das denn?« Karin zog an den Bändern ihrer Kapuze und schob das Kinn vor. »Ich habe aufgeräumt und die Räucherstäbchen waren weg.«

Agnes holte Luft. »Was war mit denen, die Carla entzündet hat?«

»Abgebrannt, oder? Bei der Göttin, wer hat schon darauf geachtet? Carla ist vor unser aller Augen gestorben!«

»Waren diese Räucherstäbchen selbstgemacht? Von dir?«

»Was soll das jetzt?« Karin wurde sichtlich bewusst, welche Informationen sie über sich preisgab. »Willst du mir Carlas Tod in die Schuhe schieben?« Sie löste ihren Arm und machte einen Schritt von Agnes weg. »Ich habe Carla verehrt! Habe heute sogar ein Teelicht auf den Sarg gestellt, damit sie nicht so alleine ist.« In Karin wütete sichtlich ein Sturm, sie atmete schnell und Hektikflecken erschienen auf Gesicht und Hals.

Doch auch Agnes' Herz schlug schneller. Jetzt war klar, wer die Kerze gebracht hatte. »Die Skibox hat gebrannt. Die Polizeijuristin hat ein Beweisstück gefunden, mit dem sie den Täter überführen kann.«

»Aber ich habe doch nur ein Teelicht aufgestellt!« Karin zog die Kapuze vom Kopf. »Auf einem Teller. Da kann doch nichts passieren.«

»Auf einem Teller?« Agnes holte sich widerwillig die Bilder des Schauplatzes nochmal ins Gedächtnis. Kein Teller, nicht mal ein Porzellansplitter.

»Schon mal von YouTube-Tutorials gehört? Wer Räucherstäbchen herstellen will, kann das problemlos lernen.«

Agnes nickte nachdenklich. »Womöglich hat jemand die Räucherstäbchen vor der Meditation ausgetauscht.«

»Und du glaubst, ich war das«, herrschte Karin sie an.

»So habe ich das nicht gemeint!« Das Gespräch ging völlig in die falsche Richtung, wie sollte Agnes an Informationen kommen, wenn Karin sich bedroht fühlte? Sie brauchte schleunigst eine neue Strategie. »Du hast dich um alles gekümmert und hast den besten Einblick. Vielleicht ist dir irgendetwas Verdächtiges aufgefallen – im Nachhinein betrachtet. Wer war im Seminarraum zwischen der Nachmittagseinheit und der Abendmeditation? Hat sich jemand an Carlas Platz zu schaffen gemacht?« Agnes konnte spüren, wie die Anspannung aus Karins Körper wich. Die Arme um ihre Mitte geschlungen, wiegte Karin den Kopf. Der Wind drehte und wehte den Rauch vom Lagerfeuer zu ihnen. Gemeinsam gingen sie ein paar Schritte beiseite.

»Da waren Ruth und Serge – die fühlen sich unentbehrlich und überprüfen ständig, was ich mache.« Karins Nasenflügel bewegten sich und die Lippen wurden für eine Sekunde schmal, doch so schnell wie der Ärger gekommen war, verschwand er wieder. »Der Raum war unversperrt – jeder hätte während dem Abendessen hineinschlüpfen und die Räucherstäbchen austauschen können.«

»Waren deine Stäbchen dünn oder dick?«

»Mittlere Stärke, beste Qualität.« Sie blickte Agnes grimmig an.

»Kannst du dich an die Räucherstäbchen erinnern, die Carla entzündet hat? Du bist ganz vorne gesessen.«

»Immerhin drei Meter entfernt und mit dem Gesicht zur Wand. Ich habe mich auf die Meditation eingestimmt.«

»Verstehe.«

»Es hätten noch sieben Stäbchen übrig sein müssen.« Karin schien sich nochmal die Situation vor Augen zu führen. »Wenn ich darüber nachdenke – der Reis war sauber.«

»Reis?«

»Die Schale für die Räucherstäbchen ist traditionell mit Reis gefüllt, eine Art Opfergabe für Buddha. Hier hatten wir nur ein kleines Gefäß zur Verfügung. Jemand hat es von Asche gereinigt.«

»Könnten das Ruth oder Serge getan haben?«

Karin zuckte mit den Schultern und sah sie unverwandt an.

Agnes brauchte Gewissheit. Sie fasste nach Karins Hand, ohne den Blick abzuwenden, fühlte deren Haut feucht und klamm zwischen den Fingern.

Lass es fließen, halte es nicht fest, sagte eine Stimme in ihrem Kopf. Ein Strom von Bildern übertrug sich, startete einen Film in Agnes' Kopf, von allem, woran Karin sich in diesem Augenblick erinnerte: *Carla, die sich zur Kerzenflamme neigt, drei Räucherstäbchen in Händen, die Mundwinkel zu einem Lächeln gehoben. Keine Aufregung, keine Vorahnung, was gleich geschehen wird. Wie sie das Räucherwerk in die Schale steckt, der Rauch weiterhin in ihre Richtung zieht; dann das Husten, der Moment der Lähmung, die Erstarrung und Bewusstlosigkeit. Angst und Panik überschwemmen sie – Carlas Gesicht, ganz nahe – starre Augen. Eine Stimme aus der Ferne und doch direkt ins Ohr kriechend, schnell wie ein Ohrenschlüpfer, mit den scharfen Zangen voran: Wenn du Buddha triffst, töte ihn!*

»Nein«, krächzte Agnes. Als lägen glühende Kohlen in ihren Händen, ließ sie Karin los. Die Verbindung war durchbrochen und dennoch brannten die fremden Emotionen wie Säure in ihrem Kopf.

»Was ist mit dir los?» Karin musterte sie.

Agnes rieb die Hände aneinander und zwang sich tief durchzuatmen. »Es ist die Erinnerung an Carla.» Agnes kämpfte gegen die aufsteigende Übelkeit an. »Jemand hat Buddha getötet.«

Irritiert starrte Karin sie an, dann blickte sie auf der Wiese umher. »Sieh nur, wir sind die Letzten! Schnell zum Essen, sonst sind die guten Sachen weg.« Noch während sie sprach, trabte sie bereits den Berg hinunter. Agnes sah Karin die Hand heben und den Lichtern des Hotels entgegenlaufen.

Die Dämmerung hatte ihr düsterstes Kleid über die Berghänge geworfen und verschluckte jegliche Farben. Karins Gestalt verlor sich im Dunkelgrau. Eine Windböe blies eine heiße Rauchwolke in Agnes' Gesicht. Das Feuer loderte auf, nagte an den Holzscheitern wie ein Hund an seinen Knochen. Es gab noch etwas zu tun.

»Wir sind allein.« Wei Xu und trat aus dem Schatten des Traktors. Der Meister stand nahe dem Feuer, die Hände vor dem Bauch gefaltet, als trügen sie etwas Wertvolles.

»Du bist 1975 evangelischer Pastor gewesen«, sagte Agnes. Wei Xu hob überrascht die buschigen Augenbrauen. »Lass mich raten, wieso du damals ausgetreten bist – damals wurden die ersten Frauen ordiniert.« Zum ersten Mal, seit sie ihn kannte, wich er ihrem Blick aus.

»Das stammt aus dem Leben eines Mannes, der zufällig ich war.« Er seufzte und wandte sich dem Feuer zu.

»Ein Mann, der Frauen die Spiritualität abspricht, Priesterinnen ablehnt«, erwiderte sie unerbittlich.

»Menschen ändern sich. Nicht jeder braucht dafür mehrere Inkarnationen.« Wei Xu seufzte. »Es sind die Seelen, die suchen, nicht ›Männer‹ oder ›Frauen‹, das musste ich erst lernen.«

»Das soll ich dir glauben?«

Er wandte sich ihr zu und hielt ihr die Hand entgegen. »Überzeuge dich selbst.« Wieso wusste er von ihrer Gabe? Sein Gesicht wirkte mit einem Mal unendlich müde. »Ich sehe genau hin, Agnes. Deshalb.«

Zögernd kam sie einen Schritt näher. Berührte ihn.

Da war nichts als Frieden. Bilder vom chinesischen Kloster, vom Schweigen und Sitzen. »Wir sehen die Welt durch den Filter unserer Vorstellungen, glauben nur, was wir glauben wollen, eingeigelt in unsere eigene Social-Media-Blase – was andere sagen, sind ›Fake News‹. Alle reden davon, keiner weiß was ›Wahrheit‹ ist. Was siehst du, wenn der Filter verschwindet? Zerreiße den Schleier.«

Agnes wusste nicht, was sie sagen sollte. Wei Xu ließ ihre Hand los und blickte in den Himmel. Der erste Stern erschien, das Himmelsblau löste sich allmählich in der unendlichen Schwärze des Universums auf.

»Nur die Mutigsten wagen den Blick hinter den Filter. Denn die Gefahr ist groß – derjenige könnte verloren gehen, der dank dieser Brille die Macht über dich hat.«

Filter, Brille, Macht – in Agnes' Kopf drehten sich Wei Xus Worte im Zen-Karussell. Entschlossen schob sie das alles beiseite. »Ich bin mutig genug, um einen Mörder zu fangen. Wirst du mir dabei helfen?«

Wei Xu betrachtete sie eine Weile und nickte dann. »Beim Feuerlauf überlasse ich dir die Gruppe – sieh zu, dass du unmittelbar nach mir über den Glutteppich gehst.«

»Zeit, den Bären ins Feuer zu werfen.« Sie deutete mit gefalteten Händen eine Verbeugung an und wandte sich zum Gehen.

23. Im Speisesaal duftete …

… es köstlich nach allerlei Speisen. Es herrschte höchste Betriebsamkeit – Gäste drängten zum Buffet, gingen mit vollen Tellern zu ihren Tischen, dazwischen bahnten sich Kellnerinnen mit beladenen Tabletts ihren Weg durch das Gewusel.

Die Tafel der Feuerläufer im Wintergarten war voll besetzt, die Teller waren längst leergegessen. Vor den meisten standen gefüllte Weingläser und das Tischgespräch kreiste um das bevorstehende Ereignis. War es ein spirituelles Erlebnis oder eine bloße Mutprobe? Sieberts Schweigsamkeit fiel nicht weiter auf. Obgleich Ruth ihn ständig aus den Augenwinkeln beobachtete, sprach sie ihn nicht an. Kurt zwinkerte ihr zu, worauf sie sich abwandte. Er zuckte mit den Schultern und lehnte sich zu Siebert. »Wo ist Agnes?«

»Ich weiß nicht.« Siebert setzte sich auf, als hätte er bloß auf sein Stichwort gewartet, griff sich die Jacke und war im Begriff aufzustehen. »Ich schau' mal nach.«

»Bist nervös?«

»Was glaubst du denn? Zwei Frauen sind dieses Wochenende gestorben.«

»Siebert, was ist?«, rief Claudio über den Tisch.

»Agnes war nicht beim Abendessen.«

»Soll ich suchen helfen?«

Renata stellte das Glas ab. »Sie ist auf's Zimmer gegangen – murmelte was von einem toten Buddha.« Sie machte eine eindeutige Handbewegung an ihre Stirn. »Die Nerven.«

Ehe Siebert sie zurechtweisen konnte, pflichtete Susanna ihr bei. »Posttraumatische Reaktion. Agnes hat da einige Probleme.«

Siebert spürte, wie die Nervosität ihm die Selbstbeherrschung kostete. »Haltet den Mund! Was wisst ihr schon, was Agnes durchgemacht hat?« Gleichzeitig konnte er die Zeichen deuten. So hatte es schon mal begonnen – und am Ende lag sein Leben in Scherben.

»Wir sind alle durch den Wind.« Verständnisvoll zeigte Susanna ein Therapeutenlächeln, das nicht bis zu den Augen reichte. »Sag', wenn ich was für dich tun kann.«

»Sie war vorhin am Feuer komisch.« Karin befreite sich von Claudios Hand, um einen Schluck Wein trinken zu können. Sogleich spiegelte er ihre Bewegung und stieß mit seinem Glas gegen ihres.

»Wie meinst du das?« Durch Sieberts Körper ging ein Ruck.

Erst trank Karin einen weiteren Schluck Wein, ehe sie sich ihm zuwandte. »Sie wollte bleiben, obwohl alle gegangen waren.« Kaum hatte sie das Glas abgestellt, umfasse Claudio wieder ihre Hand.

»Dann ist sie mit Wei Xu allein geblieben«, bemerkte Susanna.

»Mach' dir keine Sorgen, vielleicht wollte sie sich bloß vor dem Feuerlauf ausruhen.« Siebert hob den Kopf, damit er Serge sehen konnte. Dieser Reserve-Buddha mit den rabenschwarzgefärbten Haaren war ihm unheimlich – zwar benahm er sich die meiste Zeit wie der Papst persönlich, erweckte damit bei Siebert jedoch größtes Misstrauen. Dieser Mann war nicht das, was er vorgab zu sein. Und dass Serge ihn zu beschwichtigen versuchte, stachelte Sieberts Unruhe nur noch mehr an. In den eigenen Gedanken versponnen, bemerkte er erst mit Verzögerung, dass die Blicke der anderen auf ihm ruhten. Alle, bis auf Ruth. Sie starrte hinaus in die einsetzende Dunkelheit. Als hätte sie einen tiefgreifenden Entschluss gefasst, blinzelte sie, schob ihren Sessel vehement zurück und stand auf.

»Ich sehe nach dem Feuer … helfe dem Meister.« Ruths leises Murmeln war für Siebert bestimmt und er verstand den Wink.

»Ich sehe nach Agnes.« Siebert stand auf und folgte Ruth hinterher. In der Lobby blieb sie unverwandt stehen. Mit einer heftigen Bewegung drehte sie sich zu ihm herum. Ihre

Augen waren dunkel, das Zittern der Stimme versuchte sie durch die geringe Lautstärke zu verbergen. »Es hätte was aus uns werden können.«

»Tut mir leid, wenn ich einen falschen Eindruck erweckt habe. Meine Frau habe ich längst gefunden. Auch wenn ich's ziemlich verbockt habe.« Siebert gab sich Mühe seinen Worten die Härte zu nehmen. »Für halbe Sachen bist du zu schade.«

»Damit wäre ich zurechtgekommen«, erwiderte sie trotzig. Er sah Tränen an den Lidrändern, sie wandte den Kopf ab. Ein kurzes Zögern, dann eilte Ruth zum Ausgang, stemmte sich gegen das Portal und rannte hinaus in die Nacht.

Siebert lief hinterher, blieb aber am Portal stehen. »Ich wünschte, sie wäre tot«, hörte Siebert Ruths Stimme.

In einer der finsteren Ecken neben dem Hoteleingang glomm die Glut einer Zigarette auf. Erst als Uwe den Stummel in die Sandtonne neben sich warf, bemerkte Siebert ihn. Wortlos ging Uwe an ihm vorbei ins Hotel zurück.

24. Agnes hielt den …

… Zettel in zitternden Händen und las ihn im Schein der Pavillonlaterne zum zehnten Mal durch. Nur wenige Sätze standen darauf, in einer Handschrift, die sie nicht kannte. Längst konnte sie jedes Wort auswendig. Schweiß stand auf ihrer Stirn und rann die Wirbelsäule hinab. Wie war er in ihre Jackentasche gelangt? Diese Person musste sie gut beobachtet haben; diese Angewohnheit, die Hände stets in den Taschen zu vergraben, weil sie so schnell kalt wurden. Der- oder diejenige wusste, dass sie das Papier rasch finden würde. Ihr Herz raste gegen die Rippen, dröhnte in den Ohren. Angestrengt versuchte sie die letzte Stunde am Feuer zu rekapitulieren, doch in ihrem Kopf sprangen die Gedanken wild durcheinander, die Worte der Drohbotschaft leuchteten grell dazwischen. War es im Gedränge geschehen? Wer war ihr so nahegekommen? Unsichtbare Finger drückten ihr die Kehle zu. Mit ganzer Konzentration dehnte sie den Brustraum für einen tiefen Atemzug auf. Sie musste weiter. Gehetzt blickte sie sich um. Konnte sie irgendjemand hier im Pavillon sehen? Zum Feuer – sie musste zum Feuer zurück und die Botschaft verbrennen. Einen letzten Blick warf sie auf das Papier.

Du liest dies und wirfst den Zettel ins Feuer: In deines Liebhabers Schuhen sind C4 und ein Zünder. Kommst du während des Feuerwerks nicht zum Bären, zünde ich die Bombe. Sagst du ein Wort darüber, zünde ich die Bombe. Ich sehe dich. IMMER.

Agnes lief los.

25. Die Nacht kroch …

… kalt und feucht unter Sieberts Kleidung, obwohl es nicht regnete. Die Natur quoll über vor Feuchtigkeit. Selbst der Mond war von Wolkenfetzen umhüllt, strahlte sein Licht matt in die unendliche Schwärze. Das Fell von Roberts Trommel vibrierte unter seinen Schlägen. Die Erde, die feuchte Luft, selbst das Feuer nahm den Rhythmus auf, griff nach den Körpern der Feuerläufer. Roberts Hände glitten über die Oberfläche seines Instrumentes, brachten unterschiedliche Klangfarben hervor, intuitiv, selbstvergessen. Sein Gesicht schimmerte im Widerschein der Glut, die von Wei Xus Harke ein ums andere Mal aufgestöbert wurde. Funken sprühten, kleine Flammen leckten über den orange-glühenden Teppich. Serge und Ruth steckten Fackeln in gleichmäßigen Abständen ringsum in die Erde. Die Hitze des Feuers fing die Menschen ein, wurde zur Rettungsinsel im Schwarz der Nacht.

Siebert stand neben Agnes, seine Hand nur Zentimeter von ihrer entfernt. Erleichtert, sie unversehrt am Feuer gefunden zu haben, war er entschlossen, auf sie aufzupassen. Auch wenn ihn seine Sneakers noch so sehr drückten. Derzeit passte ihm gar nichts, alles war zu eng, zu gefährlich – genau wie Agnes' Vorhaben, sich wieder bewusst den Emotionen und Erinnerungen eines Mörders auszusetzten. Das hatte sie bereits vor zwei Jahren in den Abgrund gerissen. Verdammte Fähigkeit! Warum musste gerade sie damit gestraft sein. Die Unruhe wollte ihn nicht wieder verlassen. Da war Wut in seiner Brust wegen der Gefahr, in die sie sich brachte. Die Angst sie zu verlieren, lag wie ein Felsbrocken auf seiner Brust – am liebsten wollte er losbrüllen. Machtlos sein, das war das Schlimmste. Mit jedem Trommelschlag steigerte sich seine Unruhe. Er würde sie keine Sekunde allein lassen.

Siebert hörte kaum die Worte, die Wei Xu sprach, seine gesamte Aufmerksamkeit lag bei Agnes. Ob er sie umarmen durfte? Sie wollte nur Freundschaft, das hatte sie ihm ausdrücklich gesagt. Später. Wenn das hier überstanden war.

»Lassen wir das Spiel mit dem Feuer«, raunte er ihr ins Ohr.

»Mach es mir nicht schwer«, erwiderte sie so leise, dass er sich fragte, ob er sich diese Antwort nur eingebildet hatte. Sie zog sogar ihre Hand weg, steckte sie in die Jackentaschen. In seiner Brust wurde es enger. Ein Kloß steckte in seinem Hals, ließ ihn kaum schlucken. Sie zog ihr Ding durch, egal was er dazu sagte. Es kostete enorme Disziplin, sich Wei Xu zuzuwenden und seinen Ausführungen zu lauschen. Was interessierte ihn eine Ente in der Flasche? Was sollte der Quatsch mit dem Finger, der zum Mond zeigte? Er wollte keinen Lehrer, keinen Mond und keine Flasche. Nur Agnes. Gesund.

Er blickte über die um den Glutteppich versammelte Gruppe. Ein Mörder war unter ihnen und wenn er nicht gut genug aufpasste, könnte er ihm alles nehmen, wofür es sich zu leben lohnte. Reiß dich zusammen, sagte er sich und atmete gegen den Kloß in seiner Kehle.

26. Agnes hatte Gänsehaut …

… an den Armen, der Stoff des Shirts juckte unangenehm auf der Haut. Der Feuerteppich und die umstehenden Fackeln sandten Hitzewellen aus, doch gleichzeitig griff die Nacht mit feuchtkalten Fingern nach Agnes' Rücken. Die Hosenbeine hatte sie bereits hochgekrempelt, die Füße steckten nackt in den Sneakers. Sie waren genauso eisig wie ihre Finger. Dabei müsste sie lediglich die Hand heben, um bei Siebert Wärme zu finden. Ein paar Zentimeter Entfernung. Sie könnte sich an ihn schmiegen, seinen Duft einatmen – und wäre verloren. Von wegen Freundschaft – er war alles für sie. Deswegen musste sie auf Distanz bleiben. Durfte dem Mörder keinen Grund geben auf den Fernzünder zu drücken. C4 war, soweit sie wusste, eine Art robuster Plastiksprengstoff. Für einen schrecklichen Augenblick lang sah sie Siebert am Boden mit zerfetzten Beinen, nichts als ein blutender Rumpf. Stopp! Sie schrie sich innerlich an, schob das Bild beiseite. Konzentriere dich auf deine Aufgabe, mahnte der Verstand.

In wenigen Momenten musste sie über den Feuerteppich laufen, durfte nicht zögern. Wei Xus Stimme schwang mit dem Rhythmus der Trommel. Seine Worte hämmerten sich in jede Körperzelle.

Wie kann ich die Ente befreien?, widerholte sie in Gedanken. Eine Windböe fauchte durch die Glut, kleine blaue Flammen leckten über die Holzstücke.

»Starrt nicht den Finger an, der zum Mond zeigt.« Wei Xu in voller Fahrt.

Den Mond anstarren. Starrte sie den Finger an oder den Mond? Wie kam die Ente aus der Flasche heraus? Die Gedanken wirbelten in ihrem Kopf, gefangen im Hamsterrad ihrer Befürchtungen. Um Siebert zu befreien, musste sie das alles loslassen.

Die Trommel verstummte. Es ging los.

Wei Xu stand mit ausgebreiteten Armen vor dem Saum des Glutteppichs, sein Gesicht strahlte vor Freude. Schon hob er einen Fuß an, setzte ihn auf die Glut, hob den anderen Fuß, machte den nächsten Schritt – Schritt um Schritt, ein flotter Marsch voller Kraft und Selbstvertrauen. Ruth stand am anderen Ende mit ausgebreiteten Armen. Je näher der Meister dem Ende der Feuerbahn kam, desto losgelöster wirkte er. »Nichts kann euch aufhalten!«, rief er. Die Augen auf Ruth geheftet, beendete er den Feuerlauf im feuchten Gras. Ruths Gesicht spiegelte dieselbe Ausgelassenheit. Noch nie hatte Agnes sie so offen gesehen – so sympathisch. Vielleicht sehe ich Ruth jetzt zu ersten Mal, dachte sie, fühlte ihr Herz weit werden beim Anblick von Wei Xu und Ruth in inniger Umarmung. Schließlich stellte Wei Xu sich auf Ruths Platz und forderte die anderen auf, seinem Beispiel zu folgen. »Geht zügig, die Glut ist noch sehr heiß!«

Die Trommel setzte neuerlich ein, beschleunigte ihren

Herzschlag, versetzte ihr Blut in Wallung. Agnes streifte die Sneakers ab, zuckte bei der Berührung der Füße mit dem eiskalten Gras zusammen. Sie war bereit für das Feuer. Ging zur Stirnseite des Glutteppichs. Die Kälte der Erde stach wie Messer in die Sohlen. Macht nichts, dachte sie, bald wird's heiß.

»Agnes, komm!« Wei Xu rief nach ihr, und sie hob das Bein an. Nicht denken, einfach gehen … Wei Xu war so weit entfernt!

Sie setzte den linken Fuß auf die Glut. Weiter! Nicht stehenbleiben. Die Luft über der Glut war heiß, doch an den Füßen fühlte sie lediglich angenehme Wärme.

Gehen. Bis zum Schluss – kein Verweilen. Wer am Anfang in die Glut steigt, wird sie durchschreiten. Das Unmögliche war möglich – sie lief über die Glut! Das Leben war ohne Anfang und Ende, der Tod eine Illusion, zwei Seiten einer Medaille und gemeinsam Eins. In diesem Moment explodierte das Leben in ihr – ein Feuerwerk der Freude – ihr wertvollster Schatz!

»Es gibt keine Flasche!«, rief Agnes und riss die Arme hoch. Mit jedem weiteren Schritt nahm die Leichtigkeit zu, trugen sie über das Feuer.

»Der Mond ist gefallen – der Spiegel zerbrochen!«, erwiderte Wei Xu und schloss sie am anderen Ende der Glut in seine Arme. Dann trat er einen Schritt zurück und verbeugte sich vor ihr mit gefalteten Händen. »Der Bär ist durchs Feuer gegangen. Kotau vor dem erleuchteten Buddha.« Als er sich wieder aufrichtete, ertönte sein dröhnendes Opernsängerlachen. »Agnes wird euch alle am Ende der Glut erwarten!«

Wunderbar leicht war es, das Leben, das Sterben, das Sein.

Es kümmerte sie nicht, dass Serge, Uwe, Ruth, Susanna, Karin, Josef und Claudio sie mit einem Mal wie ein Rudel hungriger Wölfe anstarrten. Das Ende der Glut gehörte ihr und sie würde jeden in Empfang nehmen, der den Lauf über die glühenden Kohlen wagte. Ihr Schicksal war jedes Schicksal. Sie war das Opfer und der Täter – es war so einfach. Und am Ende würde sie wissen, wer für all das Schreckliche verantwortlich war.

27. Kurt ließ seinen …

… zählenden Blick nochmals über die Gruppe wandern. Sie waren vollzählig versammelt. Karin stand neben Claudio, Renata neben dem trommelnden Robert. Trommeln – Herrgott nochmal, das war wie ›Indianer & Cowboy‹ in seiner Kindheit. Kurt rieb über seinen Dreitagebart. Er war sich bewusst, dass die schlechte Laune auf seine Nervosität zurückzuführen war. Das ganze Theater war eigentlich gar nicht so übel, abgesehen von der feuchten Kälte und dem Bewusstsein, dass ein Mörder mit von der Partie war. Da konnte es nicht schaden, sich locker zu machen, ein bisschen mit der Hüfte schwingen, das mögen die Damen. Kurt konnte wieder lächeln und zwinkerte Ruth zu. Nur zum Spaß, um sie zu ärgern. Die war entweder entschlossen, ihn für alle Zeiten zu ignorieren oder tatsächlich vollkommen in Gedanken versunken. Auch gut.

Serge an ihrer Seite machte einen auf Buddha: den Blick nach innen gerichtet, die Miene ernst, die Hände vor dem Qihai zu einem Mundra gefaltet. Multiple erleuchtet der Kerl, schmunzelte Kurt für sich, jedenfalls gibt er sich große Mühe so auszusehen.

Almut, Manuela und Susanna standen beisammen und klatschten im Rhythmus der Trommel. Manuela sang dazu in Fantasielauten. Sein Blick schweifte zu den Frauen, nicht ohne sich Gedanken hinsichtlich seiner Optionen für diese Nacht zu machen. Sein Zimmer war frei, Siebert schlief heute Nacht mit Sicherheit bei Agnes. Diese Schnapsidee von ›Wir sind nur Freunde‹ brauchte nicht länger als einen Tag um zu verdampfen, darauf wettete er seine Familienjuwelen. Ramona hatte längst angebissen, das wäre ein Kinderspiel … Teufel noch mal, seine Freundin daheim würden ihn kastrieren, wenn er fremd ging! Lass' es sein, Kurt Thesch, es würde dir fünf Minuten nachher leidtun. Da saß wohl ein Engel auf seiner Schulter – wo war das Teufelchen, wenn man es einmal brauchte? Er sah zur Seite und bemerkte, wie Josef Siebert und Agnes anstarrte. Die Arme hinter dem Rücken verschränkt, die Hosenbeine über die Waden geschoben, stand er abwartend da. Josef war sicher nicht der Einzige hier, der sich in Agnes verguckt hatte. Claudio und Uwe waren mit Sicherheit ebenfalls scharf auf sie. Uwe wirkte recht gelöst, trotzdem fielen Kurt die scheelen Blicke Richtung Agnes auf.

Wei Xu breitete die Arme aus und Kurts Aufmerksamkeit richtete sich auf den Meister. Ich glaub's nicht, staunte er, bemüht, die Kinnlade nicht fallen zu lassen. Der Alte ging über den Höllenteppich und lächelt dabei wie ein Irrer. Eigentlich hatte Kurt darauf gerade überhaupt keinen Bock. Null. Es reichte doch, Beobachter zu sein, sagte zumindest der Meister ständig. Er trat einen Schritt von der Glut zurück.

Da sah er Agnes am Start. Sie ging los, die Wahnsinnige! Direkt in die Arme des Meisters, unfassbar taffes Mädchen. Aber was war jetzt los? Leck mich doch am großen Zeh, dachte er, löst sie jetzt alle Koans auf, oder was? Keine Flasche, sagt sie – Hä? Und was ist nochmal mit dem Mond passiert? Wei Xu belieben in Rätsel zu sprechen, der alte Lump.

Kurts Aufmerksamkeit driftete zu Serge, der neben Ruth stand und die Augen aufriss. Er war eben im Begriff gewesen, seinen Fuß auf die Glut zu setzten, als sich Wei Xu vor Agnes verneigte. Serges' Fuß schwebte über den Kohlen.

»Sieh dir mal den Serge an«, raunte er und stieß seinen Ellenbogen gegen Siebert. Entsetzen, Neid, Wut, alles auf einmal in einem Gesicht. Sensationell.

Der Genuss währte nur kurz, in der nächsten Sekunde hatte Serge seine Emotionen unter Kontrolle. Der Fuß setzte auf der Glut auf. Schritt für Schritt bezwang er den Teppich, die Arme ausgebreitet, auf dem Gesicht nun der Ausdruck von Verklärung. Vorbei an Claudio, Josef, Uwe, Ruth … sie alle starrten immer noch auf Agnes. Und die lachte, hielt die Arme ausgebreitet, um Serge am Ende der Glut willkommen zu heißen. Verrücktes Mädchen.

28. Im Auge des Engels

Feuer und Finsternis. Selbstüberwindung und magische Kräfte. Trommelklänge aus der Hölle. Diese Tölpel sind trunken vor Eigenliebe und Anmaßung. Verführte Kinder, dem Teufel ausgeliefert.

»Wenn du Buddha findest, töte ihn«, flüstert Agnes, schließt mich in ihre Arme. Ich fühle ihren Atem an meinem Ohr, ihre Finger im Nacken. Pure Elektrizität strömt durch meine Adern. Darauf habe ich so lange gewartet. Wie zart sie ist, wie himmlisch ihr Duft. Ich möchte sie nicht mehr loslassen und es kommt mir vor, auch sie drängt sich gegen meinen Leib. Das überrascht mich nicht. Sie ist nicht das, was sie vorgibt zu sein. Sie ist eine Hure und Götzenanbeterin, genauso wie Martha, Carla und Ursula.

»Bestie«, zischt sie plötzlich in mein Ohr. Sie weiß es. Wie ist das möglich? Sie möchte die Umarmung lösen, doch ab sofort gelten meine Regeln.

»Sobald das Feuerwerk beginnt, gehst du zum Bären. Allein. Und zu niemanden ein Wort. Sonst – Puff!« Ich puste in ihr Ohr, sie zuckt zusammen. Sie soll mich fürchten, die Hexe.

Alle wenden sich Wei Xu zu, der das Feuerwerk ankündigt als weiteren Höhepunkt des Events. Niemand beachtet uns, nicht mal Siebert, der sich mit Kurt unterhält. Natürlich, wie stets bin ich zu unbedeutend, als dass man mir Beachtung schenkt oder gar auf mich wartet. Raketen schießen in den Nachthimmel, explodieren mit lautem Krach. Alle Blicke richteten sich auf die Sterne im Nachtblau, sie rieseln herab und verblassen so schnell, wie sie aufgetaucht sind. Der Geruch von Schwarzpulver liegt in der Luft. Immer mehr Raketen zischten empor, entfesseln Begeisterung. Keiner bemerkte Agnes' Rückzug, hin zu den Bäumen, dem Unterholz, zum Bären.

Ich folge dir, denn du weißt zu viel, Agnes Feder. Du bist ein wollüstiges Weib, eine Hexe, anmaßend in der Vorstellung, Gott geschaut zu haben – und das kann dir ein Engel des Herrn nicht durchgehen lassen.

29. Ramonas polizeiliche Autorität …

… war die Kraft, die sie antrieb. Die harte Ausbildung, den oft unerträglichen Druck männlicher Kollegen hatte sie ertragen, weil sie ahnte, wie gut sich dieses Stückchen Macht anfühlen würde. Auch wenn sie wie eben nur im Hintergrund stand, unbemerkt von den aufgeregten Seminarteilnehmern, die allesamt in die Glut starrten, vom Rhythmus der Trommel eingelullt klatschten, sich den Fantastereien ihres Gurus hingaben, war sie dennoch erfüllt von ihrer Dominanz. Sie hatte sie alle im Blickfeld.

Die anderen unterschätzen sie, das war ihr Vorteil. Es machte sie unsichtbar und gab ihr die Möglichkeit, aus dem Nichts heraus zuzuschlagen. Kurt hatte ihre Anordnungen akzeptiert, wenngleich er sie seit dem Tod des Kaninchens nicht mehr so freundlich ansah wie davor. Jeder Gedanke an das kleine Fellknäudel stach ihr eine Nadel ins Herz. Darüber würde sie so rasch nicht hinwegkommen. Besser sie vergrub dieses Bild ganz tief, dort, wo all die anderen hässlichen Dinge versteckt waren. Heute Nacht würde sie mit Kurt den Täter entlarven … und dann, im Rausch des Erfolges, könnte noch eine fantastische Nacht auf sie beide warten. Selbst aus dieser Entfernung konnte sie Kurts Gestalt erkennen, breit und kräftig. Seine Aufmerksamkeit war ganz auf das Geschehen konzentriert. Jetzt lief auch er über den Gluttepich, wurde von Agnes umarmt und weitergereicht. Unzählige Umarmungen. Eine Welle der Erregung durchströmte sie. Ja, heute Nacht war noch einiges möglich – neben dem Job. Doch zuerst die Arbeit. Der Plan konnte gar nicht schiefgehen. Sie hatten verbreitet, dass es ein Beweisstück mit Fingerabdrücken gab und ebenso das Mordwerkzeug gefunden war. Der Täter oder die Täterin würde heute Nacht, wenn alles schlief, in ihr ›Büro‹ einbrechen, denn morgen schon konnten die Soldaten des Bundesheeres die Straße frei bekommen. Sie ging zurück ins Hotel, um sich mit der Handycam auf die Lauer zu legen. Keine Chance für den Täter – oder die Täterin – zu entkommen.

30. Siebert musste neuerlich …

… husten. Die Luft noch vom Schwarzpulver geschwängert, dicke Schwaden über dem Glutteppich, löste sich die Gruppe auf. Einige gingen Wei Xu zur Hand, andere zerstreuten sich über die Wiese, wanderten bergab, Richtung Hotel.

»Wo ist Agnes?« Siebert sah Kurt an. Die Kopfschmerzen waren schlimmer geworden. Eigentlich wollte er nichts lieber, als sich ins Bett legen, allerdings nicht ohne Agnes in Sicherheit zu wissen. Kurt zuckte mit den Schultern.

»Ich dachte bei dir?«

Die Fackeln spendeten nicht genug Licht, um den Waldrand sehen zu können. Siebert drehte sich um die eigene Achse, spähte in die Finsternis, Kurt jeweils in die entgegengesetzte Richtung.

Ruth hob den Eisenrechen in den Traktoranhänger und Serge hievte den Feuerlöscher hinein. Desweilen legte Robert seiner Renata den Arm um die Schulter und klemmte unter den anderen die Djembé. Gemeinsam stolperten sie den anderen hinterher. »Zur Bar!«, rief er und hielt die Trommel hoch. Über den Hang tönte Zustimmung. Allmählich wurde es still.

»Habt ihr Agnes gesehen?« Siebert fragte jeden, der ihm auf seinem Weg zum Traktor begegnete. Genau wie die anderen schüttelte auch Wei Xue den Kopf, zwischen den buschigen Brauen kerbte sich eine Sorgenfalte in die Stirn.

»Zu Beginn des Feuerwerkes habe ich sie gesehen.«

»Vielleicht ist sie schon im Hotel«, meinte Serge.

»Wir sehen im Hotel nach.« Wei Xu und wandte sich zum Gehen. Serge und Ruth schlossen sich ihm an.

»Sagt Ramona Bescheid«, rief Kurt ihnen hinterher, »sie muss bei der Rezeption oder in ihrem Büro sein.« Wei Xu hob zur Bestätigung den Arm und eilte weiter.

Siebert bedeutete Kurt ihm zum Wald zu folgen. Seine Lungen drohten zu zerplatzen. Mit aller Willenskraft unterdrückte er seine Panik. Im Geiste spielten sich unaufhörlich alle Schreckensszenarien gleichzeitig ab. Wie hatte er sie aus den Augen verlieren können! Das Einzige was jetzt zählte, war ein klarer Verstand.

Kurt zeigte zum Wald. »Ich gehe linksherum.«

Siebert nickte zustimmend und setzte sich in Bewegung. »Dann gehe ich hier runter – wir treffen uns auf der Lichtung.« Ihre Wege trennten sich. Noch war ein leises Rascheln zu hören, dann schloss Stille ihren schwarzen Panzer um Sieberts Brust. Sie hatten sich wie Idioten angestellt, sich vom Feuerwerk ablenken lassen. Alle außer Agnes, alle außer dem Mörder.

Bei jedem Schritt drückten die Schuhe und er konnte es in seinen Knochen fühlen: Vor ihm war der Tod gegangen.

31. Eine unsichtbare Hand …

… zog die Schatten fort. Agnes blickte hinauf zum Mond, der, von Wolkenfetzen befreit, sein silbernes Licht verströmte. Dankbar atmete sie ein, genoss den Tannenduft und den erdigen Geruch nach Pilzen. Anstelle von Angst und Panik herrschte in ihr die Glut des Feuerlaufs, die sich allmählich in Asche verwandelte, rein, fruchtbar, frei von Prägung und Form. Aus der Ferne ertönten die Explosionen der Feuerwerkskörper. Auch wenn sie wusste, dass ihr nicht mehr viel Zeit blieb, ehe sie vom Mörder aufgespürt und höchstwahrscheinlich getötet werden würde, so war dieser Augenblick ganz und gar der ihre. Die Bärenseele war heimgekehrt. Das konnte ihr keiner mehr nehmen, einmal im Leben vollkommen furchtlos und frei zu sein. Mehr bedeutete das Wort ›Erleuchtung‹ nicht. Kein ›heilig‹, keine Engelschöre.

Agnes löste ihr Halstuch und legte es um den Bären. Für Siebert. Alles was sie brauchte, war dieser Fernzünder, um ihn zu retten.

Ein Rascheln hinter ihr. Agnes spürte sein Nahen. Noch einmal nahm sie den Waldgeruch wahr, sog ihn tief in die Lungen, dann richtete sie alle Sinne auf die Situation.

»Wie tapfer du bist.« Sein Flüstern tröpfelte wie Gift in ihr Ohr.

»Wovor soll ich mich fürchten?«, erwiderte sie.

»Welcher Gott fürchtet, der wird mit Ehre bestehen; welcher aber Gottes Gebote übertritt, der wird zu Schanden.« Diese gespenstische Stimme. Agnes drehte sich um, stellte sich in Erwartung eines Angriffs möglichst breitbeinig auf.

»Nun, ich bin nicht bibelfest, doch erinnere ich mich gut an die zehn Gebote – kennst du dieses: ›Du sollst nicht töten‹?« Eine kleine Pause entstand, dann folgte das Knacken von dürren Ästchen, Schritte, die näherkam. Auch wenn Agnes den Menschen im Schatten nicht erkennen konnte, spürte sie deutlich dessen physische Übermacht. Der da vor ihr stand, würde kein Problem haben, sie zu überwältigen. Sie hatte keine Waffen, kein Kampftraining. Dies war ihr Tod, doch sie war schon viele Male gestorben. Er wusste noch nicht, dass sie ihn um diese Genugtuung betrügen würde.

»Du bist nicht die einzige mit Visionen. Gott spricht zu mir, ich habe einen Auftrag.«

Agnes legte den Kopf schief. »Wenn schon Channeling, dann bitte friedliche Aufträge von oben. Apropos sprechen: Wo ist das Stottern geblieben?«

Selbstgefälliges Lachen. Er trat aus dem Schatten ins Mondlicht. Kam näher. Der Geruch von ungewaschener

Kleidung und Patschuli stach ihr in die Nase. »Ich brauchte ein Leiden, um bei Carla eine Therapie anzufangen.«

»Warum Carla?«

Seine Augen funkelten gefährlich hinter den Stahlrahmengläsern. »Wir gehen ein Stück.« Damit packte Josef ihr Handgelenk und drehte den Arm auf den Rücken. Etwas Kaltes drückte gegen ihre Kehle. Der Blitz der Erinnerung durchfuhr sie, der Flashback erschütterte ihre Welt, oben und unten gerieten durcheinander, kalter Schweiß glitt die Wirbelsäule entlang. All das hatte sie schon vor zwei Jahren erlebt.

Dann ist es nichts Neues, meldete sich ihr innerer Zen-Meister. Die Ruhe kehrte zurück, beruhigte die entgleisten Körperfunktionen. Widerstandslos ließ sie sich von Josef den schmalen Pfad entlangschieben. Sein Gesicht war ihrem unerträglich nahe; feuchter Knoblauchatem strömte gegen ihre Wange. Sie fürchtete sich nicht länger vor fremden Emotionen – da waren keine Maschen mehr in ihr, in denen sich Josefs Hass und Schmerz hätten fangen können. Nach wenigen Metern erahnte sie die Richtung, in die sie sich bewegten.

»Gehen wir dorthin, wo Ursula gestorben ist?«

»Kluges Mädchen.«

Natürlich, der Abhang. Genug Gestein, um den Schädel zu zertrümmern und den Hangrutsch als Tarnung zu nutzen – eine gute Chance für Josef, ungeschoren davonzukommen.

»Du hast sie den Abgrund hinabgestürzt – war sie da bereits tot?«

»Ich bin kein Unmensch – ich handle schließlich im Auftrag des Herrn. Sie hat nicht mal Angst gehabt, dachte, ich zeige ihr einen verletzten Igel.«

»Ursula hat Kinder.« Agnes spürte Säure in ihrer Kehle.

Sie wollte diesen Mistkerl anbrüllen – aber hätte es etwas geändert?

Josef zuckte bloß mit den Schultern. »Sie hat das mit dem Zyankali herausgefunden. Und hat es dummerweise dir gesagt.«

Agnes' Wunde am Arm brannte – richtig, auf der Suche nach Ursula hatte sie die abbekommen, das sirrende Geräusch … »Du hast mich am Arm verletzt – mit einem Pfeil!«

»Du bist ein Glückskind, das muss ich dir lassen. Duckst dich genau in der richtigen Sekunde. Schlau, vor den anderen die Zyankali-Geschichte zu verkünden. Aber meine Mission ist noch nicht zu Ende. Auch Wei Xu wird seine gerechte Strafe finden.« Stolz richtete Josef sich auf und verkündete: »Ich bin ein ›Wächter des Abendlandes‹ – ich lösche die falschen Propheten aus.«

Nicht nur verrückt, auch noch ein Fanatiker mit Anhang! Agnes krümmte sich innerlich; irgendwie musste sie Zeit gewinnen. »Ist das eine Sekte?«

Josef schnaubte zornig. »Unsinn. Wir sind wahre Christen und wehren die fremdländischen Einflüsse ab. Bekämpfen diese Teufel, die unsere Leute verhetzen, ihnen ihr Seelenheil rauben und Gott lästern. Genau wie Wei Xu. *Das Licht der Gerechten brennt fröhlich, aber die Leuchte der Gottlosen wird ausgelöscht.*« Er sprach die Bibelworte mit eisiger Härte, ehe sich der Klang seiner Stimme neuerlich änderte, als wäre da eine weitere Person in ihm. »Das ist mein Auftrag. Leider hast auch du dich zur Frevlerin entwickelt.«

In Josefs Kopf herrschte der Wahnsinn, das hatte sie bei ihrer Umarmung nach dem Feuerlauf deutlich spüren können. Auch wenn das Meer an Adrenalin in ihrem Blut Schmerzempfindungen unterdrückte, wusste sie, ein unbedachter Schritt genügte und das Messer schlitzte ihre Halsschlagader auf. Wenngleich ihr Tod ohnehin eine beschlossene Sache war.

Mittlerweile bewegte sich Josef schwerfälliger. Immer wieder griff er an die Brusttasche seiner Jacke. War dort der Fernzünder versteckt? Und waren Wei Xus Schuhe ebenfalls präpariert? Ihr Arm, im unnatürlichen Winkel am Rücken hochgezogen, begann taub zu werden. Deutlich nahm sie das Rauschen des Wildbachs wahr und wusste, der Abgrund war nicht mehr weit. Ein durchdringendes Krächzen hallte durch die Dunkelheit.

Rede, Bärenfrau!

Deine Stärke ist seine Schwäche.

»Was war das?« Josef blieb abrupt stehen.

Der Druck gegen ihre Schulter zwang sie auf die Knie. Noch ein Ruck, und das Gelenk war ausgekegelt. In demütiger Haltung vor Josef kauern, was für ein kranker Scheiß! Ich bin die Bärenfrau, sagte sie sich und spürte bei dem Gedanken Kräfte in sich aufsteigen, über die sie nie zuvor verfügt hatte. Genug, um alle ihre Gaben einzusetzen. Entschlossen senkte sie die inneren Schilde, öffnete sich den fremden Gedanken. »Wirst du Siebert verschonen?«, stieß sie hervor. »Ich habe deine Forderungen erfüllt – du hast es versprochen.« Bilder tauchten vor ihrem inneren Auge auf. Schuhe vor dem Seminarraum, Hände, die eine Art Knetmasse in ausgehöhlte Sohlen pressten. Ein kleines Kästchen mit Antenne und einem Kippschalter samt Schutzfolie darüber, das in die Brusttasche gesteckt wurde. Das genügte. Sie konzentrierte sich auf die inneren Schutzschilder und der Bilderfluss versiegte. Am Ende habe ich doch noch die Herrschaft über meine Gabe erlangt, dachte sie und seufzte.

»Wenn du Buddha findest, töte ihn – das sagt ihr Typen selbst.« Josef schien entschlossen, ihre Frage nicht zu beantworten, redete gönnerhaft vor sich her. »Es darf nur einen Gott geben. Wer meint, selbst ein Gott zu sein – und das ist doch ein Buddha – macht sich der Blasphemie schuldig. All diese Egozentriker in unserer ›modernen‹ Gesellschaft, die sich selbst als den Nabel der Welt erachten und sich wie Götter aufführen – jemand muss diesem Treiben Einhalt gebieten. Eine schmutzige, aber heilige Pflicht.« Die harte Stimme wechselte zum süßlichen Säuseln. »Das verstehst du doch, Agnes?«

Irgendwie musste sie an seine Jackentasche kommen – dabei spürte sie die Zeit wie Wasser durch ihre Finger rinnen. »Dieser Spruch macht darauf aufmerksam, dass es nichts zu finden gibt, sondern alles bereits in dir vorhanden ist, du Schwachkopf.« Sofort verschlimmerte sich der Zug an der Schulter. Sie stöhnte auf und kippte vornüber. Ich bin selbst ein Idiot, wenn ich nicht sein Vokabular verwende, sagte sie sich und drängte die Tränen zurück. »Über allem steht die Liebe. Es ist ein liebender Gott, kein mordender! Die Liebe könnte dir die Herzen öffnen, die du retten willst.«

»Liebe?« Er lachte höhnisch auf, lockerte jedoch seinen Griff. »Unkeusches Treiben ist alles, was ich hier gesehen habe. Du warst für mich die Ausnahme. Rein wie Jungfrau Maria.« Er ließ sie los. Stöhnend zog sie den Arm nach vorne, drückte ihn an sich und rieb über die brennende Schulter. Immer noch kauerte sie am Waldboden, konnte jedoch ihre Position geringfügig verändern, um dem Messer an der Kehle auszuweichen. Sofort reagierte Josef, packte sie am Haarschopf und stieß ihr die Messerspitze in die Haut. Ein Blutstropfen glitt den Hals hinab. »Auch du hurst und lästerst dem Allmächtigen. Im Bunde mit den anderen Hexen und eurem Meister.«

Rede, Bärenfrau!

»Gewähre mir ein Gebet, bevor ich sterbe.« Ihre verkrampften Stimmbänder brachten bloß krächzende Laute hervor. Ein kurzes Zögern, dann löste er den Griff in ihrem Haar. Leise stimmte sie ›Vater Unser‹ an, suchte parallel hektisch nach einem Ausweg. »…und vergib uns unsere Schuld, wie auch wir vergeben unseren Schuldigern …«

Josef nahm das Jagdmesser fort und murmelte die letzten Worte mit.

»Amen.« Josef bückte sich nach einem Stein.

Er würde sie erschlagen und hernach in den Abgrund stürzen. Jeden Muskel ihres Körpers spannte sich an. Abrupt warf sie sich zur Seite. Der Stein raste auf sie zu. Blitzschnell wich sie aus, brachte Josef mit einem Tritt gegen sein Knie vollends aus dem Gleichgewicht und warf sich auf den strauchelnden Mann. Damit hatte er nicht gerechnet. Das Überraschungsmoment war auf ihrer Seite. Sie riss an der Jacke und zog sie über seine Schultern. Derart eingeschränkt, musste er sich erst mal aus den Ärmeln befreien. Die Jacke fiel zu Boden. Wutentbrannt holte er aus, schlug ihr mit der Rückseite der Hand ins Gesicht. Die Wucht des Schlags schleuderte Agnes gegen den nächsten Baum. Ihr Hinterkopf prallte hart gegen den Stamm. Ehe sie das benommene Gefühl abschütteln konnte, krabbelte sie zur Jacke zurück. Sie musste den Zünder sicherstellen! Ein Tritt traf sie an den Rippen, sie rollte über den Boden, war der Jacke ganz nahe, rollte eine Umdrehung mehr um darauf liegen zu bleiben. Josef ragte über ihr auf, warf sich auf sie, fixierte ihre Beine mit seinen Knien. Eine Hand drückte ihre beiden Handgelenke in den Waldboden, die andere hielt ihr das Messer gegen die Kehle.

Josefs Fratze über ihr, zum Töten entschlossen. Es war vorbei.

»Gottes Willen geschehe!« Seine Spucke sprühte über ihr Gesicht. »Dann soll es das Messer sein.« Seine Knie bohrten sich schwer in ihre Oberschenkel. Sie wollte schreien, doch der Schmerz raubte ihr den Atem. Die Ränder der Wahrnehmung wurden schwarz. Es war vorbei. Kein Entrinnen. Agnes löste ihre verkniffenen Lider, blickte auf. Josefs Gesicht erschien ihr für einen kurzen Augenblick als eine Maske des Leids.

Er weiß nicht, was er tut.

Das Antlitz nahm Sieberts Züge an und eine Gewissheit erfüllte sie, ihn im nächsten Leben zu finden. Oder Thessa oder – waren nicht alle Leben *Eins*? Ich bin eine der vielen Wellen, die an den Strand kommen und wieder zurück ins Meer kehren, vereint mit all den anderen Wellen. Ihr Lächeln war ein Funkeln in der Dunkelheit, gespiegelt von den Pupillen ihres Mörders. Es erschuf die eine Sekunde, die das Leben vom Tod trennte. Eine Sekunde, in der Leben und Sterben vereint waren. Die suchenden Seelen heimkehrten. Einen Atemzug lang.

32. Nachdem Kurt sich …

… auf der Wiese von Siebert getrennt hatte, stieß er recht bald auf den Bären. An den Baum gefesselt, starrte er auf Kurt herab. Zuerst erschrak er beim Anblick der mannshohen Gestalt. Ein Windstoß bauschte die Blätter im Geäst auf, sandte ein Rauschen durch den Wald. Sein Blick wurde erneut auf den Bären gelenkt – da, auf Hals und Schultern bewegte sich ein Tuch in der Brise. Kurt stutze und trat näher an den Bären. War das nicht Agnes‘ Tuch? Seine Finger gruben sich in den Knoten, lockerten den Stoff, bis sich die beiden Enden auseinanderziehen ließen. Die blaue Seide in Händen, konnte er nicht anders, als die Nase in das Tuch zu stecken. Das Parfüm gehörte eindeutig zu Agnes. Erst hellte sich seine Stimmung auf: endlich eine Spur! Doch gleich darauf rieselte eiskalte Angst durch seine Adern – sie hatte das Tuch nicht ohne Grund zurückgelassen. Sie war in Gefahr. Kurt lief los, das Tuch in Händen, ohne Plan. Nach wenigen Metern hielt er inne. Wohin rannte er? Er konnte nicht einfach in irgendeine Richtung losrennen! Angestrengt versuchte er seine Gedanken zu ordnen. Von der rechten Seite her würde Siebert kommen. Wäre sie in diese Richtung weiter, dann könnte Siebert sie finden. Also blieb geradeaus oder weiter bergauf. Er lauschte in den Wald. Zuerst hörte er ausschließlich sein eigenes Keuchen, das Pochen in den Schläfen. Allmählich wurde es ruhiger in ihm. Der Wald wurde lebendig. Tiere waren um ihn herum, in den Baumkronen, im Unterholz, an den Stämmen. Überall Bewegung, Nagen und Ziepen. Es fühlte sich beängstigend an, als wollten sich die Rollen vertauschen, Jäger und Beute. Kurt schob alle Ängste beiseite, überließ dem Verstand die Herrschaft und zwang sich auf Geräusche zu achten, die von Menschen verursacht sein könnten. Ein Knacksen erregte seine Aufmerksamkeit – geradeaus – vor ihm. Damit war die Entscheidung gefallen. Sorgsamen Schrittes ging er weiter, fühlte sich in seine Kindertage zurückversetzt. Damals hatte er immer nur der Indianer sein wollen, nie der Cowboy. Anschleichen, darin war er der Beste gewesen.

Die Lautlosigkeit ging auf Kosten der Geschwindigkeit, aber er vertraute seinem Instinkt. Du musst kein Indianer sein, um wie einer zu denken, hatte ihm sein Vater oft gesagt, manche Jungs sind eben Cowboys, andere Indianer. Schritt um Schritt durch die Finsternis, den Geruch von moderndem Holz in der Nase. Die Zeit verlor sich zwischen den dunklen Baumstämmen. Alle Sinne suchten nach verräterischen Geräuschen und Schatten. Und sie tauchten auf – Stimmen zwischen den Bäumen, nur wenige Meter vor ihm.

33. Ein Stöhnen ging …

… durch den Wald. Siebert horchte auf – da, ein erstickter Schrei – direkt vor ihm. In seiner Kehle wurde es eng, die Lungen brannten, sein Kopf schmerzte, als würde er jeden Augenblick detonieren.

»Agnes.« Ihren Namen auszusprechen, gab ihm Kraft. Er hastete weiter, über umgestürzte Bäume, kämpfte sich durch Gestrüpp und Brombeerranken, unwillig einen anderen als den direkten Weg einzuschlagen. So schnell wie möglich zu ihr.

Zu spät! schrie eine Stimme in ihm.

Das durfte nicht geschehen, jetzt, wo er kapiert hatte, dass er nicht ohne Agnes sein wollte, wo er endlich verstand, was sie ihm die ganze Zeit über hatte erklären wollen. Diese einzigartige Chance auf ein gemeinsames Leben – das durfte ihnen nicht genommen werden. Immer schneller rannte er, strauchelte über Wurzeln – sein Fuß verkeilte sich im Geflecht. Die Vorwärtsbewegung riss ihm den Schuh fort. Keine Zeit, den anderen ebenfalls abzustreifen. Weiterlaufen. Siebert ignorierte die Schnitte und Stiche an der nackten Fußsohle. Er erreichte die kleine Lichtung vor dem Abgrund und der Untergrund veränderte sich. Ein paar Meter vor Siebert wälzte sich der Wildbach hinab, riss Geäst und Schlamm mit sich. Doch er sah nur den Rücken des Mannes, der sich vollkommen auf die Gestalt unter sich konzentrierte.

Agnes. In Sieberts Kopf dröhnte der Blutdruck. Was er vor sich sah, sprengte seine Welt. Kein Gedanke blieb zurück. Er sprintete voran, ignorierte das Brennen in den Lungen. Der Typ hob etwas in die Höhe. Siebert brüllte. Sprang. Warf sich gegen den Oberkörper des Mannes, begrub ihn unter sich. Die Wucht des Aufpralls schleuderte ihn vom Mann herunter. Sofort sprang er auf die Beine, bereit, den Kampf fortzusetzen.

Josef lag schräg über Agnes, rappelte sich hoch und drehte sich zu Siebert. Die Brille hing schief und zerbrochen über Wange und Kinn. Das Jagdmesser zielte nun auf Siebert.

»Dafür wirst du bluten.« Josef riss sich die Brille vollends vom Kopf.

Siebert folgte seiner Bewegung und sah Agnes reglos am Boden liegen. Warum rührte sie sich nicht?

Josef schrie: »Ich bin der Engel des Herrn, keiner kann mich besiegen!« Im selben Augenblick bemerkte Siebert das Blut auf der Klinge und Josefs Faust. Agnes' Blut. Alle Wärme verließ Sieberts Körper. Er blickte zurück auf Ihren reglosen Körper. Alles in ihm löste sich auf. Da war kein Wille mehr zu kämpfen. Oder auch nur den Arm zu heben. Weil sie tot war. Und es war seine Schuld. Josef stürzte auf ihn zu. Die Messerhand holte aus. Soll die Klinge mich durchbohren, war alles was er dachte, den Blick zurück auf Agnes gewandt.

Ein Schrei gellte über die Lichtung. Siebert schreckte auf, sah aus den Augenwinkeln Kurt einen Ast über den Kopf schwingen.

»Fick dich, du Spinner!« Der Ast krachte auf Josef herab, zerbrach an seinem erhobenen Arm.

Schreie. Gerangel. Siebert betrachtete das Geschehen durch eine Glasscheibe, als wäre ein Bildschirm angegangen, dessen Programm ihn nicht interessierte.

Kurt schien ihn etwas zu fragen, von der anderen Seite. »Was ist mit Agnes?«

Damit holte er Siebert aus seiner Erstarrung. Agnes. Er durfte sie nicht allein lassen. Rannte an den kämpfenden Männern vorbei. Stürzte vor ihr auf die Knie.

Bleich lag sie auf der Erde. Haarsträhnen wirr über Gesicht und Brust. Ihre Lippen öffneten sich, als der Unterkiefer nach unten sank. Blutschaum sickerte aus dem Mundwinkel. Seine Hände umfingen ihr Gesicht, sein Daumen wischte das Blut fort. Sieberts Muskeln bebten. Das Zittern drohte unkontrollierbar zu werden, bis endlich sein Verstand wieder arbeitete.

»Agnes, mein Herz.« Vorsichtig glitt seine Hand über ihren Hals, fand ihn unverletzt. Doch die Jacke – da war Blut. Ein Schnitt. Er zog den Zipp auf. Hob den Stoff an. Keuchte auf, als er den Einstich sah. Seine Finger tasteten nach dem Puls in der Halsmulde. Da war nichts. Ein Laut stieg in seiner Kehle auf. Nicht menschlich. Die Erde tat sich auf und er fiel, endlos, in den Schmerz.

»Siebert! Hilf mir!«

Josef hieb wieder und wieder den Messerarm nach Kurt, dessen Jacke bereits in Fetzen hing. Sieberts Blickfeld engte sich auf die beiden Männer ein. Die Augen starr auf Josef gerichtet. Ohne Lidschlag. Etwas in ihm erhob sich. Aus der tiefsten Hölle quoll Lava empor, die alles verbrannte. Seine Eingeweide, sein Herz, seinen Verstand, alles stand in Flammen. Die Hand griff sich einen Felsbrocken. Kurt schrie auf und ging in die Knie. Schon sprang Siebert auf, rannte los und warf sich gegen Josef. Der Stein schmetterte gegen dessen Schädel. Reflexartig schnellte Josefs Jagdmesser gegen Siebert. Der fühlte den Stich an seiner Seite nicht, seine Aufmerksamkeit war vollkommen auf sein Ziel gerichtet.

»Der Tod ist zu wenig für dich.« Siebert holte nochmal aus, traf Nasen- und Jochbein, durchschlug Knochen. Ein Hauch von Befriedigung sickerte in Sieberts. Josef brüllte. Sie fielen, rangen um die Oberhand. Zwei ineinander verbissene Rottweiler, blind vor Hass. Kurt schrie Siebert etwas zu. Was kümmerte es ihn? Bloß das Messer nicht aus den Augen lassen. Kurt schleppte sich näher, hielt sich den Arm, von dem Blut tropfte.

Keiner von ihnen bemerkte Ramonas Auftauchen. Der Lichtstrahl ihrer Taschenlampe tanzte über die Lichtung, fokussierte sich auf die Männer.

Josef gewann die Oberhand. Sein Körper lag schwer auf Siebert, die Messerspitze nur wenige Zentimeter von seiner Kehle entfernt. Schweiß rann Siebert in die Augen. Das Brennen zwang ihn zu blinzeln, die Fratze über ihm verschwamm.

»Im Namen des Gesetzes!« Ramona hob die Taschenlampe und zog sie über Josefs Schädel. Ein kurzes Zögern, dann kippte er zur Seite. Das Rauschen des Wildbachs dröhnte über die Lichtung, vermischte sich mit den schweren Atemzügen der Männer und Ramona. Auf allen Vieren kroch Siebert zurück zu Agnes, ohne Josef oder irgendjemanden sonst auch nur einen Blick zu schenken.

Agnes.

In seinen Armen gebettet, zerbrochen. Das hatte er bereits einmal erlebt – war das einer ihrer Träume, der zu seinem Alptraum geworden war? Es wollte ihm nicht einfallen.

»Was ist mit ihr?« Ramona schob Sieberts Arm zur Seite. Man konnte sehen, wie sie in Gedanken eine Checkliste durchging, ein Augenlid hochzog – Reflexe prüfte. Den Puls an der Halsschlagader suchte. »Ein schwaches Zucken.« Überrascht schnellte Ramonas Blick zu Siebert. »Sie lebt noch.«

Sie ging ihre imaginäre Liste weiter durch, beachtete ihn nicht. Seine Brust hob und senkte sich immer rascher, der Boden bebte unter seinen Beinen. Sie lebt, wiederholte sein verwirrtes Hirn. Sie lebt!

»Lungenstich – erheblicher Blutverlust.« Ramona blickte auf die blutgetränkte Bluse und Jacke vor ihr, rieb sich die Stirn. Siebert bemerkte die Blutschlieren, die ihr Handrücken hinterließ. Sah an sich herunter. Völlig verdreckt.

»Zieh dein Shirt aus!«, schrie er Ramona an. Zuerst riss sie die Augen auf, dann verstand sie. Rasch schlüpfte sie aus der Jacke, zog das Shirt über den Kopf und wickelte es mehrmals um einen flachen Stein. Das Paket legte sie auf Agnes Brust.

»Drück drauf«, befahl sie. Sieberts Augen wurden klar. Inbrünstig presste er den provisorischen Verband auf Agnes' Wunde. Ein BH legte sich über das Paket und wurde von Ramona festgebunden. »Soll ein Druckverband werden.«

Aus Agnes' Mund kam ein leises Stöhnen und die Lippen begannen sich zu bewegen. »Schuhe … ausziehen … in der Jacke Fernzünd-« Die Augen öffneten sich nicht, das Murmeln versiegte. Trotzdem entbrannte in Sieberts Brust ein Feuerwerk an Hoffnung. »Agnes, mein Schatz! Du schaffst das – alles wird gut!« Mit fahrigen Fingern liebkoste er ihr Gesicht und wischte den Blutschaum fort. Klare Gedanken entstanden mit einem Mal. »Wir brauchen einen Arzt, Krankenhaus, Bluttransfusionen!« Sieberts Augen suchten die Zustimmung des Freundes. »Kurt! Mach was!«

»Was denn?« Kurt kauerte unmittelbar neben Siebert und hielt sich den Arm. Siebert konnte den Schmerz im Gesicht seines Freundes sehen, trotzdem insistierte er.

»Die verdammten Pferde! Du kannst reiten. Bis ins Dorf zum nächsten Telefon. Ein Rettungshubschrauber, organisiere einen Rettungshubschrauber. Das ist ihre einzige Chance.«

»In der Nacht fliegen die nicht – ist zu gefährlich.« Ramona zog ihre Jacke vor dem nackten Oberkörper zusammen und drückte auf Agnes' Verwundung. »Wo sollen sie überhaupt landen?«

»Parkplatz.« Sieberts flehentlicher Blick lag ungebrochen auf Kurt. »Überrede sie, Kurt. Wenn einer es schafft, dann du.«

Kurt stöhnte gequält auf und presste den Arm an sich. »Ich bin seit zehn Jahren auf keinem Gaul mehr gesessen. Es ist dunkel. Ich kann nicht ohne Sattel reiten. Wie soll ich mitten in der Nacht Hilfe im Dorf finden? Wie eine Hubschraubercrew zu einem riskanten Einsatz überreden?« Kurts Stimme wurde immer leiser. Dann holte er tief Luft, krabbelte auf und orientierte sich. »Die Koppel kommt gleich nach dem Waldrand«, sagte er mehr zu sich selbst als zu den anderen. »Ich habe den Haflingern die letzten Tage immer wieder Karotten gebracht, vielleicht erkennen sie mich.« Noch einmal blickte er auf Agnes' reglosen Körper. Siebert begann bereits sie vorsichtig für den Transport auf seine Arme zu heben. Ächzend rappelte sich Kurt auf. »Ich bring' euch den verdammten Hubschrauber.«

Siebert fühlte neue Hoffnung in sich aufkeimen. »Danke. Das …«

»Passt schon. Los geht's.« Kurt stöhnte beim Bewegen des Arms gequält auf. »Dieser verdammte Arsch – ich hoffe, er ist hinüber.« Langsam humpelte er los und verließ die Lichtung in zunehmender Geschwindigkeit.

»Ich sorge für die Beleuchtung des Parkplatzes«, rief ihm Ramona hinterher. »Könnte ein hilfreiches Argument sein, wenn du die Hubschrauberbesatzung überreden möchtest.«

Kurt hob einen Arm und verschwand in der Dunkelheit. Siebert deutete Ramona, ihm zu helfen. Sie übernahm einen Teil von Agnes‘ Gewicht und half Siebert dabei aufzustehen.

»Schaffst du es, sie zu tragen?« Ramona betrachtete Siebert zweifelnd. Irgendetwas bei seinem Anblick schien sie zu beunruhigen.

»Da kannst du Gift drauf nehmen.« So vorsichtig wie es nur ging, lehnte er Agnes‘ Kopf gegen seine Schulter.

»Die Jacke hat neben ihr gelegen.« Ramona zeigte auf die Männerjacke am Boden und schob sie mit dem Fuß beiseite. »Gehört sie Josef?«

Sieberts Gedanken beschäftigten sich mit Wichtigerem. »Ich bringe Agnes ins Hotel. Geh du voraus und bereite alles vor. Verbandszeug, ein Bett irgendwo im Erdgeschoss. Jemand, der mir helfen kann.«

»Zuerst bekommt der hier Handschellen verpasst.«

Siebert verfolgte ihre routinierten Handgriffe, wie sie erst Josefs Vitalfunktionen testete, hernach um seine Handgelenke Handschellen und um die Fußknöchel Kabelbinder schlang. Sie hatte Kabelbinder dabei? Für einen Moment blieb sein Mund offenstehen. Vielleicht gut, dass Kurt seiner aktuellen Freundin bislang treu geblieben war. Das Messer hob sie mit einem Papiertaschentuch auf und steckte es in einen Plastikbeutel. Ramona stand auf, wischte sich die Hände am Hosenboden ab und nickte Siebert zu. Er sah Agnes‘ Blut auf Ramonas Stirn und spürte Magensäure in der Kehle. Vorsichtig, damit Agnes nicht allzu sehr durchgeschüttelt wurde, setzte er einen Fuß vor den anderen.

34. Ein Atemzug veränderte …

… für Agnes alles. Mit dem nächsten Wimpernschlag tauchte Siebert auf, oder vielmehr ein wütendes Tier, das sich auf Josef stürzte. Das Messer senkte sich … Die Wärme ihrer Brust, das Schlagen ihres Herzens, alles, alles, wurde in Eis getaucht. Stahl durchdrang ihre Haut, glitt durch das Fleisch, am Knochen vorbei, so butterweich, ganz und gar unbezwinglich. Fremd war ihr diese eigene Zerbrechlichkeit. Ein geschändeter Schrein, aus dem etwas Unverzichtbares entweichen wollte. Und doch – sie hatte ihre Mission erfüllt. Ihre Finger krallten sich in Josefs Jacke, der Zünder war in Sicherheit. Bis alles entglitt.

Ein fremder Geruch. Sie erkannte ihn. Ramonas Hand drücken seitlich an ihrem Hals – Emotionen fluteten Agnes, erfüllten sie mit aufrichtiger Hingabe für den Job, mit Sorge um das Leben der Rivalin, dem schwarzen Flecken auf der Seele, den der Tod des Kaninchens hinterlassen hatte; sogar die Essenz ihres Wesens übertrug sich – die wahre Natur aus Licht und Liebe. Agnes wollte Ramona danken, für ihre Hilfe und das große Opfer, dass sie mit dem Tod des Häschens auf sich genommen hatte. Wäre da nicht diese Leere in ihr gewesen. Diese vermaledeite Unfähigkeit, Worte zu formulieren. Sie mussten die Fernzündung in Sicherheit bringen – das Leben von Siebert und Wei Xu hingen davon ab. Konzentriere dich, sagte sie sich, du musst sie warnen … »Schuhe … ausziehen …« Hatte sie die Worte laut ausgesprochen? Sie hörte nichts, spürte die Lippen nicht länger. »In der Jacke Fernzünd-«

Alles versank in Dunkelheit.

35. Behutsam machte Siebert …

… Schritt um Schritt, beobachtete, wie sich die Erschütterungen auf Agnes auswirkten. Seine zerschundene Fußsohle trat auf etwas Spitzes. Er ignorierte den Schmerz. Sie lebte. Aber vielleicht schon nicht mehr, wenn er das Hotel erreicht hatte. Das Glück, dass ihr Herz schlug und gleichzeitige die Verzweiflung, dass sie jeden Augenblick tot sein konnte, rissen ihn entzwei.

»Agnes, hörst du mich?« Seine heiseren Worte fanden keine Erwiderung. Seine Füße tasteten sich vorsichtig über den unebenen Waldboden, Wurzeln und Äste. »Du musst durchhalten. Bitte. Ich kann in keiner Welt leben, in der du nicht bist.«

Eine Ewigkeit schien zu vergehen, ehe der Forstweg erreicht war. Verbissen konzentrierte er sich darauf, sie so schonend wie möglich zu tragen, ignorierte den Krampf in den Schultern, das Pochen unter den Rippen. Ein eisiger Schweißfilm überzog seine Haut. Er fühlte sich wie ausgehöhlt, zwang sich aber weiter. Trotz aller Vorsicht knickte er immer wieder ein und die Erschütterung ließ Agnes' Kopf gegen seine Schulter kippen.

»Du wirst gesund«, wiederholte er in einem fort, »Du schaffst das, hörst du? Atme einfach immer weiter, das ist das ganze Geheimnis, weiteratmen. Wir werden ans Meer fahren, du liebst das Meer so sehr. Lass uns das Leben genießen. Kinder wären irgendwann schön. Stell dir nur vor: eine kleine Agnes, ein kleiner Siebert.« Ein Schluchzen aus Verzweiflung und Erschöpfung entrang sich seiner Kehle. Über die Kruste aus Dreck und Blut auf seinen Wangen glitt etwas Heißes. Er blieb stehen, schob Agnes höher, ächzte unter der Belastung, fühlte seine Arme nicht mehr, wusste aber, Durchhalten war die einzige Option.

»Wir schaffen das, Agnes, bleib bei mir.« Dabei drückte Siebert seine Lippen auf ihre Stirn, um sich eines Lebenszeichens zu vergewissern. Die Stirn war viel zu kühl. Immer schneller wankte er den Weg hinunter. Die körperlichen Schmerzen umarmte er, sie sorgten für Konzentration, lenkten ihn von den Seelenqualen ab, die Agnes' bleiches Gesicht in ihm auslösten; verhinderten, dass er den Verstand verlor.

36. Im Auge des Engels

Herr, rette mich!
Die Dämonen sind meiner habhaft geworden, vereiteln deinen Plan.
Gib mir die Kraft, mich herumzuwälzen,
an die Fernzündung heranzukommen,
damit ich deinen letzten Auftrag erfüllen kann.
Herr, ich bin dein Engel.
Verlasse mich nicht.

37. Das Hotelportal stand …

… sperrangelweit offen. Siebert stolperte mit letzter Kraft hindurch, strauchelte, fing sich im letzten Moment.

»Ramona!« Sein Brüllen hallte durch die Lobby. »Hilfe, verdammt!«

Ramona kam aus dem Schankraum und auch die Hotelchefin stand an der Rezeption. Entgeistert starrte sie auf das Bild, das sich ihr im hellen Lampenschein bot. Pathetisch, einem Horrorfilm entstiegen, das war Siebert sofort bewusst: Ein völlig verdreckter Mann mit aufgeschlitzter Jacke, dessen Seite blutgetränkt war. In den Armen hielt er eine leblose

Frau, deren dunkles, langes Haar einem Trauerflor gleich herabhing – und überall Blut.

»Verbandszeug, alles was Sie haben!«

Die Chefin drehte auf dem Absatz um und rannte los. Siebert überlegte, wohin er Agnes legen könnte. Ihr Zimmer? War zu weit weg. Im Gastraum? Zu viele Leute.

Der Flackl-Wirt stürzte hinter Ramona aus dem Gastraum auf ihn zu und winkte ihn zu einer Tür unweit der Rezeption. »Legen'S die Frau da hinein.«

Sofort folgte Siebert der Anweisung. Im hinteren Bereich des Zimmers befanden sich ein Waschbecken und ein Feldbett mit frischen Laken hinter einem Paravent. Siebert ging in die Knie und schob Agnes vorsichtig auf das Bett, hielt ihren Oberkörper jedoch weiter im Arm.

»Was ist passiert?« Ruth stand neben ihm, er hatte sie nicht kommen hören. Geschockt sah sie auf all das Blut, das Agnes und seine Kleidung tränkte. Siebert sah, wie sie schluckte und um Fassung rang. Er brachte keine Erklärung heraus. »Ich helfe dir.« Vorsichtig stützte sie Agnes' Kopf. Siebert legte den bewusstlosen Körper vollends ab und gemeinsam zogen sie Agnes' Bluse aus. Der Wirt stand im Türrahmen. »Wir bereiten den Parkplatz vor.« Siebert kauerte neben Agnes, presste Ramonas blutiges Shirt auf die Wunde, versuchte das Leben in ihrem Brustkorb einzusperren. Das Eintreten der Hotelchefin bemerkte er nicht. Erst als ihre bebenden Hände alle möglichen Packungen an Verbänden, Jodlösung und Heftpflaster auf den kleinen Schrank neben dem Feldbett ablegten, blickte er zur Seite und dankte ihr knapp. Der Wirt bat seine Tochter um frisch gebügelte Leintücher und sie verließ eilig das Zimmer. Da erinnerte sich Siebert an Josef.

»Schicken Sie bitte Männer rauf, dort wo der Erdrutsch

war. Der Mörder von Carla liegt dort in Handschellen.«

»Die Greger hat's mir schon geschildert.« Flackls Blick flammte zornig auf. »Der rennt uns ned mehr davon.«

Sieberts Sicht trübte sich ein, ringsum erschien alles grau und flimmernde Wirbel drehten sich vor seinen Augen. In seinem Kopf explodierte ein Mini-Feuerwerk. Mühsam konzentrierte er sich aufs Atmen, wollte um keinen Preis das Bewusstsein verlieren. Die Tür schloss sich leise hinter Flackl.

»Was ist eigentlich passiert?«, platzte Ruth heraus.

Siebert winkte ab. Er sah das leichenblasse Gesicht seiner Liebsten, tastete nach dem Puls, erst am Handgelenk dann am Hals. Hoffte auf ein Zeichen von Leben. War da ein winziges Pochen?

»Zeig mir deine Verletzung.« Ruth gab keine Ruhe.

In Siebert begann es zu brodeln. »Agnes muss durchkommen!« Wütend wehrte er Ruths Hände ab, die sein Shirt hochziehen wollten. Er schob sie weg. »Übernimm kurz.« Ruths Hand presste nun gegen den Druckverband und Siebert stand auf. Seine rechte Fußsohle hinterließ blutige Abdrücke am Boden, den anderen Schuh streifte er zornig ab, schleuderte ihn gegen die Wand am anderen Ende des Raums. Wie ein Spielball kullerte er unter eine massive Holztruhe. Ruths Blick machten ihm klar, wie furchteinflößend er wirken musste. Keuchend rieb er sich über die Stirn, bedeckte seine Augen für ein paar Sekunden. Ruth kam näher, wollte ihn berühren, doch mit einer Handbewegung gebot er ihr Einhalt. »Eine Minute.« Mitgefühl konnte er jetzt nicht brauchen. Er war schuld an Agnes' Zustand. Doch Selbstvorwürfe brachten sie nicht weiter. Alles was zählte, war sie durchzubringen, an ihr Überleben zu glauben. Er kehrte zurück an ihr Lager, konzentrierte sich auf das kaum merkliche Heben und Senken ihrer Brust und verstärkte den

Druck auf die Wunde. Ruth gab ein frustriertes Geräusch von sich, doch dafür hatte er keine Zeit. Ein leises Klicken verriet ihm, dass die Tür aufging.

»Darf ich helfen?« Von draußen erklang Wei Xus Stimme. Siebert ignorierte ihn, er kauerte reglos vor das Feldbett. Ohne ein weiteres Wort zu verlieren, schlüpfte Ruth aus dem Zimmer. Wei Xu trat zu Siebert. Der Geruch von Holzrauch breitete sich im Raum aus.

»Wird Hilfe kommen?« Wei Xus Frage schwang in die Stille nach. Seine Augen wanderten über den bewusstlosen Körper, das viele Blut. Siebert sagte nichts, nickte bloß. Wenn es jemanden gelingen konnte, einen Piloten zu einem Nachtflug zu überreden, dann Kurt. So lange mussten sie durchhalten. Warme Hände legten sich auf seine Schultern. Ein Vater, der seinem Sohn beistand, genauso fühlte es sich an und war exakt, was Siebert im Augenblick brauchte. Er atmete durch. Die eiserne Faust in seiner Brust schien sich etwas zu lockern.

»Wenn du es erlaubst, dann lege ich ihr meine Hände auf.«

Siebert rückte zur Seite, doch Wei Xu stoppte ihn.

»Bleib' nahe bei ihr. Sprich zu ihr, berühre sie, streichle ihre Wangen, die Hände. Gib' den Sinnen Informationen, damit sie sich daran festhält und bleibt.«

Wei Xu stellte seine Schuhe vor der Tür ab und zog den Paravant vor das Feldbett. Wie für eine Meditation, schaffte er einen geschützten Raum, rieb sich die Hände und legte sie aneinander. Die Augen geschlossen, kniete der Meister reglos vor dem Feldbett. Siebert legte seine Lippen an Agnes' Wange. Sie an das Leben binden, an sich binden. Worte sprudelten aus ihm heraus – er erzählte vom Meer, von Spaziergängen am Strand, wie sehr er sie liebte, was er mit ihr erleben wollte. Er hielt nur kurz inne, als Wei Xu seine

Hände über Agnes' Wunde bereitete. War ihr Atemzug tiefer gewesen? Wieder küsste er ihre Hände, rubbelte über den Silberring am kleinen Finger, schmeckte metallisch ihr Blut auf den Lippen.

Wie lange würden sie noch durchhalten können?

Ein monströser Knall – die Welt zerbarst. Buchstäblich.

Holz brach, der Boden bebte, die Wände ächzten.

Die Bombe detonierte.

38. Die Truhe am …

… anderen Ende des Zimmers zersplitterte mit ohrenbetäubendem Getöse. Siebert und Wei Xu warfen sich intuitiv schützend über Agnes. Gleichzeitig schleuderte die Druckwelle den Paravent auf ihre Rücken. Die Stille danach verstärkte die Orientierungslosigkeit nur noch mehr.

»Scheiße, was war das?«, schrie Siebert. In seinen Ohren klingelte ein hoher Ton. Immer noch lag er schützend über Agnes, sah sich besorgt nach weiteren Gefahrenquellen um. Noch war in der staubigen Luft nichts zu erkennen. Wei Xu rappelte sich auf und ging zum Ausgangspunkt der Detonation– die Zimmerecke, in der die Truhe gestanden hatte. Ungläubig betrachtete er die Überreste, gleich daneben hing die aus den Angeln gerissene Tür.

»Irgendetwas hat die Truhe und die Tür in die Luft gejagt.«

Ruth stand am Türstock, die Augen weit aufgerissen.

»Was ist passiert – seid ihr verletzt?«

»Wir sind okay«, erwiderte Siebert, wieder viel zu laut. »Aber ich weiß nicht, wie es Agnes geht.« Die Panik war ein reißender Fluss, dem er nichts entgegenhalten konnte.

Durch das Fenster blitzten Scheinwerfer und die Stimmen der Hotelchefinnen tönten über den Platz. Siebert wandte den Kopf, bemerkte wie steif sein Nacken war. Mit ein paar Kopfbewegungen lockerte er seine Muskulatur. Er sah zu Wei Xu, der seine Hände über Agnes' Brustkorb hielt. Siebert lechzte nach Informationen, wollte jedoch Agnes keine Sekunde allein lassen. Ruth hatte das Zimmer weitgehend in Ordnung gebracht, ihnen Wasser gereicht und war gegangen. Allmählich begannen seine Verletzungen mörderisch zu schmerzen. Ein Glück, dass der Paravent die Holzsplitter weitgehend abgefangen hatte.

Die Tür wurde aufgerissen. »Bertl?«

Siebert fuhr herum, das Herz schlug wie verrückt.

»Kommt ein Notarzt?« Panik schwang in Sieberts Stimme. Der Augenblick der Wahrheit – und er vergaß zu atmen. Dann sah er das Lächeln im Gesicht des Freundes. Ein Schluchzen löste sich in seiner Brust.

»Alter, was glaubst du von mir?«, rief Kurt empört aus und doch selbst ein Bild der Verzweiflung. »Würd' ich mich sonst hereintrauen?« Er kam mit besorgtem Blick näher. »Wie geht's ihr?«

»Immer noch bewusstlos«, antwortete Siebert und schluckte.

Freude, Angst, Hoffnung – alles unterdrücken, der Damm durfte nicht brechen. Stark bleiben. Für sie. Trotz des Felsens auf der Brust weiteratmen. Er wandte sich ihr zu und streichelte über ihre blutverschmierte Wange. Kurts Arm legte sich schwer auf seine Schultern.

»Das wird wieder, hörst du?« Kurt musste sich räuspern, ehe er weitersprechen zu können. »Der Parkplatz ist hell beleuchtet, der Hubschrauber wird in ein paar Minuten da sein. Die Crew weiß Bescheid – bringen Blutkonserven und alles mit. Agnes muss noch ein bisschen durchhalten.« Kurts Worte vollbrachten ein kleines Wunder in Siebert. Er sah Wei Xus Lächeln, der ihm aufmunternd zunickte und wiederum Kurt, der zwinkerte. Jetzt erst bemerkte Siebert, wie erschöpft sein Freund aussah. Die Kleidung schlammverschmiert, die Augen von dunklen Ringen umrahmt.

»Ich stehe für immer in deiner Schuld.« Die Kehle wurde ihm eng und er konnte kaum weitersprechen, »Danke, Kurt.«

»Stopp, mein Alter. Sind wir Freunde, oder was? Außerdem will auch ich noch länger mit der Agnes befreundet sein. Meine einzige Chance, jemals Trauzeuge zu werden. Richtig?«

»Bist engagiert.« Gequält lächelte Siebert dem Freund zu. Durften sie das, Pläne schmieden? Oder würde das Schicksal diese Überheblichkeit bestraften? Siebert lauschte hinaus.

Kam der Hubschrauber noch rechtzeitig?

Erst Grollen, dann deutlicher Motorenlärm, der kontinuierlich näherkam.

Siebert küsste Agnes' Stirn, Wangen, Lippen, Hände, hielt sie fest.

»Hörst du? Das ist der Rettungshubschrauber, alles wird gut – halt durch!«

Ohrenbetäubender Lärm überdeckte jetzt alles andere. Siebert sprang auf und lief zum Fenster. Der Hubschrauber stand über dem Parkplatz. Rotoren peitschten die Luft, ein Sturm bog die umstehenden Bäume und Sträucher. Der Hubschrauber setzte sachte auf, und noch während die Rotoren herumwirbelten, öffnete sich der Seiteneinstieg und zwei Männer sprangen heraus. Mit schweren Taschen in den Händen rannten sie auf den Hoteleingang zu.

»Sie kommen.«

39. Infusionsbeutel hingen über …

… Agnes' entblößten Oberkörper – wie fahl ihre Haut war.

»Agnes.« Siebert flüsterte ihren Namen, starrte auf sie, sah die Hände des Arztes Nadeln in ihre Arme stecken, die Wunde versorgen, ein weiteres Paar Hände, das Schläuche am Venenkatheter anschloss. Der Sanitäter prüfte die Tropfgeschwindigkeit und der Arzt sprach Siebert an.

»Sie sind ihr Mann?«

»Gewissermaßen.« Siebert zuckte mit keiner Wimper, starrte den Arzt einfach an. Der wirkte jung und unerfahren – dazu der mottenzerfressene Bart und spindeldürre Finger in blauen Einweghandschuhen – konnte er Agnes überhaupt helfen? »Was machen Sie mit ihr?«

»Wir bringen sie sofort ins Krankenhaus. Enormer Blutverlust, ein Wunder, dass sie noch lebt. Lungenstich. Irgendwie haben Sie es geschafft, die Blutung einzudämmen, Respekt. Wir haben ihr eine Blutkonserve angehängt und etwas verabreicht, um Herz und Kreislauf zu stärken.«

»Ihre Chancen, Doktor.« Sieberts Worte brachen rau aus ihm hervor. »Überlebt sie?«

Der Notarzt zögerte, warf einen Blick auf seine Patientin, die vom Sanitäter in eine Decke gehüllt wurde. »Sie hat eine Chance. Mehr kann ich nicht versprechen, dazu fehlt mir der Röntgenblick.« Siebert presste sich die Finger auf die Augenlider und stöhnte gequält.

»Ich muss mitfliegen.«

Der Arzt schüttelte den Kopf. »Das ist unmöglich. Wir haben nur begrenzten Raum im Hubschrauber.«

»Ich muss mit.«

»Es geht nicht. Vorschrift.«

»Ich bin der seidene Faden – verstehen Sie?« Siebert war noch näher an den Arzt herangetreten. Mehr als nur Verzweiflung war in sein Gesicht geschrieben. Die Überzeugung, dass alles getan werden musste, nicht nur physisch, sondern auch Agnes' Geist musste an den Körper gebunden bleiben. Hatte der Arzt es nicht selbst gesehen? Ein kleines Wunder war geschehen. Agnes lebte noch. Das durfte nicht verspielt werden. »Sie muss mich hören und spüren.« Siebert klang wie ein Kolkraben. Der Arzt seufzte, blickte zu Agnes und dann wieder auf Siebert. Seine Augen blieben an Sieberts zerfetztem Shirt hängen.

»Was ist mit Ihrer Verletzung?«

»Nur ein Kratzer.«

»Wenn Sie auch verletzt wären …« Der Sanitäter raunte Siebert leise die Worte zu und deutete zum Fenster hinaus Richtung Hubschrauber. Sofort begriff Siebert und schwenkte um.

»Ich meinte, im Vergleich zu Agnes nur ein Kratzer. Tut höllisch weh.« Mit einem Ruck zog er sein Shirt über den Kopf und entblößte den langen Schnitt quer über seine Seite bis zum Hüftknochen. »Eine Kopfverletzung habe ich außerdem.« Der Anblick veranlasste den Arzt, seine Meinung zu ändern.

»Sie kommen mit«, sagte er und deutete auf Sieberts Bauch, »Das muss sofort genäht werden. Blut haben Sie auch zu viel verloren. Und jetzt los, die junge Dame hat's eilig.«

Die Crew war ein perfektes Team. Jeder Handgriff saß, alle notwendigen Bewegungen waren perfekt choreographiert. Wenige Minute später befand sich Agnes im Inneren des Hubschraubers und der Motor versetzte den Innenraum in Vibration.

Der letzte Seminartag entfällt

1. Der Aufenthaltsraum blitzte ...

... von Chrom und Glas im kalten Neonlicht. Bis auf Siebert und Ludwig Feder hielt sich niemand zur frühen Morgenstunde darin auf. Der Automatenkaffee in Sieberts Hand verströmte kaum mehr Aroma als eine Tasse Tee und kam nicht gegen den Geruch des Desinfektionsmittels an, der in allen Räumen hing. Es spielte keine Rolle. Siebert hatte den Kaffee geholt, damit der alte Mann ein paar Minuten allein für sich hatte. Er saß noch genauso da, wie Siebert ihn zurückgelassen hatte. Schreckte erst auf, als Siebert ihm den Kaffeebecher in die Hand drückte. Sein Dank war kurz und beiläufig, als hätten ihn seine Gedanken sofort in die Düsternis zurückgezogen.

Siebert nahm einen Schluck aus dem Becher und beobachtete den weißhaarigen, hochgewachsenen Mann. Wie zweiundsiebzig wirkte er nicht, höchstens fünfundsechzig, und die vielen Lachfalten um seine Augen machten ihn sympathisch. Mantel und Schal lagen ordentlich gefaltet auf dem Stuhl neben ihm. Die Schuhe spiegelten das Deckenlicht.

Der Zucker im Kaffee tat Siebert gut. Mit einem Ächzen ließ er sich auf einen Stuhl fallen, fasste sich aber sogleich an die schmerzende Wunde. Jetzt, wo die Betäubung nachließ, pochte seine Seite wieder. Der Schnitt war genäht und jemand hatte ihm ein sauberes T-Shirt gegeben. Danach wollte er zurück zu Agnes. Ihr Vater wartete bereits vor der Intensivstation. Ludwig verlangte die ganze Geschichte zu erfahren und ertrug die Situation bewundernswert. Wieso hatte Siebert früher nicht öfter mal mit dem Mann gesprochen? Agnes liebte ihren Vater, es hätte ihm ein Anliegen sein müssen, ihn besser kennenzulernen.

»Herr Feder?« Siebert wagte kaum das Wort an den alten Mann zu richten. Ludwig hob den Kopf und blickte ihn an. »Verzeihen Sie mir. Bitte.« Verwunderung zeigte sich in dem faltigen Gesicht. Eine weiße Haarsträhne fiel in die hohe Stirn, die Mundwinkel wirkte angespannt, verkrampft.

»Was habe ich zu verzeihen?« Ludwigs Augenbrauen schoben die Stirnhaut zu einem Waschbrettmuster zusammen.

»Wir haben einander nie richtig kennengelernt, weil ich mir dafür keine Zeit genommen habe.« Siebert biss sich auf die Lippen. »Ich habe Agnes nicht beschützt.«

Eine Sekunde lang starrte Ludwig ihn an, dann winkte er ab. Sein Gesicht verzog sich schmerzlich. »Junger Mann, das sind andere Zeiten. Nessi ist eigenständig und niemand, auf den man aufpassen muss. Sie ist klug und mutig. Ich bin unglaublich stolz auf sie.« Er presste Daumen und Zeigefinger gegen die Nasenwurzel. Die Hand zitterte. »Wenn man Kinder hat, macht man sich immer Sorgen. Irgendwann werden Sie das am eigenen Leib erfahren.« Ludwig blinzelte Tränen weg und Sieberts Kehle wurde eng. »Das weiß keiner vorher, wie tief diese Gefühle sind.« Seine Gedanken schweiften sichtlich ab, der Blick des Alten richtete sich nach innen. Siebert fragte sich, wie weit zurück sie gingen. Bis zu Agnes' Kindertagen? Vielleicht auch nur bis zum letzten Spitalsaufenthalt, als sie beide von einem Geländewagen angefahren worden waren. »Sie haben Nessi beim letzten Mal gerettet. Sie hat mir alles erzählt.« Ludwigs Stimme klang heiser. »Und auch diesmal …« Er konnte nicht weitersprechen. Um Haltung ringend, atmete er tief durch und wischte mit einem sorgfältig gebügelten Stofftaschentuch über Augen und Stirn. Siebert wandte respektvoll den Blick ab. Die Verzweiflung des Vaters entflammte allerdings seine Wut.

»Ich wünschte, ich hätte diesen Scheißkerl gekillt.«

Ludwig seufzte und schüttelte nachdenklich den Kopf. »Ein Teil von mir wünscht sich das auch, mein Junge, aber glauben Sie mir – das hilft nicht. Dann haben Sie ein Leben auf dem Gewissen. Der Makel geht nie mehr ab. Das wünsche ich Ihnen nicht. Das Einzige was zählt, ist Nessis Genesung.«

Erstaunt betrachtete Siebert das graue Gesicht. Der Schmerz eines Vaters war noch einmal so grausam wie seiner. Auf keiner Skala messbar. Selbst wenn seine Liebe zu Agnes für ihn das ultimative Wunder und die Erfüllung war, bekam er angesichts der gebrochenen Augen dieses Vaters eine Ahnung von einer weiteren Dimension von Liebe – und Schmerz.

Ludwig stemmte sich hoch und ging zum Fenster. Morgengrauen kündigte sich hinter Regenwolken an. Er öffnete den Fensterflügel weit und sog die kühle Stadtluft ein. Der Hubschrauber hatte Agnes in die Universitätsklinik gebracht.

»Ihr habt euch versöhnt?«

Siebert zögerte, die Frage des Vaters zu beantworten, so vieles lag ihm auf der Seele. »Wir können ohne einander nicht glücklich sein.«

»Ihre Absichten, junger Mann?« Ludwig Feder strahlte den konservativen Vater aus, der er auch war.

»Ich werde Ihre Tochter fragen, ob sie mich heiraten will.« Siebert hielt den Atem an. Den Gedanken: ›Wenn sie überlebt‹ sprach er nicht aus. Ja, er hasste sich dafür, ihn gedacht zu haben. Sie musste überleben.

Ludwig brummte zustimmend, wirkte beruhigt. »Das gefällt mir. Wissen Sie, alle glauben immer, die Zeiten ändern sich, das stimmt aber nicht. Es gibt vielleicht mehr Elektronik, Bürgerrechte, Frauenrechte und all das, aber Liebe ist Liebe. Für den anderen einstehen, in guten Zeiten wie in schlechten Zeiten, das ist immer das gleiche geblieben, seit Romeo und Julia, seit es menschliche Wesen gibt.« Er entließ Siebert aus seinem strengen Blick und sah wieder zum Fenster hinaus. »Liebe ist alles.«

2. Himmlisch, dieses Licht …

… sind meine Augen offen? – Agnes meinte in Orangegelb zu schweben. Wenn sich der Tod so anfühlte, war das okay. Bloß Siebert fehlte. Ein Stich im Herzen. Nein, im Himmel war sie nicht.

Etwas kitzelte sie an der Hand. Wunderbar. Sie hatte immer noch Hände. Konnte die Finger bewegen. Da, ein Widerstand. Warm und weich. Haut. Dieser Geruch in ihrer Nase – *Rêve Noir*, eine starke Vanillenote und dieser ganz besondere Duft nach – Siebert? War sie doch im Himmel?

Ihre Augenlider flatterten.

»Oh mein Gott – Agnes – Agnes!«

Es war seine Stimme. Sie musste ihn sehen, sich überzeugen, dass er lebte!

»Sieh mich an, mein Schatz! Wach auf, komm zu mir zurück …«

Aber ja, wollte sie sagen, ich versuche es, doch ihre Kehle war trocken wie Sandpapier. Küsse bedeckten ihre Hände. Als erstes sah sie verschwommen einen dunklen Haarschopf, dann Augen in den Farben des Waldes, braun mit grünen Einsprengseln.

»Du bist zurück«, flüsterte Siebert, die Augen gerötet.

»Wasser.« Sofort berührte eine Schnabelöffnung ihre Lippen und kühles Wasser benetzte die ausgedorrten Schleimhäute in Mund und Kehle. Das Schlucken schmerzte. Aber mit jedem Mal ging es besser. Langsam lichtete sich der Nebel in ihrem Kopf.

»Du hast nicht geschlafen.« Was dachte sich dieser Mann bloß dabei, sich ständig zu überfordern. Sein Lachen erfüllte den Raum, so befreit und glücklich – ihr Herz machte einen freudigen Sprung beim Anblick seines strahlenden Antlitzes.

»Das sieht dir ähnlich – zwei Tage Tiefschlaf und als erstes mich ausschimpfen.« Er küsste neuerlich ihre Hände, vergrub sein Gesicht in ihnen. Es kam ihr vor, als spürte sie Tränen. Nein, er soll weiter glücklich sein, dachte sie.

»Wir haben es geschafft, richtig?« Ihre Finger verfingen sich in seinem Haarschopf. Die Augenlider wollten ihr wieder zufallen.

»Das haben wir.« Siebert und schob sich näher vor ihr Gesicht. Sein Daumen strich sanft über ihre Wange. »Jetzt – und in Zukunft. Wenn du ›ja‹ sagst.«

Wie jetzt – sollte das ein Antrag sein? Die Benommenheit löste sich etwas. Anscheinend war ihr die Verwirrung ins Gesicht geschrieben, denn Siebert riss alarmiert die Augen auf und bewegte den Mund wie ein Goldfisch.

»Zu früh! Alles zurück. Du musst erst mal gesund werden und hast alle Zeit der Welt. Und wenn du möchtest, bin ich für dich da. Solange du mich willst. Ganz gleich was kommt – du bist alles, was ich will.«

Agnes fühlte ihr Lächeln aufblühen, es reichte vom Herzen bis zu ihren Augen – vielleicht darüber hinaus. Wer konnte das wissen?

»Ich nehme: für immer.«

Und endlich küsste dieser Dummkopf sie.

Epilog

21. September, 3 Monate später

Agnes legt das Traumtagebuch auf den Nachttisch und kuschelt sich wieder an Siebert. Es ist Frieden eingekehrt, ihre Gaben und ihr Leben machen Sinn. Die Erinnerung an den Tag, an dem man Ursulas Leiche im Schlamm gefunden hat, genau an der Stelle, wo sie die Hand gesehen hatte, schmerzt nicht länger. Josef wurde des Mordes an der jungen Wicca Martha, an Carla und Ursula angeklagt. Agnes ist sich ziemlich sicher, dass das gerichtliche psychiatrische Gutachten Josef für nicht zurechnungsfähig erklären und er im Maßnahmenvollzug für geistig abnorme Rechtsbrecher verschwinden wird – für lange Zeit.

Das Bett knarzt unter ihrer Bewegung. Im Garten stimmt eine Amsel ihr Lied an. Ihr Gesang erfüllt die Welt. Durch das offene Fenster weht der Duft von Rosen und mit ihm springt Ash von draußen auf die Fensterbank. Sein breites Gesicht richtet sich auf Agnes, die Bernsteinaugen blinzeln zur Begrüßung. Mit einem weiteren Satz springt er auf den Holzboden, läuft auf sie zu und nimmt am Bettende seinen Platz ein. Nichts kann beruhigender wirken, als ihrem Kater bei der Fellpflege zuzusehen.

»Alles in Ordnung, Schatz?«, brummt Siebert schlaftrunken.

»Könnte nicht besser sein.« Agnes fährt mit der Nase seinen Nacken entlang, bis zum Ohrläppchen. Sanft knabbert sie an der empfindlichen Stelle. »Bestimmt willst du weiterschlafen«, flüstert sie und fühlt sein Lächeln. »Unbedingt«, murmelt er, wälzt sich dann allerdings überraschend herum und schließt sie in die Arme. Ihre Blicke verschmelzen. »Mit dir zusammen.« Kann das Real sein – oder ist es doch nur ein Traum? Sieberts Daumen berührt sanft ihre Unterlippen und küsst ihre Nasenspitze.

»Das passiert wirklich.« Er zieht sie an sich, als könnte sie sich in Luft auflösen, wenn er sie nicht festhält. Die Amsel verstummt. Von draußen dringen für sechs Uhr morgens ungewohnte Geräusche herein. Ein Rascheln und Klappern.

»Hörst du das?« Agnes richtet sich etwas auf und Siebert lockert seine Umarmung. Sie hebt den Kopf und sieht etwas Weißes vor dem Fenster aufsteigen. »Da ist etwas vor dem …«

»Überraschung!« Tröten-Lärm und Lachen branden auf. Siebert setzt sich ruckartig auf, Agnes springt aus dem Bett. Gleichzeitig erscheint Kurts Gesicht am unteren Rand des Fensters. Seine Augen funkeln vor Übermut, als Agnes auf ihn zukommt. Zehn weiße und gelbe Luftballons schweben neben ihm empor.

»Was machen sie denn?«, ertönt Ramonas Stimme. »Stören wir bei etwas?«

»Soll ich dir die Räuberleiter machen?« Kurt zeigt seine Unschuldsmiene und quiekt gleich darauf auf. »War nur ein Angebot!« Agnes sieht jetzt Ramona mit Einkaufstaschen einer Bäckerei neben ihm stehen, dahinter Theres mit der kleinen Marie im Tragetuch vor der Brust.

Kurt räuspert sich gewichtig. »Der Bertl und ich sind aus der Steiermark und deswegen – ach was, hört's einfach zu!« Aus seiner Kehle kommen seltsame Geräusche, dann klatsch er in die Hände und singt los:

»Der Bertl is tüchtig,
der Bertl is g'scheit,
drum sågt er zur Agnes,
kumm, wir heirat'n heit'.«

Agnes glaubt es kaum – Kurt singt ein Gstanzl! Sie biegt

sich vor Lachen und spürt Sieberts Wärme im Rücken, kaum dass sie sich wieder aufrichtet. Seine Arme umfangen sie, sein Lachen stimmt in ihres ein. Nun ertönt Theres' Stimme mit einer weiteren Strophe und danach singt Ramona.

»Die Agnes, die siacht vü,
die Agnes håt Mut,
drum wiss' ma, der Bertl,
der håt es jetzt gut!«

Gemeinsam stimmen sie den Refrain an und erst Mariechens Quäken bringt den Chor dazu, den Gesang zu beenden – das Gelächter jedoch hält an.

»Ihr seid ja irre!« Siebert wischt sich Tränen aus den Augenwinkeln. »Kommt herein. Das ist ja fast wie daheim in der Steiermark.« Er drückt Agnes einen Kuss auf die Schläfe und eilt in den Flur. Schon will sie hinterherlaufen, da heftet sich ihr Blick an das elfenbeinfarbige Kleid samt dazu passender Jacke, das am Schrank hängt. Mit einem breiten Lächeln streckt sie die Hand aus, um über den seidigen Stoff zu streichen. Hochzeitskleid, denkt sie und genießt das Hochgefühl, das sich in ihr ausbreitet.

»Heut geht's zum Standesamt, Junge!«, ertönt draußen am Flur Kurts Stimme. Bestimmt umarmt er gerade Siebert, Agnes hört das deutliche Klopfen einer Hand auf einem Rücken. »Ich entführe dich, sobald ich den doppelten Espresso bekommen habe, den mir Theres versprochen hat. Die Damen wollen dich raushaben, damit sie sich aufputzen können.«

Agnes eilt zu den Gästen im Flur. Tatsächlich liegt Kurts Arm um Siebert Schultern, Ramona zwängt sich zwischen die beiden, um in die Küche zu gelangen und Theres beruhigt Mariechen mit gurrenden Tönen.

»Hurra – hier kommt die Braut! In meine Arme!« Kurt

schiebt Siebert von sich und kommt mit ausgebreiteten Armen auf Agnes zu. »Ich bin zwar ›sein‹ Trauzeuge – selbstverständlich helfe ich der gegnerischen Seite genauso gern: Wenn dich heute jemand etwas fragt, sag auf alle Fälle: Ja!« Er lacht und drückt sie an sich. Agnes fühlt seine aufrichtige Freude warm in sich einsickern. Sie spürt auch den einen, festeren Drücker und weiß, das ist die schmerzliche Erinnerung an das gemeinsame Drama – und die Erleichterung, überlebt zu haben.

»Bertl, lass uns rausgehen, ich muss eine rauchen.« Kurts Stimme ist vor Rührung rau und er lässt sie wieder los. Er schickt der kleinen Marie ein Luftküsschen und zieht Siebert in Richtung Haustür. »Mein Espresso braucht ohnehin noch eine Weile.«

»Du könntest ihn selbst machen, dein Arm ist gut verheilt«, gellt es aus der Küche.

»Ramona ist unerbittlich – aber das gefällt mir so an ihr.« Kurt zwinkert Agnes über die Schulter zu. Die Tür schließt sich hinter den Männern und Agnes begrüßt Theres und Marie mit einer Umarmung. Die Beinchen der Kleinen strampeln und das Gesicht wird puterrot.

Besorgt wiegt Theres die Kleine und streichelt deren Rückseite. »Marie braucht frische Windeln und muss gestillt werden.« Sie hantiert umständlich am Tragetuch.

»Macht es euch im Schlafzimmer gemütlich.« Agnes geht ihr mit dem Tuch zur Hand und kann den Knoten lösen. Die beiden verschwinden im Schlafzimmer. Agnes steuert die Küche an. Die Papiertragetaschen stehen auf der Kücheninsel und der Tisch ist teilweise gedeckt.

»Servus, Ramona. Du hast sogar den Tisch gedeckt – klasse!«

Ramona hebt zur Begrüßung den Brotkorb, der mit frischem Gebäck gefüllt ist und lächelt. »Heute brauchst du Kraft, das wird ein langer Tag.«

Von einem Moment auf den anderen überkommt Agnes eine grenzenlose Dankbarkeit. Ohne Ramona wäre Josefs Anschlag fatal für Siebert und sie ausgegangen. Diese Frau hat Mut und ist bereit, das Richtige zu tun. Schon möglich, dass sie etwas spröde und hart wirkt, aber ihr Herz ist am rechten Fleck – eine bessere Freundin kann man sich nicht wünschen.

»Danke für alles, Ramona.« Weiterzusprechen fällt ihr auf einmal schwer, besonders weil Ramona den Brotkorb abstellt und sie durchdringend mustert. »Du hast uns gerettet, obwohl es zwischen dir und mir ein Missverständnis aus der Studienzeit gegeben hat. Das ist wahre Größe.« Ramonas Augenbrauen heben sich ungläubig und Agnes weiß, ihr Gegenüber hasst Gefühlsduselei. Trotzdem möchte sie wenigstens einmal gesagt haben, was ihr auf der Seele brennt. »Du bist ein erstklassiger Mensch – und eine ebensolche Polizeijuristin.«

Ramonas Wangen nehmen den Rosaton ihres Haarbands an, der Mund öffnet sich, ohne ein Wort auszusprechen. Impulsiv streckt Agnes die Arme aus und drückt Ramona an sich, spürt die Anspannung in der anderen, aber auch Überraschung und Freude. Schon eine Sekunde später tritt Agnes wieder einen Schritt zurück und ist erleichtert, endlich diese überfällige Rede gehalten zu haben.

»Du bist auch nicht so übel, wie ich dachte.« Ramona sah sie ernst an. »Vielleicht ein Freak, aber echt liebenswürdig.«

Sie grinsen einander an und decken den Frühstückstisch gemeinsam zu Ende. Denn das Leben ist erst bunt, wenn die Sonne der Freundschaft darauf fällt.

Ende

Reichenau an der Rax (österreichisches Voralpengebiet, NÖ) war in der Monarchie ein beliebter Kurort des Adels. Erzherzog Karl Ludwig erbaute die Villa Wartholz, wo die kaiserliche Familie zur Sommerfrische wohnte, und wo Otto von Habsburg 1912 geboren wurde. Nathaniel Freiherr von Rothschild ließ das Schloss Hinterleiten erbauen, um den Erzherzog zu übertrumpfen. Doch schon kurz nach Fertigstellung verschenkte er das Schloss, was meine Fantasie anregte und zum fiktiv-historischen Handlungsstrang im Roman führte. Gegenwärtig befindet sich das Schloss im Besitz der »Vereinigten Altösterreichischen Militärstiftungen«.

Mit der Veröffentlichung des dritten Teils von Agnes Feders Reise durch die Zeit ist mein Anliegen vollendet, die Verbundenheit unser aller Existenzen darzustellen. Zu einer Zeit, in der wir in Europa neuerlich mit Krieg konfrontiert sind, kann nicht genug darauf hingewiesen werden.

Ich danke Angelika Schulz-Parthu, Leiterin des Leinpfad Verlages, vom ganzen Herzen für die Aufnahme ins Verlagsprogramm, für die fantastische Zusammenarbeit und ihre Leidenschaft für Bücher. Ich kann die Leichtigkeit, mit der sie die vielfältige Verlagsarbeit bewältigt, nur bewundern!

Dieses Buch ist nicht zufällig meiner Freundin und fantastischen Autorenkollegin Fenna Williams gewidmet. Im Schmelzofen unseres gemeinsamen Projekts: In 18 Morden um die Welt (Leinpfad Verlag), ist unsere Freundschaft wie Stahl gefaltet worden und ich habe das Gefühl, sie ist auch mit derselben Beständigkeit ausgestattet. Ich kenne nur wenige Menschen, die ein so liebevolles Wesen besitzen, dabei klug, talentiert und weltgewandt sind. Fenna hat meine

Schreibwelt um viele Nuancen bunter gemacht. Ihr Feedback zu Diabolischer Engel war unendlich wertvoll und nur sie hat Ramonas Qualitäten erkannt. Tausend Dank dafür, liebste Fenna!

Ein anderer wichtiger Mensch in meinem Leben ist meine Freundin Eva-Maria Zollner. Von ihr durfte ich viel über die Behandlungsmethode der meditativen Kinesiologie lernen und am eigenen Leib die verblüffende Wirkung erfahren. Ich danke dir, Eva, für Jahrzehnte der Freundschaft und Unterstützung.

Eine große Freude und Ehre war für mich die begeisterte Zustimmung von Familie Flackl, insbesondere der beiden Chefinnen des Seminarhotels »Flackl-Wirt«, Heidi Zachauer-Flackl und Elisabeth Hörl, hier im Roman mit Klarnamen genannt zu werden. Ich habe eine Menge Seminare (ja, auch Feuerläufe) in ihrem schönen Hotel in Reichenau erleben dürfen und auch meine Kinder haben sich stets auf das gute Essen, den fantastischen Spielplatz und Streichelzoo gefreut! Für meinen Roman habe ich kleine bauliche Änderungen am Hotel vorgenommen, was augenzwinkernd mit der Freiheit der Kunst gerechtfertigt sei. Schließlich ist auch die Annahme, dass sich in diesem herrlichen Ambiente jemals ein solch böser Zwischenfall ereignen kann, vollkommen fiktiv. Ein herzliches Dankeschön an Familie Flackl!

Voller Freude denke ich an die Feuerläufe mit meiner Qi Gong-Gruppe und Genro zurück, der mein Interesse für die Zen-Philosophie vor zwanzig Jahren geweckt hat. Unendlich dankbar bin ich zudem für die Möglichkeit mit Meister Shi Heng Zhan Wushu im Shaolin Wushu Trainingscenter üben zu können. Amituofo!

Besonders bedanken möchte ich mich bei meinem medizinischen Team, Christiana und Peter. Beide sind nicht nur herzallerliebste Menschen, sondern zudem Ärzte mit reichem Erfahrungsschatz. Geduldig besprechen sie mit mir Morde, Verletzungen und Krankheiten. Was würde ich nur ohne euch tun!

Meinem Sohn danke ich für sein Verständnis, seinen Zuspruch und sein Interesse an meinem Schaffen. Michael, du bist großartig!

Die Liebe und das Verständnis meines Mannes, der fast ohne Murren die schriftstellerischen Höhen und Tiefen mitträgt, haben diesen Roman erst möglich gemacht. Tausendmal Danke, mein Schatz!

Ganz besonders möchte ich den Leserinnen und Lesern danken, die immer wieder nach Agnes gefragt haben und schon lange auf »Diabolischer Engel« gewartet haben. Ohne euch wäre ich nicht so weit gekommen – ich danke euch allen ganz herzlich!

Petra K. Gungl

Die Autorin

Petra K. Gungl

lebt und schreibt in ihrer Geburtsstadt Wien. Ursprünglich ist die Autorin gelernte Juristin, auch weil man dabei mit Worten jonglieren darf, vorzugsweise im Dienste der Gerechtigkeit. Dies tut sie zudem mit Vorliebe als professionelle Sprecherin und Drehbuchautorin. Ihre Romane DIABOLISCHE LIST, DIABOLISCHES SPIEL *und* TANNENGLÜHEN *sind mörderisch spannend. Im Repertoire der kampfsporterprobten Autorin findet sich unter dem Pseudonym Petra Liebkind die romantische Komödie* KUNG FU MAMA.

www.petrakgungl.com

Sie lieben Spannung? Davon haben wir noch mehr!

Fenna Williams, Petra K. Gungl (Hg.) **In 18 Morden um die Welt**

Zwanzig Autorinnen erzählen als Hommage an Jules Verne von Tatorten aus der ganzen Welt.

Da geht es um den Ravenmaster, der sich um die Raben im Londoner Tower kümmert. Um Sarah, die mit einem Katamaran in der indonesischen Inselwelt kreuzt. Oder um zwei schwarz-weiße Paare in Ghana. Dann um einen Schönheitschirurgen und seinen Patienten in Neu-Delhi. Um die Silvesterreise eines Paares nach Rio de Janeiro. Kann man sich vorstellen, dass es im Wiener Burgtheater hinter der Bühne leidenschaftlicher zugeht als auf ihr? Und schließlich: Was ist der berühmteste Cold Case Australiens?

„Es gab nur diesen einen Schlüssel und den besaß sie. Dieser Stollen war ihr Geheimnis. Alle anderen, die davon wussten, waren längst tot. Sie war die Einzige, die Zugang zur Hölle hatte."

(Aus: „Dem Himmel so fern" von Thea Lehmann)

Eine Reise rund um den Erdball, infiziert vom Lese-Virus, aber völlig Corona-frei!

ISBN 978-3-945782-71-2, Klappenbroschur, 300 S., 18,00 € (D), 18,50 (A)

Hörbuch: 2 CDs mit 610 Min. Lesezeit + 30 Min. Musik, ISBN 978-3-945782-73-6, 14,99 € (D), 15,50 (A), EBook: ISBN 978-3-945782-72-9, 13,99 € (D), 14,40 (A)

Ulrike Blatter **Töchter des Todes**

Für Aylin Hodžić läuft alles super: Die junge Frau mit bosnischen Wurzeln hat gerade Abitur gemacht, will Journalistin werden und ist frisch verliebt. Dann jedoch gerät alles ins Wanken: Ihre ältere Schwester Semina verschleiert sich und verschwindet. Dabei spielte Religion im Leben der beiden jungen Frauen nie eine Rolle. Jetzt jedoch werden Semina und damit auch Aylin und ihre Eltern nur noch als Muslime wahrgenommen und die ganze Familie steht am Pranger. Kurz darauf detoniert in ihrer Heimatstadt Taufingen eine Bombe.

Ulrike Blatter erzählt von aktuellen politischen Themen wie Migration, Radikalisierung. Angesiedelt hat sie ihren Roman in Taufingen, einer fiktiven süddeutschen Stadt. Sie gibt keine einfachen Antworten, sondern lässt uns zu vielschichtigen Einsichten kommen. – „Blendend recherchiert, packend und kraftvoll geschrieben!"

ISBN 978-3-945782-45-3, 340 S., Broschur, 14 €
EBook ISBN 978-3-945782-51-4, 10,99 €

Leinpfad Verlag, Leinpfad 5, D-55218 Ingelheim, www.leinpfadverlag.com